Lieder im Sturm
Band 4

RENATE CHRIST

Blätter fallen

Renate Christ lebt mir ihrem Mann und ihren drei Kindern in Frankfurt. Sie schreibt aus dem reichen Schatz ihrer Erfahrungen und Beobachtungen im Umgang mit ihren Mitmenschen. Persönlich Erlebtes und Erlittenes und fremde Erlebnisse sind in ihren Erzählungen eng miteinander verwoben. In allen ihren Büchern spielen Glaube und Leben eine wichtige Rolle.

Hänssler-Paperback
Bestell-Nr. 393.464
ISBN 3-7751-3464-6

Umschlaggestaltung: Daniel Kocherscheidt
Titelbild: project photos
Satz: AbSatz, Klein Nordende
Druck und Bindung: Ebner ULM
Printed in Germany

INHALT

Blätter fallen,
fallen hinab und vergehen,

schimmern in Farben und sprühen,
leuchten im Licht und erglühen,
schwirren dem Dunkel entgegen,
spenden im Fallen noch Segen.

Blätter fallen,
fallen hinab und vergehen,

tanzen im Wind und entschweben,
enden im Geben ihr Leben,
taumeln hinab und verderben,
sinken zum Grund, um zu sterben.

Blätter fallen,
fallen hinab und vergehen.

1. Wiedersehen

Mit schnellen Schritten kam Markus heran und sprang die vier Stufen herauf. »Hallo, Gerold! Wo ist Carl-Uwe? Ist er reisefertig?«

»Ja und nein!« Gerolds Begrüßungslächeln wich einem sorgenvollen Ausdruck. »Seine Sachen sind wohl alle gepackt, aber – nun ja – er – er sitzt in der Stube und versucht, sich von Michael loszureißen! In den zwei Tagen, seit er aus dem Krankenhaus entlassen wurde, waren die beiden unzertrennlich. Es hätte nicht mehr viel gefehlt, und sie hätten auch noch nachts in einem Bett geschlafen!« Gerold seufzte innerlich. Wie sollte er das Kind nur trösten, wenn sein geliebter »Ompel Uwe« nach so kurzer Zeit schon wieder fortfuhr?

Markus erwiderte nichts. Er schob den Autoschlüssel in seine Hosentasche und trat in die Stube. Carl-Uwes schwarzbraune Augen leuchteten zwar auf, als er den Freund erblickte. Doch gleichzeitig schlossen sich seine Arme fester um den kleinen Jungen, der auf seinem Schoß saß. Wie gerne würde er Michael mitnehmen! Aber einen Zweijährigen konnte er unmöglich für vier Wochen von den Eltern trennen.

Nachdenklich schaute Markus einen Moment auf die beiden. Dann blitzten seine blaugrauen Augen auf. »Gerold, ich hab eine Idee! Demnächst ist doch der 1. Mai! Da musst du ja gewiss nicht arbeiten. Wie wär's, wenn ihr uns da besuchen kommt? Mit der ganzen Familie? Dann muss Carl-Uwe nicht gar so lange auf Michael verzichten. Und euch würde die gute Westerwälder Luft auch nicht schaden.«

»Ja, der Vorschlag hört sich nicht übel an!« Gerold sah fragend auf seine Frau. »Was meinst du?«

»O bitte, sagt nicht ab!«, platzte Carl-Uwe dazwischen, bevor Carmen antworten konnte. »Ich habe Michael doch in den vergangenen zwei Monaten kaum gesehen. Noch mal vier Wochen halte ich nicht aus! Außerdem möchte ich so gerne, dass ihr Meiningers näher kennen lernt. Bisher habt ihr sie ja nur an

Markus' Hochzeit gesehen. Das ist schon so lange her! Und viel Gelegenheit, miteinander bekannt zu werden, hattet ihr dabei gar nicht!«

»Gut!«, entschied Gerold, nachdem Carmen ihm zugenickt hatte. »Wir kommen! Ich hoffe nur, ich finde die richtige Straße in eurem Dorf wieder.«

»Kein Problem!«, beruhigte Markus. »So schwierig ist es nicht. Wenn du einen Zettel hast, mach ich dir eine Skizze.«

Während Carmen Papier und Stift holte, wandte Gerold sich an seinen Schwiegervater. »Was ist mit dir, Vati? Kommst du mit?«

»Ach nein!« Arnold Sanders hob abwehrend seine Hand. »Lasst mich mal lieber hier! Ich werde mir einen schönen Tag machen und die Ruhe genießen. Vor allem vor diesem Quälgeist hier!« Und er versuchte halb lachend, halb ernst Gabriele, die sich an seinem Hosenbein hochgezogen hatte, davon abzuhalten, mit ihren Händchen auf seinem Beinstumpf herumzupatschen.

Schnell befreite Gerold den geplagten Opa. Er nahm seine über zehn Monate alte Tochter auf den Arm und versuchte, gleichzeitig den lebhaften Blondschopf fest zu halten und Markus zuzuhören, der ihm den Weg erklärte.

Nur zögernd hob Carl-Uwe schließlich Michael von seinem Schoß. Nachdem er sich von den übrigen Familienmitgliedern verabschiedet hatte, hockte er sich vor den Jungen und umarmte ihn nochmals.

Markus legte ihm eine Hand auf die Schulter. »Komm jetzt! Mutti erwartet dich zum Mittagessen!«

»Auf Wiedersehen, mein Schatz!«, murmelte Carl-Uwe in die dunkelblonden Löckchen des Kindes. »Ich freue mich schon auf deinen Besuch!« Er drückte den Kleinen kurz fest an sich. Dann richtete er sich auf und hastete aus der Tür, ohne sich umzusehen.

»Tschüs! Bis bald!« Markus eilte dem Freund nach. Im Flur fasste er nach dem Koffer, den Carl-Uwe gerade aufnehmen wollte. »Den trage ich! Hier hast du deinen Autoschlüssel zurück! Danke, dass ich deinen Wagen solange benutzen durfte!«

»Nein, Markus, fahr du bitte! Ich möchte mich heute noch nicht hinters Steuer setzen.«

Als der dunkelgrüne Mercedes anrollte, glitten Carl-Uwes Augen ungewollt zum Stubenfenster hinüber. Hinter der Scheibe erkannte er Michaels zum Weinen verzogenes Gesichtchen. Carl-Uwe schluckte schwer.

»Was hältst du davon, wenn wir deinen Geburtstag morgen nachfeiern?«, unterbrach Markus das gedrückte Schweigen, nachdem sie die Autobahn erreicht hatten.

»Aber nein! Das ist doch jetzt nicht mehr nötig!«

»Warum nicht? Im Krankenhaus hast du sicher nicht viel davon gehabt. Zumal er auf einen Freitag fiel. Da war nicht mal Besuchszeit.«

»Gerold durfte doch jeden Abend nach Dienstschluss für eine halbe Stunde kommen! Da brachte er mir am 29. sogar einen Geburtstagskuchen mit, den Carmen extra für mich gebacken hatte. Und die Schwestern haben mir morgens ein Lied gesungen und mir Blumen gebracht. Daran siehst du, dass ich durchaus nicht zu kurz gekommen bin. Jetzt ist es doch schon über drei Wochen her. Da lohnt das Feiern nicht mehr!«

Markus zuckte nur mit den Schultern und schwieg. Seine Frage hatte den Freund ohnehin mehr von seinem Abschiedsschmerz ablenken sollen. Er hatte ja selbst die vielen Blumensträuße auf dem Nachtschränkchen stehen sehen, als er mit Claudia zwei Tage später zu seinem wöchentlichen Besuch ins Krankenzimmer getreten war.

»Weiß deine Familie eigentlich Bescheid, was mit mir los ist?«, fragte Carl-Uwe nach einer Weile.

»Claudia und meinen Eltern habe ich es gesagt. Meine Geschwister wissen lediglich, dass du im Krankenhaus gelegen hast und dich nun erholen musst.«

»Also weiß sie nichts«, dachte Carl-Uwe. »Wie wird sie das aufnehmen?« Rasch wandte er sein Gesicht dem Seitenfenster zu, damit Markus seine Augen nicht sehen konnte.

* * *

»Wieso wollte Mutti eigentlich unbedingt, dass ich zum Einkaufen mitgehe?« Martin verzog ärgerlich das Gesicht. »Hat sie dir so eine mordslange Liste aufgebrummt?«

Marianne schaute auf ihren Zettel. »Es geht! Aber einiges ist ziemlich schwer. Vermutlich sollst du mir tragen helfen.«

»Ausgerechnet heute!« Martin kickte ein paar Steinchen beiseite. »Samstags ist es dort immer so elend voll! Da müssen wir bestimmt wieder Jahrzehnte an der Kasse warten!«

»Übertreib doch nicht so, Martin!«

»Ist doch wahr!«

Marianne schwieg. Eine Weile stiefelte Martin brummend neben ihr her. Dann versuchte er es mit einem anderen Thema: »Jetzt sind die Osterferien schon wieder vorbei. Montag geht die Ackerei wieder los. So was Blödes!«

Keine Antwort.

Ungefähr eine halbe Minute hielt auch Martin seinen Mund. »Mensch, Marianne«, platzte er dann heraus und rümpfte die Nase, »das ist vielleicht ein Kleingemüse in den fünften Klassen! Die benehmen sich ja unmöglich!«

»Nicht anders als du letztes Jahr! Ohne die Kurzschuljahre wärst du sogar selbst noch vor kurzem drin gewesen. Du tust gerade so, als wärst du schon Jahrzehnte älter!«

»Übertreib doch nicht so!« Martin grinste. Dann reckte er seine Nase in die Luft. »Immerhin bin ich schon elf! Und in der sechsten Klasse!«

Keine Antwort.

Martin schnaufte verächtlich und schluckte die nächste Bemerkung hinunter, da sie am Selbstbedienungsladen angekommen waren. Wie er schon befürchtet hatte, drängten sich zahlreiche Einkäufer in den schmalen Gängen. Und die Schlangen vor den beiden Kassen reichten fast bis zur Fleischtheke am anderen Ende.

Am liebsten hätte Martin seinen Ärger ausgedrückt. Aber zu viele Leute kannten ihn hier. Sein Vater würde sich dann bei nächster Gelegenheit – gleich, ob in der Praxis oder beim Hausbesuch – brühwarm alles wieder anhören müssen, was sein Jüngster vom Stapel gelassen hatte. Und auf die todsicher folgende Rüge konnte Martin recht gut verzichten.

Endlich hatten sie sich durchs Gedränge gekämpft und die Einkäufe bezahlt. Beim Einpacken zeigte Martin ungewohnte Hilfsbereitschaft. Doch als er das Roggenbrot auf die Eier werfen wollte, wehrte Marianne ab: »Lass mich das lieber allein machen. Sonst kommt die Hälfte nicht heil zu Hause an.«

Vorsichtig legte sie die Eier oben auf das Kühlgut in ihrem Korb. Die große Einkaufstasche mit Brot, Mehl, Zucker und den Saftflaschen überließ sie ihrem Bruder. Beide Geschwister atmeten auf, als sie dem Gewühl entfliehen konnten.

Auf dem Heimweg schlug Martin trotz der schweren Tasche ein hohes Tempo an. Marianne mühte sich zu folgen. »Renn nicht so, Martin!«

»Doch! Ich will endlich heim! Wo doch Carl-Uwe heute kommt!«

Schon beschleunigte auch Marianne ihre Schritte. Mit feuchter Hand umklammerte sie den Griff ihres Korbes. Ein paar Sonnenstrahlen spielten Fangen in einer Pfütze. In den Vorgärten glitzerten vergessene Regentropfen an den Tulpen. Langsam begannen sich einige Blüten zu öffnen. Konnten sie der Sonne trauen? Oder versteckte sie sich gleich wieder hinter den nächsten Regenwolken?

»Nein«, rief eine der anderen zu, »es regnet heute nicht mehr. Seht ihr nicht, wie das Blau sich ausbreitet und gewinnt? Die Sonne siegt! Das Leben ist wieder schön!«

Als Marianne und Martin in die heimatliche Straße einbogen, stand der Mercedes vor ihrem Elternhaus. »Sie sind schon da!«, schrie Martin und rannte los, die Tasche hochreißend, als sie ihm gegen die Beine schlug. Marianne wäre ihm am liebsten ebenso schnell gefolgt. Doch reichte ihr die Puste nicht mehr. Außerdem hätte es zu viel von ihren geheimsten Gedanken preisgegeben.

Frau Meininger sah ihren Jüngsten durchs Küchenfenster angerast kommen und fing ihn an der Haustür ab. »Langsam, langsam! Denk dran, was Vati gesagt hat! Du lässt Carl-Uwe in Ruhe! Er ist oben in seinem Zimmer. Vorerst gehst du nicht zu ihm! Wahrscheinlich ruht er sich von der Fahrt aus. Und nun gib mir die Tasche! Hoffentlich hast du bei dem Gerenne nichts kaputt gemacht!«

»Hab ich nich'!«, knurrte Martin und zog einen Flunsch. »Darf ich ihn nich' mal begrüßen? Hab ihn doch über ein Jahr nich' gesehn!«

»Nein!! Das kannst du beim Mittagessen tun. Es ist ja nicht mehr lange bis dahin. Verschwinde in dein Zimmer und verhalte dich ruhig! Sonst setzt es was von Vati!«

Martin brummelte etwas vor sich hin und schlich die Treppe hinauf. Inzwischen eilte auch Marianne heran. »Da bist du ja!« Frau Meininger lächelte. »Hast du alles gekriegt?«

Marianne nickte und schleppte den Korb in die Küche. »Kümmer du dich nur ums Kochen, Mutti; ich räum das hier schon auf. Und dann deck ich den Tisch. Welche Teller brauchen wir und welches Besteck?«

Carl-Uwe packte in Markus' ehemaligem Zimmer seinen Koffer aus. Carmen hatte ihm in den beiden Tagen daheim noch schnell zwei Hosen auf die richtige Bundweite geändert. Den Rest hatte er so mitgenommen. Wenn er weiterhin im selben Tempo an Gewicht zunahm, würden sie bald wieder einigermaßen passen.

Den geleerten Koffer hob er auf den Schrank. Er trat ans Fenster und schaute sinnend hinaus. Von hier aus konnte er den größten Teil des Gartens bis zum angrenzenden Wald überblicken. »Es ist wirklich schön hier! Und diesmal werde ich mich tatsächlich erholen können!«

Im Augenblick fühlte er sich so wohl wie schon seit Jahren nicht mehr. Er spürte, wie seine Kräfte allmählich zurückkehrten. Nach den vier Erholungswochen, die der Arzt verordnet hatte, konnte er sich dann mit neuem Schwung in seine nun ganztägige Arbeit beim Rundfunk stürzen. Der Vertrag unterschrieben, Ende März das erste richtige Gehalt überwiesen, seine finanziellen Sorgen beendet, das Studium erfolgreich abgeschlossen: Carl-Uwe fühlte sich so frei und leicht wie noch nie. Das Wissen, dass er an einer unheilbaren Krankheit litt und vielleicht bald sterben müsste, bedrückte ihn nicht. Er wusste ja, wo er hingehen würde!

Nach einem Blick auf seine Armbanduhr wandte er sich vom Fenster ab und schlenderte die Treppe hinunter. Bald sollte es Mittagessen geben. Daher schritt er nun aufs Esszimmer zu und drückte die Klinke nieder.

Sein Fuß stockte, und seine Hand blieb vorerst auf dem polierten Messing kleben. »Marianne!«

Der Suppenteller klirrte, als er auf seinen flachen Kameraden rutschte. Das helle, schrille Geräusch hüpfte in Wellen durch den Raum, kicherte in den Ohren des erstarrten Mädchens, durchbrauste ihren Kopf und brachte ihren gesamten Körper zum Schwingen.

»Guten Tag, Marianne!« Kaum konnte sie die Worte erfassen. Wie durch einen Nebel nahm sie eine Bewegung wahr, die auf sie zusteuerte. Ihre Hand hob sich von allein. Den warmen Druck spürte sie in diesem Augenblick nicht, erinnerte sich erst später daran. Irgendwie gehörte ihre Hand ihr nicht, blieb zunächst in der Luft schweben, bevor sie sich langsam senkte.

»Lass dich nur nicht stören, Marianne! Ich werfe noch einen Blick in den Garten, bis deine Mutter zum Essen ruft.« Sie wusste nicht, wie lange sie noch auf die geschlossene Tür gestarrt hatte, bis das Brausen in ihrem Kopf verebbte und sie sich wieder auf den halb gedeckten Tisch besann.

Wie wohlig die Sonnenwärme Carl-Uwe durchfloss, als er auf der windgeschützten Terrasse stand und zum blauen Himmel hinaufblickte. Seine feuchten Hände ballte er in den Hosentaschen zu Fäusten, um das Zittern niederzukämpfen. Sein Herz schlug den Takt zum Gesang der Amsel, die hoch oben auf der Spitze der frischgrün schimmernden Lärche ihr Lied ins Blau hinaufträllerte.

Doch dann schob sich eine Wolke vor seine sonnenwarmen Gedanken. Fröstelnd zog er die Schultern zusammen und schalt sich für seinen Leichtsinn, ohne Schal und Jacke im Freien zu stehen. Mit hängendem Kopf drehte er sich um und trottete auf die Terrassentür zu. Aus dem Augenwinkel sah er noch das rote Blütenblatt einer verblühenden Tulpe sachte zu Boden gleiten.

Die Brauen zusammengezogen, die Arme auf dem Rücken verschränkt – so wanderte er einige Male im Wohnzimmer auf und ab. Als schließlich zwei leichte Gongschläge aus dem Flur hereinstolperten, atmete er mehrmals tief durch, bevor er gemächlich zum Esszimmer hinüberbummelte.

»Juhuuu, Carl-Uwe!« Das Geländer zwischen den Beinen, sauste Martin aus dem Oberstock herunter und landete geschickt vor den Füßen seines großen Freundes. »Mensch, prima, dass du endlich mal wieder da bist …«

»Sei still, Martin!« Erst Vaters Machtwort am Tisch schnitt den Redefluss ab. »Wir wollen danken! Komm, Herr Jesu, sei unser Gast, und segne, was du uns bescheret hast!«

Innerlich dankte Carl-Uwe in seinen eigenen Worten. Er mochte diesen traditionellen Vers nicht. Jesus lediglich als Gast zur Mahlzeit einzuladen, genügte ihm nicht. Er betete Jesus als seinen Herrn an, der durch den Heiligen Geist bleibend in ihm wohnte und sein Leben in allen Bereichen bestimmte und beschenkte.

Ihm blieb jedoch keine Zeit für ein längeres Gebet. »Amen, Carl-Uwe, weißt du was?« Schon sprudelte die Quelle neben ihm wieder über. Herr und Frau Meininger mussten sich jedes Mal erst energisch Gehör verschaffen, bevor sie auch ein paar Worte an Carl-Uwe richten konnten.

Nur eine beteiligte sich nicht an dem lebhaften Gespräch. Appetitlos schob sie die Kartoffeln auf dem Teller hin und her. Obwohl sie jedes Stückchen in der Bratensoße schier ertränkte, schmeckten sie so trocken wie noch nie. Und selbst die kleinsten Brocken passten heute nicht durch ihre Kehle.

Die munteren Worte, die kreuz und quer über den Tisch flogen, erreichten sie nicht. Vor ihrem Platz prallten sie an einer unsichtbaren Mauer ab. Außer Frau Meininger, die ab und zu einen prüfend-besorgten Blick ans untere Tischende warf, achtete niemand auf das Mädchen. Auch die schwarzbraunen Augen verirrten sich nie so weit nach links.

Nach dem Mittagessen legte Carl-Uwe sich für eine Stunde in seinem Zimmer aufs Bett und döste vor sich hin. Zum Nachmittagskaffee war er bei Markus und Claudia eingeladen. Danach ging er mit den beiden ein kleines Stück spazieren. Tief atmete er die würzige Luft ein. Fast neun Wochen hatte er nur Krankenhausdüfte geschnuppert. Jetzt genoss er die frische Waldluft in vollen Zügen.

Auch den ersten Sonntag verbrachte er hauptsächlich mit Markus und Claudia. Wie freute er sich, nach langer Zeit endlich wieder an einem Gottesdienst teilnehmen zu können! Den Spaziergang am Nachmittag verlegten sie in die Wiesen und dehnten ihn ein wenig länger aus als den vom Vortag. Die Aprilsonne schien angenehm warm auf sie herab.

Am Montagvormittag bummelte Carl-Uwe zum Schreibwarenladen des Dorfes. Er wählte einen Stapel bunter Ansichtskarten von der Umgebung aus und kaufte die entsprechenden Briefmarken dazu. An eine Hauswand gelehnt, schrieb er gleich die erste Karte an Michael und warf sie in den nächsten Briefkasten. In den folgenden vier Wochen erhielten Michael und Gabriele jeden Tag abwechselnd eine bunte Karte aus dem Westerwald. Während das kleine Mädchen die Karten hauptsächlich mit dem Mund »bearbeitete«, betrachtete Michael die Bilder ausgiebig und ließ sich von der Mama immer wieder vorlesen, was Onkel Uwe geschrieben hatte.

2. Die ganze Welt

Da steht er! Da steht er!«

»Schrei doch nicht so, Martin! Wer steht wo! Außerdem sollst du warten, bis der Zug richtig steht, bevor du rausspringst!« Marianne fasste nach Martins Arm, um ihn vor Dummheiten zu bewahren.

»Carl-Uwe ist da! Er holt mich wieder ab!«

»Wieso wieder?«

»Er holt mich jeden Tag vom Zug ab! Du hast bloß gestern und vorgestern nichts gemerkt, weil du länger Schule hattest als ich und deshalb mit einem späteren Zug gefahren bist! Ätsch! Ist eben nicht immer ein Vorteil, wenn man älter ist, was?« Und schon hatte Martin sich ihrem Griff entwunden und war aus dem bremsenden Zug gehüpft. Er taumelte kurz, fing sich aber sogleich und rannte auf seinen großen Freund los.

Zitternd krallte Mariannes Hand sich um den Haltegriff, während sie vorsichtig die Stufen hinunterstieg. Auf keinen Fall wollte sie in ihrer Aufregung stolpern. Für einen Augenblick schwamm der Bahnsteig vor ihren Augen – wie ein Spiegelbild in hin- und herschwappendem Wasser. Doch dann fühlte sie den sicheren Boden unter ihren Füßen, atmete tief durch und schritt auf die beiden Wartenden zu.

»Grüß dich, Marianne!« Carl-Uwe drückte ihr kurz, aber fest die Hand und nahm ihr dann wie selbstverständlich die Schultasche ab. Als sie seinem freundlichen Blick begegnete, übersprang ihr Herz einen Schlag.

Nebeneinander marschierten sie die Straße hinunter, Martin in der Mitte. Das Geplätscher seiner Worte sprudelte ungehört an den Ohren seiner Schwester vorbei. Ab und zu brach die Sonne durch die Wolken und erhellte ihren Weg. »Als ob die Welt plötzlich lächelt!«, dachte Marianne und freute sich an dem warmen Schein, der Häusern, Bäumen, Menschen, Blumen und selbst dem Straßenpflaster leuchtendere Farben schenkte. Und ihr Herz lächelte mit.

»Carl-Uwe, was hast du heute Nachmittag vor? Bist du hier?«, erkundigte sich Dr. Meininger beim Mittagessen.

»Bis drei Uhr etwa bin ich hier. Danach wollte ich zu Markus und Claudia.«

»Dann lass uns die Kontrolluntersuchung jetzt gleich nach dem Essen vornehmen. Nachher muss ich etliche Hausbesuche machen, die ich nicht zu lange warten lassen kann. Es sind einige ernstere Fälle dabei.«

Marianne warf einen erschrockenen Blick auf Carl-Uwe. »Wozu mag diese Untersuchung nötig sein? Ob er doch noch nicht so gesund ist, wie ich annehme? Er sieht doch so viel besser aus als bei seinen letzten Besuchen!« Sie traute sich jedoch nicht zu fragen.

Da kam Martin ihr unerwartet zu Hilfe. »Was für 'ne Untersuchung denn? Was Schlimmes? Geht's dir etwa wieder schlechter? Vorhin hab ich aber nichts gemerkt!«

»Reg dich nicht auf, Martin! Ich will nur ein bisschen Blut untersuchen, um sicher zu sein, dass alles in Ordnung ist!«

Heimlich atmete Marianne auf. Aber so ganz beruhigten sie die Worte ihres Vaters nicht. Tief drinnen blieb ein unbestimmtes Gefühl der Angst. Während der übrigen Mahlzeit beobachtete sie Carl-Uwe verstohlen.

Doch sein Gesicht zeigte nicht die geringste Spur von Sorge oder Unruhe. Es wirkte so entspannt wie die ganzen letzten Tage seit seiner Ankunft. Gelassen aß er weiter. Als er nachher dem Arzt ins Sprechzimmer folgte, scherzte er sogar mit ihm.

Anscheinend war die Untersuchung gut ausgefallen. Marianne konnte in der Küche das fröhliche Geplauder hören, als die beiden aus der Praxis zurückkehrten. An den Geräuschen erkannte sie, dass Carl-Uwe die Treppe hinauf in sein Zimmer lief. Wohl, um seine verordnete Mittagsruhe einzuhalten. Gleich darauf fuhr das Auto aus der Garage. Ihr Vater brach zu seinen Hausbesuchen auf.

Gegen drei Uhr – Marianne saß in ihrem Zimmer an ihren Hausaufgaben – sah sie Carl-Uwe zum Nachbarhaus hinübergehen. Seinen federnden Schritten konnte sie nichts Beunruhigendes anmerken. Wahrscheinlich hatte ihr Vater als gewissenhafter Arzt nur eine routinemäßige Nachuntersuchung vorgenommen!

* * *

»Herzlichen Dank für diesen interessanten Bericht!«, hörte Carl-Uwe den Pastor sagen. Er erwachte wie aus einem Traum. Saß er tatsächlich hier in Herborn in der Freikirche neben Markus und Claudia? Und nicht in Japan, dem Land, über das der Missionar gerade so fesselnd erzählt hatte?

Carl-Uwe atmete tief durch. Ob er auch etwas dazu beitragen konnte, dass das Evangelium in Japan und der ganzen Welt verkündet wurde? Selbst in ein fremdes Land zu gehen, war wegen seiner Krankheit wohl kaum zu verwirklichen. Er wusste ja nicht einmal, ob er das Sprachstudium überleben würde. Aber sicher gab es auch andere Möglichkeiten?

Aufmerksam lauschte er auf die Worte des Pastors: »Wer die Arbeit von Dietmar und Helene Schumann im Gebet oder finanziell unterstützen möchte, kann seinen Namen und Adresse in die Liste eintragen, die hinten ausliegt. Schumanns werden zwar nächste Woche nach Japan zurückkehren, da das Jahr ihres Heimaturlaubs vorbei ist. Doch sie werden regelmäßige Rundbriefe mit den neuesten Entwicklungen und Gebetsanliegen schicken. Und ich freue mich, euch heute Abend den Mann vorstellen zu können, der den Versand der Briefe übernehmen wird!« Er wandte sich jemandem in der ersten Reihe zu und gab ihm einen Wink mit der Hand.

Ein großer, schlanker Mann mit hellbraunem glattem Haar und einer fast randlosen Brille erhob sich, drehte sich kurz um und lächelte. Dann setzte er sich rasch wieder.

»Wir freuen uns sehr«, fuhr der Pastor fort, »dass Burkhard Schumann, der Sohn unserer Gäste, seit kurzem zu unserer Gemeinde gehört. Er hat vor wenigen Wochen sein 1. Staatsexamen bestanden und unterrichtet nun als Referendar an der Realschule hier in Herborn. Wir hoffen natürlich, dass er uns auch nach dem 2. Examen erhalten bleibt …«

Carl-Uwe betrachtete die Missionarsfamilie voller Bewunderung. Wie großartig musste es doch sein, sein ganzes Leben so dem Herrn weihen zu können! Ob er wenigstens mithelfen konnte, den Dienst dieser Menschen zu unterstützen? Nach Beendigung der Missionsstunde war er einer der Ersten, die sich in die Liste eintrugen.

Am Ausgang auf Markus und Claudia wartend, beobachtete er die Missionare interessiert. Welch eine Ruhe strahlte Dietmar

Schumann aus, während er geduldig Fragen beantwortete! Und welch liebenswertes Lächeln erhellte das Gesicht seiner Frau! Der Sohn hatte einen Arm um die Schultern seiner Mutter geschlungen.

»Anscheinend verstehen sich die Söhne immer am besten mit den Müttern!«, dachte Carl-Uwe. »Wie Gerold und seine Mutter! Und – und Mama und – ich!« Schnell schluckte er den Brocken hinunter, der sich in seinem Hals bildete. Er wollte nicht wieder der Bitterkeit Raum geben, die ihn anfangs so geplagt hatte.

Jetzt wandte Herr Schumann sich seinem Sohn zu. Und Carl-Uwe erkannte aus der Ferne durchaus, wie herzlich die beiden miteinander sprachen. Der Vater legte Burkhard in einer liebevollen Geste eine Hand auf die Schulter, bevor er sich dem nächsten Gemeindeglied widmete.

Unbewusst atmete Carl-Uwe tief durch. Es gab also außer Dr. Meininger noch andere Väter, die ein gutes Verhältnis zu ihren Söhnen pflegten! Und die sich nicht scheuten zu zeigen, wie stolz sie auf diese Söhne waren. Irgendwie empfand Carl-Uwe Erleichterung darüber. Freudig lächelte er Markus und Claudia entgegen, die ihr Gespräch mit einigen Freunden beendet hatten und nun Arm in Arm den Mittelgang herunterkamen.

»Noch scheinst du ja einigermaßen munter zu sein!« Markus musterte ihn prüfend. »Ich hatte schon befürchtet, es könnte zu spät für dich werden.«

»Mach dir keine Sorgen; mir geht es unverdient gut! Und diesen Abend hätte ich um nichts in der Welt missen mögen!«

Langsam bummelte Carl-Uwe am Freitagnachmittag die Straße hinunter. Markus und Claudia arbeiteten beide in der Zahnarztpraxis und konnten sich ihm daher nicht widmen. Und Martin brütete noch über seinen Hausaufgaben. Marianne natürlich auch.

Im Vorbeischlendern freute Carl-Uwe sich an den blühenden Tulpen und Narzissen in den Vorgärten. Wie schön und farbenfroh das leuchtete! »Ob es wohl in Japan auch Tulpen gibt? Nach dem, was der Missionar gestern Abend erzählt hat, muss es ein wunderschönes Land sein. Aber der Dienst dort ist wohl sehr schwierig. Es ist ja auch eine vollkommen andere Kultur. Und erst die Sprache! Wie lange Schumanns wohl gebraucht haben, bis sie die beherrscht haben? Vermutlich etliche Jahre!«

Am Ende der Straße bog Carl-Uwe in den Grasweg ab und folgte ihm gemächlich durch die frühlingsfrischen Wiesen. Sorgsam zog er den Schal fester um den Hals und schlug den Kragen seiner Wildlederjacke hoch. Der Wind fühlte sich doch noch recht kühl an. Und er durfte sich keinesfalls erkälten.

»Eigentlich ist es schade, dass ich nicht mehr lange zu leben habe«, dachte er und ließ seine Blicke zum Waldrand schweifen. »Nicht so sehr, weil ich dann diese schöne Welt verlassen muss. Denn bei Jesus im Himmel wird es sicherlich noch viel, viel schöner sein! So schön, wie ich es mir mit meinem begrenzten Vorstellungsvermögen gar nicht ausmalen kann. Aber wenn ich länger hier bleiben dürfte, könnte ich vielleicht auch als Missionar zu anderen Völkern gehen, die noch nichts von Jesus wissen. Das wäre sicherlich eine großartige Aufgabe. – Doch da mir diese Möglichkeit verwehrt ist, will ich zufrieden sein. Gott wird schon wissen, warum er diese Krankheit zugelassen hat.«

Carl-Uwe blieb stehen und starrte nachdenklich über die Wiesen in die Ferne. »Jedenfalls will ich versuchen, die noch verbleibende Zeit so gut und wirkungsvoll auszunutzen, wie ich nur kann! Auch hier in Deutschland gibt es Menschen, die Jesus nicht richtig kennen. Welch ein weites Feld habe ich da im Funk! – Und darüber hinaus werde ich Schumanns unterstützen. Ab heute werde ich täglich für sie beten. Auch für den Sohn. Burkhard heißt er, wenn ich mich recht erinnere. In der Realschule hat er als Lehrer sicher auch Gelegenheiten, von Jesus weiterzusagen.

Und nachdem ich jetzt ein richtiges Gehalt bekomme, kann ich den Eltern sogar finanziell helfen. Mein Zehnter gehört zwar meiner eigenen Gemeinde. Aber wer hindert mich, darüber hinaus die Mission zu unterstützen?«

Tiefe, ruhige Freude durchzog und erfüllte Carl-Uwe. Wenn auch nur begrenzt, so durfte er dennoch mitarbeiten, um »das Reich Gottes zu bauen«, wie der Missionar es gestern Abend ausgedrückt hatte. »Ich bin nicht nutzlos! Mein Dasein hat einen wichtigen, wertvollen Sinn! Trotz der vielen, verpfuschten Jahre, die hinter mir liegen, hat Gott mir nun eine Aufgabe anvertraut!« Wie hieß doch sein neuer Wahlspruch aus Römer 14, Vers 8? *Leben wir, so leben wir dem Herrn, sterben wir, so sterben wir dem Herrn; ob wir nun leben oder sterben, so sind wir des Herrn.* Solange er noch lebte, wollte er danach handeln! Voller Dankbarkeit begann er zu beten.

»Wie gut, dass Markus mich gestern Abend doch noch mitgenommen hat!«, dachte er, als er danach langsam weiterging. »Er fürchtete ja, es könnte zu anstrengend für mich werden, wenn ich so spät ins Bett komme. Aber das scheint nichts ausgemacht zu haben. Und diesen Vortrag hätte ich nicht verpassen wollen. Noch nie vorher habe ich mir Gedanken über andere Völker gemacht. Noch nie ist mir bewusst geworden, dass sie auch von Jesus hören müssen. Herr Schumann hat mir erst die Augen dafür geöffnet. Wie blind bin ich gewesen! Wie eingeengt in meinem Denken! Und jetzt sehe ich plötzlich die ganze Welt vor mir!«

Auch das zweite Wochenende verbrachte Carl-Uwe wieder in erster Linie bei Markus und Claudia im Nachbarhaus. Die beiden wunderten sich insgeheim über die fröhliche Stimmung des Todgeweihten. Markus konnte sich nicht erinnern, ihn in den vielen Jahren ihrer Bekanntschaft so unbeschwert und gelöst erlebt zu haben.

Äußerlich erholte sich Carl-Uwe ebenfalls zusehends. Seine Wangen schimmerten frisch und rosig. Die Knochen stachen nicht mehr einzeln hervor. Sein ganzer Körper rundete sich und füllte seine Kleidung wieder besser aus. Auch seine Kräfte kehrten mehr und mehr zurück. Täglich dehnte er seine Spaziergänge weiter aus. Wie wohltuend die frische Luft seine Lungen durchströmte!

3. Der 1. Mai

Freudig erregt blickte Marianne am Morgen des 1. Mai in ihren Kleiderschrank. Mitten in der Woche ein ganzer Tag frei! Keine Schule! Keine Hausaufgaben! Ein ganzer Tag in Carl-Uwes Nähe!

»Ich muss irgendwas Besonderes anziehen! Was richtig Hübsches!« Ihre Augen glitten über ihre gut ausgestattete Garderobe und blieben an dem roten Sonntagskleid mit dem tief angesetzten Plisseerock haften. Eigentlich mochte sie es nicht. Zarte, gedämpfte Farben zog sie vor. Aber ihre Mutter betonte stets, ihre Blässe brauche solch ein kräftiges Rot. Zwar empfand Marianne ihr Gesicht keineswegs als frischer, sondern eher als noch bleicher, wenn sie sich darin betrachtete. Aber sie traute ihrem eigenen Urteil nicht. Ihre Mutter besaß so viel mehr Erfahrung! Gewiss wusste sie auch das besser.

Zögernd hob Marianne das rote Kleid vom Bügel und streifte es sich über den Kopf. Als sie in den Spiegel schaute, zog sie eine Grimasse. »Lang und dürr wie eine Bohnenstange! Kein bisschen Figur! Hässlich wie immer!« Sie seufzte tief auf. »Wie kann ich so nur Carl-Uwe gefallen? Er lächelt zwar immer sehr lieb, wenn er mich anschaut. Aber das geschieht selten genug! Wie soll er auch auf mich aufmerksam werden, wenn ich so abscheulich aussehe?« Unglücklich wandte sie sich von ihrem Spiegelbild ab und trottete zum Fenster.

Junge Sonnenstrahlen spähten über den östlichen Horizont und kitzelten vorwitzig den Schornstein des Hauses auf der gegenüberliegenden Straßenseite, als wollten sie ihn aus dem Schlaf rufen. Und er schien zu blinzeln und sich dem kühlen, frischen Licht entgegenzurecken. Sein rotes Mauerkleid leuchtete und lachte im kindlichen Morgenschein.

Das übrige Haus – noch im Schatten – wartete sehnsüchtig auf die liebkosenden Strahlen und schob sich dem Glanz lautlos entgegen. Auch Mariannes Fenster ruhte noch in der düsteren Kühle. Das Mädchen schauderte fröstelnd zusammen, als sie beide Flügel zum Lüften öffnete. Eilig verließ sie ihr Zimmer.

»Hoppla!« Carl-Uwe fasste schnell nach ihrem Arm, da sie schwankte, als sie ihren Schritt so plötzlich abbremste. In Gedanken noch bei ihrem unbefriedigenden Spiegelbild, hatte sie das Schließen der Badtür überhört. Und die Trittgeräusche verschluckte der Flurläufer.

Ein süßwürziger Duft – wie eine Mischung aus Wacholder und tropischem Holz – füllte die Luft. Das Mädchen atmete unbewusst tief ein, während Carl-Uwe ihren Arm wieder losließ. »Guten Morgen, Marianne!«

»Guten Morgen!« Kaum konnte sie sich selbst hören. Musste ihre Stimme unbedingt immer dann versagen, wenn Carl-Uwe sie endlich mal ansprach?

»Trotz des Feiertags bist du so früh aus den Federn?« Er lächelte. »Gehst du deiner Mutter helfen?«

Sie nickte. »Ja; Frühstück machen!« Scheu sah sie zu ihm auf. Wie freundlich er sie anblickte! Nicht so herablassend wie Matthias und Manfred oder gar die Jungen in ihrer Schulklasse. Für die war sie ja ohnehin nur ein Mauerblümchen, das zu beachten sich nicht lohnte.

»Du bist ein fleißiges Mädchen, Marianne! Ich finde es schön, dass du deiner Mutter immer so eifrig hilfst!«

Welch eine Anerkennung aus seinen Worten sprach! Eine heiße Freudenwelle durchschoss sie und färbte ihre Wangen. Verlegen senkte sie die Augen. »Danke!«, flüsterte sie. »Aber jetzt muss ich mich beeilen!« Rasch lief sie die Treppe hinunter. Ihr Herz pochte noch schneller, als ihre Füße trappelten. Es schien ihr durchs ganze Haus zu dröhnen.

Nachdenklich schaute Carl-Uwe ihr nach. Erst als er unten die Küchentür klappen hörte, rührte er sich vom Fleck und schritt in sein Zimmer. Während er sich ankleidete und sich eine von seinen Lieblingskrawatten vorband, sah er ständig Mariannes Gesicht vor sich.

»Ahhh, es geht doch nichts über ein geruhsames Frühstück ohne jede Unterbrechung!« Dr. Meininger setzte seine leere Kaffeetasse ab und lehnte sich zurück. Dann wandte er sich an Carl-Uwe. »Wie wär's, wenn wir das Blutbild jetzt gleich machen? Dann hast du heute Mittag deine Ruhe!«

»Von mir aus können wir das gerne tun!« Carl-Uwe lächelte den Arzt zustimmend an.

»Gut! Gehen wir lieber sofort, bevor mich doch wieder jemand wegholt!« Dr. Meininger erhob sich.

Angestrengt starrte Marianne auf die Tischkante vor ihr. »Wieso schon wieder?«, dachte sie. »Vati hat doch erst vor einer Woche Carl-Uwes Blut untersucht! Was mag das nur bedeuten?«

Carl-Uwe stieg nach der Untersuchung gleich in sein Zimmer hinauf. Wie genoss er es, mal so richtig ausgiebig seine Bibel lesen und beten zu können! Jeden Vormittag nutzte er dafür mindestens zwei Stunden.

Sinnend sah er danach aus dem Fenster – und sah doch nichts vom frühlingsfrischen Garten. Vor seinem inneren Auge schwebte Mariannes Gesicht. Wie sie ihn heute früh angeschaut hatte! Wenn er doch nur wüsste, was er tun sollte! Durfte er in dem jungen Mädchen die Hoffnung nähren, die aus ihren Augen sprach? Sie ging doch noch zur Schule! Wie mochte es um seine Gesundheit stehen, wenn sie ihr Abitur hinter sich gebracht hatte? Immerhin dauerte es bis dahin noch über ein ganzes Jahr!

Ein Blick auf seine Armbanduhr riss ihn aus seinen Gedanken. Schon fast halb zwölf! Bis um zwölf Uhr wollten doch Neumeisters eintreffen! Keine Sekunde dieses kostbaren Tages wollte er verlieren, wenn sein kleiner Liebling ihn besuchte!

Da er von Markus' Zimmer zwar den schönen Ausblick über den Garten genießen, die Straße aber nicht sehen konnte, eilte er hinunter ins Esszimmer. Von dort musste er das Auto erkennen können, sobald es sich dem Haus näherte. Erwartungsvoll stellte er sich hinter die Gardine, schob beide Hände in die Hosentaschen und blickte hinaus.

Zehn Minuten später kam Marianne mit einem Stapel Geschirr herein, um den Tisch zu decken. Nebenher warf sie immer wieder forschende Blicke auf den Wartenden, der sich bei ihrem Eintritt nur rasch umgewandt, ihr zugelächelt und sich dann gleich wieder zum Fenster gedreht hatte. Dann fasste sie sich plötzlich ein Herz. Nach kurzem Räuspern platzte sie heraus: »Ich bin sehr gespannt auf diesen Michael. Er muss etwas ganz Besonderes sein, wenn er es geschafft hat, dein Herz zu gewinnen!«

Carl-Uwe schaute verblüfft auf das junge Mädchen. Dann lächelte er. »Ja, Michael ist wirklich etwas Besonderes! Er bedeutet mir sehr viel. – Aber wieso glaubst du, es sei schwierig, mein Herz zu gewinnen? Hältst du mich für hart und abweisend?«

»Aber nein!« Hastig senkte sie den Kopf, legte das restliche Besteck zurecht und rannte aus dem Zimmer.

Gedankenvoll sah er ihr einen Augenblick nach. Dann seufzte er leise, atmete tief durch und spähte wieder aus dem Fenster.

Endlich fuhr der erwartete Opel Kadett vorm Hause vor. Das ersterbende Geräusch des Motors hing noch in der Luft, da eilte Carl-Uwe bereits durch die Gartenpforte. Er ließ den Insassen kaum Zeit, um auszusteigen. Schon hielt der glückliche Onkel seinen Liebling auf dem Arm und drückte ihn an sich. Der Kleine schlang ihm die Ärmchen um den Hals und schmiegte seine Wange an Carl-Uwes.

Marianne beobachtete die Begrüßungsszene vom Küchenfenster aus. Wie sie sich danach sehnte, jetzt an Stelle des Kindes zu sein! »Aber er beachtet mich ja kaum!«, dachte sie und kämpfte gegen aufsteigende Tränen. »Ich bin zu unscheinbar und hässlich!«

Inzwischen hatte Carl-Uwe die übrigen Gäste freudig begrüßt und führte sie herein. Markus und Claudia traten mit Dr. Meininger aus dem Wohnzimmer, während Martin die Treppe heruntergesprungen kam. Frau Meininger eilte aus der Küche. Marianne folgte ihr schüchtern und versuchte, sich hinter ihrer Mutter zu verstecken.

Markus begann mit der Begrüßung, indem er Carmen und Gerold herzlich die Hand schüttelte. Carl-Uwe trug noch immer seinen Schatz auf dem Arm. Der Junge sah scheu auf die vielen fremden Leute. Schutz suchend klammerte er sich an seinen geliebten Onkel.

Gabriele hockte auf dem Arm ihres Vaters. Keck schaute sie von ihrem Sitz umher. Als Claudia versuchte, mit ihr zu schäkern, streckte sie gleich die Ärmchen nach ihr aus.

Obwohl Marianne im Hintergrund blieb, wurde sie nicht übersehen. Carmen und Gerold begrüßten Markus' einzige Schwester warm und freundlich. Sie errötete verlegen. So bald wie möglich huschte sie zurück in die Küche.

Am Tisch mussten sie eng zusammenrücken. Carl-Uwe nahm Michael kurzerhand auf seinen Schoß und verwandelte die Mahlzeit in ein Spiel. Immer abwechselnd ließ er eine Gabel voll in Michaels und eine in seinen eigenen Mund fliegen. Der Kleine lachte vor Freude.

Gerold bemerkte es. »Nimm doch bitte für Michael eine andere Gabel als für dich!«, mahnte er leise. »Wer weiß, ob er nicht irgendwelche Bakterien in sich trägt! Denk dran, dass jede Ansteckung gefährlich für dich werden kann!«

Carl-Uwe nickte und gehorchte. Marianne, die schräg gegenüber saß, hatte die leisen Worte verstanden. Sie spürte, wie eine neue Angst in ihr hochkroch. Was mochten diese Worte bedeuten? Carl-Uwe wirkte doch kein bisschen mehr krank! Im Gegenteil! So gesund und munter hatte sie ihn schon lange nicht mehr erlebt. Warum sollte eine Ansteckung eine Gefahr in sich bergen? Und warum wurde jede Woche sein Blut untersucht? Irgendetwas stimmte da nicht! Aber was? Ihr fiel plötzlich auf, dass ihr Vater immer nur von Carl-Uwes »schwerer Krankheit« gesprochen, sie jedoch nie beim Namen genannt hatte.

Nach wie vor wagte sie niemanden zu fragen. Denn sie glaubte fest, außer vielleicht ihrer Mutter wisse keiner um ihre so sorgsam gehütete Liebe. Dass ausgerechnet der Betroffene selbst es seit langem erkannt hatte, ahnte sie nicht.

Den ganzen Tag beobachtete sie Carl-Uwe heimlich. Er bemerkte es diesmal nicht. Seine gesamte Aufmerksamkeit galt Michael. Nach dem Mittagessen hielten sie gemeinsam ihren Mittagsschlaf. Beim anschließenden Spaziergang hüpfte der Junge begeistert an der Hand seines Onkels durch den sonnendurchfluteten Wald. Carl-Uwe betrachtete jeden Käfer, den der Kleine ihm zeigte. Für alles, was das Kind faszinierte, interessierte auch er sich. Sein Gesicht strahlte, sooft er Michael anschaute.

Claudia unterhielt sich mit Carmen über Kuchenrezepte und andere Haushaltsfragen – für die jungen Frauen ein unerschöpfliches Thema. Gerold und Markus, in ein eifriges Gespräch vertieft, eilten der Gruppe trotz Gerolds steifen Beines ein ganzes Stück voraus. Gabriele ritt auf den Schultern ihres Vaters und krähte vergnügt.

Dr. Meininger nahm sich seines mürrischen Jüngsten an. Martin – eifersüchtig auf Michael – schielte stirnrunzelnd auf das glückliche Kind. Seine Hände hatte er tief in seinen Hosentaschen vergraben. Missmutig kickte er kleine Steine vor sich her.

Marianne wanderte wortlos neben ihrer Mutter her. Da sie den Schluss bildeten, konnte sie Carl-Uwe unauffällig beobachten. Auch sie kämpfte gegen Eifersucht. Noch nie hatte sein Gesicht ein solches Strahlen für sie gezeigt, wie er es diesem kleinen Jungen schenkte. Und mit welcher Geduld und Hingabe er auf das Kind einging! Marianne musste zugeben, dass dieser Michael tatsächlich ein niedliches Kerlchen war. Aber sie sehnte sich so sehr danach, auch einen solch bevorzugten Platz in Carl-Uwes Herzen einzunehmen wie der fröhliche Knirps dort vorne.

Jetzt schienen die beiden etwas Besonderes entdeckt zu haben. Einträchtig hockten sie am Wegrand und betrachteten irgendetwas am Boden. Sie ließen sich auch nicht stören, als die anderen an ihnen vorbeispazierten. Marianne konnte nichts Außergewöhnliches erkennen, als sie sie mit ihrer Mutter überholte. Doch ihre gespitzten Ohren schnappten etwas von »Schnecke« auf. Anscheinend fesselte so ein Tier die gesamte Aufmerksamkeit der eifrigen Beobachter.

Die Gruppe wanderte schon ein gutes Stück voraus, als die beiden Unzertrennlichen sich auf ihre Genossen besannen. »Guck mal, Michael! Wir sind die Letzten! Sollen wir versuchen, die anderen zu überholen?« Carl-Uwe zwinkerte dem Kleinen zu. Der Junge nickte begeistert, fasste nach der Hand des Onkels und rannte los. Carl-Uwe musste seine Schritte gewaltig beschleunigen, um mit dem Kind mitzuhalten.

Bald hatten sie die meisten hinter sich gelassen. Nur Markus und Gerold marschierten noch ein Stück vor ihnen, als Carl-Uwe abbremste. »Ich kann nicht mehr so schnell rennen wie du, Michael! Ich bin zu alt!« Dabei zwinkerte er erneut mit den Augen. Michael lachte wie über einen guten Spaß.

Beim Kaffeetrinken saß der Junge wieder auf Carl-Uwes Schoß. Diesmal benutzte Carl-Uwe von Anfang an zwei verschiedene Kuchengabeln. Er wollte nicht leichtsinnig sein.

Nach dem Kaffee verabschiedeten sich die Gäste, damit es für die Kinder nicht zu spät wurde. »Bitte, Ompel Uwe, tomm mit nach Hause!« Michael klammerte sich an Carl-Uwes Hals fest.

»Heute noch nicht, mein Schatz! Ich muss erst noch ein bisschen länger hier bleiben. Aber dann komme ich zu dir nach Hause.« Zärtlich küsste er das Kind und löste behutsam die Ärmchen von seinem Hals. Zwar ließ Michael sich von ihm ins Auto setzen. Aber über sein bekümmertes Gesicht kullerten dicke Tränen.

Carl-Uwe blieb stehen und winkte, bis der Wagen um die Ecke gebogen war. Dann wandte er sich um und trottete mit gesenktem

Kopf ins Haus. »Wenn Michael jetzt schon bei jeder Trennung weint, wie soll es dann erst werden, wenn ich hier auf Erden für immer von ihm Abschied nehmen muss!«, dachte er. »Um des Kindes willen werde ich doppelt vorsichtig sein, um noch möglichst lange bei ihm bleiben zu können.«

4. Marianne

»Hach, endlich mal wieder ein Wochenende frei und ein richtig gemütliches Frühstück am Samstagmorgen!« Manfred legte sein Messer nieder, lehnte sich im Stuhl zurück und reckte sich genüsslich in alle Richtungen. »Immer diese wochenlangen Manöver im Frühjahr und im Herbst. Über drei Wochen hab ich schon kein ordentliches Frühstück mehr gehabt!«

»Ist das Essen bei der Bundeswehr denn so schlecht?« Frau Meininger sah ihren Sohn besorgt an.

»Nö, das hab ich nicht behauptet. Aber so was wie hier daheim gibt es eben nicht! Oder glaubst du etwa, wir bekämen dort selbst gemachte Marmelade? Na, glücklicherweise hab ich's bald überstanden. Nur noch ein paar Wochen.«

»Weißt du inzwischen, wo du studieren willst? Auch in München wie Matthias?«

»Ach nein, Vati, das ist mir zu weit weg. Vielleicht Marburg oder Gießen. Mainz wäre auch nicht zu verachten. Mal sehen!«

»Was willst du studieren?«, erkundigte sich Carl-Uwe. »Auch Medizin?«

»Na klar! Aber nicht bloß Zahnmedizin wie Markus, sondern richtig wie Matthias. Und Vati!« Er grinste.

»Lauter Mediziner in der Familie!« Frau Meininger schüttelte lachend den Kopf. »Alle meine Söhne eifern dem Vater nach. Martin will nämlich auch Arzt werden.«

»Und Marianne?«, konnte Carl-Uwe sich nicht verkneifen zu fragen. Schnell hob er seine Kaffeetasse und trank einen Schluck, um nicht merken zu lassen, wie sehr es ihn interessierte. Er wagte zunächst nicht hochzuschauen – aus Sorge, seine Augen könnten ihn verraten!

»Marianne hat noch keine genauen Pläne. Da sie eine so gute Schülerin ist und so gleichmäßig gute Noten in allen wichtigen Fächern hat, stehen ihr viele Möglichkeiten offen. Vielleicht schlägt sie ja auch die medizinische Laufbahn ein. Ich könnte sie mir zum Beispiel gut als Kinderärztin vorstellen.«

»Ich nicht!« Manfred verzog spöttisch den Mund. »Da müsste sie ja mit den Kindern und auch deren Eltern reden können. Das ist nichts für sie. Die kriegt doch vor lauter Schüchternheit den Mund nicht auf!«

»Das wird sich gewiss noch ändern, wenn sie älter wird«, verteidigte Frau Meininger ihre einzige Tochter. »Bis dahin ist noch ein langer Weg. Du weißt selbst, wie viele Jahre ein Medizinstudium kostet. Da hat sie noch reichlich Zeit, um aus ihrem Schneckenhaus herauszufinden. Sie ist ja noch nicht einmal mit der Schule fertig!«

»Bis dahin ist noch ein langer Weg!« Frau Meiningers Worte tönten in Carl-Uwes Innerem fort. Sie lenkten ihn nach dem Frühstück immer wieder vom Bibellesen ab. Sie beschäftigten ihn, als er am späten Vormittag die Karte nach Frankfurt schrieb und zum Briefkasten brachte. Und sie klangen in ihm, als er anschließend zum Bahnhof spazierte, um Martin und Marianne vom Zug abzuholen.

Martins unentwegtes Geplauder ließ ihm keine Zeit, weiter darüber nachzudenken. Und nach seinem täglichen Nickerchen, das er noch konsequent nach dem Mittagessen einhielt, marschierte er hinüber ins Nachbarhaus, um das Wochenende wieder Markus und Claudia zu widmen.

»Schade, dass das Wetter dieses Jahr noch so kühl ist!«, bedauerte Markus beim nachmittäglichen Spaziergang. »Zwar sagt die alte Bauernregel, ein Mai, kühl und nass, füllt dem Bauern Scheuer und Fass. Aber für dich ist das nicht so gut! Hoffentlich erkältest du dich nicht!«

»Ich ziehe mich immer ausreichend warm an«, beruhigte Carl-Uwe. »Und in den letzten drei Wochen war ich jeden Tag wenigstens ein bisschen draußen, um möglichst viel Frischluft zu tanken. Stärkt das nicht auch die Abwehrkräfte? Als Mediziner müsstest du das doch unterstützen!«

»Ja, ein Stück weit schon! Aber bitte sei trotzdem vorsichtig. Du weißt, dass schon ein kleiner, harmloser Schnupfen dich umwerfen kann!«

Eingedenk Markus' Warnung zog Carl-Uwe sich am Montag zusätzlich einen Mantel über, als er nachmittags zum Spazierengehen aufbrach. Einen Schal band er ohnehin vorsichtshalber immer um, wenn er durch die Wiesen wanderte.

Während er den mittlerweile wohl bekannten Grasweg entlangschlenderte, fielen ihm wieder Frau Meiningers Worte vom Samstag ein: »Bis dahin ist noch ein langer Weg! – Ein Medizinstudium kostet Jahre! – Sie ist ja noch nicht einmal mit der Schule fertig!«

»Selbst wenn sie keine Medizin, sondern etwas anderes studiert, wird sie Jahre brauchen, bis sie ihre Ausbildung abgeschlossen hat!« Als ob ein Tuch plötzlich vor seinen Augen weggerissen würde, so sprang Carl-Uwe diese Tatsache ins Gesicht. »Bis dahin bin ich vermutlich längst nicht mehr am Leben! Zerstöre ich ihr nicht ihre gesamte Zukunft, wenn ich sie da herausreiße?«

Stirnrunzelnd begann er darüber nachzugrübeln, welche Konsequenzen es nach sich ziehen würde, wenn er sie heiratete. Nicht nur konnte er dann Schumanns kaum so unterstützen, wie er es sich vorgenommen hatte. Und er hatte das doch als einen Auftrag von Gott akzeptiert! Aber daneben ging es vor allem um Marianne. Mit ihren siebzehn Jahren hatte sie noch fast ihr ganzes Leben vor sich. Wie konnte er sich das Recht anmaßen, um eines kurzen Glücks willen ihre Zukunftschancen derart zu beschneiden? Wenn er sie tatsächlich so sehr liebte, wie er es in den vergangenen drei Wochen glaubte erkannt zu haben, musste er dann nicht zuallererst an ihr Wohl denken und nicht an seines?

»Ich werde mit ihr reden müssen! Und zwar noch, bevor ich abreise. Sie darf sich nicht weiter innerlich an mich hängen. Das bringt ihr auf Dauer nur Kummer. Und ich möchte sie nicht unglücklich machen. Ein schneller, scharfer Schnitt jetzt am Anfang heilt gewiss besser als eine lang gärende Wunde.«

Fast die ganze übrige Woche dachte er über das beabsichtigte Gespräch mit Marianne nach. Das gute Ergebnis der vierten Blutuntersuchung am Mittwoch konnte ihn nicht darüber hinwegtäuschen, dass seine Tage auf Erden gezählt waren. Nie und nimmer durfte er in dieser Situation ein Mädchen an sich binden! Schon gar nicht ein so junges!

Während der Woche begegnete er Marianne fast nur zu den Mahlzeiten. Vormittags saß sie in der Schule und kam oft später heim als Martin. Nachmittags arbeitete sie stundenlang an den Hausaufgaben. Wann sollte er da mit ihr sprechen?

Schließlich entschied er sich, sie am Samstagnachmittag zu einem Waldspaziergang einzuladen. Dort könnte er ungestört mit ihr reden. Danach fuhr er am besten sofort nach Frankfurt zurück, damit sie durch seine Gegenwart nicht unnötig gequält wurde. Am Sonntag musste er ja ohnehin abreisen.

Schon am Vormittag packte er seinen Koffer. Währenddessen betete er intensiv und bat um Weisheit und die rechten Worte. Glücklicherweise strahlte die Sonne von einem wolkenlosen Himmel. Im Regen hätte er das Gespräch nicht sehr gerne geführt.

Vorm Mittagessen fing er das Mädchen im Esszimmer ab, als sie dort wie üblich allein den Tisch deckte. »Marianne?« Seine dunklen Augen blickten sie eindringlich an. »Wärst du bereit, heute Nachmittag ein Stück mit mir spazieren zu gehen? Nur wir beide allein? Ich möchte etwas mit dir besprechen.«

Ein Erdbeben hätte sie nicht mehr überrascht und erschreckt. Der Boden unter ihren Füßen schien Wellen zu schlagen, und ihr Herz hüpfte zitternd mit. Mühsam krächzte sie ein »Wann?« heraus.

»Du wirst sicher erst deiner Mutter helfen müssen, nicht wahr? Und ich muss als braver Junge vorher meinen Mittagsschlaf halten. Ist halb drei für dich möglich?«

Sie krallte sich an der Tischkante fest und versuchte zu nicken. »Wo – ähem – ähem – soll ich …« – erst heftiges Husten dämpfte das Kratzen im Hals ausreichend – »… auf dich warten?«

»Hinten an der Gartenpforte dürfte am besten sein. Denn im Wald werden wir am wenigsten gestört. Ich möchte keine unerwünschten Zuhörer. Danke, dass du mir vertraust und mitkommst!«

Als er kurz vor halb drei auf die Pforte zuschritt, wartete sie bereits. Hoffentlich konnte er ihren heftigen Herzschlag nicht hören! Ihre zitternden Hände versteckte sie in den Taschen ihres leichten Sommermantels.

Höflich hielt er ihr die Pforte auf. Eine ganze Zeit lang bummelten sie schweigend nebeneinander her. Knisternd brachen trockene Zweige und braune Eichenblätter unter ihren Sohlen. Die meisten Laubbäume hatten bereits die neue Generation an jungen Blättchen geboren. Im Sonnenlicht verzierten sie den Waldboden mit zarten, filigranen Mustern. Eine dicke Hummel kreuzte arbeitseifrig den Weg. Ihr tiefes Brummen mischte sich harmonisch in den vielstimmigen Choral der Vögel.

Zu aufgeregt, um auf ihre Umgebung zu achten, setzte Marianne automatisch einen Fuß vor den anderen. Doch Carl-Uwes Blicke glitten aufmerksam umher, als suche er nach einem Hinweis, wie er das Gespräch einleiten könnte. Gedankenvoll betrachtete er den weißen Teppich aus späten Buschwindröschen, die ihre Blüten einander zuneigten, als tuschelten sie miteinander und tauschten letzte Geheimnisse aus, bevor sie sachte und lautlos zu Boden taumelten.

Schließlich holte er tief Luft. »Marianne, – ich – muss dir – etwas sehr Wichtiges sagen. Normalerweise würde ich kein Wort darüber verlieren. Aber – die Umstände zwingen mich zu sprechen. Denn ich habe dich – sehr gern und möchte nicht, dass du unnötig leidest!«

»Ich habe dich sehr gern!« Wie ein heller Strahl fielen diese Worte in ihr Herz. Sie hob den Kopf und schaute erwartungsvoll zu ihm auf. Nach einigen weiteren Schritten blieb er stehen und wandte sich ihr zu. Seine Hände bohrte er tief in seine Hosentaschen.

»Bitte korrigiere mich, wenn ich mich irre! Aber ich habe den Eindruck, dass du – dass du mich auch – sehr gern hast!«

Ein weicher, hingebungsvoller Ausdruck wärmte ihre blassen Augen. Sie lächelte leicht. »Ja«, flüsterte sie, »ich hab dich lieb! Schon sehr lange!«

Carl-Uwe lächelte nicht. »Marianne, weißt du, was Leukämie ist?«

Ihr Blick verdunkelte sich. Sie schüttelte den Kopf. »Gehört habe ich den Ausdruck zwar schon öfter. Aber ich weiß nichts Genaues. Warum fragst du?«

»Leukämie ist eine krebsartige Erkrankung der blutbildenden Organe, die bis heute unheilbar ist und nach einigem Auf und Ab in wenigen Monaten oder Jahren unweigerlich zum Tode führt. – Marianne!« Seine Stimme wurde rau. »Ich habe Leukämie!«

»Nein!!!« Übergroße, entsetzte Augen in einem weißen Gesicht, so starrte sie ihn an. »Nein! Das ist nicht wahr! Bitte sag, dass es nicht wahr ist!«

»Es ist aber wahr!« Er schluckte schwer. »Ich habe nicht mehr lange zu leben. Meine Zeit ist bald abgelaufen. Und darum möchte ich dich bitten, mich zu vergessen. Du darfst dein junges Leben nicht an einen Todgeweihten binden, Marianne! Es wäre unverantwortlich!«

Sie schlug die Hände vors Gesicht. »Nein!«, flüsterte sie und schüttelte den Kopf. »Das kann ich nicht! Dazu hab ich dich zu lieb! Wie könnte ich dich je vergessen? Das ist zu viel verlangt!«

Ihre Hände fielen schlaff herunter. Flehend, mit verzerrten Zügen, schaute sie zu ihm auf. »Wenn du mich schon gern hast«, würgte sie mühsam hervor, »warum können wir nicht wenigstens die kurze Zeit glücklich miteinander sein, die du noch lebst? Warum darf ich dir nicht den Rest deines Lebens noch so schön machen, wie du es verdienst?« Sie machte eine Bewegung auf ihn zu, als wolle sie sich in seine Arme werfen.

Carl-Uwe trat einen Schritt zurück. Er durfte sie jetzt nicht berühren! Sonst verlor er am Ende noch die Beherrschung. Und richtete dadurch weit größeren Schaden an!

»Marianne!« Eindringlich sah er ihr in die Augen, die sich langsam mit Tränen füllten. In seinen Taschen ballte er die Hände zu Fäusten. Er musste unbedingt standhaft bleiben! Er musste! »Bitte bedenke doch, dass wir unter diesen Umständen nie glücklich miteinander sein könnten. Das Wissen um die nahende Trennung, die Unsicherheit und Angst vor dem Wie-lange-noch würden unser vermeintliches Glück immer trüben und überschatten!

Und wenn ich dich trotz alledem heiratete und wir ein oder gar mehrere Kinder bekämen, was dann? Ich könnte es nicht verantworten, dich als junge Witwe mit kleinen Kindern zurücklassen zu müssen. Du hättest ja nicht mal einen Beruf, um deinen Lebensunterhalt zu verdienen. Für eine solche Belastung bist du mir zu kostbar!

Außerdem brauchen deine Kinder einen Vater! Und zwar einen lebendigen, der für sie sorgen kann! Deshalb ist es besser, wenn du lernst, den Schmerz zu überwinden, den ich dir heute leider zufügen muss. Dann ...« – seine Stimme zitterte – »... dann bist du frei für eine spätere Ehe mit dem Mann, der dich wirklich glücklich machen kann.

Du bist noch so jung, Marianne! Ich kann es nicht verantworten, dein Leben zu zerstören. Du sollst unberührt und unbelastet eine Beziehung eingehen können mit einem Mann, der deiner würdig ist. Und diesem Mann möchte ich mit einem reinen Gewissen gegenübertreten können, wenn wir einmal vor Gott stehen!«

Mit kalkweißem, schmerzverzerrtem Gesicht hatte Marianne zugehört. Doch jetzt verlor sie die Beherrschung. »Hör mir auf mit Gott!«, rief sie weinend. »Er hat dich so entsetzlich krank werden lassen und mir dadurch das Liebste genommen, das es für mich hätte geben können! *Er* hat mein Leben zerstört!« Sie schnellte herum und stolperte, blind vor Tränen, den Weg zurück, den sie gekommen waren.

»Marianne!!«, rief er schmerzlich. Doch sie hörte ihn nicht oder wollte ihn nicht hören. Langsam, mit schweren, schleppenden Schritten, gesenktem Kopf und hängenden Schultern trat er den Rückweg an.

Eine hellgraue, dunstige Wolkendecke hatte sich über den Himmel ausgebreitet und verschleierte die Sonne. Nur schemenhaft schwebte sie dahinter und quälte gebremstes Licht hindurch, das schwache, verwischte Schatten tuschte. Carl-Uwe bemerkte es nicht. Eine finstere Wolke verdunkelte seine Seele und trübte seinen Blick.

Als er im Haus die Treppe hinaufstieg, hörte er aus ihrem Zimmer unterdrücktes Schluchzen. »Also ist sie zumindest heimgelaufen!«, dachte er und starrte einen Augenblick auf ihre Tür. Seufzend trottete er dann weiter den Flur entlang, um seine Sachen zu holen.

Nachdem er sein Gepäck im Kofferraum seines Mercedes verstaut hatte, den er nun wieder selbst fuhr, klingelte er am Nachbarhaus. Markus öffnete. »Kann ich dich mal kurz unter vier Augen sprechen?«, bat Carl-Uwe.

»Natürlich!« Besorgt schaute Markus in das ernste Gesicht seines Freundes.

»Es handelt sich um deine Schwester ...« Mit niedergeschlagenen Augen berichtete Carl-Uwe von dem Gespräch im Wald. »... Du kennst Marianne besser als ich. Wenn du jemanden weißt, der sie am ehesten trösten und ihr helfen kann, dann schick diese Person so schnell wie möglich zu ihr! Es wäre entsetzlich, wenn sie sich im ersten Schmerz etwas antäte!«

»Mutti!!! Ich komme gleich mit rüber und rede mit ihr. Aber bist du sicher, richtig entschieden zu haben?«

»Ja. Obwohl ich dadurch nie mehr zu euch hierher kommen kann, bin ich gewiss, dass es so für Marianne besser ist. Auf diese Weise ist ein Schlussstrich gezogen, und sie ist frei für einen anderen. Sonst wäre es eine monate- oder gar jahrelange Quälerei für sie. Das kann und will ich ihr nicht zumuten.

Und jetzt werde ich mich verabschieden. Sag bitte Claudia, deinen Eltern und Martin noch einen lieben Gruß! Ich komme besser nicht mehr mit hinüber. Mein Gepäck ist schon im Auto. Jede Minute, die ich länger hier bleibe, tut Marianne nur unnötig weh. Leb wohl, Markus! Ich hoffe, du bist mir nun nicht böse! Besuche mich mal in Frankfurt! Es täte mir sehr Leid, wenn unsere Freundschaft darunter leiden würde!«

Markus drückte ihm fest die Hand. »Ich bleibe dein Freund, wenn ich dich auch nicht ganz verstehe! Komm gut nach Hause! Lass öfter mal was von dir hören!«

* * *

Durch Studium und Wehrdienst wohnten Matthias und Manfred zur Zeit nicht daheim. Dadurch konnten zwei Personen weniger unangenehme Fragen stellen. Denn in den nun folgenden Wochen zog Marianne sich in sich selbst zurück. Nur zu den Mahlzeiten erschien sie im Familienkreis, hockte allerdings teilnahmslos dabei und aß kaum. Ansonsten vergrub sie sich in ihrem Zimmer. Zwar war sie zu pflichtbewusst, um das Lernen zu vernachlässigen. Es fiel ihr jedoch unendlich schwer. Und wenn sie abends ihre Schulbücher aufräumte und ins Bett kroch, weinte sie sich regelmäßig in den Schlaf.

Ihre Mutter kümmerte sich intensiv um sie und versuchte, ihr in manchen Gesprächen zu helfen, den Schmerz zu überwinden. »Ich verstehe, mein Kind, dass diese erste große Enttäuschung dir sehr weh tut.« Behutsam legte sie ihr einen Arm um die Schultern und zog sie an sich. »Aber nach meiner Ansicht hat Carl-Uwe richtig gehandelt. Zwar hat er dir jetzt diesen schweren Kummer zugefügt. Aber er hat dir dadurch unendlich viel mehr Leiden erspart. Ich weiß, wovon ich spreche.

Hast du dir je mal überlegt, warum zwischen Markus und Matthias mehr als fünf Jahre liegen? Markus wurde Ende 1940 geboren, Matthias dagegen erst ein Jahr nach Beendigung des Krieges. Dazwischen habe ich Markus allein aufziehen müssen, weil Vati im Felde war. Glaube mir, das war für mich sehr, sehr schwer! Und darüber hinaus habe ich ständig in der Angst gelebt, Vati könne ein Opfer dieses schrecklichen Krieges werden und nicht zurückkommen. Es war eine entsetzliche Zeit!

Für dich wäre es jedoch noch schlimmer, noch hoffnungsloser. Denn du *weißt*, dass Carl-Uwe dich bald allein lassen müsste. Vielleicht mit mehr als *einem* kleinen Kind! Und das will er dir ersparen. Deshalb verstehe ich seine Entscheidung gut. Sie beweist mir nur, wie selbstlos seine Liebe ist. Er verzichtet auf sein eigenes Glück, um dich nicht auf Dauer unglücklich zu machen!«

Nach und nach beruhigte sich Marianne etwas. Zumindest äußerlich. Doch ihre jugendliche Unbeschwertheit war zerbrochen. Um ihr ganzes Wesen wehte ein trüber Hauch. Wenn Carl-Uwe für sie auch verloren war, konnte sie ihn doch nicht vergessen. Zumal sie sich nun von ihm geliebt wusste. Und sich mit ihrem empfindsamen Herzen gut vorstellen konnte, wie er selbst unter dem Verzicht litt. In ihrem Innern blieb ein dumpfer Schmerz zurück, der trotz aller vernünftigen Argumente nicht weichen wollte.

5. Bereit?

Carl-Uwe stürzte sich mit Eifer und Freude in seine Arbeit beim Rundfunk. Nach außen schien er fröhlicher und ausgeglichener als je zuvor. Sein ganzes Wesen strahlte Festigkeit, Stärke und tiefen Frieden aus. Mutig bezeugte er seinen Herrn bei jeder Gelegenheit. Er sprach von ihm mit einer Selbstverständlichkeit, als sei die persönliche Beziehung zu Gott so normal wie das Atmen. Da ihm jegliche Frömmelei abging und sein Leben sein Reden deutlich unterstrich, erntete er unter den Kollegen mehr Achtung als Spott. Obwohl er nie ein Wort darüber verlor, unterließen sie in seiner Gegenwart das Fluchen oder Erzählen von zweideutigen Witzen.

Auch daheim wirkte Carl-Uwe gelöst und zufrieden. Munter spielte er mit den beiden Kindern oder erzählte ihnen Geschichten. Sogar Gabriele hörte mitunter ein paar Minuten zu, obwohl sie so gut wie nichts verstand. Sie wurde ja am 7. Juni erst ein Jahr alt!

Doch in Carl-Uwes Augen lag ein Schatten. Wenn er sich abends in sein Zimmer zurückzog, drehten sich seine Gedanken um Marianne. Sie war das erste Mädchen, das Interesse an ihm selbst gezeigt hatte, ohne dass ein reicher Vater im Hintergrund lockte. In seinem Innern lebte ihr schmales, zartes Gesicht. Sie vermochte so lieb zu lächeln. Und so warm mitzuempfinden. Ihr weiches Herz war nie gleichgültig über die Leiden anderer hinweggegangen. Wie oft hatte er das an ihr beobachtet! Dieses Mittragen und Mitfühlen war einer der Wesenszüge, die er an ihr so liebte.

Täglich betete er, sie möge ihren Schmerz überwinden und Trost in Gott finden. Mit der Zeit erkannte er, dass seine Gefühle für sie noch tiefer wurzelten, als er vermutet hatte. Denn er konnte sie ebenso wenig vergessen wie sie ihn. Je mehr ihm das bewusst wurde, desto fester reifte in ihm der Entschluss, sie nie wieder zu sehen. Der Schmerz, den er ihr hatte zufügen müssen, war schlimm genug! Er wollte ihren Kummer nicht noch vermehren. Sicherlich konnte sie seinen Verlust eher verwinden, wenn gar keine engere Beziehung vorhanden gewesen war!

***

»Guten Abend, Onkel Arnold!« Carl-Uwe trat am späten Freitagnachmittag kurz vorm Abendessen in die Stube.

Herr Sanders sah auf und lächelte ihm zu. »Guten Abend, Carl-Uwe! Auch die zweite Arbeitswoche gut überstanden? Wie fühlst du dich?«

»Eigentlich recht gut! Das Blutbild am Mittwochmorgen war noch in Ordnung, hat Doktor Raimond gesagt.«

»So, na, das ist ja schön! Sag mal, hast du heute schon in die Zeitung geschaut?«

»Ja, in der Mittagspause hat mich ein Kollege mitlesen lassen. Spielst du auf etwas Bestimmtes an?«

»Hast du gesehen, dass die Hessische Polizei die Frankfurter Uni geräumt hat? Da muss es ja ganz schön hergegangen sein!«

»Das habe ich auch gehört. Was bin ich froh, mein Examen hinter mir zu haben! Jetzt möchte ich nicht studieren müssen!«

»Ich auch nicht! Zum Glück wohnen wir hier draußen in Eschersheim und nicht in der Innenstadt. Es ist wirklich schlimm, wie die Gewalt überall überhand nimmt. Hast du eigentlich was vom Attentat auf den SDS-Führer Rudi Dutschke mitbekommen? Es war am Gründonnerstag. Da lagst du noch im Krankenhaus.«

»Es geschah in Berlin, nicht wahr? Ja, das ist bis zu uns ins Krankenhaus vorgedrungen. Auch von den großen Demonstrationen mit den heftigen Auseinandersetzungen danach haben wir erfahren. Das hört sich fast wie ein Bürgerkrieg an, was sich da auf unseren deutschen Straßen abspielt.«

»Nicht nur auf deutschen, Carl-Uwe! Oder hast du nicht gelesen, was nach der Ermordung Martin Luther Kings in Amerika ablief?«

»Waas?? Der Bürgerrechtler Martin Luther King wurde ermordet? Wann? Davon habe ich nichts gewusst!«

»Nur eine Woche vor dem Anschlag auf Dutschke! Es ist deshalb so unverständlich, weil Luther King stets den Weg der Gewaltlosigkeit betont hat und auch selbst gegangen ist!«

»Wie furchtbar!« Carl-Uwe rieb sich betroffen die Stirn. »In was für einer Welt leben wir heute! Wie traurig muss Gott über die Menschen sein, die er erschuf! Wie weit sind wir von ihm und seinen Maßstäben abgeirrt!«

Nur fünf Tage später saßen Millionen von Menschen vor Radio- und Fernsehgeräten und erfuhren voller Entsetzen von den Schüssen auf den amerikanischen Präsidentschaftsbewerber Senator Robert Kennedy. Stundenlanges Zittern und Bangen, Hoffen und Beten. Und dann am nächsten Tag die bedrückende Nachricht: Die mehrstündige Operation hatte ihn nicht mehr retten können. Auch der zweite Kennedy war einem Mordanschlag zum Opfer gefallen.

Carl-Uwe, selbst nahe an der Schwelle zur Ewigkeit, bewegte das Geschehen sehr. »Ob dieser Bob Kennedy wohl ein wiedergeborener Christ war? Bereit zum Sterben? Und nun bei Jesus ist? Oder vielleicht nicht? Wie schrecklich wäre das! Ich kann wirklich dankbar sein, dass ich weiß, wo ich hingehe, wenn der Tag kommt! Aber wie viele wissen das nicht! Sollte das für uns Christen nicht ein neuer Ansporn sein, so vielen wie möglich von dieser einzigen Chance weiterzusagen? Hier in Frankfurt und in der ganzen Welt?«

Von neuem nahm Carl-Uwe sich fest vor, das Seine dazu beizutragen, damit das Evangelium verkündet wurde. Im Funk und anderswo! Nur schade, dass Burkhard Schumann bisher noch nichts von sich hatte hören lassen. Aber das würde sicher noch kommen. Seine Eltern waren ja erst vor gut einem Monat nach Japan zurückgekehrt. Bei der enormen Entfernung benötigte die Post gewiss etliche Wochen.

Gabrieles Geburtstag zwei Tage nach dem Attentat lenkte die Gedanken der erwachsenen Familienmitglieder für einige Stunden von der aktuellen Politik ab. Dennoch hallten die Schüsse von Los Angeles noch lange nach.

Besonders Carl-Uwe belasteten die Morde der vergangenen Monate. Ein Mensch musste gar nicht unheilbar krank werden, um früh vor Gott zu stehen und für sein Tun Rechenschaft ablegen zu müssen. Martin Luther King hatte lediglich 39 Jahre erreicht. »Er war nur gut zehn Jahre älter als ich«, dachte Carl-Uwe. »So viel ist das nicht! Wer rechnet in einem solchen Alter schon damit, dass er sterben muss, wenn er gesund ist!«

Noch intensiver betete er für Marianne. Konnte es nicht auch sie treffen? Wenn sie auch nicht als Zielscheibe für einen politischen Mord in Frage kam, konnte sie dennoch sterben. Sie brauchte nur auf ihrem Schulweg in einen Unfall zu geraten. Hatte nicht Gerold das Zugunglück vor knapp sechs Jahren beinahe nicht überlebt? Sein steifes Bein erinnerte ja ständig daran. Und genügend Menschen waren damals umgekommen. Auch jüngere! So jung wie Marianne! Und sie war nicht bereit! Ihr fehlte die persönliche Beziehung zu Jesus, die allein sie retten konnte! Und die sie benötigte, damit er sie im Himmel wieder sehen konnte, wenn er hier auf Erden schon auf sie verzichten musste!

* * *

»Hier, Gabriele! Da hast du's wieder!« Unermüdlich holte Michael seit fast einer halben Stunde das Spielzeug wieder zusammen, das seine Schwester unter begeistertem Kreischen aus dem Laufstall warf. Ihr gegenüber bewies der knapp Dreijährige eine erstaunliche Geduld. Nachdem er seine erste Trotzphase, die Carmen Anfang des Jahres so irritiert hatte, überwunden hatte, fremdelte er nicht mehr ganz so stark wie früher, blieb jedoch immer noch recht schüchtern.

Gabriele, wesentlich kecker und lebhafter als ihr Bruder, lachte und quietschte vergnügt vor sich hin, wenn sie nicht gerade wieder von einem neuen Zahn oder anderen Wehwehchen gequält wurde. Inzwischen bereits einiges über dreizehn Monate alt, konnte sie seit zwei Wochen auf ihren eigenen Beinchen durch die Wohnung wackeln. Dann war allerdings nichts vor ihr sicher. Deshalb musste sie in den Laufstall, wenn keiner der Erwachsenen Zeit hatte, auf sie zu achten.

Ihre grünen Augen stammten eindeutig vom Papa. Doch die süße, kleine Stupsnase und der weiche Mund deuteten auf ihre Mama. Eine Fülle von blonden Löckchen rahmte das pausbackige Gesichtchen ein.

Mit dem Sprechen tat sie sich schwerer als ihr großer Bruder. Allerdings hatte Michael einen Vorteil gehabt durch die besondere Zuwendung, die der Junge von seinem Onkel genoss.

Keiner konnte behaupten, dass Carl-Uwe sich nicht um Gabriele kümmerte oder gar sie nicht mochte. Er hatte auch das kleine Mädchen ins Herz geschlossen. Doch er konnte das lebhafte Kind nicht allzu lange halten. Seine frühere Kraft hatte er ohnehin nicht vollständig wiedererlangt. Und allmählich schien es mit ihm wieder abwärts zu gehen. Deshalb nahm er Gabriele nie längere Zeit auf den Schoß oder Arm.

Außerdem war Michael sein Liebling geblieben. Der kleine Kerl hatte ihn in seiner größten Not getröstet, als sein Vater ihn aus seiner eigenen Familie ausgestoßen hatte. Das knüpfte eine unlösliche, innere Bindung zu dem Kind, die kein anderes je würde erreichen können.

Mit einem lauten Jauchzer warf Gabriele ihre weiche Stoffpuppe aus dem Ställchen. »Arme Puppe!« Michael streichelte das aufgestickte Gesicht. »Du darfst sie nicht so doll werfen!«, tadelte er sein Schwesterchen, bevor er ihr das misshandelte »Kind« wieder hinstreckte. »Das tut ihr doch weh!«

»Ba ba!«, schrie Gabriele und – schwupp – lag das Püppchen wieder draußen.

»Lass das, Gabriele! Das ist böse! Du musst der Puppe ›ei‹ machen und sie nicht einfach rauswerfen!«

Gerold amüsierte sich im Stillen über seine beiden Sprösslinge. Er saß am Stubentisch und überdachte eine Neueinteilung der Gemüsebeete für das folgende Jahr, um den Boden nicht einseitig auszulaugen. In den Garten konnte er an diesem Samstagvormittag nicht, da es wie aus Kübeln goss. Die Ende Juli üblichen Hundstage ließen dieses Jahr offenbar auf sich warten.

In seine Gedanken hinein klapperte der Briefkastendeckel. Einen wenig begeisterten Blick aus dem Fenster werfend, erhob sich Gerold und hinkte hinaus. So schnell es sein steifes Bein erlaubte, hüpfte er die vier Stufen vor der Haustür hinunter, rannte zur Gartenpforte, fischte die Post aus dem Kasten und hastete zurück. Im Flur fuhr er sich erst mal kräftig mit den Fingern durch seine weißblonden Locken, um die Regentropfen herauszuschleudern. Dann besah er sich die Aufschrift auf den beiden Umschlägen.

»Carl-Uwe!«, tönte Gerolds tiefe Stimme im nächsten Augenblick durchs Haus.

»Ja, ich komme!« Carl-Uwe saß in seinem Zimmer im Oberstock und schrieb einen Brief an Markus. Jetzt schob er seinen Stuhl zurück und trat auf den Flur hinaus. »Warum hast du mich gerufen?«, fragte er, während er ein Stück die Treppe herunterkam.

»Post für dich! Allerdings bloß eine Drucksache!«

Nicht übermäßig erfreut griff Carl-Uwe nach dem Umschlag, den Gerold ihm hinhielt. Doch als er auf den Absender schaute, leuchteten seine Augen auf. »Danke!« Gerold zunickend, drehte er sich um und eilte zurück in sein Zimmer.

»Von Burkhard Schumann! Endlich kommt der Rundbrief, auf den ich schon so lange warte!« Freudig vertiefte er sich in die Zeilen vor ihm. »Jetzt weiß ich doch wieder besser, wofür ich beten kann. Und eine Kontonummer ist auch angegeben. Also kann ich nun die geplante Unterstützung überweisen und alles rechtzeitig ordnen. Wer weiß, wann ich wieder ins Krankenhaus muss! Immerhin hatte ich heute früh beim Zähneputzen Blut an der Zahnbürste. Und die letzten Blutbilder zeigten in die gleiche Richtung!«

In der nächsten Woche suchte Carl-Uwe einen Rechtsanwalt auf. Er hatte sich vorgenommen, alles Geld, das er nach Abzug der Missionsspende für Schumanns erübrigen konnte, zu sparen. Denn ihm war klar geworden, dass seine Beerdigung einiges kosten würde. Er mochte jedoch nicht seine Freunde mit solch einer Ausgabe belasten. Von seinem Vater konnte er keinen Pfennig mehr erwarten. Also würde er sich seine Bestattungskosten selbst zusammensparen, so seltsam das auch klingen mochte.

Deshalb wollte er nun ein Testament aufsetzen. Gerold, dem er restlos vertraute, bestimmte er zum Haupterben. Ihm übergab er auch eine beglaubigte Abschrift. »Weißt du, Gerold, ich habe mir das folgendermaßen gedacht: Sollte ich je noch so lange leben, dass der ersparte Betrag die Beerdigungskosten übersteigt, soll das Geld Michael zugute kommen. Er ist mein guter Engel! Ich verdanke ihm so viel! Vielleicht kann er sich dann einen besonderen Wunsch erfüllen, ein Fahrrad oder Ähnliches. Damit hätte er – eine bleibende Erinnerung – an mich!«

Carl-Uwe schluckte mühsam. Der Gedanke, seinen Liebling verlassen zu müssen und sein Heranwachsen nicht erleben zu können, schnürte ihm die Kehle zu.

***

Die Nachricht vom Einmarsch der sowjetischen Truppen in die tschechoslowakische Hauptstadt am 20. August und damit das Ende des Prager Frühlings erlebte Carl-Uwe noch daheim mit. Doch keine zwei Wochen später überwies ihn Dr. Raimond ins Krankenhaus. Die Zahl der Leukozyten war zu hoch angestiegen.

Carl-Uwe hatte bereits damit gerechnet. Denn das Zahnfleischbluten hatte in den letzten Tagen rapide zugenommen. Allerdings bekümmerte es ihn, vielleicht an Michaels drittem Geburtstag am 28. September nicht daheim sein zu können.

Tatsächlich musste er bis Anfang Oktober im Krankenhaus bleiben. Der Arzt erlaubte ihm jedoch, an jenem Nachmittag für etwa drei Stunden heimzufahren, damit er den wichtigen Tag seines kleinen Lieblings mitfeiern konnte. Gerold holte ihn auf der Station ab.

Da der Tag auf einen Samstag fiel, kam auch Markus mit seiner Frau zu Besuch. Claudia trug ein zartgrünes Umstandskleid. Sie war im fünften Monat schwanger.

»Du hast mir ja gar nicht verraten, dass ihr Nachwuchs erwartet!« Erfreut begrüßte Carl-Uwe die beiden.

»Überraschung gelungen!«, stellte Markus im Telegrammstil befriedigt fest. »Carmen und Gerold haben vorhin genauso verblüfft geguckt.«

»Was erwartest du auch anderes, wenn du uns einfach vor vollendete Tatsachen stellst?« Carl-Uwe lachte. Dann wandte er sich der Hauptperson des Tages zu.

Voller Begeisterung packte Michael den Kasten mit der Holzeisenbahn aus, den Carl-Uwe bereits im August vorsorglich gekauft hatte. Zur Lokomotive mit den drei Anhängern gehörten ein ganzer Schienenkreis, ein Bahnhof, ein paar Häuser und ein Bahnübergang. Durch Zubehörteile konnte die Anlage später erweitert werden.

Nach dem Kaffeetrinken lagen Geburtstagskind und Onkel einträchtig auf dem Teppich und steckten die Schienen zusammen. Claudia beschäftigte sich eifrig mit Gabriele, die reges Interesse am neuen Spielzeug ihres Bruders zeigte und die Teile eigentlich gerne als willkommene Wurfgeschosse missbraucht hätte. Glücklicherweise wusste Tante Claudia das erfolgreich zu verhindern. So konnten die beiden »Eisenbahner« ungestört spielen, bis Gerold

Carl-Uwe ins Krankenhaus zurückfahren musste, damit er rechtzeitig zum Abendessen wieder auf Station war.

***

Am 3. November feierte Carmen ihren 25. Geburtstag – erfreulicherweise ein Sonntag. Dadurch waren nicht nur Gerold und Carl-Uwe den ganzen Tag zu Hause; sie konnte auch Claudia und Markus dazu einladen. Markus bekam von seinem Schwiegervater dessen Auto ausgeliehen, damit es für Claudia nicht zu anstrengend wurde. Denn die Schwangerschaft begann inzwischen den siebten Monat.

Nach dem Mittagessen zog Herr Sanders sich wie gewöhnlich zu seiner Mittagsruhe in sein Zimmer zurück. Claudia half Carmen in der Küche beim Spülen. Gerold legte die beiden Kinder zum Mittagsschlaf nieder, was einige Zeit kostete. Denn Gabriele musste vorher aufs Töpfchen gesetzt und anschließend frisch gewickelt werden. Michael brauchte schon seit über einem halben Jahr keine Windel mehr.

Carl-Uwe nutzte das Alleinsein mit Markus und erkundigte sich rasch nach Marianne. »Wie geht es ihr? Hat sie den Schock verkraftet? Ich mache mir Sorgen um sie! Vor allem, weil sie Gott angeklagt hat. Wie kann sie seine Hilfe und seinen Trost erfahren, wenn sie ihm die Schuld gibt?«

Markus starrte nachdenklich auf das Muster des Tischläufers. Angestrengt suchte er nach den rechten Worten. »Sie nimmt es sehr schwer!«, gab er schließlich zögernd zu. »Das ist ihre Art. Und es liegt bei ihr offensichtlich ziemlich tief. Wir müssen ihr Zeit lassen, Carl-Uwe! Es ist zwar schon über fünf Monate her! Aber so schnell verarbeitet ein Mensch wie Marianne eine solche Enttäuschung nicht!«

Obwohl Carl-Uwe so etwas vermutet hatte, erschütterte es ihn dennoch, es nun bestätigt zu hören. Aufstöhnend stützte er sein Gesicht in die Hände.

»Ich konnte nicht anders handeln, Markus! Sonst wäre es doch noch viel schwerer für sie. Womöglich hätte ich ihre ganze Zukunft zerstört! Denn sie hätte kaum ihre Schule beenden können, von einer Ausbildung ganz zu schweigen. Welcher Mann heiratet eine Witwe mit kleinen Kindern?

Außerdem hielte ich es nicht für gut. Ich möchte meinen Kindern nicht unbedingt einen Stiefvater zumuten. Wie schlimm es für ein kleines Kind ist, wenn plötzlich ein Elternteil fehlt, habe ich bei Michael gesehen. Als Carmen für Gabrieles Geburt im Krankenhaus lag, hat er unheimlich gelitten und tagelang geweint. Soll ich das bewusst meinem Kind antun?

Für Marianne wäre es auch sehr schwer. Wie oft müsste ich sie allein lassen, weil ich ins Krankenhaus muss. Und später wird es viel leichter für sie sein, wenn sie noch unberührt ist. Bis sie die Schule beendet und eine Ausbildung abgeschlossen hat, wird sie den augenblicklichen Kummer hoffentlich überwunden haben. Und wenn sie sich dann neu verliebt, ist sie gewiss froh, sich unbelastet hingeben zu können.«

»Und wenn ihr euch nun nur so aneinander freut, ohne zu heiraten? So, als ob ihr verlobt wäret?«, wagte Markus einen letzten Versuch. Er glaubte nicht, dass Marianne Carl-Uwe so bald vergessen würde.

»Das ist mir zu gefährlich!« Carl-Uwe schüttelte abwehrend den Kopf. »Jetzt bin ich noch stark und kann widerstehen. Aber was ist, wenn ich durch die Krankheit geschwächt bin und nachgebe? Ich habe in den letzten Monaten gemerkt, wie viel tiefer mein Empfinden für sie geht, als mir bewusst war. Habe ich nicht schon genug Mädchen ins Unglück gestürzt? Marianne ist mir zu schade dafür! Wenn ich mich nun nicht mehr beherrschen kann? Ich kann nicht die Hand für mich ins Feuer legen! Was bleibt mir anderes als Verzicht und Trennung?«

Er schwieg und starrte ins Leere. Dann fügte er leise hinzu: »Außerdem könnte ich Marianne noch aus einem anderen Grund nicht heiraten. Meines Wissens hat sie keine persönliche Beziehung zu Jesus. Erst kürzlich las ich im 2. Korintherbrief, dass ein Gläubiger nicht mit einem Ungläubigen eine solch enge Beziehung eingehen darf.«

»Das stimmt«, gab Markus seufzend zu. »Unser Pastor hat da auch schon mal drüber gepredigt. Du hast Recht. Marianne ist nach biblischem Verständnis eine Ungläubige, wie meine Eltern und Geschwister es leider noch alle sind. Sie glauben nur theoretisch, mit dem Kopf. Bisher wollen sie nicht einsehen, dass sie Jesus brauchen. Sie halten sich für gut genug. Nur meine Schwiegermutter hat vor einem Jahr eine Entscheidung für Jesus getroffen. Und mein Schwiegervater ist recht offen.«

»Kannst du nicht versuchen, mal mit ihr zu sprechen? Dann würde ich sie wenigstens in der Ewigkeit wieder sehen, wenn ich es hier schon nicht kann!«

Ehe Markus antworten konnte, trat Gerold ein. Das Gespräch wandte sich anderen Themen zu. An diesem Tag ergab sich keine Gelegenheit mehr für Carl-Uwe, mit Markus über Marianne zu sprechen.

6. Blätter fallen

Ein heftiger Sturm fegte ums Haus. Er riss die bunten Blätter von den Bäumen und wirbelte sie durch die Luft. »Ungemütliches Wetter!«, bemerkte Carmen und rückte etwas näher an ihren Mann heran. Die beiden saßen nach getaner Küchenarbeit am frühen Sonntagnachmittag mit Carl-Uwe in der Stube. Der Opa und die Kinder schliefen noch.

Gerold legte seinen Arm um ihre Schultern. »Wie gut, dass wir ein Dach überm Kopf haben und eine warme Stube!«

»Ich habe gestern ein schönes Gedicht gelesen«, warf Carl-Uwe ein. »Es ist von Rainer Maria Rilke und nur mit dem Wort *Herbst* überschrieben. Möchtet ihr es hören?«

»Ja, gern!« Carmen nickte ihm ermunternd zu.

Carl-Uwe räusperte sich und trug in seiner einfühlsamen Art vor:

Die Blätter fallen, fallen wie von weit,
als welkten in den Himmeln ferne Gärten;
sie fallen mit verneinender Gebärde.
Und in den Nächten fällt die schwere Erde
aus allen Sternen in die Einsamkeit.

Wir alle fallen. Diese Hand da fällt.
Und sieh dir andre an: es ist in allen.

Und doch ist Einer, welcher dieses Fallen
unendlich sanft in seinen Händen hält.

Nach einer Weile des Schweigens ergänzte er halblaut: »Ich bin auch solch ein fallendes Blatt. Aber ich weiß, wer mein Fallen in Händen hält! Deshalb kann ich mich getrost und ohne Angst fallen lassen!«

Die beiden anderen antworteten nicht. Carmen schluckte mehrmals. Der Gedanke an den bevorstehenden Verlust drückte ihr schwer aufs Herz. Als Carl-Uwe damals neu ins Haus zog und ihr so viel Kummer bereitete, hatte sie nicht geahnt, als wie schlimm sie es einmal empfinden würde, ihn wieder hergeben zu müssen. Er gehörte zur Familie und war daraus nicht mehr wegzudenken. Ihr graute vor dem Tag, an dem er sie verlassen müsste. Wie entsetzlich würde es erst Michael treffen, der so eng an seinem heiß geliebten Onkel hing! Auch Gabriele liebte ihn und würde ihn vermissen. Und Gerold? Carmen wusste, dass Carl-Uwe ihrem Mann inzwischen so lieb und wert wie ein echter Bruder geworden war. Und ihr Vater schätzte den jungen Mann ebenfalls sehr, hatte von Anfang an eine besondere Schwäche für ihn gezeigt und behandelte ihn wie einen eigenen Sohn.

***

Wie Carmens rutschte auch Markus' Geburtstag am 1. Dezember in diesem Jahr auf einen Sonntag. Aus dem Westerwald flatterte deshalb eine herzliche Einladung zu einem Gegenbesuch herein. Da das milde Wetter schnee- und eisfreie Straßen verhieß, sagten Carmen und Gerold freudig zu.

Herr Sanders entschied sich, wie Gerold fast vermutet hatte, fürs Daheimbleiben. Jedoch hatte Gerold nicht mit Carl-Uwes Absage gerechnet. »Bitte erspare mir nähere Erklärungen. Ich werde nicht mehr in den Westerwald fahren, möchte jedoch den Grund nicht nennen, um niemanden bloßzustellen.«

»Schade! Aber da du einen besonderen Grund hast, will ich dich nicht drängen. Sollen wir dir als Entschädigung dafür Michael hier lassen?«

Carl-Uwes dunkle Augen leuchteten auf. »O ja, gern! Das fände ich sehr lieb von euch!«

»Also gut, ich frage Carmen. Sie wird kaum etwas dagegen haben.« Nach kurzer Rücksprache mit seiner Frau bestätigte er ihre Zustimmung. So fuhr das junge Ehepaar an dem Sonntag nur mit Gabriele zu der Geburtstagsfeier.

Neumeisters waren bereits zum Mittagessen eingeladen. Markus' Eltern und Geschwister wollten sich erst zum Kaffeetrinken dazugesellen. Sie mochten Claudia nicht zu sehr belasten, die mittlerweile am Anfang des achten Monats stand.

Marianne half ihrer Mutter wie immer in der Küche, um das Sonntagsessen vorzubereiten. »Bitte, Mutti, darf ich heute Nachmittag daheim bleiben? Ich möchte nicht mit hinüber!« Ihre Stimme zitterte.

»Das kannst du Markus nicht antun! Immerhin bist du seine einzige Schwester! Du brauchst keine Sorge zu haben, Carl-Uwe zu begegnen. Markus hat mir gestern bestätigt, dass er in Frankfurt bleibt und nicht mitkommt. Hältst du ihn für so grausam, dich mit seinem Anblick zu quälen? Er hat dich doch gebeten, ihn zu vergessen! Da wird er doch nicht selbst für ein Wiedersehen sorgen! Er ist viel zu feinfühlig, um so zu handeln. Das solltest du eigentlich wissen, mein Kind!«

»Ich weiß es auch!«, flüsterte Marianne, während heiße Tränen ihre Augen überschwemmten. »Aber Carl-Uwe ist doch Markus' bester Freund! Nun muss mein Bruder meinetwegen auf ihn verzichten! Ich bin schuld, dass sein Freund nicht einmal zu seinem Geburtstag kommen kann!«

»Du törichtes Mädchen!« Ihre Mutter nahm die Weinende sachte in den Arm. »In einem solchen Fall kann man doch nicht von Schuld sprechen!«

»Warum musste Carl-Uwe nur diese entsetzliche Krankheit bekommen!«, schluchzte Marianne. »Warum nur? Er ist doch viel zu jung zum Sterben! Wie glücklich könnten wir miteinander sein! Ich hab ihn so lieb! Und ich kann ihn nicht vergessen! Ich kann nicht!«

Frau Meininger wusste keine Antwort auf die Frage nach dem Warum. So hielt sie ihre Tochter nur wortlos im Arm und strich ihr übers Haar.

Carmen hatte das Mittagessen für die drei Daheimgebliebenen so weit vorbereitet, dass Carl-Uwe es nur noch aufzuwärmen brauchte. Nach dem Essen nahm er Michael mit in sein Zimmer. Zusammen legten sie sich auf Carl-Uwes Bett. Eng an seinen Onkel gekuschelt, hielt der Kleine seinen Mittagsschlaf.

Nachmittags zündete Carl-Uwe die erste Kerze am Adventskranz an, den Gerold am Vortag gewunden und geschmückt hatte. Zu dritt feierten sie Advent. Michaels helles Stimmchen vereinigte sich mit den Tenören der beiden Männer. Eine Melodie konnte er noch nicht richtig halten. Doch klang es schon erheblich besser als im vorigen Jahr.

Michael durfte auf Carl-Uwes Schoß sitzen. Der Onkel erzählte ihm, wie der Engel die Geburt Johannes' des Täufers verkündigte. Das Kind lauschte interessiert. Zwischendurch stellte er Fragen.

»War das ein ganz richtiger Engel, Onkel Uwe?«

»Freilich! Es war sogar einer der wichtigsten Engel. Er durfte ganz nahe bei Gott sein.«

»Warum hat Gott denn das Gebet von dem Zach... Zach... Zachias nicht früher erhört? Der hat doch schon so lange gebetet!«

»Weil Gott ihm ein ganz besonderes Kind schenken wollte. Weißt du, Michael, manchmal lässt Gott uns warten, weil er uns noch etwas viel Schöneres geben will als das, worum wir bitten!«

Die kleine Stirn gerunzelt, versuchte der Junge diese Erklärung zu verarbeiten. »Weiter!«, verlangte er dann.

Carl-Uwe erzählte weiter. Als er den Namen des Engels nannte, lachte Michael hell auf. »So was Komisches! Das geht doch gar nicht! So heißt doch meine Schwester! Warum heißt der Engel auch so?«

»Da ist ein kleiner Unterschied, Michael, den du nicht beachtet hast. Der Engel heißt Gabriel, deine Schwester Gabriele. Sie ist nach dem Engel benannt. Du hast auch einen Engelnamen. Der Engel Michael ist einer der höchsten Engelsfürsten.«

Michael schüttelte den Kopf und lachte. »Ich bin doch gar kein Engel! Ich bin ein Junge!«

»Doch, mein Schatz! Du bist mein süßer Engel!« Zärtlich drückte Carl-Uwe das Kind an sich und küsste seine Stirn. »Aber du hast schon Recht. Du bist ein Junge, so wie Gabriele ein Mädchen ist. Ihr seid nur nach Engeln benannt. Eure Namen haben auch eine bestimmte Bedeutung. Danach musst du aber deinen Papa fragen. Der weiß das besser als ich.«

»Michael bedeutet ›Wer ist wie Gott‹ und Gabriel ›Mann‹ oder ›Held Gottes‹«, schaltete sich Herr Sanders ein. »Manche übersetzen Gabriel auch mit ›Gott selbst hat sich mächtig gezeigt‹. Die Namen stammen beide aus dem Hebräischen. Die Silbe ›el‹ bedeutet ›Gott‹ im Deutschen.«

»Vielen Dank, Onkel Arnold! Sieh, Michael, du musst gar nicht auf deinen Papa warten. Dein Opa kennt sich genau aus! Soll ich dir jetzt weitererzählen?«

Der Kleine nickte und lehnte seinen Kopf gegen Carl-Uwes Brust. Doch wenig später hob er ihn wieder. »Warum konnte der denn nicht mehr sprechen? Vorher hat er das doch noch gekonnt!«

»Weil er dem Engel nicht geglaubt hat. Gott hat ihm dadurch ein Zeichen gegeben. Jetzt wusste Zacharias ganz sicher, dass Gott das tun würde, was er ihm durch Gabriel hat sagen lassen.«

»Konnte der Zach... Zachiraras gar nichts mehr sagen? Überhaupt gar nichts mehr?« Michaels blaue Augen rundeten sich vor Staunen.

»Nein, überhaupt gar nichts mehr! Schau mal auf meinen Mund! Guck, so war das!« Und Carl-Uwe verzog seine Lippen in alle Richtungen, ohne einen Laut herausschlüpfen zu lassen. Dann lenkte er die Aufmerksamkeit zurück auf die Geschichte.

Gegen sieben kehrten die drei Gratulanten zurück. Sie brachten herzliche Grüße von der gesamten Familie mit.

»Wie geht es ihnen allen?« Carl-Uwe konnte nicht verhindern, dass seine Stimme leicht zitterte. Sein Herz klopfte heftig.

»Es geht allen gut!«, berichtete Gerold unbefangen. »Nur Marianne sah sehr blass und gedrückt aus. Nach dem Kaffee verschwand sie sofort. Als Claudia später nach ihr gucken ging, fand sie sie in der Küche, wo sie ganz allein das Geschirr spülte. Sie ließ sich nicht überreden, zu uns zurückzukommen. Ihre Mutter meint, sie fürchtet sich vorm Abitur. Immerhin beginnen in gut drei Monaten die schriftlichen Arbeiten. Obwohl sie keinen Grund zur Angst haben sollte. Denn Markus sagte, sie sei eine gute Schülerin. Aber sie scheint mir noch schüchterner und gehemmter als ihr Bruder damals bei seinem Studienbeginn. Mag sein, dass ihr vor allem vorm mündlichen Abi graut.«

Mochte Gerold die Ausrede von Frau Meininger glauben – Carl-Uwe wusste um die eigentliche Ursache für Mariannes Kummer. Unglücklich starrte er zu Boden.

Nach dem Abendessen entschuldigte er sich und zog sich in sein Zimmer zurück. Niedergeschlagen saß er an seinem Schreibtisch. »Herr, was soll ich nur tun? Es tut so weh, dass ich ihr diesen Schmerz zufügen musste! War die Entscheidung wirklich richtig? – Bitte, Herr, weise mir deinen Weg! Ich möchte dir gehorsam sein!«

Nach seinem zweiten Krankenhausaufenthalt hatte er in seiner Stillen Zeit die beiden Korintherbriefe gelesen. Stand im ersten

Brief nicht einiges übers Heiraten? Carl-Uwe griff nach seiner Bibel und blätterte. Im siebten Kapitel fand er den gesuchten Abschnitt: *Ich sage aber den Ledigen und den Witwen: Es ist gut für sie, wenn sie bleiben wie ich.* Und einige Verse später: *So halte ich nun, um der bevorstehenden Not willen, für richtig, dass es nämlich für einen Menschen gut sei, so zu sein. Bist du an eine Frau gebunden, so suche keine Lösung; bist du los von der Frau, so suche keine Frau.*

Gedankenvoll starrte Carl-Uwe auf den Text. »Um der bevorstehenden Not willen! Zwar ist hier vermutlich eine etwas andere Not aus der damaligen Zeit gemeint. Aber wenn ich Marianne heirate, kann ich sie durchaus auch heute in Not bringen. Ich weiß ja nicht, wie lange ich noch lebe. Angenommen, ich würde sie nach dem Abitur heiraten. Vielleicht lebe ich ja noch vier oder fünf Jahre. Selbst wenn wir keine Kinder haben würden, wäre es für sie sehr schwierig. Nach so vielen Jahren Unterbrechung würde ihr eine Ausbildung viel schwerer fallen als direkt nach der Schule. Und mit kleinen Kindern wäre es fast unmöglich. Wenn dann ihre Eltern nicht einspringen könnten, wäre sie aufs Sozialamt angewiesen. Das kann ich ihr nicht antun! Es geht nicht! Außerdem bleibt bisher immer noch das Hindernis, dass sie nicht glaubt wie ich. Wie hieß es da noch gleich?«

Er blätterte einige Seiten weiter und las im 2. Korintherbrief, Kapitel 6: *Ziehet nicht am gleichen Joch mit Ungläubigen! Denn was haben Gerechtigkeit und Gesetzlosigkeit miteinander zu schaffen? Was hat das Licht für Gemeinschaft mit der Finsternis? Wie stimmt Christus mit Belial überein? Oder was hat der Gläubige gemeinsam mit dem Ungläubigen? Wie reimt sich der Tempel Gottes mit Götzenbildern zusammen? Ihr aber seid ein Tempel des lebendigen Gottes, wie Gott spricht: ›Ich will in ihnen wohnen und unter ihnen wandeln und will ihr Gott sein, und sie sollen mein Volk sein.‹*

Aufstöhnend barg Carl-Uwe das Gesicht in beiden Händen. »Es geht wirklich nicht! Es wäre nicht nur unvernünftig und egoistisch von mir, sondern auch Ungehorsam gegen Gott! Liebe, liebe Marianne! Ich kann nicht anders! Bitte, Herr, gib mir Kraft, auszuhalten und nicht schwach zu werden! Ich darf meinen Gefühlen nicht nachgeben!«

Einige Tage wirkte Carl-Uwe bedrückt. Doch er fing sich wieder. Lagen nicht sein Leben und sein Geschick unter Gottes Schutz? War er nicht – wie Rilke das so treffend in seinem Gedicht beschrieben hatte – ein Blatt in der *unendlich sanften* Hand des Schöpfers? Bei ihm fand er Trost und Frieden. Die Freude an seinem Herrn, der ihn und seine Sorgen kannte, stärkte ihn und rüstete ihn täglich neu aus, damit er diesem Herrn dienen und ihn in Wort und Wandel bezeugen konnte.

***

»Guck mal, Papa, es schneit! Guck mal, Onkel Uwe!« Jubelnd hüpfte Michael zwischen den beiden Männern auf und ab, als sie am 2. Advent aus der Kirche kamen.

Tatsächlich schwebten tausend weiße Flocken hernieder. Bald wurde der Schneefall dichter. Für den Nachmittag beschloss die Familie daraufhin einen Spaziergang. Die Erwachsenen warteten gespannt, wie Gabriele reagieren würde.

Das kleine Mädchen zog zunächst ein verdutztes Gesicht, als sich so ein kaltes Ding auf ihre Nase setzte. Doch als sie sah, wie vergnügt Michael herumtanzte und versuchte, die Flocken zu fangen, bekam sie auch Spaß daran. Ihr fröhliches Gekreische war die ganze Straße hinunter zu hören. Wenn ihr großer Bruder die kalten, weißen Dinger so vergnüglich fand, musste es ja eine lustige Angelegenheit sein!

Gerold holte sich etwas Schnee von einem geparkten Auto. Er formte einen kleinen Ball daraus und legte ihn seiner Tochter ins Händchen. Interessiert betrachtete sie das runde Gebilde von allen Seiten. Dann, ehe einer der Erwachsenen eingreifen konnte, hob sie es zum Mund und biss hinein.

Die drei Erwachsenen bogen sich vor Lachen über ihr Gesicht. Wie sie spuckte! Schließlich begann sie zu brüllen. Carmen erbarmte sich und säuberte mit ihrem Finger das kleine Mäulchen. Dabei schalt sie ihr Töchterchen zärtlich aus. »Du kleines Dummerchen! Schnee ist doch nicht zum Essen! Der ist viel zu kalt! Und sauber war er sicher auch nicht! Dass ihr kleinen Schlingel immer gleich alles in den Mund stecken müsst!«

Michael stand daneben und schaute seine Schwester irritiert an. Er hatte weder begriffen, warum die großen Leute so lachten, noch warum Gabriele brüllte.

***

Kurz nach Weihnachten erkrankten beide Kinder an einer Erkältung mit eitrigem Schnupfen. Eingedenk dessen, was der Arzt im Krankenhaus gesagt hatte, rief Gerold sofort bei Dr. Raimond an.

Im Nu war der Hausarzt zur Stelle. »Sie sollten jeglichen Kontakt zu den beiden Patienten meiden, Herr Schuster! Bleiben Sie möglichst in Ihrem Zimmer, wenn Sie zu Hause sind! Ich verschreibe Ihnen ein Antibiotikum, damit Sie vor einer Ansteckung einigermaßen geschützt sind. – Und du, Mäuschen, du desinfizierst sein Geschirr vor der Benutzung und bringst ihm seine Mahlzeiten hinauf in sein Zimmer! Sicher ist sicher!«

»Ja, Onkel Werner!« In der Krankheitszeit hielt Carmen sich streng an alle Vorsichtsmaßnahmen, die der Arzt ihr empfahl. Nur kein Risiko eingehen!

Ohne zu klagen, fügte Carl-Uwe sich in seine Quarantäne. Wenn er sich auch bewusst war, dass sein Leben einem fallenden Blatt glich, wollte er den Fall nicht unbedingt mutwillig beschleunigen.

Michael überwand die Erkältung ziemlich schnell. Doch bei Gabriele ging sie in Mittelohrentzündung über. Nachts schrie sie stundenlang vor Schmerzen. Dr. Raimond verschrieb ihr Ohrentropfen und ebenfalls Antibiotika. Alle Hausbewohner atmeten auf, als das kleine Mädchen endlich wieder gesund war.

»Weißt du, was mir durch die Krankheit unserer Kinder klar geworden ist, Liebes?«, fragte Gerold ein paar Tage später morgens beim Frühstück. Da er etwas früher zur Arbeit fahren musste als Carl-Uwe, hatten er und Carmen das Frühstück zu zweit beibehalten. Sie genossen nach wie vor die traute Zweisamkeit vor der Hetze des Tages.

»Nein, Gerold! Was meinst du?« Carmen sah ihn über den Rand ihrer Tasse fragend an, während sie einen Schluck Tee genoss.

»Solange Carl-Uwe noch lebt, werden wir keines unserer Kinder in den Kindergarten schicken können. Es wäre zu gefährlich. Die Kindergärten sind normalerweise ziemliche Ansteckungsherde. Wer weiß, was für Infekte unsere Zwei da anschleppen würden. Das ist viel zu riskant für Carl-Uwe. Womöglich hat er nicht mal alle Kinderkrankheiten gehabt.«

»Ja, das ist wahr!« Carmen krauste nachdenklich ihre Stirn. »Und so, wie die Kinder an ihm hängen, ist der Onkel für sie viel wichtiger als der Kindergarten.«

»So denke ich auch. Es wird noch schwierig genug, wenn Michael zur Schule kommt. So lange ist das gar nicht mehr hin!«

Nachdem Michael wieder gesund war, Gabriele aber noch nicht, langweilte sich der kleine Kerl. Unzufrieden lungerte er in der Küche herum und fiel seiner Mutter auf die Nerven. Denn allein mochte er sich nicht beschäftigen. Und mit seiner Schwester konnte er nicht spielen.

Schließlich kam der geplagten Mama eine gute Idee. Wurde nicht am heutigen Vormittag im Radio eine Kindersendung übertragen, bei der Carl-Uwe mitgewirkt hatte?

Zur entsprechenden Zeit nahm sie Michael mit in die Stube. »Setz dich auf den Teppich und hör mal gut zu!« Dann schaltete sie das Radio ein und suchte den richtigen Sender.

»Macht das Radio Musik?« Michael hatte schon öfter erlebt, dass seine Eltern sich Konzerte anhörten. Weit weniger interessierten ihn die Nachrichten, die die Männer regelmäßig einschalteten.

»Ah, hier ist es, mein kleiner Schatz! Jetzt pass mal schön auf, was da kommt!«

Gespannt lauschte Michael. Dann zog er ein tief enttäuschtes Gesicht. Die Ansage des Sprechers verstand er nicht. Doch wenig später sprang er wie elektrisiert auf. »Onkel Uwe!«, schrie er und klatschte in die Hände. »Onkel Uwe ist im Radio!« Im nächsten Moment starrte er irritiert auf das Gerät. »Mama, wo ist denn Onkel Uwe? Ist er da drin?«

Carmen lachte. »Nein, mein Schatz! Dazu ist Onkel Uwe doch viel zu groß! Er passt nicht in das Radio. Er spricht nur daraus. Wie ich dir das erklären soll, weiß ich auch nicht. Du kannst ja Papa heute Abend fragen. Oder Opa. Aber nun sei schön still! Onkel Uwe erzählt nämlich eine Geschichte! Die willst du doch sicher hören, nicht wahr?«

Michael setzte sich wieder auf den Teppich und hörte gebannt zu. Aber zwischendurch musste er doch eben mal schnell hinter das Radiogerät schauen. Merkwürdig! Onkel Uwe war nirgends zu sehen! Wo kam dann bloß seine Stimme her?

7. Zukunftspläne

Ich habe den Wagen bekommen!« Erleichtert trat Markus zu Claudia ins Wohnzimmer.

»Und? Taugt er noch was? Immerhin hat er doch eine Reihe von Jahren auf dem Buckel, oder?«

»Ja, aber er scheint noch gut zu laufen. Hauptsache, er lässt uns in den nächsten Wochen nicht im Stich! Wie ich unsere Väter kenne, sind sie mit ihren Autos gerade unterwegs, wenn bei dir die Wehen losgehen. Das Risiko will ich lieber nicht eingehen!« Er setzte sich zu seiner Frau aufs Sofa.

»Noch haben wir ja Zeit!«

»So viel ist das nicht mehr! Vergiss nicht, wir haben bereits Mitte Januar! Am 30. hast du Termin. Das sind bloß noch etwa zwei Wochen!«

»Wenn es pünktlich kommt! So wahrscheinlich ist das nicht. Überleg mal, wie lange Carmen immer noch nach dem Termin warten musste.«

»Termin hin, Termin her! Vorbereitet sein ist besser! Übrigens sollten wir uns endlich über einen Namen einigen!« Markus griff nach Claudias Hand.

»Was hältst du davon, wenn wir einen Sohn Carl-Uwe nennen würden?« Claudia schaute erwartungsvoll auf ihren Mann. »Dein Freund würde sich doch bestimmt darüber freuen!«

»Ich glaube nicht!«, erwiderte Markus langsam. Um seiner Schwester willen hatte er seiner Frau bisher nichts von dem unglücklichen Verhältnis gesagt. Es wäre Marianne sicher unangenehm, wenn die Schwägerin davon wüsste. Und Carl-Uwe vermutlich auch.

»Aber ich bitte dich! Was sollte denn Carl-Uwe dagegen haben, wenn du deinen Sohn nach ihm benennst? Er sollte eher stolz darauf sein!«

Markus wand sich unbehaglich hin und her. Angestrengt überlegte er. Schließlich nahm er seine Frau in den Arm und drückte ihren Kopf gegen seine Brust. Wenn sie ihm nicht in die Augen schauen konnte, fiel ihm das Sprechen leichter. »Claudia«, begann er unsicher, »wenn du mir etwas anvertrautest, was nur ich allein wissen darf, und ich würde es dann Mutti sagen, wärest du mit Recht enttäuscht von mir, nicht wahr?«

»Natürlich!«, murmelte sie in sein Hemd.

Er suchte nach Worten. »Sieh, Liebling, nun hat Carl-Uwe mir ein Problem anvertraut, mit dem er allein nicht klarkam. Und es wäre nicht recht von mir, darüber zu reden. Aber er wäre gewiss dagegen, unserm Sohn seinen Namen zu geben, weil es jemandem sehr weh tun würde!«

»Aha!« Claudia richtete sich auf. »Mir geht ein Kronleuchter auf. Deshalb ist er auch nicht zu deinem Geburtstag mitgekommen! Dieser Jemand ist deine Schwester, stimmt's? Sie ist in ihn verliebt, und er hat sie abgelehnt. Das ist der Grund, weshalb sie wie ein Häuflein Unglück durch die Gegend läuft und Carl-Uwe nicht mehr hierher kommt. Weihnachten war er ja wieder nicht hier. Hab ich Recht?«

Markus nickte traurig. »Ja, du hast Recht! Allerdings sind die Gefühle der beiden füreinander durchaus auf beiden Seiten vorhanden. Der Grund, weshalb Carl-Uwe keine Bindung mit Marianne eingehen will, ist seine Krankheit.« Und Markus erzählte seiner Frau die Bedenken, die Carl-Uwe zu seinem Schritt veranlasst hatten. »... Außerdem ist Marianne noch nicht gläubig! Also kann er sie nicht heiraten, selbst wenn er wollte.«

»Arme Marianne! Das ist wirklich hart! Wenn ich mir vorstelle, du hättest Leukämie! Schon der Gedanke ist grässlich!«

»Für Carl-Uwe ist es auch schlimm!« Markus seufzte bekümmert. »In jedem Brief erkundigt er sich nach ihr. Es macht ihm schwer zu schaffen, dass sie sich gegen Gott verschließt und ihm die Schuld an ihrem Schmerz zuschiebt. Wenn er Marianne schon hier nicht heiraten kann, möchte er sie doch gerne im Himmel wieder sehen! Verstehst du nun, warum Carl-Uwe nicht glücklich darüber wäre, wenn wir unser Kind nach ihm benennen? Es wäre für Marianne viel zu schmerzlich, dadurch ständig an ihn erinnert zu werden. Denn er hofft, dass sie ihn mit der Zeit vergisst und den Kummer überwindet. Aber wie kann sie das, wenn ihr Neffe seinen Namen trägt?«

* * *

Bereits am 25. Januar wurde Claudia von einem Mädchen entbunden. Wie Markus befürchtet hatte, waren beide Väter unterwegs, als die Wehen einsetzten. Da sie bis Herborn fahren mussten, machten sie sich sogleich auf den Weg. Wie froh war Markus, dass der Gebrauchtwagen brav seinen Dienst tat! Denn die Abstände zwischen den Wehen verkürzten sich rasch. Nur eine knappe halbe Stunde nach dem Eintreffen in der Klinik begrüßte Julia Meininger bereits mit Protestgeschrei das Licht der Welt.

Ihr stolzer Papa hatte gleich dableiben können. Bewundernd betrachtete er das winzige rotgesichtige Geschöpfchen. Wie er sich über seine Tochter freute! Nachher saß er glücklich am Bett seiner Frau. Sie war zwar ein wenig erschöpft, aber sonst recht munter. Da sie sich schnell erholte, durfte sie sechs Tage später schon nach Hause.

Carl-Uwe hätte sich gerne Markus' Töchterchen angesehen. Da sie am Samstag geboren worden war, hätte er gut am Sonntag nach Herborn fahren können. Gerolds 33. Geburtstag hätte ihn nicht gehindert, da das Geburtstagskind seinen Wunsch gewiss verstanden hätte!

Doch zum einen fürchtete er, Marianne dort zu treffen. Zum andern stieg seit kurzer Zeit die Zahl der Leukozyten im Blut wieder an. Da war es ihm zu riskant, die weite Strecke zu fahren. Denn ein Blutsturz hinterm Steuer würde nicht nur ihn selbst, sondern auch andere Verkehrsteilnehmer in Lebensgefahr bringen. Die Verantwortung wollte er nicht übernehmen.

Schon Nasenbluten wäre gefährlich genug. Und es konnte ohne weiteres eintreten, litt er doch seit einigen Tagen wieder unter Zahnfleischbluten. Vorsichtshalber fuhr er seither mit der U-Bahn zum Funk. Gerold holte ihn abends ab, wenn er vom Labor kam.

Carl-Uwe hätte sich nicht zu sorgen brauchen, Marianne in Herborn in der Klinik zu begegnen. Das Mädchen lehnte ab mitzufahren. So nahm Markus nur die beiden erfreuten Großelternpaare mit.

Obwohl Marianne in Herborn zur Schule ging, besuchte sie Claudia im Krankenhaus nicht. Sie fühlte sich nicht fähig dazu. Denn das Mutterglück der Schwägerin vermehrte noch ihren Schmerz. Wie gerne hätte sie als Carl-Uwes Frau seinem Kind das

Leben geschenkt! Wie hätte sie ein solches Vermächtnis des Geliebten gehegt und gepflegt! Doch er wollte nicht, hatte ihr gar nichts gelassen außer einer zerbrochenen Hoffnung!

Sie konnte ihm deswegen nicht zürnen. Er meinte es ja nur gut, wollte nur ihr Bestes! Musste sie seine selbstlose Liebe, die Opferung seines eigenen Glücks, nicht anerkennen? Und doch tat es so weh, so unendlich weh!

Frau Meininger beobachtete ihre Tochter mit steigender Sorge. Bisher hatte das Mädchen doch jeder Anblick eines Babys zu entzückter Bewunderung hingerissen! Warum nutzte sie nun nicht die Gelegenheit aus, eines in der nächsten Verwandtschaft zu haben?

Als Marianne auch nach Claudias Heimkehr keinerlei Interesse an dem Baby zeigte, beschloss die Mutter, mit ihr zu reden. Um nicht mit der Tür ins Haus zu fallen oder es wie eine Anklage klingen zu lassen, wählte sie den Umweg über ein anderes Thema.

»Hast du dir eigentlich inzwischen überlegt, was du nach der Schule machen willst, Marianne? Immerhin fängst du in knapp sechs Wochen bereits mit dem schriftlichen Abitur an! Da wird es allmählich Zeit, dass du dich für eine Berufsausbildung entscheidest.«

Marianne zuckte unschlüssig mit den Schultern. »Ich weiß nicht, was ich machen soll. Hab zu nichts Lust. Am liebsten würde ich hier bei euch daheim bleiben und niemanden mehr sehen!« Ihre Augen begannen schon wieder verdächtig zu glitzern.

»Aber Kind! Irgendwann musst du dich doch mal aufraffen. Du kannst dich nicht dein ganzes Leben lang in deinem Schmerz vergraben! Carl-Uwe wäre sehr traurig, wenn er das wüsste. Er möchte dein Glück, nicht dein Unglück!«

»Ach, Mutti!« Marianne fing an zu weinen. »Ich kann mich nicht aufraffen! Schon ein paar Mal habe ich es versucht. Aber ich kann ihn nicht vergessen, wie er es möchte. Ich kann nicht! Weißt du, wie es ihm geht?«

Traurig senkte Frau Meininger den Kopf. »Es geht ihm wieder schlechter. Markus hat mir gestern gesagt, dass die Leukozytenzahl schon seit einiger Zeit wieder am Steigen ist.«

Marianne schluchzte auf und warf sich ihrer Mutter in die Arme. Frau Meininger ließ sie zunächst weinen, strich ihr nur behutsam über den Rücken und drückte sie an sich. Dann mahnte sie sanft: »Es hilft alles nichts, mein liebes Kind! Du musst dir trotzdem klar werden, welchen Weg du nach dem Abitur einschlagen willst. Du kannst nicht bis zum letzten Moment warten. Möchtest du studieren wie deine Brüder?«

»Bitte nicht! O bitte nicht! Ich möchte auf keinen Fall an eine Universität mit lauter fremden Leuten. Wenn ich schon einen Beruf lernen muss, dann etwas, wo ich hier daheim wohnen bleiben kann! Bitte, bitte, Mutti, schick mich nicht fort! Das verkrafte ich nicht!«

Ihre Mutter seufzte innerlich. »An sich hättest du dann kein Abitur gebraucht. Na ja, wer weiß, wozu das noch gut ist! Eine ordentliche Allgemeinbildung ist nie ein Fehler. Aber in unserem Dorf gibt es nicht viele Gelegenheiten. Als Verkäuferin bist du nicht geeignet; dazu bist du zu schüchtern. Lass mich mal überlegen!«

In Gedanken blätterte sie verschiedene Möglichkeiten durch. »Was hältst du davon, wenn du Krankenschwester wirst? Da wäre zumindest dein Großes Latinum nicht ganz umsonst. In Herborn kannst du sicher eine solche Ausbildung machen. Sie dauert nur drei Jahre. Herborn ist ja nicht weit von hier. Da bist du nahe bei uns. Und dann hast du einen Beruf, in dem du solchen Kranken wie Carl-Uwe helfen kannst. Ihnen kannst du dann symbolisch all die Liebesdienste tun, die du Carl-Uwe gerne erwiesen hättest!«

Marianne betrachtete nachdenklich ihre Fingernägel. »Das wäre eine Möglichkeit. Aber – drei Jahre sind schrecklich lang. Geht es nicht kürzer?«

»Doch, es gibt noch etwas Ähnliches. Mag sein, dass es für dich besser passt!« Zaudernd rieb die Mutter ihre Hände aneinander. Eigentlich hielt sie es für eine Schande, mit solch guten Noten nicht studieren zu wollen. Aber sie brachte es nicht übers Herz, ihre unglückliche Tochter in die Welt hinauszuzwingen.

»Und was wäre das?«

»Es gibt noch die einjährige Ausbildung zur Krankenpflegehelferin. Dabei geht es mehr um die reine Pflege und Versorgung der Patienten. Das schließt unter anderem die Körperpflege und das Füttern solcher Kranker ein, die das selbst nicht können. Würde dir das mehr zusagen?«

»Ja, das ist besser, Mutti. Ein Jahr könnte ich wohl durchhalten. Und wenn ich es danach nicht weitermachen möchte, kann Vati mich vielleicht in der Praxis als Sprechstundenhilfe einsetzen. Da könnte ich das Gelernte gewiss auch anwenden und wäre wieder daheim. Denn ich fürchte mich vor fremden Menschen! Am liebsten würde ich immer hier bei dir bleiben! Aber ich sehe ein, dass es nicht geht. So will ich diese einjährige Ausbildung machen. Danach kann ich dann entscheiden, ob ich dort bleibe oder zurückkomme, nicht wahr?« Bittend sah sie ihre Mutter an.

Frau Meininger vermochte nicht, in diesem Moment Nein zu sagen. Jetzt galt es zunächst, ihrer Tochter zu helfen, den schweren Kummer zu überwinden. Mit der Zeit würde sie dann lernen müssen, in der Welt zurechtzukommen. Vielleicht entschied sie sich ja danach doch noch für ein Studium. Da wäre die einjährige Ausbildung sogar ein Vorteil.

»Weißt du was? Ich hole dich morgen in Herborn von der Schule ab. Und dann gehen wir zusammen hin und erkundigen uns. Wenn möglich, melden wir dich gleich an. Dann ist die Sache wenigstens geklärt!«

Marianne nickte trübselig. Am liebsten hätte sie sich nach der Schule ganz daheim verkrochen. Aber das gestand sie sich als unsinnig ein. Daher erschien ihr diese einjährige Ausbildung noch als das geringste Übel.

Keine volle Woche später wurde Marianne Ohrenzeuge eines Gespräches zwischen ihrer Mutter und ihrem ältesten Bruder. Die beiden standen im Wohnzimmer. Offensichtlich hatten sie Marianne nicht bemerkt. Da die letzte Schulstunde überraschend ausgefallen war, hatte das Mädchen einen früheren Zug erreicht und wurde noch nicht erwartet.

Als Marianne durch die angelehnte Tür ihren Namen hörte, blieb sie wie angewurzelt stehen. Sie verstand jedes Wort. »Bitte sage Marianne nichts davon«, erkannte sie Markus' Stimme. »Carl-Uwe ist heute früh wieder ins Krankenhaus eingeliefert worden. Die Leukozytenzahl ist auf über 120 000 hochgeschnellt. Ich fahre am Sonntag hin, um ihn zu besuchen.«

Leichenblass und halb betäubt schleppte Marianne sich die Treppe hinauf in ihr Zimmer. Dort warf sie sich auf ihr Bett und weinte verzweifelt in ihr Kissen.

***

Bis Mitte März lag Carl-Uwe im Krankenhaus und wurde mit Tabletten und Infusionen behandelt. Markus reiste wieder jeden Sonntag an, Gerold besuchte ihn täglich abends nach der Arbeit. Die Schwestern kannten alle den breitschultrigen Mann mit den weißblonden Locken, der das linke Bein nachzog, und ließen ihn ohne Schwierigkeiten zu dem Patienten.

Als es dem Kranken besser ging, brachte Carmen werktags ihren Sohn zu den Besuchszeiten. Auch etliche Kollegen vom Funk schauten herein. Herr Scharf erschien mindestens einmal pro Woche. Denn der Produktionsleiter des Kinderfunks schätzte Carl-Uwe nicht nur wegen seiner beruflichen Fähigkeiten. Auch als Mensch hielt er außerordentlich viel von ihm.

Überrascht und erfreut sah Carl-Uwe schon in den ersten Tagen den Pastor neben seinem Bett auftauchen. Beeindruckt von der Ausstrahlung des Patienten – einen solchen inneren Frieden trotz der schweren Krankheit hatte er noch bei keinem Kranken erlebt – kam der Geistliche in den fünf Wochen etliche Male. Am Sonntag nach dem zweiten Besuch erwähnte er ihn als leuchtendes Beispiel in der Predigt. Natürlich lief es danach in der ganzen Nachbarschaft herum!

Als Frau Günther es daheim beim Essen erzählte, zuckte ihre Tochter leicht zusammen. Ihre Gedanken flogen zu dem ehemaligen Liebhaber. Wie elend hatte er schon vor anderthalb Jahren ausgesehen, als er ihr zum letzten Mal auf der Straße begegnet war. Und nun lag er im Krankenhaus und litt an einer schweren Krankheit. Um was es sich handelte, hatte der Pastor anscheinend nicht erwähnt. Aber wie er in seinem Leiden Gott vertraute, hatte er besonders betont.

Einen Augenblick starrte Annegret grübelnd vor sich hin. Ob vielleicht doch was am Glauben dran war? In seinem Brief, in dem er sie damals um Verzeihung bat, hatte er davon gesprochen, wie sehr der Glaube an Gott sein Leben und Denken verändert hatte.

Doch im nächsten Moment gewann der Hass wieder die Oberhand. Ihr Herz verhärtete sich. Carl-Uwe war schon immer ein guter Schauspieler gewesen! Welche überschwänglichen Gefühle hatte er ihr in den wenigen Wochen ihrer Beziehung damals vorgeheuchelt! Wahrscheinlich hatte er nun dem Pastor etwas vorgespielt, um Eindruck zu schinden!

***

Am Freitag, dem 14. März, wurde Carl-Uwe entlassen. Gerold nahm sich am Vormittag eine Stunde frei, holte ihn ab und brachte ihn heim, bevor er schleunigst ins Labor zurückfuhr.

Eine Woche blieb Carl-Uwe daheim, um sich noch besser zu erholen. Dann nahm er seine Arbeit beim Funk wieder auf. Sonderlich kräftig fühlte er sich nicht. Doch konnte er ohne nennenswerte Schwierigkeiten sein Arbeitspensum bewältigen.

Am 29. März – einem Samstag – wurde Carl-Uwe 29 Jahre alt. Markus und Claudia kamen mit der mittlerweile zwei Monate alten Julia zu Besuch. Nun konnte Carl-Uwe das kleine Mädchen endlich kennen lernen.

Claudia legte ihm ihre Tochter in einen Arm. Carl-Uwe zog seinen Liebling mit dem anderen Arm an sich. »Guck mal, Michael! So klein warst du auch mal. Schau nur diese herzigen Fingerchen! Ist das Baby nicht süß?«

Gabriele kam angestapft und wollte das Baby auch streicheln. Carl-Uwe führte vorsichtshalber ihre Hand, damit sie in ihrer lebhaften Art dem Säugling nicht weh tat.

Beim Kaffeetrinken erkundigte sich Carmen nach Marianne. »Hat sie nicht irgendwann um diese Zeit ihre schriftlichen Prüfungen?«

»Sie hat sie bereits hinter sich.« Nur Carl-Uwe fiel Markus' leichtes Zögern auf. »Es scheint alles gut gegangen zu sein. Jetzt lernt sie aufs Mündliche, das in der zweiten Maihälfte dran ist.«

»Weiß sie schon, was sie nach dem Abi machen wird?«, fragte Gerold. »Will sie studieren?«

»Nein.« Markus räusperte sich. »Ein Studium an einer Uni liegt ihr nicht. Sie ist bereits im Herborner Krankenhaus angemeldet. Am 1. Juli beginnt sie dort mit der Krankenpflege.«

»Dafür hätte sie aber kein Abitur gebraucht«, warf Herr Sanders ein.

»Nein, das hätte sie nicht.« Markus sah mit gekrauster Stirn auf seinen Kuchenteller. »Aber sie möchte gerne in einen pflegerischen Beruf. Dieser Dienst am Nächsten kommt ihrer zurückhaltenden Art am ehesten entgegen.«

Carl-Uwe beschäftigte sich scheinbar intensiv mit Michael. Doch ihm entging kein Wort von der Unterhaltung. Zu seinem Leidwesen ergab sich keine Gelegenheit zu einem vertraulichen Gespräch mit Markus. Er hätte sich so gerne noch näher nach

Marianne erkundigt. Ob sie inzwischen mehr Offenheit fürs Evangelium zeigte?

Ziemlich bald zog Carl-Uwe sich nach dem Abendessen in sein Zimmer zurück. Er entschuldigte sich mit Müdigkeit. Als Erstes stellte er das Porträtfoto von Michael und Gabriele, das Carmen und Gerold ihm zum Geburtstag geschenkt hatten, auf sein Nachtschränkchen. Dann richtete er sich fürs Bett.

Doch er lag noch lange wach. Seine Gedanken wanderten zurück zu jenem Urlaub vor zwei Jahren, als er über Ostern im Westerwald geweilt hatte. Wie lieb hatte Marianne ihn umsorgt, wenn er sich im Liegestuhl ausgeruht hatte! Kranke und Schwache pflegen und ihnen Liebes tun – das war der Beruf, der zu ihrem sanften, einfühlsamen Wesen passte!

8. Abwärts

Der April erwies seinem Ruf alle Ehre. Schnee- und Regenschauer wechselten in rascher Folge mit kurzen Aufheiterungen ab. Erst gegen Ende konnte der Monat sich zu einem dauerhafteren Wetter entscheiden.

Am ersten Maiwochenende schmunzelte die Sonne von einem ruhigen, fleckenlosen Himmel. Carmen und Gerold stürzten sich samstags auf die Gartenarbeit. Um die beiden zu entlasten, fuhr Carl-Uwe mit den zwei Kindern in den Zoo. Vorsichtshalber wählte er Straßen- und U-Bahn; Gabriele war ihm zu lebhaft fürs Auto. Er konnte nicht gleichzeitig den Wagen lenken und sich um das Kind kümmern. Und Michael war noch zu klein, um seine Schwester in Schach zu halten.

Mit großen Augen bestaunten die beiden Kinder die Tiere. Die Löwen flößten sogar der kecken Gabriele Respekt ein. Viel Spaß erlebten sie bei den Schimpansen. Vor allem Michael schaute und lachte und wollte kaum wieder weg. Ebenso fasziniert verfolgten sie die artistischen Kunststücke der Robben. Gabrieles lautstarke Begeisterung erheiterte alle Umstehenden.

Nach Gabrieles zweitem Geburtstag am 7. Juni begann die Zahl der Leukozyten erneut anzusteigen. Nur kurz lenkte das Ereignis der ersten Mondlandung am 21. Juli vom immer stärker werdenden Zahnfleischbluten ab. Ende Juli musste Carl-Uwe wieder ins Krankenhaus. Als er endlich heimdurfte, war der September angebrochen.

Bei seinem letzten Besuch hatte Markus ihm von Marianne berichten können, da sie beide allein waren. Das Mädchen hatte ihr Abitur noch einigermaßen gut bestanden, obwohl ihr schlechtes Abschneiden im Mündlichen zwei Noten nach unten gedrückt hatte. Seit Anfang Juli erlernte sie nun die einjährige Krankenpflege. »Die Arbeit mit den Patienten bereitet ihr Freude. Mit den Kolleginnen kommt sie jedoch nicht besonders gut zurecht. Ihre Lehrschwester hat zu Mutti gesagt, Marianne sei zu scheu und zurückhaltend und verschließe sich jedem engeren Kontakt.«

Carl-Uwe bedrückte diese Nachricht. Unablässig betete er für das Mädchen. Wenn sie sich doch der befreienden Botschaft von Gottes Liebe öffnete! Sie schien davon jedoch nach Markus' Worten weiter entfernt als je zuvor.

Der September brachte strahlend schönes Wetter. Sehnsüchtig dachte Carl-Uwe an den Westerwald. »Ein Spaziergang im Wald wäre jetzt genau das Richtige!«, meinte er an einem Sonntagmorgen beim Frühstück.

»Tu dir nur keinen Zwang an!« Gerold lachte. »Wir haben genug Wald in der Umgebung. Du musst nur ein Stück fahren!«

»Wenn du alleine keine Lust hast, darfst du gerne die Kinder mitnehmen!«, bot Carmen an. »Dir kann ich sie jederzeit getrost überlassen!«

»Danke! Dein Vertrauen weiß ich sehr zu schätzen. Meine Schwägerin hat mir meinen Neffen Clemens auch immer unbedenklich mitgegeben. Manchmal hatte ich sogar den Eindruck, sie war froh, wenn sie mal eine Weile ihre Ruhe hatte. Aber Wolf-Dietrich hat es nie gern gesehen, wenn sein Sohn mit mir zusammen war. Vermutlich fürchtete er meinen verderblichen Einfluss. Und als dann der Unfall geschah, den ich nicht verhindern konnte ...« Carl-Uwe ließ den letzten Satz in der Luft hängen. Er wollte nicht wieder bittere Gefühle in sich aufsteigen lassen.

»Ich vertraue dir ebenso wie Carmen«, versicherte Gerold nachdrücklich. »Von mir aus kannst du die beiden Schlingel ruhig mitnehmen. Aber du musst natürlich nicht! Wir wollen sie dir auch nicht aufzwingen. Falls du gern allein sein willst, haben wir dafür durchaus Verständnis!«

»O nein, ich nehme die Kinder mit Freuden mit! Nur fahre ich dann nicht gerne mit dem Auto. Wer weiß, was Gabriele in den Sinn kommt, während ich am Steuer sitze!«

»Dann fahr doch ins Ginnheimer Wäldchen!«, schlug Herr Sanders vor. »Meines Wissens fährt ein Bus bis in die Nähe.«

Frohgemut spazierten die drei am Nachmittag durch den Wald. Carl-Uwe hatte seine helle Freude an den beiden Kindern. Gabriele, die durch ihre Trotzphase ihrer Mutter mancherlei Kummer bereitete, hatte einen guten Tag erwischt. Sie erlitt keinen einzigen Wutanfall.

Carl-Uwe hörte schmunzelnd zu, wie Michael sein Schwesterchen über alles Mögliche belehrte, was er im Laufe der Zeit gelernt hatte. In gut zwei Wochen wurde er bereits vier Jahre alt. Wie schnell die Zeit vergangen war!

Da Frau Sanders' zehnter Todestag am 8. Oktober auf einen Mittwoch fiel, spazierte Carmen an dem Tag vormittags allein mit den Kindern zum Grab ihrer Mutter. Am Samstagnachmittag besuchte dann die gesamte Familie den Friedhof. Carl-Uwe fuhr Herrn Sanders mit seinem Auto bis vors Tor. Von dort strengte es den gehbehinderten Witwer nicht mehr so an.

Sinnend standen sie alle vor dem Familiengrab. Jeder hing seinen eigenen Gedanken nach. Carl-Uwe und Gerold, die Frau Sanders nicht gekannt hatten, dachten an ihre eigenen Mütter.

»Drei Jahre habe ich nun nichts mehr von Mama gehört!« Carl-Uwe seufzte schmerzlich. »Wie es ihr wohl gehen mag?«

Michael wusste, dass er auf dem Friedhof still sein musste. Doch Gabriele störte in ihrem kindlichen Ungestüm gar bald die Andacht der Erwachsenen. Gerold erwischte sie gerade noch, bevor sie übers Nachbargrab stapfte. Vorsichtshalber nahm er seine Tochter auf den Arm.

Das gefiel ihr jedoch nicht, und sie wehrte sich nach Kräften. Da ihr Vater stärker war und sie fest hielt, brach sie in zorniges Geschrei aus. Erst zwei kräftige Klapse auf ihren verlängerten Rücken brachten sie zur Vernunft. Sie schlang ihrem Papa die Ärmchen um den Hals und schmiegte ihre nasse Wange an sein Gesicht. Der Bart störte sie nicht; sie kannte ihren Vater ja nicht anders.

* * *

Mitte Dezember begann die Zahl der Leukozyten Besorgnis erregend anzusteigen. Dr. Raimond versuchte die Einweisung ins Krankenhaus hinauszuzögern, damit Carl-Uwe die Advents- und Weihnachtszeit im Kreis der Familie verbringen konnte. Doch den zweiten Feiertag und den Jahreswechsel in ein neues Jahrzehnt erlebte der Kranke bereits wieder im Hospital. Erst Mitte Februar konnte Gerold ihn heimholen.

Carl-Uwe bemerkte wohl, wie alle Behandlungsphasen an seiner verbleibenden Kraft zehrten. Nicht nur dünnten die höheren

Tablettendosen sein Haar immer mehr aus. Er kehrte auch jedes Mal schwächer heim als beim vorigen Mal. Die vielen Antibiotika trugen ebenfalls nicht zur Kräftigung bei. Da die Kinder diesen Winter häufig unter Schnupfen litten, der bei Gabriele jedes Mal in Mittelohrentzündung überging, war Carl-Uwe oft an sein Zimmer gebunden und musste Medikamente als Schutz schlucken.

Am Ostersonntag feierte Carl-Uwe seinen dreißigsten Geburtstag. Zu diesem besonderen Tag lud Carmen die gesamte Familie Meininger ein. Auch Matthias und Manfred, die für die Semesterferien daheim weilten, kamen mit. Nur Marianne nicht! Ihr Feiertagsdienst ersparte es Frau Meininger, eine Ausrede zu erfinden, um ihr Fernbleiben zu entschuldigen.

Fröhlich feierte die Gesellschaft den runden Geburtstag. Carl-Uwe genoss es, die Freunde endlich mal wieder zu sehen. Seine Sehnsucht nach Marianne vergrub er tief in seinem Innern.

Niemand sprach über das abwesende Mädchen. Carmens Frage nach der Tochter hatte Frau Meininger mit einem kurzen »Danke, gut!« beantwortet und war schnell zu einem anderen Thema übergewechselt.

Mit Michael an der Hand winkte Carl-Uwe abends den beiden Autos nach, bis nichts mehr von ihnen zu sehen war. Die Liebe des kleinen Jungen tröstete ihn anschließend über den Abschiedsschmerz hinweg. Als er dann im Bett lag, bewegten ihn wehmütige Gedanken. Ob er wohl die Familie noch einmal wieder sehen würde? Er spürte nur zu gut, wie seine Kraft allmählich immer weiter abnahm.

Anfang Mai musste Dr. Raimond ihn zum sechsten Mal seit Ausbruch der Leukämie ins Krankenhaus überweisen. Die Abstände zwischen den Behandlungen verkürzten sich. Wie lange sein Körper wohl noch auf das Medikament ansprach? Immerhin musste die Dosierung jedes Mal erhöht werden.

Markus kam wieder jeden Sonntag zu Besuch. Er traf immer pünktlich ein, um die eine Stunde voll ausnutzen zu können. Doch am dritten Sonntag war die Besuchszeit schon halb abgelaufen, bevor er ins Krankenzimmer eilte.

»Es tut mir Leid, dass ich zu spät komme. Aber mein alter Karren hatte mal wieder eine Panne. Höchste Zeit, mir einen anderen Wagen zuzulegen!«

»Das brauchst du nicht, Markus! Du kannst mein Auto mitnehmen und behalten. Ich werde mich nicht mehr hinters Steuer setzen. Es wird mir nämlich zu gefährlich. Ich benutze es ohnehin nur noch, um damit zur Arbeit zu fahren. Das kann ich auch mit der Bahn.«

»Bist du dir ganz sicher? Wirklich? Hundertprozentig?«

»Jawohl, ich bin mir vollkommen sicher!«

»Dann lass ich deinen Wagen schätzen und kaufe ihn dir ab.«

»Das ist nicht nötig! Du kannst ihn so haben. Bei mir würde er nur noch herumstehen. Und ich spare ja das Geld für Steuer und Versicherung.«

»Danke! Das ist sehr großzügig von dir! Aber was ich noch für meine alte Kiste bekomme, musst du annehmen. Darauf bestehe ich!«

»Na gut! Ich will mich deswegen nicht streiten. Und ich bin froh, weil der Mercedes bei dir auch in guten Händen ist. Der Wagen ist nämlich noch ziemlich gut. Ich hätte ihn schon längst Gerold angeboten. Aber ohne Automatik kann er nichts damit anfangen. Umso mehr freue ich mich nun, dass du ihn mitnimmst.«

Am nächsten Sonntag fuhr Markus mit dem Zug nach Frankfurt und mit dem Mercedes nach der Besuchszeit heim. Seine Familie hatte er vorher informiert. Marianne kam nur alle zwei Wochen nach Hause. Hoffentlich stachelte der Anblick des Wagens ihren Schmerz nicht wieder neu an!

Das Mädchen hatte sich in dem Jahr merkbar verändert. Durch die Pflege Schwerkranker und Sterbender hatte sie viel fremdes Leid kennen gelernt und war daran innerlich gereift. Zwar schmerzte sie Carl-Uwes Verlust noch immer. Aber sie hatte gelernt, mit dem Schmerz zu leben.

Wie ihre Mutter ihr geraten hatte, erfüllte sie ihren Dienst mit dem Gedanken an den Geliebten. Durch ihr einfühlsames Wesen wurde sie von den meisten Kranken geschätzt. Das Verhältnis zu den Kolleginnen besserte sich mit der Zeit. Nur den Ärzten und männlichen Kollegen gegenüber blieb sie verschlossen.

Ende Juni hatte sie ihre Abschlussprüfung mit »sehr gut« bestanden. Sie entschloss sich, zunächst am Krankenhaus zu bleiben, um ihre erworbenen Kenntnisse zu vertiefen. Zu ihrem Vater in die Praxis konnte sie auch noch später wechseln. Zur Zeit beschäftigte er ohnehin genug Sprechstundenhilfen.

In der dritten Juniwoche kehrte Carl-Uwe wieder heim. Bald nach der Entlassung fuhr er täglich mit der Bahn zum Funk und wurde abends von Gerold abgeholt. Noch hielt er bei der Arbeit durch. Glücklicherweise erforderte sein Beruf nicht viel Körperkraft.

Am 11. August wies Dr. Raimond ihn erneut ins Krankenhaus ein, weil die Leukozytenzahl auf über 180 000 pro 1 Kubikmillimeter angestiegen war. Diesmal hatte der Abstand nur noch knapp zwei Monate betragen. Das Medikament schlug jedoch noch an. Sechs Wochen später durfte Carl-Uwe wieder nach Hause. Allerdings war von seinem einstmals so dichten Haarwuchs kaum noch etwas übrig geblieben. Der fast kahle Schädel sprach eine deutliche Sprache und erfüllte Carmen und ihre Familie mit Sorge, sobald sie ihn nur ansahen.

***

Noch im Juni war Carmen zum dritten Mal schwanger geworden. Da die gewohnte Übelkeit ausblieb, bemerkte sie es erst Ende August. Sie fühlte sich so abgespannt, schlapp und müde, dass Gerold sie zum Arzt schickte. Dr. Raimond stellte die Schwangerschaft fest und errechnete den 18. März als voraussichtlichen Geburtstermin.

»Wenn du wieder so lange brauchst wie bei Michael, kommt es an meinem Geburtstag!«, scherzte Carl-Uwe. Er freute sich fast genauso auf das Kind wie die Eltern. »Hoffentlich lebe ich noch so lange, bis es geboren ist! Wenigstens einmal möchte ich es im Arm halten können!«

Nach wie vor kümmerte er sich in seiner freien Zeit intensiv um die beiden Kinder. Außer zu kurzen Spaziergängen an der Nidda entlang wagte er sich mit ihnen nicht mehr fort. Umso mehr beschäftigte er sich daheim mit ihnen. Immer wieder erzählte er ihnen Geschichten aus der Bibel. Die Kinder konnten sie nicht oft genug hören.

Besonders gern berichtete er von Jesus. Er schaffte es, den Bezug zu ihrem eigenen Leben so herzustellen, dass die Kinder es verstanden. Nach jeder Geschichte betete er mit ihnen. Im Oktober erlebte er die große Freude, Michael zu Jesus führen zu dürfen. Vorsichtshalber stellte er einige Rückfragen. Offenbar hatte der Fünfjährige das Wesentliche durchaus begriffen. Wie freuten sich Carmen und Gerold, als ihr Sohn ihnen erzählte, er habe Jesus in sein Herz aufgenommen und sei nun ein Kind Gottes!

Gabriele, inzwischen mehr als dreijährig, herzig und energiegeladen, hatte glücklicherweise ihre erste Trotzphase überwunden. Mittlerweile hatte sie auch einigermaßen sprechen gelernt. Nun plagte sie sämtliche Familienmitglieder mit ihren ständigen Warum-Fragen. Zu ihrem großen Bruder schaute sie voller Bewunderung auf. Er war ihr Idol. In allem versuchte sie ihn nachzuahmen.

Michael, mächtig stolz auf seine Schwester, fühlte sich als ihr Beschützer. In bewundernswerter Geduld beantwortete er ihre zahllosen Fragen und ging auf ihre Einfälle ein, sofern er es für richtig hielt. Er besaß ein feines Gespür für das, was erlaubt war. Wenn sie es zu wild trieb oder ungehorsam sein wollte, hielt er sie zurück. Erstaunlicherweise hörte sie auf ihn, sogar besser als auf ihre Mutter.

Am meisten Respekt zeigte sie vor ihrem Vater. Gerold konnte, wenn nötig, durchaus streng werden. Besonders gegen Carmen duldete er keine Ungezogenheit. Erwischte er seine Kinder dabei, gab es zuweilen einige feste Klapse aufs Hinterteil. Seit Gabriele keine Windeln mehr brauchte, spürte sie Vaters Hand deutlich genug.

Andererseits investierte Gerold viel Zeit, Liebe und Zärtlichkeit in seine Kinder. Und sie achteten und liebten ihn innig. Papa war der große Held, der alles wusste, alles konnte, alles durfte! Ihr Horizont war ja noch auf ihre kleine Welt begrenzt.

Ende Oktober schrie Gabriele wieder nächtelang vor Ohrenschmerzen. Dr. Raimond stellte starke Wucherungen an den Rachenmandeln fest. In einer kleinen ambulanten Operation entfernte er am 5. November die Polypen. Danach litt Gabriele unter keinen Mittelohrentzündungen mehr.

Carl-Uwe erlebte von dem Eingriff und der anschließenden Genesung nichts direkt mit. Seit dem 2. November lag er im

Krankenhaus. Erst einen Tag vor dem Heiligen Abend wurde er entlassen. Die gesamte Familie wetteiferte miteinander, den Heimgekehrten zu verwöhnen. Die Kinder waren selig, den Onkel wiederzuhaben. Und die Erwachsenen fürchteten ein baldiges Ende. Daher nutzten sie die verbleibende Zeit, um dem Kranken ihre Liebe zu zeigen.

Da die Perioden, in denen Carl-Uwe im Funk arbeiten konnte, immer kürzer wurden, konzentrierte er sich mehr und mehr auf Kindersendungen. Denn Michael und Gabriele hörten alle Sendungen von ihm, die für ihr Alter geeignet waren.

Carl-Uwe ahnte nicht, dass seine Mutter durch Zufall auf ein Hörspiel gestoßen war, in dem sie seine Stimme erkannt hatte. Seitdem suchte sie täglich nach Sendungen, in denen ihr Sohn mitwirkte. Sie besaß in ihrem Zimmer nicht nur einen Fernseher, sondern auch ein eigenes Radio. Da ihr Mann sich kaum noch um sie kümmerte, lauschte sie mit Tränen in den Augen auf die Stimme ihres fernen Kindes – die einzige Freude, die ihr noch geblieben war.

Die Zeit zwischen Ende Februar und Anfang April verbrachte Carl-Uwe wieder im Krankenhaus. Bei einem seiner Besuche erzählte Markus freudig, dass auch Claudia ein weiteres Kind erwarte. Im Oktober würde die nun zweijährige Julia ein Geschwisterchen bekommen.

Am Samstag, dem 20. März, nur zwei Tage nach dem errechneten Termin, gebar Carmen ihren zweiten Sohn. Das Baby erhielt den Namen Daniel. Doch die Freude über das Neugeborene überwog nur kurz. Zu sehr überschattete die Sorge um den kranken Freund die Familie.

Omi Neumeister war drei Tage vor der Geburt angereist, um für die Schwiegertochter einzuspringen. Nunmehr 58 Jahre alt, bewältigte sie die Arbeit nur mühsam. Da Agnes Fechtner vor gut zwei Jahren geheiratet hatte und fortgezogen war, konnte sie von der Seite auf keine Hilfe mehr hoffen. Frau Mühlmann von nebenan erbarmte sich zwar immer noch jede Woche über den Neumeisterschen Flickkorb. Doch sie war auch nicht mehr die Jüngste. Nur ihr Mundwerk arbeitete noch so flink wie eh und je.

Bei seiner Entlassung am 8. April sah Carl-Uwe bei weitem nicht so erholt aus wie bisher. Sein nun gänzlich kahler Kopf verstärkte noch den kränklichen Eindruck. Doch über sein blasses Gesicht glitt ein heller Schein, als Carmen ihm den kleinen Daniel in die Arme legte. Wie dankbar war er, das Baby sehen und halten zu können! »Er sieht fast genauso aus wie Michael damals, nicht wahr?« Glücklich wiegte er seinen neuen »Neffen« in den Armen hin und her. Dabei unterhielt er sich mit Michael und Gabriele, die beide stolz ihr Brüderchen betrachteten.

Am Karfreitag fühlte Carl-Uwe sich noch zu schlapp, um mit zum Gottesdienst zu gehen. Über eine Woche blieb er daheim. Als er dann wieder zur Arbeit fuhr, wandelte er die Anstellung in eine Halbtagsstelle um. Zu mehr reichte seine Kraft nicht. Bereits am 1. Juni, nur einen Tag nach Pfingsten, kam er erneut ins Krankenhaus.

Von Mitte Juli bis Mitte August durfte er heim. Dann war die nächste Behandlung fällig. Als er schließlich Mitte Oktober entlassen wurde, konnte er gar nicht mehr im Funk arbeiten. Traurig schrieb er an Burkhard Schumann, dass er die Unterstützung für seine Eltern leider einstellen müsse.

Am 6. Oktober hatte Stephan Meininger das Licht der Welt erblickt. Ende des Monats kam Markus mit Frau und Kindern zu Besuch, um seinen Sohn vorzustellen. Claudia, die Carl-Uwe einige Monate nicht gesehen hatte, erschrak heftig über sein elendes Aussehen. Wie blass und schmal der Freund geworden war! Wie lange der geschwächte Körper der tückischen Krankheit wohl noch Widerstand zu leisten vermochte?

Carmens Geburtstag am 3. November konnte Carl-Uwe noch mitfeiern. Nur wenige Tage später wurde er wieder ins Krankenhaus eingeliefert. Diesmal musste er auch die Weihnachtsfeiertage dort verbringen. Dennoch strahlte er weiterhin Zufriedenheit und innere Ruhe aus. Ohne zu murren ergab er sich in das Unvermeidliche.

Um den Kranken nicht zu überfordern, sprachen sich die Kollegen vom Funk untereinander ab, wer ihn wann besuchte. Mindestens einmal pro Woche erschien der Pastor. Er las dem Patienten aus der Bibel vor und betete mit ihm. Und Gerold sah wie gewohnt jeden Abend nach seinem »Bruder«.

Auch Markus kam weiterhin jeden Sonntag. Claudia begleitete ihn wegen der Kinder nicht immer, unterstützte seine Besuche jedoch verständnisvoll. Denn zu deutlich schienen Carl-Uwes Tage nun gezählt.

Am Sonntag nach Neujahr saß Markus zum ersten Mal nach langer Zeit allein am Bett. Ein wenig zaghaft wagte Carl-Uwe, sich nach Marianne zu erkundigen.

»Seit gestern ist sie wieder daheim. Sie hat in Herborn zum 31. 12. gekündigt. Nun hilft sie Vati in der Praxis, weil eine seiner Sprechstundenhilfen geheiratet hat und weggezogen ist.«

»Und – und wie geht es ihr?« Kaum brachte der Kranke die Worte über die Lippen.

»Soweit ich es beurteilen kann, geht es ihr einigermaßen gut. Ruhig und ernst war sie ja schon immer. In den vergangenen zwei bis drei Jahren ist sie sehr viel reifer geworden.«

»Weißt du, ob sie manchmal noch an mich denkt?« Markus musste sich tief hinunterbeugen, um die Frage zu verstehen.

»Ich weiß es nicht. Sie spricht nie von dir. Meines Wissens hat sie noch keinen anderen Mann angeschaut. Aber sie ist ja noch jung!«

»Ja«, hauchte Carl-Uwe matt, »sie ist noch jung!« In seinen Augen glitzerte es verdächtig.

9. Heim

Anfang Februar durfte Carl-Uwe für kurze Zeit heim, war jedoch recht schwach. Meistens saß oder lag er auf der Couch. Ab und zu konnte er den beiden älteren Kindern ein bisschen vorlesen. Nach zwei Wochen musste er zurück ins Krankenhaus.

Hilflos sahen seine Freunde zu, wie er immer mehr abnahm. Matt und bleich lag er in den Kissen. Bald konnte er nicht einmal mehr selbstständig auf Toilette gehen. Die Blutungen aus Nase und Zahnfleisch ließen sich auch durch Transfusionen, die zur Gerinnung beitrugen, nicht mehr verhindern.

Anfang April bat der Arzt Gerold um ein Gespräch. »Es tut mir außerordentlich Leid, Herr Neumeister, aber Herr Schuster spricht auf das Medikament nicht mehr an. Wir sind leider machtlos. Es geht nun unweigerlich zu Ende.«

Obwohl Gerold mit dieser Nachricht gerechnet hatte, schien es ihm, als würde ihm der Boden unter den Füßen weggezogen. Seine Hände zitterten. Seine Stimme klang rau, als er fragte: »Dürfen wir ihn dann bitte heimholen, damit er seine letzten Tage im Kreis der Familie verbringen kann?«

»Wenn Sie eine Fachkraft haben, die die Pflege übernehmen kann: Ja!« Der Arzt blickte ihm ernst in die Augen. »Er kann nichts mehr selbst ausführen, muss gewaschen, gefüttert, getöpft werden und dergleichen. Wie lange es noch dauert, kann ich nicht mit Sicherheit sagen. Vielleicht wenige Wochen? Vielleicht auch nur ein paar Tage! Es hängt von den Blutungen ab, wie stark sie sich verschlimmern. Jede neue Blutung kann den Tod bedeuten.«

Gerold stand langsam auf. »Ich werde mit meiner Frau darüber beraten und gebe Ihnen dann Bescheid.«

Carmen weinte heftig, als Gerold von dem Gespräch berichtete. »Ich hab zwar mit den Kindern genug zu tun«, schluchzte sie, »aber ich bin trotzdem bereit, ihn zu pflegen. Er soll nicht unter Fremden sterben müssen, sondern bei uns!«

»Ich werde Markus anrufen und ihn fragen, was er meint. Es hat keinen Sinn, wenn du mir zusammenklappst. Das würde Carl-Uwe kaum wollen. Außerdem bist du keine Fachkraft. Vielleicht weiß Markus eine Lösung.« Entschlossen stand Gerold auf und hinkte zum Telefon.

»Lass mich mal mit meiner Mutter sprechen«, bat Markus heiser. »Sie könnte am ehesten einen Rat wissen. Denn sie hat schon öfter Dorfleute gepflegt, wenn es nötig war.«

Sofort eilte Markus ins Nachbarhaus. In seinem Schmerz um den sterbenden Freund vergaß er, auf seine Schwester Rücksicht zu nehmen. Er hatte nicht einmal bemerkt, dass sie während seines Berichtes eingetreten war, da er der Tür den Rücken kehrte.

Marianne erblasste tief. Doch sie fasste sich sogleich und trat herzu. Bevor ihre Mutter antworten konnte, erklärte das Mädchen mit fester Stimme: »Ich werde nach Frankfurt fahren und Carl-Uwe pflegen! Er soll seine letzten Tage daheim erleben dürfen. Ich möchte ihm diesen Dienst tun, denn ...« – ihre Stimme begann zu schwanken – »... ich liebe ihn immer noch!«

Markus war hastig aufgesprungen. Entgeistert starrte er auf seine Schwester. »Marianne, du!«, brachte er tonlos hervor.

Das Mädchen ließ sich nicht beirren. »Du kannst in Frankfurt Bescheid geben, dass ich komme, um Carl-Uwe zu pflegen.« Ihre Stimme klang wieder ruhig. »Schließlich habe ich es gelernt!«

»Aber – aber das geht doch nicht! Das kannst du doch nicht! Er – er liegt im Sterben! Wie willst du das verkraften! Das – das schaffst du nicht!«

»Warum sollte ich das nicht schaffen? Ich habe schon viele Schwerkranke und auch Sterbende gepflegt. Ich weiß, was ich zu tun habe! Geh und ruf in Frankfurt an! Ich werde mir ein paar Sachen zusammenpacken. Gleich morgen fahre ich!« Sie wandte sich um und schritt aus dem Zimmer.

Markus sank in den Sessel zurück und schaute Hilfe suchend auf seine Mutter, die bisher dazu geschwiegen hatte. Umso genauer hatte sie ihre Tochter beobachtet. »Tu, was sie gesagt hat, Markus! Marianne wird es schaffen! Gönne ihr diesen letzten Liebesdienst! Es wird ihr die Kraft geben, Carl-Uwes endgültigen Verlust zu überwinden!«

Gerold fiel ein dicker Stein vom Herzen, als Markus die Entscheidung seiner Schwester durchgab. »Ich werde Marianne morgen selbst bringen. Mein Vorgänger wird in diesem besonderen Fall gewiss in der Praxis für mich einspringen.«

Dr. Meininger unterstützte das Vorhaben seiner Tochter und gab ihr noch einige Ratschläge, die sie bei der Pflege besonders beachten sollte. Außerdem stattete er sie mit Mitteln aus seiner Praxis aus, die die Versorgung des Schwerkranken erleichterten.

Gerold rief am nächsten Morgen vom Labor aus im Krankenhaus an und teilte dem Arzt mit, dass er eine Fachkraft gefunden habe. Für den Nachmittag nahm er sich frei, um Carl-Uwe abholen zu können.

Markus traf mit Marianne gegen elf Uhr ein. Er bewunderte seine Schwester heimlich, weil sie so ruhig und gefasst wirkte. Das hatte er nicht von ihr erwartet.

Nach dem Mittagessen fuhr Gerold mit Markus zusammen ins Krankenhaus. Der Arzt hatte den Transport des Patienten im Krankenwagen angeordnet. Nach einem kurzen, klärenden Gespräch mit den beiden Männern entließ er den Sterbenden nach Hause. Wortlos packten Gerold und Markus die wenigen Sachen von Carl-Uwe ein. Der Kranke wusste zwar nicht, was das bedeuten sollte. Doch er vertraute den beiden und sah ruhig zu.

Die Träger kamen und betteten ihn auf die Trage. Zusammen fuhren sie im Fahrstuhl ins Erdgeschoss. Während Gerold die Reisetasche in seinem Auto verstaute, setzte Markus sich neben die Bahre in den Krankenwagen. Gerold fuhr mit seinem Auto voraus.

»Wohin bringt ihr mich?«, fragte Carl-Uwe leise.

Markus nahm die weiße, knochige Hand in seine. »Heim!«, antwortete er heiser. Mehr brachte er nicht heraus. Doch die Antwort genügte. Der Kranke lächelte schwach und schloss zufrieden seine Augen.

Inzwischen hatte Marianne mit Carmens Hilfe das Zimmer gerichtet. Das Bett zogen sie etwas von der Wand ab, damit es von allen Seiten gut zugänglich war. Unter das Laken breiteten sie eine gepolsterte, wasserdichte Unterlage. Den Schreibtisch schoben sie in die Ecke neben den Kleiderschrank. Auf der Platte stellte Marianne sich griffbereit die Pflegeutensilien auf, die ihr Vater ihr mitgegeben hatte. Die Luftmatratze, auf der sie schlafen wollte, ließ sie noch im Schrank. Es reichte, wenn sie sie abends aufblies. Dann zog sie sich ins Esszimmer zurück.

Sinnend schaute sie aus dem Fenster in den Garten. Sie wollte sich Carl-Uwe erst zeigen, wenn er allein im Zimmer lag. Markus hatte ihr auf der Herfahrt verraten, dass er sie offensichtlich immer noch liebte. Sie war sich jedoch nicht sicher, wie er bei ihrem Anblick reagieren würde. Deshalb hielt sie es für besser, ihm ohne Zuschauer gegenüberzutreten.

Jetzt hielten zwei Autos vorm Haus. Wenig später wurde die Haustür geöffnet. Marianne musste an sich halten, um ruhig stehen zu bleiben. Sie lauschte angestrengt. An den Geräuschen erkannte sie, wie die Bahre vorsichtig Schritt für Schritt die Treppe hinaufgetragen wurde.

Carmen hatte ihre zwei älteren Kinder zum Opa ins Zimmer geschickt und ihnen bei strengster Strafe verboten herauszukommen, bevor sie es ihnen erlaubte. Daniel hielt noch seinen Mittagsschlaf. Carmen selbst hatte die Haustür geöffnet und war ins Zimmer vorausgeeilt.

Die Träger hoben Carl-Uwe vorsichtig hinüber ins Bett und verabschiedeten sich. Carmen deckte ihn behutsam zu, streichelte über seine Wange und verließ dann fluchtartig das Zimmer. Sie konnte sich nicht mehr beherrschen, rannte in ihr Schlafzimmer und warf sich weinend auf ihr Bett. Gerold streifte Carl-Uwe mit einem schmerzlichen Blick und eilte seiner Frau nach, um sie zu trösten.

Markus trat nahe ans Bett. »Du wirst dich wohl ein wenig ausruhen wollen!«, meinte er mit belegter Stimme. »Ich komme noch mal zu dir, bevor ich zurückfahre!«

Carl-Uwe lächelte matt. »Danke!«, flüsterte er. »Danke für alles!«

Seine Füße erschienen ihm bleischwer, als Markus langsam die Treppe hinunterschlich. Seine Schwester hastete ihm im Flur entgegen. »Ist er allein?«, forschte sie flüsternd. »Kann ich zu ihm?«

Markus nickte nur. In der Stube ließ er sich in einen Sessel fallen und vergrub stöhnend das Gesicht in seinen Händen. »Warum, Herr? Warum hast du das nur zugelassen? Ich verstehe dich nicht, Herr! Hilf mir! Ich bin so durcheinander!«

Marianne stieg äußerlich ruhig die Treppe hinauf. Doch als sie vor seiner Tür stand, klopfte ihr Herz zum Zerspringen. Von ihrer Arbeit im Krankenhaus her wusste sie gut, welchen Anblick sie zu erwarten hatte. Davor fürchtete sie sich nicht. Doch wie würde er ihr begegnen? Er war für sie ja nicht irgendein fremder Patient, zu dem sie weiter keine Beziehung besaß! Würde er sich womöglich gegen ihre Pflege auflehnen?

Eine Hand auf ihr galoppierendes Herz pressend, drückte sie leise und vorsichtig die Klinke nieder und schlüpfte ins Zimmer. Lautlos schlich sie zum Bett hinüber.

Carl-Uwe lag regungslos mit geschlossenen Augen. Sein mageres, knochiges Gesicht wirkte still und entspannt. Ein Ausdruck tiefen Friedens ruhte auf dem geliebten Antlitz.

Impulsiv beugte sich Marianne dicht über ihn und wisperte seinen Namen. Carl-Uwe schlug die Augen auf und blickte direkt in die ihren hinein. Ein freudig-überraschtes Lächeln huschte über seine eingefallenen Züge. »Du!«, flüsterte er. In seine matt gewordenen Augen trat ein fast überirdischer Glanz.

Sie nickte lächelnd, während ihr Tränen in die Augen stiegen. »Ja, ich! Deine Marianne ist gekommen, um dich zu pflegen!« Zart strich sie ihm über die weiße Stirn, streichelte seine Wangen. Dann setzte sie sich auf die Bettkante und griff nach seiner Hand. Wie kraftlos sie in der ihren ruhte!

Er wies ihre Liebkosungen nicht zurück. Still ließ er es geschehen. Seine Augen hingen an ihrem Gesicht. »Marianne, du Liebe! Was tust du für mich!«

Sie lächelte nur, antwortete aber nicht. Unverwandt schaute sie ihn an. Zunächst erwiderte er ihren Blick. Doch fielen ihm bald die Augen zu, und er schlief ein.

Mit viel Zärtlichkeit und sanftem Zureden gelang es Gerold, den Tränenstrom seiner Frau einzudämmen. Nach einer Weile hörte er Daniel aus seinem Bettchen rufen. Der inzwischen Einjährige hatte seinen Mittagsschlaf beendet. Gerold holte sein Söhnchen und legte es seiner Frau in die Arme.

Ihre Mutterpflichten lenkten sie von ihrem Kummer ab. Sie erinnerte sich plötzlich an Michael und Gabriele, die beim Opa auf sie warteten. Rasch zog sie Daniel an und eilte mit ihm hinunter. »Wie gut, dass Marianne da ist und Carl-Uwe pflegt«, dachte sie dabei. »Ich weiß nicht, ob ich es so einfach verkraften würde, ständig um ihn zu sein und ihn sterben zu sehen. Außerdem hab ich doch drei Kinder!«

Gerold saß schweigend mit Markus in der Stube. Beiden war nicht nach Reden zumute. Schließlich raffte Markus sich auf und klärte seinen Freund über das Verhältnis zwischen Carl-Uwe und Marianne auf. Unter den gegebenen Umständen hielt er es für besser, wenn Gerold Bescheid wusste. Und plötzlich fragte er sich, wie der Kranke wohl auf die Pflegerin reagierte! Daran hatte er bei allem gar nicht gedacht. Vielleicht sollte er besser mal nachschauen gehen!

Als er leise ins Zimmer trat, saß Marianne am Bett und hielt immer noch die Hand des Schlafenden. Mit feuchten Augen betrachtete sie das friedvolle Antlitz. Sie schaute erst auf, als Markus neben ihr stand.

Mit den Lippen formte er lautlos die Frage: »Alles in Ordnung?« Sie nickte und lächelte leicht. Dann blickte sie wieder in das geliebte Gesicht.

Markus beugte sich zu ihrem Ohr hinunter. »Ich hab versprochen, noch mal zu ihm zu kommen, bevor ich heimfahre. Sagst du mir Bescheid, wenn er aufwacht?«

Sie nickte wieder, ohne aufzusehen. Auf Zehenspitzen schlich er aus dem Zimmer und trottete hinunter zu den anderen.

Als er in die Stube trat, waren alle sechs Familienmitglieder beisammen. Daniel, der noch zu klein war, um etwas zu verstehen, spielte stillvergnügt im Ställchen. Herr Sanders saß stumm in seinem gewohnten Sessel. Seine Hand zitterte leicht.

Gerold hatte auf der Couch einen Arm um seine Frau gelegt, die wieder mit den Tränen kämpfte. Michael und Gabriele standen einträchtig nebeneinander vor den beiden und hörten ihrem Vater aufmerksam zu.

»Onkel Uwe ist ganz, ganz schlimm krank! Er kann bloß noch im Bett liegen. Ihr müsst deshalb ganz brav und ruhig sein, damit er nicht gestört wird! Allein dürft ihr nicht zu ihm gehen. Wenn er wach ist, nehme ich euch mal mit, damit ihr ihn begrüßen könnt. Aber wehe, ich erwische einen von euch, wenn er ohne Erlaubnis hineingeht!«

Markus setzte sich wortlos in den freien Sessel. Gedankenverloren starrte er vor sich hin. »So furchtbar lange ist es noch gar nicht her, dass ich mit Carl-Uwe hier in diesem Haus als Student gelebt habe! Nur knapp sechs Jahre! Was ist das schon im Vergleich zu einem ganzen Leben?« Und nun? Nun lag der Freund im

Sterben! »Gerade 32 Jahre ist er alt!« In gut acht Monaten würde Markus selbst sein 32. Lebensjahr vollenden. »Ist das nicht viel zu jung zum Sterben? Und hat er nicht schon genug gelitten?«

Plötzlich fiel es Markus wie Schuppen von den Augen. Jawohl, Carl-Uwe hatte genug gelitten! Bald würde für ihn alles Leiden zu Ende sein! Dann war er in der Herrlichkeit beim Herrn, wo es keine Schmerzen, keine Tränen, kein Leid mehr gab! War es nicht sogar eine besondere Gnade, dass Gott den Schwergeprüften so früh schon zu sich holte?

Und doch! Für die Zurückbleibenden bedeutete es dennoch Schmerz, den Freund gehen zu lassen, ihn auf dieser Erde für immer zu verlieren!

Carl-Uwe schlief über eine Stunde. Als er erwachte, saß Marianne noch in derselben Stellung an seinem Bett. Er lächelte, als er sie erkannte.

Sie erwiderte sein Lächeln. Dann stand sie auf. »Ich sage Markus Bescheid, dass du wach bist. Er wollte dich noch mal sehen, bevor er heimfährt. Ich bin gleich wieder da!«

Nur wenige Sekunden später trat Markus ans Bett. Marianne, die kurz nach ihm ins Zimmer kam, hielt sich im Hintergrund.

Markus nahm für kurze Zeit Mariannes Platz ein. Er setzte sich aufs Bett und griff nach der schmalen, weißen Hand, die auf der Decke ruhte.

»Ich bin gekommen, um dir ›Auf Wiedersehen‹ zu sagen!«, würgte er mühsam hervor.

»Ja«, erwiderte der Todkranke, »wir werden uns wieder sehen, Markus! Du brauchst nicht traurig zu sein! Ich gehe euch nur voraus!«

Markus vermochte nichts mehr zu antworten; er war zu aufgewühlt. Nach einem letzten traurigen Blick stand er auf. Bevor er das Zimmer verließ, nahm er Marianne noch rasch in den Arm und drückte sie fest. Dann riss er sich los und hastete aus dem Zimmer.

Auf der Heimfahrt kämpfte er mit den Tränen. Schließlich konnte er sich nicht mehr beherrschen. Er hielt auf dem nächsten Parkplatz an und gab sich seinem Schmerz hin. Erst nachdem er sich ausgeweint hatte, fuhr er weiter. Es war schon spät, als er daheim ankam. Claudia erwartete ihn voller Sorge.

Nach Markus' Abfahrt war Gerold mit den Kindern kurz bei dem Kranken gewesen. Sie durften ihn begrüßen und vorsichtig seine Hände streicheln. Dann führte er sie sofort wieder hinaus.

Marianne ließ sich Kräutertee für den Patienten bringen. Mit einem Löffel flößte sie ihm behutsam die Flüssigkeit ein. Er schluckte gehorsam. Dabei schaute er sie ständig mit einem dankbaren Lächeln an.

Nachher setzte sie sich wieder zu ihm auf die Bettkante. »Marianne«, bat er, »liest du mir etwas vor?«

»Natürlich! Möchtest du etwas Bestimmtes hören?«

»Ja, ich möchte gerne, dass du mir das Lukas-Evangelium vorliest. Meine Bibel muss noch in der Reisetasche sein, wenn sie niemand ausgepackt hat. Ich hatte sie im Krankenhaus dabei.«

Marianne fand das gesuchte Buch schnell. Länger brauchte sie zum Aufschlagen. Besonders gut kannte sie sich nicht in der Bibel aus. Doch schließlich konnte sie mit dem Lesen beginnen.

Sie hatte gerade die ersten drei Kapitel geschafft, als Dr. Raimond eintrat. Nachdem er den Patienten untersucht hatte, ging er zu Carmen in die Küche, die mittlerweile mit der Vorbereitung des Abendessens begonnen hatte. Er begrüßte sie und beriet sie dann wegen der Mahlzeiten für Carl-Uwe. »Er kann keine feste Nahrung mehr zu sich nehmen. Bereite ihm püriertes Obst und Gemüse und koch ihm weiche Puddinge oder Suppen.«

»Ja!« Carmen biss sich auf die Lippen, um nicht wieder loszuweinen.

Der Kranke war zu schwach, um sich aufzusetzen und selbst zu essen. Willig ließ er sich von Marianne füttern. Auch alle anderen Pflegemaßnahmen durfte sie ohne jeglichen Widerspruch an ihm ausführen. Für jeden Dienst bedankte er sich lächelnd.

Sie wunderte sich im Stillen. Besonders bei so peinlichen Dingen wie dem Töpfen, das im Krankenhaus auf der Männerstation normalerweise von männlichen Pflegern ausgeführt wurde, hatte sie mit Widerstand gerechnet. Doch selbst das brachte ihn nicht aus seiner zufriedenen Ruhe.

Nachdem sie ihn für die Nacht gerichtet, Kissen aufgeschüttelt und das Laken glattgezogen hatte, rief sie nach Gerold. Während sie im Bad ihre Zähne putzte, sich auszog und wusch, blies er ihr die Luftmatratze auf und hielt bei dem Kranken Wache, bis sie zurückkam. Carl-Uwe schlief bereits, als sie sich dicht neben seinem Bett in den Schlafsack kuschelte.

10. ... enden im Geben

Wie abgesprochen wachte Gerold früh am nächsten Morgen bei Carl-Uwe, damit Marianne sich im Bad waschen und anziehen konnte. Sie wollte rechtzeitig bereit sein, um sich ununterbrochen dem Kranken widmen zu können.

Als Gerold das Frühstück für Marianne brachte, schlief Carl-Uwe noch. Er erwachte erst, als Gerold bereits das Haus verlassen hatte, um ins Labor zu fahren.

»Guten Morgen!« Marianne beugte sich über ihn. Als Antwort lächelte er freudig. Das Mädchen maß nun zunächst Fieber und kontrollierte den Puls. Langsam und vorsichtig reinigte sie anschließend seine Zähne und die Mundhöhle, wusch ihn von Kopf bis Fuß und zog ihm einen sauberen Schlafanzug an. Danach holte sie sein Nageletui und beschnitt und feilte seine Finger- und Fußnägel.

Lächelnd ließ er alles an sich geschehen. Seine Augen folgten jeder ihrer Bewegungen. »Du bist ein Engel!«, flüsterte er, als sie noch das Laken glatt gezogen, das Kissen aufgeschüttelt und ihn sorgfältig zugedeckt hatte. »Wie lieb versorgst du mich! Vielen Dank! Ich fühle mich wunderbar erfrischt!«

Ein heller Schein glitt über ihr Gesicht. Sie beugte sich über ihn und strich ihm sachte über die hohlen Wangen. Dann wandte sie sich hastig um, damit er ihre Tränen nicht sah.

Carmen brachte sein Frühstück, begrüßte ihn liebevoll und eilte danach schnell aus dem Zimmer, weil sie wieder von Schluchzen gewürgt wurde.

Marianne fütterte den Kranken. Nachher setzte sie sich zu ihm auf die Bettkante und las ihm weiter aus dem Lukas-Evangelium vor. Nach dem 19. Vers im 6. Kapitel: *Und alles Volk suchte ihn anzurühren, denn Kraft ging von ihm aus und heilte alle* brach sie ab.

»Was ist, Marianne? Warum hörst du auf zu lesen?«

Sie sah ihn schmerzlich an. »Wenn Jesus damals wirklich alle geheilt hat, warum tut er es dann heute nicht mehr? Warum lässt er dich so entsetzlich leiden? Warum macht er dich nicht gesund?«

»Liebe Marianne, darauf kann ich dir keine Antwort geben, weil ich es jetzt noch nicht weiß. Aber eines weiß ich: Jesus hat mich lieb und will nur mein Bestes. Ich vertraue ihm! *Er* weiß, was er tut, und macht keine Fehler! Im Krankenhaus durfte ich vielen Mitpatienten von Gottes Liebe erzählen und auch mit einigen beten. Wenn ich nicht krank geworden wäre, hätten diese Männer vielleicht nie davon gehört. Ich bin so dankbar, dass Gott mir diese Gelegenheiten geschenkt hat.«

»Aber wenn du jetzt – jetzt – ich meine, jetzt kannst du das doch nicht mehr! Wenn er dich also heilen würde, hättest du doch neue Gelegenheiten!«

»Ja, und er könnte mich auch heilen, wenn er wollte. Aber wenn er es nicht tut, hat er gewiss einen Grund dafür. Ich bin bereit, zu ihm zu gehen. Es gibt nur noch eines, was ich mir vorher wünsche!«

»Und was wäre das?« Ihre Augen wurden feucht.

»Dass du, liebe Marianne, deinen Groll gegen Gott aufgibst und ihn als deinen Herrn annimmst!«, antwortete er weich. »So lange bete ich schon dafür! Ich möchte dich so gerne in der Ewigkeit beim Herrn wieder sehen!«

»Das kann ich so nicht! Ich möchte dich auch wieder sehen! Aber ich fände es unrecht, dir etwas vorzuheucheln, was nicht vorhanden ist. Da käme ich mir wie eine Betrügerin vor.«

»Du sollst auch nicht heucheln!« Ernst schaute er sie an. »Das würde es nur schwieriger machen! Ich werde weiter für dich beten, dass du Jesus kennen lernst, wie er wirklich ist. Eines Tages wirst du erkennen, wie lieb er dich hat. Dann wirst du auf seine Liebe reagieren können. Vorher hat es keinen Sinn. Du sollst keine erzwungene Entscheidung treffen!« Er schwieg erschöpft.

Sie drückte leicht seinen Arm. »Ich verspreche dir, darüber nachzudenken. Aber du bist müde! Schlaf doch ein bisschen!«

Er schloss gehorsam seine Augen. Sie blieb bei ihm sitzen, betrachtete sein entspanntes Gesicht und dachte über das Gespräch nach.

Am späten Vormittag sah Dr. Raimond nach dem Patienten. Er horchte Brust und Rücken ab, ließ sich von Marianne Bericht geben und nickte ihr zu. »Ich schaue täglich mindestens einmal herein. Wenn ich sonst gebraucht werde, soll Carmen mich anrufen. Ich bin dann so schnell wie möglich da. Meine Frau weiß stets, wo sie mich erreichen kann, sollte ich gerade zu Hausbesuchen unterwegs sein.«

Nachmittags klingelte der Pastor. Er hatte Carl-Uwe im Krankenhaus besuchen wollen und dort erfahren, dass der Sterbende nach Hause verlegt worden sei.

Marianne erhob sich vom Bett und machte dem Pastor Platz. Er begrüßte sie freundlich und setzte sich zu dem Kranken. Aus der Innentasche seines Jacketts holte er ein kleines, blaues Buch hervor und schlug es auf. *Licht für den Tag* war mit Goldbuchstaben auf den Umschlag gedruckt.

»Heute ist Freitag, der 7. April, nicht wahr? Ah, hier ist es: *Der Herr wird ihn erquicken auf seinem Siechbette – Er erlöste sie, darum daß er sie liebte und ihrer schonte. Er nahm sie auf und trug sie allezeit von alters her. – Den du lieb hast, der liegt krank. Laß dir an meiner Gnade genügen; denn meine Kraft ist in den Schwachen mächtig.*

Ob unser äußerlicher Mensch verdirbt, so wird doch der innerliche von Tage zu Tage erneuert.

In Ihm leben, weben und sind wir. – Zuflucht ist bei dem ewigen Gott und unter den ewigen Armen.«

»Vielen Dank, Herr Pastor!« Carl-Uwes Augen leuchteten. »Das waren wunderbare Worte! Unser Herr ist so gut zu mir! Er erquickt mich wirklich immer wieder! Ich weiß mich von ihm getragen!«

Der Pastor betete noch mit ihm. Dann erhob er sich. »Wenn Sie möchten, komme ich morgen wieder!«

Carl-Uwe lächelte zu ihm auf. »Ja, gern! Ich freue mich über Ihre Besuche! Es tut so gut, wenn Sie mit mir beten!«

Als Gerold abends heimkam, begrüßte er wie gewohnt zuerst seine Familie. Dann stieg er die Treppe hinauf, um nach dem Kranken zu sehen.

Carl-Uwe sah zu ihm auf, als er sich auf der Bettkante niederließ. »Gerold, wie kann ich dir je genug danken, was du alles für mich getan hast und noch tust! Ich kann es gar nicht recht ausdrücken, wie dankbar ich dir und Carmen bin, dass ihr euch all die vielen Jahre so intensiv um mich gekümmert und mich so lieb in eure Familie aufgenommen habt! Und nun habt ihr mich sogar geholt, damit ich hier bei euch sterben darf! Danke, Gerold! Vielen herzlichen Dank! Unser Herr vergelte es euch! Ich kann es ja leider nicht mehr. Aber ich freue mich schon heute auf den Tag, an dem wir uns in der Herrlichkeit wieder sehen werden!«

Gerold schluckte schwer. »Es ist doch selbstverständlich, dass wir dich heimgeholt haben! Du gehörst doch zu uns! Wir werden dich entsetzlich vermissen!« Er brach ab und schluckte wieder. Verstohlen wischte er sich über die Augen.

»Es tut mir Leid, dass ihr so traurig seid, weil ich euch verlassen muss. Aber wenn Jesus es für richtig hält, wird es wohl am besten für uns alle sein!«

Am nächsten Vormittag brachte Gerold für ein paar Minuten seinen älteren Sohn mit ins Krankenzimmer. Carl-Uwe hatte sich gewünscht, Michael zu sehen. Nun saß der Sechsjährige stumm auf dem Bett und schaute in das bleiche, abgezehrte Gesicht des geliebten Onkels.

»Michael, mein lieber Schatz!« Carl-Uwe lächelte warm. »Wie freue ich mich, dass ich dich noch einmal sehen darf! Ich habe dich sehr, sehr lieb! Bleib dem Herrn Jesus treu, hörst du? Ich werde bald zu ihm gehen. Dann darf ich ihn sehen! Und dann erzähle ich ihm von dir! Bleib schön brav und mach deinen Eltern weiter so viel Freude wie bisher!«

Der Junge streichelte vorsichtig über die knochigen Wangen. Langsam füllten sich seine Augen mit Tränen. Gerold nahm das still weinende Kind auf den Arm und trug es hinaus. Mit nassen Augen sah Carl-Uwe ihm nach.

Marianne nahm ihren Platz am Bett wieder ein. Behutsam tupfte sie dem Kranken die Tränen von den Wangen.

»Er ist solch ein lieber Schatz!«, flüsterte Carl-Uwe. »Von ihm fällt mir der Abschied besonders schwer!«

»Das verstehe ich! – Soll ich dir weiter vorlesen?«, schlug sie vor, um ihn abzulenken.

»Ja, bitte!«, hauchte er erschöpft. Sie holte die Bibel, schlug das Lukas-Evangelium auf und fuhr fort zu lesen, wo sie am Freitag aufgehört hatte. Erst am Ende des 8. Kapitels wurde sie durch den Eintritt des Arztes unterbrochen.

Gegen halb drei am Nachmittag klopfte der Pastor. »*Sie werden sehen sein Angesicht*«, las er den vorgegebenen Text vom 8. April. »*Ich weiß, daß mein Erlöser lebt; und als der letzte wird er über dem Staube sich erheben. Und nachdem diese meine Haut zerschlagen ist, werde ich ohne mein Fleisch Gott sehen. – Ich aber will schauen dein Antlitz in Gerechtigkeit; ich will satt werden, wenn ich erwache, an deinem Bilde. – Wir werden ihm gleich sein; denn wir werden ihn sehen, wie er ist. – Er selbst, der Herr, wird ... herniederkommen vom Himmel, und die Toten in Christo werden auferstehen zuerst. Danach wir, die wir leben und übrig bleiben, werden zugleich mit ihnen hingerückt werden in den Wolken dem Herrn entgegen in der Luft, und werden also bei dem Herrn sein allezeit.*«

»Ja, ich weiß, dass mein Erlöser lebt!«, bestätigte Carl-Uwe, und seine Augen strahlten. »Und bald, bald werde ich ihn sehen, wie er ist! Und dann werde ich auf immer bei ihm sein!«

Kaum war der Pastor gegangen, als es wieder an der Haustür klingelte. Gerold öffnete. »Guten Tag!«, grüßte der Fremde. »Vermutlich haben wir schon miteinander telefoniert. Mein Name ist Scharf. Ich bin der Produktionsleiter des Kinderfunks. Man hat mir im Krankenhaus Ihre Adresse gegeben. Ich wollte Herrn Schuster besuchen.«

»Bitte kommen Sie herein!« Höflich hielt Gerold die Tür auf. »Ich werde nachschauen, ob Herr Schuster sich wohl genug fühlt, um Sie zu empfangen. Sie wissen wahrscheinlich, dass es zu Ende geht, nicht wahr?«

»Es ist ja nicht zu übersehen«, gab Herr Scharf zu und starrte zu Boden.

Gerold kam bald die Treppe wieder herunter. »Herr Schuster lässt bitten! Kommen Sie! Ich bringe Sie zum richtigen Zimmer.«

Marianne hatte sich bereits in ihre Ecke beim Schreibtisch zurückgezogen. Carl-Uwe lächelte dem Eintretenden freudig entgegen. »Das ist aber nett von Ihnen, Herr Scharf, dass Sie mich besuchen! Ich freue mich sehr darüber! Setzen Sie sich doch!«

Der Produktionsleiter setzte sich verlegen und unsicher auf den Stuhl, den Marianne vorsorglich bereitgestellt hatte. Er wusste nicht recht, was er sagen sollte. Bisher hatte er noch wenig mit Sterbenden zu tun gehabt.

»Haben Sie mal über das nachgedacht, was ich Ihnen bei Ihrem letzten Besuch erzählt habe?«, steuerte Carl-Uwe sogleich auf sein

Ziel los. Im Nu hatte er ihn in ein intensives Gespräch über Jesus verwickelt. Nachdenklich verabschiedete Herr Scharf sich fast eine Stunde später.

Carl-Uwe hatte das viele Sprechen offensichtlich erheblich mehr angestrengt, als er selbst in seinem Eifer bemerkt hatte. Ermattet schloss er die Augen. Marianne entdeckte Schweißperlen auf seiner Stirn. Sorgsam tupfte sie sein Gesicht ab. Er reagierte nicht einmal darauf. Regungslos lag er in den Kissen.

Während Gerold am nächsten Tag mit Michael den Gottesdienst in der Kirche besuchte, las Marianne weiter aus dem Lukas-Evangelium vor. Als sie zur ersten Leidensankündigung kam, unterbrach Carl-Uwe sie. »Schau, Marianne, Jesus hat für uns alle, für dich und für mich, gelitten. So wie du nicht verstehst, warum ich unter dieser Krankheit leiden muss, so haben die Jünger damals das Leiden ihres Meisters nicht begriffen. Im Markus-Evangelium steht, Petrus wollte ihm sogar wehren. Aber später haben sie den Sinn dahinter erkannt. Ich glaube, Gott hat sich auch etwas dabei gedacht, als er zuließ, dass ich an Leukämie erkrankte. Wenn ich auch nicht immer verstehe, was er tut, so vertraue ich ihm doch. Er hat den Überblick und weiß so viel besser als ich, was für mich gut ist! – Nun lies bitte weiter!«

Nur bis zum 20. Vers des 10. Kapitels ließ er sie ungestört lesen. »Ja, darüber kann ich mich wahrhaft freuen, dass mein Name im Himmel eingeschrieben ist. Wie sehr wünsche ich mir, deinen Namen daneben zu wissen, Marianne! Aber erst musst du innerlich ein Ja dazu finden. Wenn du es nur tätest, um mich zu beruhigen, würde es nichts nützen. Es muss aus deinem Herzen kommen!«

Sie ging nicht darauf ein, las stattdessen das Kapitel zu Ende. Doch sie dachte erheblich mehr darüber nach, als sie vor sich selbst zugeben wollte. Carl-Uwes fester Glaube und seine frohe Zuversicht angesichts des Todes beeindruckten sie tief.

Nach dem Gottesdienst besuchte Gerold seinen kranken »Bruder«. Er berichtete von der Predigt und betete mit ihm.

Nachmittags saß Markus mit Claudia bei ihm. Ihre beiden Kinder hatten sie bei den Großeltern gelassen. Markus erschien etwas gefasster als am vergangenen Donnerstag. Dennoch merkte Carl-Uwe ihm an, wie nahe es ihm ging, den Freund hergeben zu müssen.

Die nächsten Tage vergingen ohne eine Veränderung. Arzt und Pastor kamen täglich vorbei und schauten nach ihm. Carmen wechselte ein paar Worte mit Carl-Uwe, wenn sie das Essen für ihn und Marianne brachte. Lange hielt sie es jedoch nie aus. Aus dem Garten holte sie ihm die ersten Blumen. Er dankte es ihr stets freudig.

Jeden Abend nach Dienstschluss saß Gerold eine knappe Stunde an seinem Bett. Bei ihm erkundigte Carl-Uwe sich regelmäßig nach Michael. Er bat jedoch nicht mehr um den Besuch des Kindes. Denn er spürte, dass es dem weichherzigen Jungen zu weh tat, den geliebten Onkel so elend und schwach zu sehen. Das wollte er seinem Liebling ersparen.

Marianne pflegte ihn selbstlos und voller Hingabe. Carl-Uwe bemerkte erfreut, wie sehr sie in den vier Jahren innerlich gereift war, seit er sie nicht mehr gesehen hatte. Bereitwillig, ohne jeden Widerspruch, ließ er sich von ihr versorgen. Denn er spürte wohl, wie viel es ihr bedeutete, ihm diesen letzten Liebesdienst erweisen zu dürfen. Ihre Augen leuchteten jedes Mal freudig auf, wenn er sich bei ihr bedankte und ihre gute Pflege anerkannte.

Am Mittwochabend erlebten sie eine angenehme Überraschung. Der Chor der Kirchengemeinde stattete dem Todkranken einen Besuch ab. Auf dem Flur vor seinem Zimmer sangen sie ihm einige Lieder. Besonders freute er sich über das Schlusslied: *Herr, weil mich festhält deine starke Hand, vertrau ich still ...*

Mit Tränen in den Augen lauschte er dem Gesang. Die Frau des Chorleiters trat anschließend an sein Bett. Im Namen des Chores überbrachte sie dem sterbenden Gemeindeglied einen großen Blumenstrauß.

Beim Vorlesen am nächsten Morgen erreichte Marianne im 14. Kapitel die Stelle: *Wenn jemand zu mir kommt und nicht seinen Vater und die Mutter, Weib und Kinder, Brüder und Schwestern haßt, dazu aber auch sein eigenes Leben, der kann nicht mein Jünger sein.*

Irritiert ließ das Mädchen die Bibel sinken. »Wie passt denn das mit dem wichtigsten Gebot von der Liebe zum Nächsten zusammen? Bei der Geschichte vom barmherzigen Samariter stand doch, wir sollen Gott lieben und unseren Nächsten wie uns selbst!«

»Genau kann ich dir die Frage nicht beantworten. Leider habe ich nie Griechisch gelernt. Deshalb weiß ich nicht, ob es vielleicht ein Übersetzungsfehler ist. Aber ich denke, damit ist gemeint, dass Jesus uns wichtiger sein soll als selbst unsere nächsten Verwandten – und zwar so viel wichtiger, dass die Liebe zu unseren liebsten Angehörigen, verglichen mit der Liebe zu Jesus, wie Hass erscheint. Es gibt noch eine ähnliche Stelle. Da verspricht Gott uns neue Eltern und Geschwister, wenn wir die leiblichen um seinetwillen verlassen müssen. Und wie treu Gott diese Verheißung einlöst, habe ich selbst erfahren, als mein Vater mich aus der Familie ausstieß, weil ich evangelisch wurde.«

Schockiert starrte sie ihn an. »Was hat dein Vater gemacht? Ich dachte, deine Familie sei durch einen Unfall umgekommen!«

»Nein!«, entgegnete er schmerzlich bewegt. »Sie sind nicht umgekommen. Aber mein Vater hat mich vor fünfeinhalb Jahren auf Betreiben meines älteren Bruders aus der Familie ausgestoßen und jeglichen Kontakt verboten. Seither habe ich nie wieder etwas von ihnen gehört!«

Tränen liefen ihr übers Gesicht. »Warum? Warum! Wie konnte dein Vater etwas so Entsetzliches tun!«

Carl-Uwe hatte sich schon wieder gefasst. »Angeblich, weil ich in die evangelische Kirche gewechselt habe. Doch der Grund war nur vorgeschoben. Eigentlich wollte mein Bruder das Erbe für sich allein haben. Ob er dadurch glücklicher geworden ist, wage ich zu bezweifeln.«

In Mariannes Augen loderte Hass auf. »Wie gemein! Wie kann ein Bruder nur so schlecht sein! Und dein Vater macht so was mit! Sie sind es gar nicht wert, mit dir verwandt zu sein!« Erregt vergrub sie ihr Gesicht in seiner Bettdecke und schnaufte vor Mitleid und Empörung.

Unter äußerster Kraftanstrengung schob er ihr seine Hand auf den Kopf. »Marianne! Errege dich nicht so! Ich habe den beiden schon vor Jahren vergeben. Die Sache ist längst ausgestanden! Gott hat mir hier eine neue Familie geschenkt, die mich von Herzen lieb hat!«

Ruckartig richtete sich das Mädchen auf. Sie glaubte nicht recht gehört zu haben. »*Was* hast du? Du hast ihnen *vergeben*? Haben sie das denn rückgängig gemacht und dich wieder aufgenommen? Du hast doch gesagt, du hättest nie wieder etwas von ihnen gehört!«

»Das habe ich auch nicht! Trotzdem habe ich ihnen vergeben, auch wenn sie mich nicht darum gebeten haben. Dadurch habe ich ein reines Gewissen. Wie sie mit ihrem Teil der Schuld umgehen, ist ihre Sache. Jeder muss für sich selbst Gott Rechenschaft ablegen! Marianne, Gott hat mir so viel Schuld vergeben! Da kann er wohl erwarten, dass ich denen vergebe, die an mir gefehlt haben!«

Nachdenklich starrte das Mädchen vor sich hin. Ihr fiel ein Satz aus dem Vaterunser ein, das sie im Konfirmanden-Unterricht gelernt hatte: *Und vergib uns unsere Schuld, wie auch wir vergeben unsern Schuldigern.* Bisher hatte sie es stets nur gedankenlos aufgesagt. Jetzt füllte es sich plötzlich mit einem tiefen Sinn.

Am folgenden Vormittag las Marianne im 15. und 16. Kapitel – unter anderem die Gleichnisse vom verlorenen Schaf, verlorenen Geldstück und verlorenen Sohn. »Bin ich nicht auch solch ein verlorenes Kind?«, überlegte Marianne, als sie später stumm am Bett saß und über dem Schlaf des Kranken wachte. »Aber ich habe doch nicht so schlecht gehandelt wie jener jüngere Sohn! Ich wüsste nicht, was ich Schlimmes angestellt haben sollte! War ich nicht immer gehorsam und habe getan, was Mutti und Vati mir gesagt haben?

Trotzdem habe ich nicht diesen Glauben an Gott wie Carl-Uwe. Er vertraut Gott vollkommen, obwohl der ihn so krank hat werden lassen, dass er nun sterben muss! Wenn ich an seiner Stelle wäre, würde ich wahrscheinlich verzweifeln! Offensichtlich gibt sein Glaube ihm die Kraft, so getrost und ruhig zu sein, obwohl er den Tod vor Augen hat!«

»Gerold«, bat Carl-Uwe, als der Freund an diesem Freitagabend bei ihm saß, »wenn bei meiner Kleidung etwas dabei ist, was euch gefällt, dann bedient euch bitte. Vielleicht kann Carmen das eine oder andere Stück für dich oder Michael ändern. Alles, was ihr nicht brauchen könnt, gib für einen guten Zweck. Es wird sicher Bedürftige geben, die sich darüber freuen! Vielleicht kann es sogar in der Mission von Nutzen sein!«

»Ich wünschte, du könntest es wieder selbst tragen! Es – es fällt uns allen so schwer, dich hergeben zu müssen!«

»Es ist lieb von dir, das zu sagen! Aber meine Zeit ist abgelaufen.

Denk dran, dass ich euch nur früher vorausgehe! Wir werden uns wieder sehen! Ich freue mich schon jetzt darauf!«

Gerold antwortete nicht. Aber er nahm Carl-Uwes Hand in die seinen und hielt sie fest. Eine Weile herrschte Schweigen. Dann flüsterte der Kranke: »Vielleicht kannst du meine hellbraune Wildlederjacke für Michael aufbewahren, bis er hineingewachsen ist. Er hat immer so gerne mit seinen Händchen darüber gestrichen!«

11. ... spenden noch Segen

Seit knapp neun Tagen lag der Sterbende nun daheim. Der zweite Samstag dämmerte herauf. Marianne wusch und richtete Carl-Uwe für den neuen Tag. Das Bett überzog sie mit frischer Bettwäsche. Auch der Schlafanzug musste wieder gewechselt werden.

Besondere Sorgfalt verwandte sie auf Schultern, Rücken und Fersen. Die Haut war an diesen Stellen bereits gerötet und wund vom langen Liegen. Sicherlich bereitete es ihm Schmerzen! So wie auch das immer wiederkehrende Zahnfleischbluten! Doch er klagte nie, sondern bedankte sich stets bei seiner Pflegerin lächelnd für all ihre Mühe.

Nach dem Frühstück bat er das Mädchen, weiter aus der Bibel vorzulesen. Sie schlug das 17. Kapitel auf und begann. Im 18. Kapitel stieß sie auf das Gleichnis vom Pharisäer und Zöllner, die beide zum Beten in den Tempel gingen. Sie stockte.

»Warum liest du nicht weiter, Marianne?«

Sie antwortete nicht gleich, starrte nur auf den Text. »Ich bin wie der Pharisäer!«, brachte sie dann tonlos hervor. »Genauso selbstgerecht bin ich auch!« Sie schlug die Hände vors Gesicht und stöhnte auf.

Carl-Uwe sagte nichts dazu. Aber innerlich flehte er zu Gott: »Lass sie deine Gnade und Barmherzigkeit erkennen, Herr! Lass sie dich finden!«

Plötzlich hörte er sie flüstern: »O Gott, sei mir Sünder gnädig!« Eine tiefe Freude wallte in ihm auf. Leise rief er ihren Namen.

Sie nahm ihre Hände vom Gesicht und sah ihn an. Impulsiv griff sie nach seiner Hand. »Bitte, Carl-Uwe, betest du mit mir? Jetzt bin ich bereit! Ich möchte Jesus als meinen Herrn annehmen!«

Seine dunklen Augen strahlten. Erfüllt von Dankbarkeit und Glück betete er mit ihr. Tränen der Freude traten in seine Augen, liefen über seine bleichen Wangen. »Jetzt kann ich ruhig sterben!«, wisperte er. »Ich weiß, ich werde dich wieder sehen, meine liebe Marianne!«

Sie beugte sich über ihn und wischte sachte seine Tränen fort. Er lächelte sie freudig an. »Nun darfst du die Meine sein und ich bin dein!«, flüsterte er mit zitternder Stimme. »Ich liebe dich, Marianne!«

Sie konnte nicht sprechen, streichelte nur bebend sein Gesicht. Ihre Augen hingen aneinander.

»Was ist heute für ein Tag?«, erkundigte er sich nach einer Weile.

»Heute ist Samstag, der 15. April.«

»Dann müsste Gerold daheim sein! Bitte rufe ihn und lass mich einen Moment mit ihm allein, ja?«

Sie gehorchte sofort. Wenig später saß der Freund am Bett. »Was kann ich für dich tun, Carl-Uwe? Du wolltest mich allein sprechen!«

»Ich habe eine Bitte an dich! Du hast doch Vollmacht über mein Konto. Könntest du bitte etwas davon abheben und für Marianne einen Ring kaufen?«

»Schwebt dir etwas Bestimmtes vor?«

»Ich dachte an Weißgold mit einem oder mehreren Aquamarinen. Das würde hübsch zu ihren Augen passen. Du hast ja einen guten Geschmack und findest sicher das Richtige. Der Ring soll so breit sein, dass innen mein Vorname eingraviert werden kann. Weißt du, Gerold, sie hat sich gerade für Christus entschieden!«

»Wie schön! Das ist ja großartig! Da wird Markus sich gewiss sehr freuen. Er betet doch schon so lange für seine Familie!«

»Ich auch! Besonders für Marianne! Sie und ich, wir haben uns seit Jahren lieb! Und in der ganzen Zeit hat sie mich nicht vergessen! Aber bisher trennte uns immer ihr fehlender Glaube. Und natürlich meine Krankheit! Die hindert mich auch daran, sie noch zu heiraten. Das halte ich nicht für gut. Aber sie soll sich wenigstens als meine Braut bezeichnen dürfen. Ich vermute, dass sie sich darüber sehr freuen wird! Den Ring kann sie dann als Andenken an mich tragen.

Und noch etwas! Ich will mein Testament nicht ändern. Aber vielleicht könntest du Marianne erlauben, sich aus meinen Sachen etwas zur Erinnerung auszusuchen. Sie mag an dem einen oder anderen Buch Interesse haben. Willst du das für mich tun, Gerold?« Erschöpft schwieg er und schaute bittend auf seinen Freund.

»Selbstverständlich! Hast du eine Vorstellung davon, was der Ring kosten soll?«

»Ich dachte so an 600,– bis 900,– Mark«, erwiderte der Kranke matt. »Dann bleibt wohl für meine Beerdigung noch genug auf dem Konto, oder?«

»Natürlich! Mach dir nur keine Sorgen! Ich erledige das gerne für dich. Es wird allerdings einige Tage dauern. Wegen der Gravur! Doch ich hoffe, dass du den Ring noch selbst an ihren Finger stecken kannst!«

Marianne war in der Zeit zu Carmen in die Küche geeilt. Vorsichtshalber ließ sie die Tür offen, damit sie hören konnte, wenn Gerold nach ihr rief. Doch es drängte sie, jemandem ihre Entscheidung für Christus mitzuteilen.

Carmen schloss das Mädchen spontan in die Arme. »Wie schön! Das freut mich außerordentlich! Und Carl-Uwe ist darüber sicher sehr glücklich, nicht wahr? Ihm war es immer ein besonderes Anliegen, Menschen in Verbindung mit Gott zu bringen!«

»Ja, er hat sich sehr gefreut!« Marianne stieg eine verschämte Röte in die Wangen. »Weißt du, Carmen, ich habe in den zweieinhalb Jahren, in denen ich in Herborn im Krankenhaus gearbeitet habe, viele Schwerkranke und Sterbende gepflegt. Die meisten haben sich entsetzlich vor dem Tod gefürchtet, waren schlecht gelaunt, haben geklagt und gejammert. Noch nie habe ich jemanden erlebt, der mit solch einer Ruhe und Zuversicht dem Tod entgegensieht wie Carl-Uwe. Er scheint sich sogar darauf zu freuen! Und da habe ich gemerkt, dass der Glaube an Gott mehr ist als bloßes Kopfwissen oder eine fixe Idee. Er gibt Kraft und Mut für die schwierigsten Situationen!«

»Ja, das ist wahr! Das habe ich auch erfahren! Ich weiß nicht, wie ich damals ohne Gott die drei Monate nach dem Zugunglück überstanden hätte, als ich annehmen musste, Gerold sei tot. Und in den langen Monaten der Genesung habe ich auch eine gehörige Extraportion an Kraft gebraucht. Ohne Gottes Hilfe hätte ich das nie geschafft!«

Bevor Gerold Marianne zurück ins Krankenzimmer schickte, ließ er sich ihre Ringgröße geben. Bei einem solchen Preis war es ihm zu riskant, nur nach Augenmaß zu urteilen. Dann fuhr er noch am selben Vormittag in die Stadt zum Juwelier. Nach einigem Suchen fand er einen schönen Ring mit einem Kranz von kleinen Aquamarinen um einen etwas größeren in der Mitte – aus Weißgold! Auch der Preis blieb gerade noch innerhalb der gesetzten Grenze. Der Juwelier schaute allerdings etwas irritiert drein, als Gerold ihm den Wunsch nach der Gravur mitteilte.

»Es ist außerordentlich eilig!«, erklärte Gerold rau. »Ich bin nur der Bote. Der Ring ist das letzte Geschenk meines sterbenden Freundes an seine Braut. Wir wissen nicht, wie viele Tage er noch lebt. Und er würde ihr den Ring gerne selbst überreichen. Könnten Sie bitte die Gravur vorziehen?«

Der Juwelier schaute in seinen Arbeitsplan und überlegte. »Bis Montagnachmittag könnte ich es schaffen! Was soll eingraviert werden?«

»Carl-Uwe! Als Doppelname mit Bindestrich und Carl mit C. – Ja, genau so! Vielen Dank! Ich komme am Montagnachmittag vorbei, um ihn abzuholen, wenn ich mit meiner Arbeit fertig bin.«

Marianne hatte nur schnell Gerolds Frage beantwortet und war dann eiligst die Treppe hinaufgehastet. Denn einen Leukämie-Kranken durfte sie nicht lange allein lassen. Zu leicht konnte er an plötzlichen Blutungen ersticken!

Gerold hatte die Tür einen Spalt offen gelassen. Leise trat sie ein. Carl-Uwe lag ermattet in den Kissen, die Augen geschlossen. Die leichte Bettdecke hob und senkte sich schwach bei jedem Atemzug.

Sorgsam schloss Marianne die Tür hinter sich und schlich ans Bett. Wehmütig betrachtete sie den Kranken. Ihrem geübten Auge entgingen die Anzeichen des nahenden Todes nicht. Wie lange mochte der ausgemergelte, kraftlose Körper noch Widerstand leisten? Stunden? Tage? Oder gar noch Wochen?

Sich über ihn beugend, berührte sie mit ihren Lippen seine Stirn. Er schlug die Augen auf und lächelte. »Liebste!«, flüsterte er kaum hörbar. »Du bist da!«

Sie nickte und erwiderte sein Lächeln. Voll Liebe, die sie nun ungehindert zeigen konnte, blickte sie in seine schwarzbraunen Augen. »Du bist müde! Willst du nicht lieber ein bisschen schlafen?«

»Ja!«, hauchte er matt. »Bleibst du bei mir sitzen und hältst meine Hand? Ich möchte dich gerne fühlen können!«

»Natürlich!« Sie setzte sich auf ihren gewohnten Platz auf der Bettkante. Mit einer Hand ergriff sie seine Rechte, die schlaff und kraftlos auf der Bettdecke lag, und hielt sie warm und fest umschlossen. Mit der anderen streichelte sie behutsam über sein Gesicht.

Zufrieden schloss er seine Augen. Wenig später war er bereits eingeschlafen.

Er erwachte erst wieder, als Dr. Raimond gegen zwölf zu seiner täglichen Visite kam. Besorgt untersuchte der Arzt die wund gelegenen Stellen am Rücken und an den Fersen. Zum Teil sonderte sich bereits Wundwasser ab.

»Legen Sie ihn möglichst nur in die Seitenlage und wechseln Sie öfter. Ich komme heute Nachmittag nochmals vorbei und bringe noch mehr schmerz- und entzündungslindernde Salbe. So lange wie möglich wollen wir einen Dekubitus vermeiden!«

Marianne nickte ernst. Sie wusste, welch entsetzliche Schmerzen den Sterbenden erwarteten, wenn es je noch so weit käme. Sie würde alles in ihrer Macht Stehende tun, um das zu verhindern.

Kurz nach dem Mittagessen begann Carl-Uwes Nase heftig zu bluten. Marianne hielt seinen Kopf, damit er sich nicht an dem Blut verschluckte und erstickte. Unter sein Gesicht schob sie das Handtuch, das sie zu diesem Zweck von Anfang an griffbereit auf dem Nachtschränkchen liegen hatte.

Als die Blutung endlich aufhörte, beobachtete Marianne den Kranken einen Moment besorgt. Doch – er atmete noch. Behutsam wusch sie ihm das Gesicht. Anschließend bezog sie das verfleckte Kopfkissen frisch. Dann rief sie nach Gerold.

Entkräftet, mit geschlossenen Lidern, ruhte der Todkranke auf seinem Lager. Nur wie aus weiter Ferne nahm er wahr, wie seine Pflegerin die blutigen Wäschestücke und die Schüssel mit dem Waschwasser hinaustrug. Gerold saß an seinem Bett und hielt Wache, bis Marianne zurückkehrte.

Als gegen drei Uhr der Pastor eintrat, konnte Carl-Uwe immer noch kaum sprechen. Der Pastor musste sich tief hinunterbeugen, um seine Worte zu verstehen: »Kann ich bitte im Kreis meiner Familie hier noch einmal das Abendmahl erhalten, bevor ich sterbe?«

»Selbstverständlich! Ich werde sofort hinuntergehen und alles vorbereiten. Gleich bin ich wieder da. Haben Sie besondere Wünsche, wer teilnehmen soll?«

»Möglichst alle! Falls sie es wollen!«

Sofort eilte der Pastor hinunter in den unteren Stock und besprach sich mit den Erwachsenen. Alle sagten ihre Teilnahme ohne Zögern zu, sogar Herr Sanders. Während der Pastor mit Carmen Weißbrot und Wein vorbereitete, half Gerold seinem Schwiegervater die Treppe hinauf. Marianne stellte einen Stuhl dicht neben das Bett, damit Herr Sanders bei der Feier sitzen konnte.

Carmen schickte ihre Kinder ins Kinderzimmer mit der strikten Anweisung, sich still zu verhalten. Dann versammelten sich alle Erwachsenen um das Bett des Sterbenden.

Marianne hielt Carl-Uwes Kopf, als der Pastor ihm Brot und Wein reichte. Direkt nach ihm empfing sie das Abendmahl. Keiner konnte den Tränen wehren, als der Pastor anschließend die beiden letzten Kapitel der Offenbarung vorlas:

Und ich sah einen neuen Himmel und eine neue Erde; denn der erste Himmel und die erste Erde vergingen, und das Meer ist nicht mehr. Und ich sah die heilige Stadt, das neue Jerusalem, von Gott aus dem Himmel herabfahren, bereitet wie eine geschmückte Braut ihrem Mann. Und ich hörte eine große Stimme von dem Thron, die sprach: Siehe da, die Hütte Gottes bei den Menschen! Und er wird bei ihnen wohnen, und sie werden sein Volk sein, und er selbst, Gott, wird mit ihnen sein; und Gott wird abwischen alle Tränen von ihren Augen, und der Tod wird nicht mehr sein, noch Leid noch Geschrei noch Schmerz wird mehr sein; denn das Erste ist vergangen. Und der auf dem Throne saß, sprach: Siehe, ich mache alles neu …

Den ganzen übrigen Tag dämmerte der Kranke mit geschlossenen Augen vor sich hin. Marianne befürchtete schon, er werde die Nacht nicht mehr überleben. Deshalb legte sie sich nicht schlafen, sondern blieb die gesamte Nacht an Carl-Uwes Bett sitzen und hielt Wache.

Doch am Sonntag ging es dem Patienten wieder etwas besser. Daraufhin ließ Gerold den Gottesdienstbesuch ausnahmsweise ausfallen und setzte sich den Vormittag über zu Carl-Uwe. Marianne schickte er auf ihre Luftmatratze, damit sie wenigstens einen Teil des versäumten Schlafs nachholen konnte.

Die wund gelegenen Stellen heilten nicht mehr, wie Marianne befürchtet hatte. Als sie am Montag früh die offenen, nässenden Wunden behandelte, stöhnte Carl-Uwe auf. Seine Lippen zitterten. Dennoch klagte und jammerte er nicht, sondern bedankte sich bei ihr für ihre gute Versorgung, nachdem sie ihn wieder zugedeckt hatte.

Nach den morgendlichen Pflegemaßnahmen setzte sie sich zu ihm ans Bett und griff nach seiner Hand. »Es tut mir so Leid, dass du so viele Schmerzen aushalten musst! Ich wünschte, ich könnte sie an deiner Stelle tragen!«

»Das würde ich gar nicht wollen!«, entgegnete er mühsam. »Sorge dich nicht um mich, Liebste! Alle Leiden dieser Welt sind nichts im Vergleich zu der Herrlichkeit, die auf uns wartet!«

An diesem Mittag nutzte Gerold seine Mittagspause, um bei der Bank das Geld für den Ring abzuheben. Nach Dienstschluss fuhr er sofort in die Stadt. »Jawohl, die Gravur ist fertig!« Der Juwelier holte den Ring aus einem Schubfach. »Bitte sehr!« Erleichtert bedankte Gerold sich und zahlte. Dann beeilte er sich heimzukommen. Hoffentlich lebte Carl-Uwe noch!

Die Augen des Kranken leuchteten freudig auf, als Gerold das Kästchen aus der Tasche zog. »Hast du ihn schon? Das ging aber schnell!«

»Ich bin noch am Samstag in der Stadt gewesen und hab auf Eile gedrungen. Da hat er die Gravur vorgezogen.«

»Großartig! Lass mal sehen, was du ausgesucht hast!«

Gerold öffnete das Kästchen und zeigte ihm den Ring und den eingravierten Namen.

»Schön! Ich wusste doch, dass ich mich auf deinen Geschmack verlassen kann! Führst du bitte meine Hand? Ich möchte ihn Marianne selbst anstecken, kann es aber nicht mehr allein!«

Das Mädchen kontrollierte am Schreibtisch die Pflegeutensilien durch, ob noch alles ausreichend vorhanden war. Auf das leise geführte Gespräch hatte sie nicht geachtet. Doch sowie sie ihren Namen aus dem Mund des Kranken hörte, stellte sie die Puderdose ab und kam herüber. Zwar hatte sie am Samstag etwas vermutet, als Gerold ihre Ringgröße wissen wollte. Doch über der Sorge um die wunden Stellen und das heftige Nasenbluten hatte sie es vergessen gehabt. So trat sie nun ahnungslos neben das Bett.

Vorsichtig führte Gerold Daumen und Zeigefinger des Kranken mit dem Ring dazwischen. Carl-Uwe zitterte heftig vor Schwäche und Anstrengung. Gerold brauchte beide Hände, um die Hand des Patienten und den Ring gleichzeitig halten zu können. Das Mädchen sah besorgt und verwundert zu.

»Bitte, Marianne, reich deine linke Hand her, damit ich dir den Ring aufstecken kann!« Carl-Uwes Stimme bebte. Während sie ihm ihre Hand entgegenstreckte, schob er mit Gerolds Hilfe langsam und mühevoll das Schmuckstück auf ihren Ringfinger. Da sie nicht wusste, wie sie reagieren sollte, hielt sie nur schweigend still.

Gerold legte die zitternde Hand behutsam zurück auf die Bettdecke. Wortlos erhob er sich und schlich auf Zehenspitzen hinaus. Die nächsten Minuten sollten den beiden allein gehören.

Mit schmerzlicher Freude sah Marianne auf den Ring und dann auf den Geber. Sie spürte, wie ihr Herz heftig zu klopfen begann. Verwirrt setzte sie sich auf die Bettkante.

»Liebste!«, flüsterte Carl-Uwe heiser. »Der Ring ist für dich! Innen steht mein Name. Du sollst ihn haben als Erinnerung an mich. All die vielen Jahre bist du mir treu geblieben! Der Ring soll als Ersatz für einen Verlobungsring gelten. Willst du meine Braut sein, Marianne? Heiraten kann ich dich wegen meiner Krankheit nicht. Aber du sollst wissen, dass mein Herz dir gehört! Willst du?«

Kein Wort vermochte sie hervorzubringen. Tränen liefen über ihr Gesicht. Sie beugte sich über ihn und nahm das geliebte Antlitz in beide Hände.

Am nächsten Vormittag las Marianne weiter aus dem Lukas-Evangelium vor. Im 20. Kapitel traf sie auf die Frau mit den sieben Männern. »Die Arme! Da wurde sie Witwe, und dann wird sie einfach mit dem nächsten verheiratet. Wenn sie ihren ersten Mann geliebt hat, muss das doch schrecklich für sie gewesen sein! So was würde ich nicht ertragen! Lieber bleibe ich mein ganzes Leben lang allein! Wie könnte ich je nach dir noch einen anderen lieb haben!«

»Sag das nicht, Marianne! Du sollst nicht allein und einsam bleiben! Du bist noch jung! Eines Tages wirst du dem Mann begegnen, der dich glücklich machen und heiraten will. Dann sage nicht Nein!«

»Das kann und will ich nicht! Ich gehöre dir! Niemand darf dir diesen Platz streitig machen! Ich will keinen anderen heiraten!«

»Bitte, liebste Marianne, versprich jetzt nichts und lege dich nicht fest! Ich verstehe, wenn du im Moment an keinen anderen denken magst. Aber eines Tages wirst du den Kummer um meinen Verlust überwunden haben. Du bist viel zu jung, um dein ganzes Leben allein zu bleiben. Ich verlange nicht mehr von dir, dass du mich vergisst. Sonst hätte ich dir nicht den Ring mit meinem Namen geschenkt. Doch die Zeit wird kommen, wenn der Gedanke an mich nur noch eine liebe Erinnerung ist, aber nicht mehr weh tut. Und dann sollst du die innere Freiheit haben, jemand anderen zu heiraten!«

Sie antwortete nicht. Doch ihre Augen füllten sich mit Tränen. Weinend vergrub sie ihr Gesicht in seiner Decke. »Ich hab dich so lieb! Wenn ich dich doch behalten könnte oder mit dir gehen! Ohne dich ist alles so leer und trostlos!«

Es bedrückte ihn, dass er nicht mehr die Kraft besaß, um sie in die Arme zu nehmen. So konnte er nur versuchen, sie mit Worten zu trösten.

»Natürlich ist es jetzt schwer für dich, Liebste. Um deinetwillen würde ich gerne noch länger hierbleiben. Aber ich kann nicht! Und es ist ja kein Abschied für immer! Eines Tages werden wir uns wieder sehen! Und dann wird alles viel schöner sein, als es hier je werden könnte. Dann dürfen wir für immer und ewig zusammen glücklich sein! Gemeinsam werden wir uns dann an unserem Herrn freuen! Es tut mir weh, dich zunächst allein und traurig hier zurücklassen zu müssen! Aber Jesus wird schon wissen, warum!«

Marianne hob ihr tränennasses Gesicht und sah ihn an. »Wenn ich wenigstens ein Kind von dir hätte!«, wisperte sie. »Dann dürfte ich ein Stück von dir behalten, hätte ein lebendiges Andenken an dich!«

»Ich verstehe deinen Wunsch! Aber das ist einer der Gründe, warum ich dich damals nicht heiraten wollte. Ich kann es nicht verantworten, Kinder in die Welt zu setzen, wenn ich von vornherein weiß, dass sie ohne Vater aufwachsen müssen. Wie habe ich darunter gelitten, keinen richtigen Vater zu haben, der sich um mich kümmerte! Du musst auch an das Kind denken, das vaterlos wäre, Marianne!«

»Du hast ja Recht!« Mühsam versuchte sie ihre Fassung zurückzugewinnen. »Es ist selbstsüchtig von mir. Aber es tut so weh, dich zu verlieren!«

Am Nachmittag litt er erneut unter Nasenbluten. Danach dämmerte er wieder halb benommen vor sich hin. Doch bis zum nächsten Morgen erholte er sich nochmals etwas. Marianne atmete auf. Doch als sie wenig später die durchgelegenen Wunden versorgte und sein schwaches Wimmern hörte, wünschte sie fast, dass er endlich erlöst würde.

Am Donnerstag lag er bereits zwei Wochen daheim. Wieder blutete seine Nase heftig. Diesmal brauchte er zwei volle Tage, um sich von dem Blutverlust ein klein wenig zu erholen. Doch am Samstag früh setzten Darmblutungen ein.

Seine Muskeln erschlafften immer weiter. Inzwischen konnte er seine Ausscheidungen nicht mehr kontrollieren. Mehrmals täglich musste Marianne ihn nun waschen und Wäsche wechseln.

Die offenen Wunden vergrößerten sich trotz aller sorgfältigen Pflege. Manchmal wimmerte der Sterbende vor Schmerzen vor sich hin. Zwischendurch fiel er immer wieder in tiefen Schlaf.

Mittlerweile konnte er nur noch flüssige Nahrung zu sich nehmen. Mit unendlicher Geduld und Mühe flößte Marianne ihm alles teelöffelweise ein.

Immer öfter war er auch zum Sprechen zu erschöpft. Marianne fand einige tröstliche Psalmen in seiner Bibel, die sie ihm vorlas. Beim Durchblättern staunte sie über die vielen Randnotizen, die er neben den Text geschrieben hatte. Wie intensiv musste er im Wort Gottes geforscht und gearbeitet haben!

Zuweilen saß sie nur still auf der Bettkante, hielt seine Hand und streichelte sein Gesicht. In den wenigen Stunden, in denen er wach und bei Bewusstsein war, sprach er zu ihr in erster Linie durch seine Augen. Nur Liebe und Dankbarkeit las sie darin.

12. Ein Versuch

Am folgenden Dienstag schien nachmittags nochmals eine leichte Besserung einzutreten. Seit Tagen huschte zum ersten Mal wieder ein schwaches Lächeln über seine Züge. »Ich liebe dich, Marianne!«, konnte sie deutlich verstehen, als sie sich zu ihm niederbeugte. »Du bist so sanft und lieb und gut wie meine Mutter! – Ach, könnte ich Mama doch noch einmal sehen!« Ein schmerzerfüllter Ausdruck verdunkelte sein Gesicht.

Als Gerold abends zu seinem gewohnten Besuch kam, erzählte Marianne ihm gedämpft von Carl-Uwes Wunsch. Nachdenklich schaute er sie an. »Ich werde Markus anrufen! Vielleicht hat dein Bruder eine Idee, wie wir Frau Schuster erreichen können. Mit Brief und Telefon haben wir es schon vor ein paar Jahren probiert; das hat nicht geklappt. Aber irgendeine Möglichkeit müssen wir finden! Wir müssen!«

Markus hatte Carl-Uwe auch nach seiner Überführung jeden Sonntag besucht. Als Gerold am Dienstagabend anrief und von Carl-Uwes Wunsch berichtete, stimmte er sofort zu, etwas zu unternehmen. »Morgen habe ich nachmittags ja keine Sprechstunde. Da komme ich nach Frankfurt. Nimm dir den Nachmittag frei; dann fahren wir beide nach Ludwigshafen und versuchen, Frau Schuster direkt zu treffen. Vielleicht schafft sie es, gleich mitzukommen. Jeder Tag Verlust kann ein Zu-Spät bedeuten. Wie steht's heute?«

»Marianne sagt, heute Nachmittag hat er sogar ein bisschen gesprochen. Aber als ich gerade oben war, schien er mich nicht wahrzunehmen. Ich weiß nicht, wie lange Marianne das noch aushält. Sie ist schon ganz bleich und übermüdet! Denn inzwischen wacht sie auch nachts bei ihm. Wenn ich abends daheim bin, setze ich mich ein paar Stunden ans Bett, damit Marianne wenigstens etwas Schlaf bekommt. Carmen ist wegen der Kinder verhindert einzuspringen. Daniel quengelt ständig, weil er zahnt.«

»Ich werde mit Mutti sprechen! Vielleicht kommt sie mit, um Marianne ein wenig zu entlasten. Denn Matthias und Manfred sind wieder an der Uni. Und Vati und Martin können ohne weiteres einige Zeit bei uns mitessen!«

Frau Meininger stimmte sofort zu, ihrer Tochter in der Pflege zu helfen. Kurz vor zwei Uhr am folgenden Nachmittag kamen sie und Markus in Frankfurt an. Nachdem sie die Familie begrüßt hatten, stiegen die beiden die Treppe hinauf. Nach kurzem Klopfen traten sie ins Zimmer.

»Mutti!«, flüsterte Marianne überwältigt. Langsam erhob sie sich vom Bett und ging auf ihre Mutter zu. Im nächsten Augenblick warf sie sich ihr in die Arme. Ihr Körper bebte von unterdrücktem Schluchzen.

Markus war ans Bett getreten. Der Kranke lag regungslos mit geschlossenen Augen. Sein Antlitz war von wächserner Blässe. Im ersten Moment glaubte Markus, der Freund sei bereits tot. Doch dann bemerkte er das leichte Heben und Senken der Bettdecke.

Jetzt entrang sich ein kaum wahrnehmbares Stöhnen den zitternden Lippen. Sofort war Marianne an seiner Seite und beugte sich über ihn. »Ich bin da, Liebster!«, flüsterte sie und legte ihre Hand an seine knochige Wange.

Seine Augenlider flatterten. Mühsam öffnete er sie. Als er Mariannes Gesicht dicht über sich erkannte, trat ein warmes Leuchten in seine matten Augen. Ein paar Sekunden schaute er sie dankbar an. Dann fielen ihm die Augen wieder zu.

Markus musste sich abwenden. Kein Wort vermochte er hervorzubringen. Er nickte seiner Mutter nur kurz zu und verließ dann fluchtartig das Zimmer. Auf dem Flur lehnte er sich gegen die Wand, presste die Hände an die Schläfen und kämpfte um seine Fassung. Erst als er sich wieder einigermaßen unter Kontrolle fühlte, ging er langsam die Treppe hinunter.

»Sollen wir mit meinem Wagen fahren?«, bot Gerold an. »Du hast ja gerade zwei Stunden hinterm Steuer gesessen!«

Markus schüttelte den Kopf. »Du hast ein Frankfurter Kennzeichen am Auto. Das ist zu verräterisch. Lass uns lieber mit meinem fahren.«

Durch den Berufsverkehr und die Sucherei nach der richtigen Straße erreichten sie ihr Ziel erst gegen fünf Uhr. Ein Stück entfernt vom Haus parkten sie den Wagen und überlegten, wie sie vorgehen könnten.

»Wenn wir nur wüssten, ob Herr Schuster zu Hause ist oder nicht!«, meinte Markus, eine steile Falte über der Nase. »Denn wenn er uns sieht, ist wahrscheinlich alles umsonst. Womöglich erkennt er mich wieder. Er hat mich doch damals im Krankenhaus gesehen, als Carl-Uwe im Winter vor der Uni ausgerutscht war und mit der Gehirnerschütterung in Sankt Markus lag!«

»Und wenn ich es allein versuche?«

Markus zuckte mit den Schultern. »Wenn er seine Frau nicht von fremden Männern anrufen lässt, wird er ihr auch keinen fremden Besuch erlauben!«

»Komm, lass uns miteinander beten!« Gerold neigte seinen Kopf. »Herr, du weißt, was wir vorhaben. Bitte, gib uns Weisheit, wie wir die Sache am besten anpacken können! Wir sind ratlos! Leite du uns, Herr! Und wenn es dein Wille ist, dann hilf, dass Frau Schuster mitkommen kann. Wir legen die Angelegenheit in deine Hände. Hilf uns, Herr! Wir brauchen dich! Amen!«

»Amen!«, bekräftigte Markus leise. Langsam nahm er seine Hände vom Gesicht und schaute zu Schusters Haus hinüber.

Eine Weile saßen sie schweigend nebeneinander. Plötzlich fiel Gerold ein etwa dreizehn- bis vierzehnjähriges Mädchen auf, das sie neugierig beobachtete. Im nächsten Moment kurbelte er sein Fenster herunter und winkte das Kind herbei. Sie kam sofort näher. »Suchen Sie jemanden?«, erkundigte sie sich keck.

»Wohnst du hier in der Nähe?«

»Ja; dort drüben!« Ihr Finger wies zum Nachbarhaus von Schusters.

»Kennst du Frau Schuster?«

»Natürlich!« Ihr Gesicht zeigte Empörung, dass er daran zweifeln konnte.

»Gehst du öfter zu ihr?«

Sie zuckte mit den Schultern. »Nicht mehr!« Ein böser Blick schoss zu dem Haus hinüber.

»Warum nicht?« Aus Gerolds Stimme war die Enttäuschung herauszuhören.

»Die alte Ziege von Hausmädchen lässt mich nicht rein. Bei der vorigen durfte ich immer. Da hat Clemens auch noch da gewohnt. Aber jetzt wohnt er ja woanders. Und das alte Hausmädchen ist mitgegangen. Aber die Neue ist doof! Die lässt nicht mal Clemens zu seiner Großmutter. Immer hat sie eine andere Ausrede. Mal sei

Frau Schuster krank, mal hat sie keine Zeit. Aber das ist gelogen. Frau Schuster hatte immer Zeit für mich. Die doofe Trine behauptet sogar, Frau Schuster sei nicht mehr ganz richtig im Kopf. Aber ich wette, das ist auch gelogen. Clemens glaubt es auch nicht. Er sagt, als er letztes Mal mit seinen Eltern drin war, da war seine Großmutter ganz normal. Die Neue würde nur Ausreden erfinden, um ihn nicht reinzulassen!«

»Wie lange ist die Neue denn schon da?«

»Na, also fünf Jahre bestimmt schon. Eigentlich ist das nicht mehr neu. Wir sagen es halt immer noch. Aber wieso wollen Sie das alles wissen? Wollen Sie Frau Schuster entführen?« Misstrauisch blickte sie auf Gerold.

»Nein, nein! Wir sind keine Entführer. Pass mal auf, Mädchen! Du könntest uns vielleicht helfen. Kannst du schweigen?«

»Klar! Wie ein Grab!« Ihre Augen begannen zu funkeln. Ihr keckes Näschen witterte offenbar ein Abenteuer.

»Weißt du, wir haben eine Nachricht für Frau Schuster von jemandem, den sie sehr lieb hat, der aber nicht mehr kommen ...«

»Ach, ich weiß. Das ist bestimmt von ihrem jüngeren Sohn, was?«

»Kennst du ihn denn?«, fragte Gerold überrascht.

»So genau kann ich mich nicht mehr an ihn erinnern. Er war ja schon schrecklich lange nicht mehr hier. Aber als ich noch zu Frau Schuster durfte, hat sie mir mal von ihm erzählt. Sie hatte in ihrem Zimmer ein Bild von ihm stehen. Und Clemens mochte den Onkel furchtbar gern. Er war mächtig traurig, dass er nicht mehr kam.«

»Prima! Jetzt hör mal gut zu, Mädchen ...«

»Anna-Katharina heiß ich! Aber Sie können ruhig Kathy zu mir sagen. Das hat Frau Schuster auch gemacht. Und Clemens nennt mich immer so!«

»Also gut, Kathy! Ich habe von diesem Sohn eine Botschaft für Frau Schuster. Aber wir wissen nicht, wie wir sie erreichen sollen. Mit Telefon und Brief haben wir es schon versucht. Das hat nicht geklappt. Wir befürchten, dass man uns nicht hineinlässt, wenn wir klingeln. Hast du eine Ahnung, wie wir Frau Schuster die Botschaft übermitteln können?«

Das Mädchen legte ihren Finger an die Nase und dachte einen Moment nach. Dann grinste sie pfiffig. »Ich hab's! Können Sie die Botschaft auf einen Zettel schreiben, den Sie ganz winzig zusammenfalten?«

»Ich denke schon! Was hast du denn vor?«

Kathy beugte sich vor und raunte: »Ich geh erst heim. Dann werf ich meinen Ball übern Zaun. Und dann geh ich und klingel bei Schusters. Wenn die Elsbeth durch die Sprechanlage fragt, was ich will, sag ich bloß, dass ich meinen Ball wiederholen will, weil er mir rübergefallen ist. Da drückt sie bestimmt auf den Summer. Die ist nämlich zu faul, um selbst in den Garten zu rennen. Und wenn ich erst mal drin bin, ist es ganz einfach. Dann schleich ich mich zu Frau Schusters Fenster und geb ihr dort den Zettel. Und dann nehm ich meinen Ball und lauf wieder raus. Das klappt bestimmt!«

»Das ist wirklich eine gute Idee, Kathy! Meinst du, du könntest bei Frau Schuster ein bisschen warten, falls sie eine Antwort schreiben will?«

»Na klar! Der Garten ist doch groß. Ich werf den Ball ganz nach hinten. Und während Frau Schuster liest und schreibt, hol ich den Ball. Auf dem Rückweg nehm ich dann die Antwort mit.«

»Du bist ein kluges Mädchen, Kathy! Willst du den Ball werfen, während ich schreibe?«

»Mach ich!« Sie grinste und jagte davon.

Gerold nahm seinen Stift aus dem Jackett. Einen Zettel fand er im Handschuhfach. Angestrengt überlegte er. Wie sollte er seine Zeilen formulieren? Er musste sich kurz fassen! Lange Einleitungssätze waren jetzt unangebracht! Es würde so oder so ein Schock für die Mutter bedeuten!

Liebe Frau Schuster! schrieb Gerold schließlich. *Leider haben Markus und ich bisher vergeblich versucht, Sie zu erreichen. Carl-Uwe ist sehr schwer krank und liegt im Sterben. Er möchte vorher seine Mutter so gerne nochmals sehen. Wir stehen mit einem dunkelgrünen Mercedes ein paar Häuser weiter in Ihrer Straße. Wenn Sie bereit sind, können wir Sie sofort mitnehmen. Selbstverständlich bringen wir Sie wieder zurück. Bitte geben Sie uns Antwort, ob und wann Sie mitkommen können. Mit frdl. Gruß, G. Neumeister*

Kathy stand bereits ein Stück entfernt und tat so, als beachte sie den Mercedes gar nicht. Doch sie beobachtete genau. Sobald Gerold den Stift ins Jackett zurücksteckte und den Zettel klein zusammenfaltete, kam sie gemächlich herbeigeschlendert. Sie stoppte nur kurz neben dem Wagen, nahm den Zettel rasch an und bummelte gleichgültig weiter.

Nach einer Weile kehrte sie um, überquerte die Straße und hüpfte pfeifend auf der anderen Seite vorbei, ohne die Männer eines Blickes zu würdigen. Vor Schusters Gartentor hielt sie an und drückte auf den Klingelknopf.

Die beiden Männer warteten in nervöser Spannung. War es nicht etwas gewagt gewesen, dem fremden Mädchen so schnell zu vertrauen? Aber jetzt mussten sie den Dingen ihren Lauf lassen; ändern konnten sie nichts mehr!

Über zehn qualvolle Minuten dauerte es, bis Kathy wieder auf der Straße erschien – mit einem großen, bunten Ball in der Hand. Ihn eifrig vor sich auf den Boden prellend, arbeitete sie sich langsam näher heran. Neben dem Mercedes hielt sie nur kurz, blinzelte Gerold verschwörerisch zu und schob einen Zettel durch den Fensterspalt. Trällernd hüpfte sie mit dem Ball weiter und verschwand hinter ihnen um die Straßenecke.

Mit bebenden Händen faltete Gerold den Zettel auseinander. Obwohl er die Schrift seit über fünf Jahren nicht mehr gesehen hatte, erkannte er Frau Schusters Hand sofort: *Lieber Herr Neumeister! Sie begreifen sicher, welch ein Schock Ihre Zeilen für mich bedeuten. Natürlich möchte ich Carl-Uwes letzten Wunsch erfüllen! Für mich ist er mein geliebter Sohn geblieben! Es tröstet mich zu wissen, dass Sie offenbar zu ihm gehalten haben. Leider weiß ich nicht recht, wie ich zu Ihnen hinauskommen soll. Denn mein Mann darf nichts davon merken. Er hat mir verboten, das Haus ohne ihn zu verlassen. Könnten Sie vielleicht bitte etwas warten? Im Schutz der Dunkelheit mag es eher möglich sein. Irgendwie muss ich hinauskommen! Mein armer Junge soll nicht vergeblich auf seine Mutter warten! Danke, dass Sie mich benachrichtigt haben, Ihre Henriette Schuster.*

Unerträglich langsam tickten die Minuten vorbei. Bis zur Dunkelheit würde es noch einige Zeit dauern. »Ich geh mal eine Telefonzelle suchen und ruf daheim an. Sonst macht Carmen sich Sorgen«, bemerkte Gerold schließlich, nachdem sie fast eine Stunde gewartet hatten. »Dann kann ich gleich fragen, wie es steht.«

»Ja, tu das! Sie möchte bitte auch Claudia Bescheid sagen. Vor Mitternacht werde ich wohl kaum zu Hause sein. Sie soll lieber ins Bett gehen und nicht auf mich warten!«

Erst zwanzig Minuten später kam Gerold zurück. »Es tut mir Leid, dass ich so lange gebraucht habe! Aber Telefonzellen sind in dieser Gegend äußerst dünn gesät. Offensichtlich wohnen hier nur die Oberen Zehntausend. Und die haben alle Telefon im Haus und brauchen keine Zelle.«

»Und wie steht es mit Carl-Uwe?«

Gerolds Gesicht verdüsterte sich. »Er hat wieder schlimme Blutungen gehabt und war eine ganze Zeit lang bewusstlos. Aber noch lebt er.«

Eine Weile schwiegen beide. Dann sagte Markus: »Als du weg warst zum Telefonieren, ist ein Porsche an mir vorbeigefahren. Der Mann am Steuer kam mir bekannt vor. Da er bei Schusters in die Toreinfahrt fuhr, nehme ich an, dass es Herr Schuster selbst gewesen ist. Wer weiß, ob es seine Frau dann noch wagt herzukommen, wenn er zu Hause ist!«

Die ganze Zeit überlegte Frau Schuster, wie sie aus dem Haus kommen könnte. Ihr Mutterherz klopfte zum Zerspringen. Sie musste hinaus! Ihr Liebling lag im Sterben und verlangte nach ihr! Was sollte sie nur tun?

Von Elsbeth konnte sie keine Hilfe erwarten. Deren katzenhafte Freundlichkeit hatte sie längst durchschaut. Das Mädchen – seit langem die Geliebte ihres Mannes – würde sie höchstens hindern, das Haus zu verlassen, und sofort ihren Mann informieren.

Aber wer konnte ihr sonst helfen? Der Gärtner kam nur vormittags, war also schon lange wieder fort. Das Gleiche galt für Köchin und Putzfrau. Denn fürs Abendessen war Elsbeth zuständig. Sie wohnte als Einzige der Angestellten im Hause.

Wolf-Dietrich hatte sich bereits vor etlichen Jahren ein eigenes Haus in der Parallelstraße gebaut. Und er würde ihr ohnehin nicht helfen, wenn er wüsste, um wen es ging. Die Schwiegertochter auch nicht.

Und Clemens? Er war eigentlich immer lieb zu ihr gewesen. Aber jetzt hatte er sie schon seit vielen Monaten nicht mehr besucht. Ob sein Vater ihn gegen sie beeinflusst hatte?

Frau Schuster überlegte hin und her. Es wollte ihr keine Lösung einfallen. »Wenn ich bloß hier im Zimmer sitze, komme ich nie hinaus!«, dachte sie schließlich. »Ich gehe einfach mal nach vorne in den Flur und schaue mich um. Vielleicht schaffe ich es ja doch, ungesehen hinauszukommen. Wenigstens versuchen will ich es!«

Als sie im Flur stand und die Haustür öffnen wollte, kam ihr Mann gerade aus seinem Arbeitszimmer. »Was hast du da vor?«, fragte er scharf.

Entsetzt fuhr sie herum und starrte ihn an. »Ich – ich – ich wollte gerne ein bisschen in den Garten!« Eine bessere Ausrede fiel ihr so rasch nicht ein.

Er grinste hämisch. »Jetzt, wo es fast dunkel ist? Das kannst du mir nicht weismachen! Hat dein Verlangen nach frischer Luft vielleicht etwas mit dem grünen Mercedes zu tun, der in der Straße ein paar Häuser weiter steht?«

Wie unter einem Peitschenhieb zuckte sie zusammen. Ein dröhnendes Gelächter gellte ihr in den Ohren. »Dachte ich's mir doch, dass da was faul ist! Ein fremdes Auto in unserer Straße mit einem Mann, der nur rumsitzt und unser Haus beobachtet! Ich werde die Polizei anrufen. Wer weiß, was da gespielt wird!«

»Bitte, Karl-Heinz, tu das nicht!«, flehte sie weinend. »Das sind anständige Leute! Carl-Uwe ist …«

»Kein Wort von diesem Taugenichts!«, donnerte er und packte sie grob am Arm. »Verschwinde in deine Zimmer und lass dich in den nächsten Tagen nicht vor meinen Augen blicken! Sonst kannst du was erleben!« Unsanft stieß er sie in ihren kleinen Flur.

Sie hörte kaum, wie er von außen abschloss. Verzweifelt wankte sie ins angrenzende Zimmer, sank auf ihr Bett nieder und rief schluchzend Carl-Uwes Namen.

»Jetzt ist es schon über eine halbe Stunde stockdunkel!«, stellte Markus fest. »Noch ist nichts von Frau Schuster zu sehen. Ob sie es nicht schafft, herauszukommen?«

»Ich weiß nicht! Vielleicht wartet sie, bis alle schlafen. Dann können wir noch lange hier sitzen!«

Eine Polizeistreife kam ihnen entgegen. Kurz vor ihnen wechselte das Auto auf ihre Seite herüber und hielt direkt vor dem Mercedes an. Der Polizist von der Beifahrerseite stieg aus und schritt auf sie zu.

Markus kurbelte sein Fenster herunter. »Ihre Papiere, bitte! Von beiden!«, verlangte der Polizist kurz angebunden. Markus und

Gerold sahen sich an. Dann griffen beide in die Innentaschen ihrer Jacketts und holten die gewünschten Ausweise heraus.

»Schalten Sie Ihre Innenbeleuchtung ein!«, wies der Polizist sie schroff an. Nachdem das Licht brannte, schaute er prüfend in ihre Gesichter und verglich sie mit den Passfotos. Gemächlich blätterte er dann alle Ausweise von vorne bis hinten durch. »Was machen Sie eigentlich hier?«, fragte er dabei.

»Wir warten auf jemanden!«, gab Markus heiser Auskunft.

»Soso! Und auf wen warten Sie?« Der Polizist sah sie scharf und durchdringend an.

»Auf Frau Schuster!«, berichtete Gerold wahrheitsgemäß.

»Seeehr interessant! Sie planen nicht zufällig, die Frau zu entführen, um ein Lösegeld zu erpressen, nicht wahr?«

»Aber nein!« Markus' Ton spiegelte seinen Schock über eine solche Unterstellung. »Wie kommen Sie denn auf so was!«

»Da müssten Sie schon Herrn Schuster persönlich fragen, der uns angerufen hat, weil Sie ihm schon vor einer Stunde aufgefallen sind. Kommt Ihnen die Warterei nicht allmählich etwas lang vor?« Seine Stimme klang ironisch. Er notierte sich ihre Namen und Adressen in sein Notizbuch. Dann reichte er den beiden ihre Ausweise zurück.

»Am besten verschwinden Sie schleunigst aus dieser Gegend und lassen sich hier nicht so schnell wieder blicken! Es könnte unangenehme Folgen für Sie haben.« Ein letzter misstrauisch-prüfender Blick streifte die beiden. Dann ging er langsam zu seinem Auto zurück.

Markus kurbelte hastig sein Fenster wieder hoch. »Was machen wir denn jetzt bloß?« Niedergeschlagen wandte er sich Gerold zu.

»Heimfahren!«

Nervös startete Markus den Motor und schaltete die Scheinwerfer ein. Er musste den Mercedes ein Stück zurücksetzen, weil der Streifenwagen zu dicht vor ihm stand. Nachdem er daran vorbeigefahren war, sah er im Rückspiegel, wie das Polizeiauto wendete und in kurzem Abstand hinter ihnen herkam.

»Herr, hilf mir, dass ich nicht die Nerven verliere!« Markus warf einen Blick auf den Tacho. Nur jetzt keine Verkehrsregel übertreten!

Der Streifenwagen folgte ihnen bis zur Autobahnauffahrt. Dann drehte er ab. Markus wischte sich den Schweiß von der Stirn.

»Wieder umsonst!« Mit zusammengezogenen Brauen starrte Gerold geradeaus. »Aber es war nichts mehr zu machen. Wenn Herr Schuster sogar die Polizei alarmiert, hat er bestimmt was gemerkt. Da hat seine Frau keine Chance mehr!«

»Warum hast du denn dem Beamten den Brief von ihr nicht gezeigt! Das hätte die Situation doch erklärt!«

»Weil ich Frau Schuster nicht unnötig in Schwierigkeiten bringen wollte! Wer weiß, was ihr Mann mit ihr gemacht hätte! Ich hab den Eindruck, er geht über Leichen!«

»Das mag sein!« Die übrige Heimfahrt verlief in gedrücktem Schweigen. Viertel vor zehn setzte Markus seinen Freund vor seiner Haustür ab und fuhr gleich weiter in den Westerwald.

Carmen hatte auf ihren Mann gewartet. Sie erkannte das Brummen des Dieselmotors und das Klappen der Autotür. Als Gerold den Schlüssel ins Haustürschloss stecken wollte, öffnete seine Frau ihm von innen.

»Allein?« Enttäuscht schaute sie an ihm vorbei, ob vielleicht noch jemand hinter ihm stand.

Er nickte nur müde. Carmen schloss die Tür ab. Sie blieb neben ihm stehen, während er seine Schuhe wechselte. Dann folgte sie ihm in die Stube.

»Machst du mir noch einen Tee, Liebes?« Schwer ließ er sich in einen Sessel fallen.

»Jetzt noch? Es ist doch schon so spät! Du musst morgen früh aufstehen!«

»Ich weiß! Aber ich fühle mich so ausgetrocknet. Schlafen kann ich ohnehin jetzt nicht. Erst muss ich mich erholen!«

Ohne ein weiteres Wort eilte Carmen in die Küche und setzte Wasser auf. Als sie mit der gefüllten Kanne zurückkam, hatte er sein Gesicht in den Händen vergraben. Sie goss ihm ein und fügte etwas Sahne hinzu, wie er es liebte. Dann legte sie ihm mitfühlend eine Hand auf die Schulter.

Gerold sah auf. »Vielen Dank, mein Liebes!« Er griff nach der Tasse und trank langsam Schluck für Schluck. Carmen blieb neben ihm stehen. Als er die Tasse geleert hatte, nahm sie sie ihm ab und füllte sie neu.

Abgespannt fasste er nach seiner Frau und zog sie auf seinen Schoß. Er legte seine Wange an ihre und atmete tief durch. Sie strich ihm liebkosend übers Gesicht. »War es so schlimm?«

»Herr Schuster hat uns die Polizei auf den Hals gehetzt!«

Carmen zuckte zusammen und sah ihn erschrocken an. Er drückte sie fest an sich und berichtete.

»Vielleicht ist es besser, dass sie nicht kommen konnte!«, meinte Carmen gedankenvoll, als er geendet hatte. »Ob Carl-Uwe sie noch erkannt hätte, ist zweifelhaft. Aber was für ein Schock wäre es für sie gewesen, ihren Sohn so elend vorzufinden!«

»Das ist wahr! Daran habe ich bisher nicht gedacht! Ich wollte nur gern Carl-Uwes Wunsch erfüllen. Wie es auf seine Mutter wirken würde, wenn sie ihn so verändert wieder sieht, habe ich nicht überlegt.«

Zärtlich streichelte sie seine Wange und küsste ihn. Nach und nach wich der Druck, der den ganzen Tag schon auf ihm gelastet hatte.

13. ... SINKEN ZUM GRUND

In den nächsten Tagen ging es immer weiter bergab. Häufiger litt der Kranke unter Blutungen. Die Phasen, in denen er in tiefem Schlaf vor sich hindämmerte, wurden länger. Kaum nahm er noch Nahrung zu sich. Manchmal erkannte er nicht einmal mehr seine Marianne.

Das Mädchen hatte sich erstaunlich gut in der Gewalt. Hingebungsvoll versorgte sie den Sterbenden. Vor keiner noch so unangenehmen Pflegemaßnahme schreckte sie auch nur eine Sekunde zurück. Kaum gönnte sie sich die nötige Ruhe. Ihre Mutter musste jedes Mal ziemlich energisch drängen, bis sie sich hinlegte. Beim leisesten Wimmern ihres schwer kranken Verlobten war sie wach und an seiner Seite.

Frau Meininger hatte durch den Beruf ihres Mannes schon manches Elend kennen gelernt. Deshalb schockierte sie Carl-Uwes Zustand nicht. Dennoch zog es ihr das Herz zusammen, ihn so zu erleben. Wie frisch und gesund hatte er ausgesehen, als er vor vielen Jahren zum ersten Mal in ihr Haus gekommen war! Wie hatte sie ihn in all den Jahren lieb gewonnen! Von Herzen gerne hätte sie ihn als Schwiegersohn willkommen geheißen!

Im Stillen wunderte sie sich über ihre Tochter. Marianne hatte ihrer Mutter den Ring gezeigt und ihr von ihrer Verlobung berichtet. Frau Meininger hatte befürchtet, ihre Tochter vor Kummer halb aufgelöst vorzufinden. Doch sie strahlte eine ungewohnte Ruhe aus.

Hatte Marianne nicht früher Gott angeklagt, er habe durch die schreckliche Krankheit ihr Glück zerstört? Und nun las dasselbe Mädchen dem Kranken aus der Bibel vor und betete mit ihm. Frau Meininger wusste nicht recht, was sie davon halten sollte. Was mochte ihre Tochter so verändert haben?

Marianne erlaubte ihrer Mutter nicht, den Körper des Sterbenden zu berühren. Das Waschen und Umkleiden ihres Verlobten erledigte sie grundsätzlich selbst. Wenn sie seinen Unterkörper entblößen musste, schickte sie alle anderen Personen aus dem

Zimmer. Da der Kranke diesen Bereich nicht mehr selbst vor den Blicken anderer schützen konnte, übernahm sie es eben. Von ihr allein hatte er die Pflege vom ersten Tag an akzeptiert, als er noch bei vollem Bewusstsein war. Nun würde sie es auch bis zum Ende durchführen! Er sollte es ihr nicht umsonst anvertraut haben!

Gerold saß weiterhin Abend für Abend treu am Bett seines sterbenden Freundes. Carmen erlaubte er jedoch das Betreten des Zimmers nicht mehr. Ihrem weichen Herzen ging es zu nahe, den geliebten Hausgenossen so leiden zu sehen.

Michael hockte still und ernst herum. Gabriele beschwerte sich oft, dass er nicht mit ihr spielen wollte. So manches Mal fand Carmen ihn weinend in einer Ecke. Wenn sie ihn fragte, was ihm fehle, antwortete er meistens schluchzend: »Ich will zu Onkel Uwe! Wann ist Onkel Uwe denn endlich wieder gesund?«

Carmen wusste nicht, wie sie ihn trösten sollte. Ihr saßen die Tränen ja selbst so locker. Schließlich erzählte sie es ihrem Mann. Daraufhin nahm er seinen Sohn auf den Schoß und legte fest seinen Arm um ihn herum.

»Weißt du, mein lieber Spatz, Onkel Uwe wird bald zum Herrn Jesus gehen. Dort hat er dann keine Schmerzen mehr und ist wieder ganz gesund. Dann braucht er nie mehr im Krankenhaus zu liegen. Aber noch ist es nicht so weit. Noch ist er schrecklich krank. Du darfst nicht mehr zu ihm. Er würde dich kaum noch erkennen. Du sollst ihn nicht so elend sehen! Das wäre nicht gut für dich, mein liebes Kind! Behalte ihn lieber so in Erinnerung, wie er vorher war! Es ist zu traurig!«

Michael lehnte sich an Papas breite Brust und weinte bitterlich. Gerold drückte den Sechsjährigen an sich und strich ihm sanft über den Rücken. Doch es dauerte lange, bis der Junge sich ein wenig beruhigte.

Am Sonntag kam Markus nachmittags wie üblich. Für kurze Zeit war der Kranke wach. Doch er erkannte den Freund nicht mehr. Als Marianne sich über ihn beugte und ihre Hand an seine Wange legte, schlief er wieder ein. Schweren Herzens fuhr Markus zurück in den Westerwald. Er befürchtete, den Freund auf dieser Erde zum letzten Mal lebend gesehen zu haben.

Wegen des gesetzlichen Feiertages brauchte Gerold am nächsten Tag nicht ins Labor. Immer wieder schaute er im Krankenzimmer herein, um zu sehen, wie es stand. Der Sterbende lag in einer Art

Dämmerzustand, aus dem er nur hin und wieder erwachte, wenn die Schmerzen zu quälend wurden. Dann stöhnte er kaum hörbar.

Marianne wich keinen Millimeter mehr von seiner Seite. Die beschmutzte Wäsche überließ sie ihrer Mutter zum Versorgen. Wenn sie nicht mit Pflegemaßnahmen beschäftigt war, saß sie dicht neben ihm, hielt seine Hand und liebkoste unaufhörlich sein Gesicht. Seine Bibel legte sie sich dabei offen auf ihren Schoß. Durch seine vielfarbigen Unterstreichungen fand sie leicht tröstliche Verheißungen, die sie ihm immer wieder vorlas. Wenn er auch vielleicht die einzelnen Worte nicht mehr aufnehmen konnte, würde er doch aus dem Klang ihrer Stimme den Trost spüren, den Gottes Zusagen schenkten!

Als Frau Meininger abends ihre Tochter zum Schlafen überreden wollte, weigerte Marianne sich strikt. Alle Mahnungen ihrer Mutter, sie müsse doch Kraft für den nächsten Tag sammeln, stießen auf taube Ohren. Schließlich gab die Mutter achselzuckend auf und legte sich selbst auf die Luftmatratze.

Marianne schaltete nur die Nachttischleuchte ein. Ruhig blieb sie am Bett sitzen und fuhr in ihren sanften Liebkosungen fort. Ihr Verlobter sollte spüren, dass sie nahe bei ihm war und ihn nicht im letzten Moment im Stich ließ.

Mehr als die halbe Nacht war der Sterbende bewusstlos. Doch in den frühen Morgenstunden begann er sich zu regen. Angestrengt versuchte er, seine Augen zu öffnen. Seine Lippen mühten sich, Worte zu formen.

Den Lichtstrahl der Nachttischleuchte auf das Bett richtend, beugte Marianne sich dicht über Carl-Uwes Gesicht. Seine schon fast erloschenen Augen leuchteten noch einmal freudig auf. »Marianne, meine Liebste!«, las sie von seinen Lippen. »Jesus ist da und holt mich!«

Ein überirdischer Glanz breitete sich auf seinem Gesicht aus. Dann wurden seine Augen glasig und starr. Er war sanft hinübergeglitten ins Reich der Herrlichkeit.

Marianne drückte ihm behutsam die Augen zu und presste einen letzten Kuss auf die erkaltende Stirn. Eine Weile betrachtete sie noch den Toten. Ein Ausdruck unbeschreiblichen Friedens lag auf seinem Gesicht.

Lautlos huschte sie dann hinaus ins Bad. Mit einer Schüssel voll warmen Wassers kam sie zurück. Behutsam und leise, um ihre

Mutter nicht zu wecken, wusch sie den Leichnam und richtete ihn für seine letzte Ruhe. Nachdem sie die Waschutensilien zurück ins Bad gebracht hatte, setzte sie sich wieder ans Bett und hielt unbeweglich die Totenwache.

Stunden später hörte sie Gerold die Treppe hinuntergehen. Leise erhob sie sich und eilte ihm nach. Er sah fragend auf, als sie die Küche betrat. Ihr Gesicht war leichenblass, doch ruhig und gefasst klang ihre Stimme: »Carl-Uwe ist heute Nacht um kurz vor drei Uhr heimgegangen.«

Alle Farbe wich aus seinem Gesicht. Er sank auf den nächsten Küchenstuhl und bedeckte sein Antlitz mit beiden Händen.

»Doktor Raimond sollte noch vor der Sprechstunde kommen, um den Totenschein auszustellen«, fügte Marianne hinzu. Dann schritt sie zurück ins Sterbezimmer und nahm ihren Platz am Bett wieder ein.

Kaum hatte sie die Küchentür hinter sich geschlossen, legte Gerold beide Arme auf den Tisch, vergrub sein Gesicht darin und ließ seinen Tränen freien Lauf.

Plötzlich legte sich eine Hand sanft auf sein Haar. Er fuhr hoch. Durch seinen Tränenschleier erkannte er seine Frau. »Er ist tot, nicht wahr?«, flüsterte sie mit zitternden Lippen.

Er nickte und zog sie auf seinen Schoß. Zusammen weinten sie. Schließlich begann Gerold zu beten: »Herr, du siehst unseren Schmerz. Und du weißt auch um die anderen, die nun um Carl-Uwe Leid tragen. Tröste du uns alle, Herr! Wir danken dir, dass du unseren geliebten Bruder von seinem schweren Leiden erlöst und zu dir genommen hast. Aber es tut uns so weh, ihn zu verlieren! Bitte schenke uns Kraft! Sei besonders bei Marianne und stärke sie in ihrem jungen Glauben! Und gib mir Weisheit, alle Dinge für die Beerdigung richtig zu regeln. Danke, Herr, dass du dennoch derselbe bist und uns in unserem Kummer nicht allein lässt! Amen!«

»Amen!«, schluchzte Carmen und presste ihr Gesicht gegen seinen Hals. Er drückte sie an sich und strich ihr über die Haare. Erst als sie sich ein wenig beruhigt hatte, stand Gerold auf und ging in den Flur. Als Erstes wählte er Markus' Nummer. Mit gepresster Stimme teilte er dem Freund die Nachricht mit.

»Ich komme heute Nachmittag vorbei!«, erwiderte Markus

hastig. »Die Sprechstunde wird mein Vorgänger übernehmen können. Er weiß Bescheid und wartet nur auf meinen Anruf. Mutti und Marianne sollen sich bereithalten. Ich nehme sie mit heim!«

Als Nächstes informierte Gerold Dr. Raimond. »Ich bin in spätestens einer halben Stunde da!«, versprach der Arzt.

Inzwischen war es viertel nach sieben. Gerold rief im Labor an. Schon vor über drei Wochen hatte er mit seinem Chef vereinbart, ein paar Tage Urlaub zu nehmen, wenn Carl-Uwe starb.

Die Sekretärin meldete sich. »Der erwartete Todesfall ist heute Nacht eingetreten«, erklärte Gerold rau. »Ich möchte bitte heute daheim bleiben. Wann ich sonst noch frei brauche, hängt vom Termin der Beerdigung ab. Ich denke, dass ich Ihnen noch heute Bescheid geben kann!«

Inzwischen war Frau Meininger erwacht. Leise erhob sie sich und trat zu Marianne, die regungslos auf der Bettkante saß und das Antlitz ihres Verlobten betrachtete. Sie begriff sofort.

»Marianne, mein liebes Kind!« Sanft legte sie ihr eine Hand auf die Schulter.

»Er ist erlöst und daheim!«, erwiderte das Mädchen mit tonloser Stimme, ohne den Kopf zu wenden. »Nun leidet er nicht mehr!«

Frau Meininger blieb noch einen Moment stehen und beobachtete ihre Tochter. War sie betäubt vor Schmerz? Weder klagte noch weinte sie! Sie saß nur ruhig da und schaute unverwandt in das Gesicht des Verstorbenen. Als keinerlei weitere Reaktion kam, ging die Mutter leise hinaus ins Bad, um sich für den Tag zu richten.

Wenig später klopfte es sachte an die Tür. Marianne stand auf und öffnete. »Darf ich ihn noch mal sehen?«, fragte Gerold heiser.

»Natürlich, komm nur herein!« Sie hielt ihm die Tür auf und machte eine einladende Handbewegung. Er trat ans Bett und blickte sinnend auf das friedvolle Antlitz. »Nun ist er beim Herrn, den er liebte, und hat es gut!«, flüsterte er.

»Ja!«, stimmte sie halblaut zu. »Seine letzten Worte waren: ›Jesus ist da und holt mich!‹ Offenbar hat er ihn bereits gesehen!«

»Würde es dir etwas ausmachen, wenn ich Carmen und Michael hole? Vielleicht wird ihr Schmerz leichter, wenn sie sehen, wie friedlich er entschlafen ist!«

»Bring sie nur!« Ruhig setzte sie sich wieder an ihren Platz.

Gerold weckte Michael und half ihm beim Anziehen, damit es schneller ging. »Musst du heute auch nicht ins Labor, Papa?« Fragend schaute der Junge in das ernste Gesicht seines Vaters.

»Nein, mein Spatz, heute bleibe ich hier. Wo ist denn dein zweiter Strumpf? – Ach, hier ist er hingerutscht. So, nun heb dein Bein hoch, damit ich dir die Hose anziehen kann.«

Waschen und Zähneputzen ließ Gerold zunächst ausfallen. Er nahm das fertig angezogene Kind an die Hand und führte es ins Schlafzimmer. Dort setzte er sich auf sein Bett und hob seinen Sohn auf den Schoß.

»Michael, ich muss dir etwas sagen!« Er legte seine Arme fest um das Kind. »Heute Nacht hat der Herr Jesus Onkel Uwe zu sich in den Himmel geholt. Nun ist er dort ganz glücklich und hat keine Schmerzen mehr. Der kranke und schwache Körper ist hier geblieben. Onkel Uwe hat beim Herrn Jesus einen neuen, gesunden Körper bekommen, der nie mehr krank werden kann. Aber auf dem Gesicht hier kann man sehen, wie Onkel Uwe sich gefreut hat, dass er zu Jesus gehen durfte. Möchtest du das anschauen, mein Spatz?«

Michael sah unsicher zu seinem Papa auf und nickte. Gerold hob ihn vom Schoß herunter und griff wieder nach seiner Hand. »Komm, wir holen noch deine Mama, damit sie es auch sehen kann.«

Wenig später traten sie alle drei schweigend ans Bett des Toten. Marianne war sitzen geblieben und rührte sich nicht. Frau Meininger stand am Fenster und starrte wortlos in den Garten hinaus. Die Sorge um ihre Tochter übertraf im Moment ihren Schmerz. Mariannes tränenlose Ruhe kam ihr seltsam vor. Hatte das Mädchen vor Kummer gar den Verstand verloren?

Gerold hatte Michael trotz seiner sechs Jahre auf den Arm genommen. Der Junge schlang seine Ärmchen fest um Papas Hals. Von dort schaute er verwirrt auf seinen geliebten Onkel, der so still und regungslos dalag. Er begriff die Zusammenhänge nicht ganz.

Es kostete Carmen ihre gesamte Selbstbeherrschung, um nicht laut aufzuschluchzen. Gerold bemerkte es. Sanft legte er ihr seinen freien Arm um die Schultern und führte sie hinaus. Nur wenige Minuten danach kehrte er mit Dr. Raimond zurück.

»Möchtest du mit zum Frühstück nach unten kommen, Marianne?«, fragte Frau Meininger, als der Arzt wieder gegangen war.

»Nein danke, Mutti! Ich möchte jetzt nichts essen. Geh du nur allein! Ich bleibe hier!«

Die Mutter warf ihr noch einen besorgten Blick zu. Dann zuckte sie resigniert mit den Schultern und ging ins Esszimmer.

Herr Sanders gab seinem Schwiegersohn Adresse und Telefonnummer des Bestattungsinstituts, das auch die Beerdigung seiner Frau durchgeführt hatte. Gegen elf Uhr fuhr der schwarze Wagen vor, um den Leichnam abzuholen.

Tonlos sah Marianne zu, wie der leblose Körper in den Sarg gebettet wurde. Als die Träger das Haus verlassen hatten, warf sie sich aufschluchzend über das leere Bett. Bitterlich weinend vergrub sie ihr Gesicht in dem Kissen, auf dem fast vier Wochen der Kopf ihres sterbenden Verlobten geruht hatte.

Kurz vor drei Uhr traf Markus ein, um Mutter und Schwester abzuholen. Doch Marianne weigerte sich standhaft, mit ihm zu fahren. »Die Beerdigung ist schon am Freitag. Bis dahin bleibe ich hier!« So fuhr Markus mit seiner Mutter allein zurück.

Vorher setzte er noch mit Gerold zusammen die Anzeige für die Zeitung auf. Sie beschlossen, keine Karten zu verschicken, sondern Anzeigen in alle großen Frankfurter Zeitungen zu setzen. Im Funk hatte Gerold bereits vormittags angerufen und Herrn Scharf von Carl-Uwes Tod unterrichtet.

14. Eine Mutter

Es ist zwecklos! Gegen diesen Mann bin ich einfach machtlos!« Resigniert hatte Frau Schuster aufgegeben, ihren Sohn noch einmal zu sehen. Zwar hatte ihr Mann sie nur die eine Nacht in ihrer Wohnung eingeschlossen. Doch auch danach kam sie aus ihren Zimmern nicht mehr heraus. Um den Anblick ihres Mannes nicht länger ertragen zu müssen, ließ sie sich alle Mahlzeiten in ihrem Wohnzimmer servieren.

Außerdem bat sie Elsbeth, ihr vormittags, wenn ihr Mann unterwegs war, die Frankfurter Allgemeine zu bringen, die ihr Mann schon seit über zwanzig Jahren abonniert hatte. Elsbeth sah darin kein Problem. Wahrscheinlich langweilte sich die gnädige Frau. Deshalb brachte sie ihr die Zeitung, ohne Herrn Schuster zu fragen. Bis zum Mittagessen lag das Blatt jeweils sorgfältig gefaltet am gewohnten Platz, bereit für den Hausherrn.

Am folgenden Dienstag, sechs Tage nach dem verhängnisvollen Besuch, hörte Frau Schuster morgens die 10-Uhr-Nachrichten im Hessischen Rundfunk. Seit sie das erste Mal durch Zufall diesen Sender eingeschaltet und Carl-Uwes Stimme erkannt hatte, war sie bei dessen Programmen geblieben. Obwohl sie einen Fernseher besaß, nutzte sie seither hauptsächlich das Radio, um nichts von ihrem Sohn zu verpassen.

Schon wollte sie nach dem Wetterbericht abschalten, da schon seit über zwei Monaten nichts mehr von Carl-Uwe gekommen war und sie aufgrund der Botschaft von Herrn Neumeister auch nichts erwartete, als der Sprecher ergänzte: »Nun haben wir noch eine traurige Nachricht in eigener Sache!«

Frau Schuster zuckte heftig zusammen, als danach Carl-Uwes Stimme ertönte. Ein kurzer Ausschnitt aus einer Kindersendung wurde eingespielt. Dann fuhr der Sprecher fort: »Millionen kennen diese Stimme. Sie gehörte Carl-Uwe Schuster, der in vielen Hörspielen und im Kinderfunk mitgewirkt hat. Er war einer unserer beliebtesten Sprecher! In der vergangenen Nacht verstarb er nach langer, schwerer Krankheit im Alter von nur 32 Jahren. In ihm verlieren wir nicht nur einen hervorragenden Sprecher, sondern auch einen wertvollen Menschen. Durch sein stets freundliches, ausgeglichenes Wesen ist er uns allen zum Vorbild geworden …«

Mit kalkweißem Gesicht starrte Frau Schuster auf das Radio. Sie hörte nichts mehr. »Carl-Uwe ist tot!«, dachte sie schmerzerfüllt. »Mein Liebling ist ganz von mir gegangen! Nun bin ich völlig allein!«

***

Den gesamten Dienstag blieb Marianne in Carl-Uwes Zimmer, ließ sich nicht überreden, es zu verlassen, und verweigerte jegliches Essen. Nur den Tee, den Gerold ihr brachte, nahm sie an.

Doch am Mittwoch erschien sie ruhig und gefasst zum Frühstück. Sie aß sogar ein paar Bissen. »Wo gibt es hier in der Nähe ein Geschäft für Trauerkleidung?«, fragte sie Gerold, der sich die ganze Woche Urlaub genommen hatte, um Carmen nicht allein zu lassen. »Ich möchte mir etwas für Freitag kaufen.«

»Wir können nachher alle zusammen in die Stadt fahren! Carmen und ich brauchen auch entsprechende Kleidung.«

»Ja, gut!«

Beim Einkauf wunderte Gerold sich im Stillen über Mariannes Gefasstheit. Mit unbeweglichem Gesicht, ohne mit der Wimper zu zucken, wählte sie sich einige Kleidungsstücke aus. Carmen dagegen hatte rote Augen. Kaum konnte sie die Tränen zurückhalten.

Wieder zu Hause, bat Gerold das Mädchen um ein kurzes Gespräch. »Marianne, Carl-Uwe hat schon damals, als er von seiner Krankheit erfuhr, ein Testament gemacht, in dem er mich als Alleinerben eingesetzt hat. Außer den Sachen, die oben in seinem Zimmer sind, besaß er noch ein Bankkonto. Darauf hat er die Kosten für seine Bestattung zusammengespart, weil er uns nicht damit belasten wollte. Von dem Geld hat er mich auch deinen Ring bezahlen lassen.

Er wollte und konnte das Testament nicht mehr ändern. Aber er bat mich, dir zu sagen, dass du dir von seinen Sachen aussuchen kannst, was du gerne haben möchtest. Du hast als seine Braut das erste Anrecht darauf! Darum guck sie dir doch bitte durch. Du kannst alles nehmen, was du willst. Nur die braune Wildlederjacke lass bitte hier. Die hat Carl-Uwe für Michael bestimmt. Beim Geld muss ich erst sehen, wie viel die Beerdigung kostet. Außerdem soll ich für Michael ein Fahrrad zur Erinnerung kaufen. Falls dann noch was übrig ist, kannst du das auch haben.«

Das Mädchen hatte schweigend zugehört. »Von dem Geld will ich nichts. Aber seine Sachen oben werde ich durchschauen.«

Vor allem anderen nahm sich Marianne Carl-Uwes Bibel mit den vielen Unterstreichungen und Randnotizen. Zu ihrer Freude fand sie ein Tagebuch, in das er Erkenntnisse aus seiner Stillen Zeit eingetragen hatte, wann immer er in der Lage gewesen war zu schreiben. Außerdem wählte sie einige Gedichtbände und eines der zwei Passbilder von ihm, die sie in seinen Unterlagen entdeckte. Am Datum auf der Rückseite erkannte sie, dass er sie kurz vor seinem 26. Geburtstag hatte aufnehmen lassen. Von der tückischen Krankheit war darauf noch nichts zu sehen.

Seine Aktenordner schaute sie nur flüchtig durch. Rechnungen interessierten sie nicht besonders. Einer enthielt etliche wie gedruckt aussehende Briefe. In der Kopfzeile stand als Absender *Burkhard Schumann, …* »Kenne ich nicht!«, dachte sie, klappte den Ordner zu und griff nach dem nächsten. Darin fand sie handgeschriebene Gedichte, die mit *C.-U. Sch.* unterzeichnet waren. »Gedichte, die er offenbar selbst gemacht hat! Wie schön!« Erfreut begann sie zu lesen. »Die sind ja großartig! Ich wusste gar nicht, dass er so begabt ist! – War!« Sie biss sich auf die Lippen und schlug die Seite um. Das nächste Gedicht trug den Titel *In Gottes Hand.* Bebend las sie die Worte:

Ein fallend' Blatt bin ich,
o HERR, in Deiner Hand.
Einst schufst, mein Gott, Du mich,
dann Deine Gnad' mich fand.

Du hieltst mich jung und frisch
am Wasser, klar und rein.
Du ludest mich zu Tisch
in Deinen Sonnenschein.

Ich wuchs in Deiner Hut,
von Deiner Lieb' umhüllt.
Du sorgtest für mich gut,
hast meine Not gestillt.

Nun rufst nach Haus Du mich,
heim in Dein himmlisch' Land.
Ein fallend' Blatt bin ich,
das fällt in Deine Hand.

Frankfurt, den 10. 11. 1968
C.-U. Sch.

Tränen feuchteten ihre Augen. Hastig wischte sie sich darüber. Dann wandte sie das Blatt um. Das folgende Gedicht unter der einfachen Überschrift *Regen* fiel ihr durch zwei Datumsangaben auf:

Heftig brausen wilde Stürme,
treiben regenschwang're Türme
dunkler Wolken übers Land.
Regen tränkt die dürre Erde,
dass sie wieder fruchtbar werde,
füll' der Menschen leere Hand.

Tausend kleine Silbertropfen
kräftig an die Fenster klopfen,
Trommeln stetig auf das Dach.
Wo die Wasser talwärts schießen,
dringt der Regen in das Fließen;
willig trinkend schwillt der Bach.

Frankfurt, den 7. 2. 1965
C.-U. Sch.

Rauschend stürzt der Regen nieder,
singt die ewig jungen Lieder
ungehindert, frei und satt.

Durstig reckt sich ihm entgegen
Wald und Feld, begrüßt den Segen.
Glitzernd rollt's von Blatt zu Blatt.

Perlen kleiden Tannenbäume
in kristallgeschmückte Träume,
diamanten blinkt das Gras.
Blüten, zart und fein, sich neigen,
hell bekränzt vom Tropfen-Reigen,
schimmern klar und rein wie Glas.

Sturm und Regen wandern weiter
und die Sonne leuchtet heiter
in die blankgewasch'ne Welt.
Frische duftet aus den Schollen,
wo es dampft im wieder vollen
Licht, das neu den Tag erhellt.

Frankfurt, den 21. 7. 1968
C.-U. Sch.

»Warum wohl mehrere Jahre dazwischen liegen? Fehlte es ihm an Ideen? Oder wurde er unterbrochen? Keine Ahnung! Aber wie gut er die Natur beobachtet hat und seine Entdeckungen in Worte kleiden konnte!«

Langsam blätterte sie weiter. Dann stutzte sie plötzlich. »Nanu! Warum hat er denn hier das Blatt unterm Datum abgeschnitten? Komisch! Wie heißt das Gedicht? *Abendstimmung am Teich*! Am 16. 1. 1963 hat er es gemacht. Das ist ja schon lange her! Warum nur mag er ein Stück abgeschnitten haben? Na, ist doch egal! Das Gedicht ist wunderbar! Den Ordner nehme ich auf jeden Fall mit!«

Sie legte ihn beiseite und holte sich den nächsten. »Sein Briefwechsel mit Markus!« Nachdem sie die drei letzten Briefe überflogen und an Markus' Antworten festgestellt hatte, dass Carl-Uwe offenbar in jedem Brief nach ihr gefragt hatte, klappte sie schnell den Deckel zu. Wenn sie sich jetzt zu sehr darin vertiefte, würde sie vermutlich richtig zu weinen anfangen. Und sie hatte noch mehr zum Durchsehen!

Der letzte Ordner enthielt Carl-Uwes Briefwechsel mit seiner Familie. Gleich obenauf lag der Abschiedsbrief von seiner Mutter. Als Marianne erkannte, was darin stand, schloss sie den Deckel eilig und stellte den Ordner zurück an seinen Platz. »Wenn ich das mitnehme, werde ich nur ständig an das erinnert, was sein Vater ihm angetan hat. Dann nähre ich eine Bitterkeit, die Carl-Uwe bestimmt nicht möchte. Er hat seinem Vater schließlich vergeben. Also sollte ich nicht darin herumwühlen!«

Von seiner Kleidung nahm sie nichts. »Ich kann sie ja ohnehin nicht tragen! Es tut nur weh, wenn ich sie sehe!«

Nach außen wirkte Marianne weiterhin gefasst. Sie scheute sich, vor anderen ihre Gefühle zu zeigen. Doch wenn sie am Abend in das Bett kroch, in dem ihr Liebster so viele Jahre geschlafen hatte, weinte sie lange vor Sehnsucht und Schmerz in sein Kissen.

* * *

Seit Frau Schuster sich vormittags die Zeitung bringen ließ, hatte sie hauptsächlich die Todesanzeigen durchgesehen. Am Donnerstag fand sie die gesuchte:

> Nach langer, schwerer Krankheit entschlief heute mein innig geliebter Verlobter, unser liebster Freund und Onkel
>
> Carl-Uwe Schuster
>
> kurz nach seinem 32. Geburtstag. Nun ging er heim zu seinem Herrn und Erlöser, dem er viele Jahre treu gedient hat.
> In tiefem Schmerz:
>
> Marianne Meininger
> Markus Meininger und Frau Claudia, geb. Finke,
> mit Julia und Stephan
> Gerold Neumeister und Frau Carmen, geb. Sanders,
> mit Michael, Gabriele und Daniel
> Arnold Sanders
>
> Frankfurt, den 2. Mai 1972
>
> Die Beisetzung findet am Freitag, dem 5. Mai 1972, um 10 Uhr auf dem Neuen Eschersheimer Friedhof statt.

Unaufhörlich liefen Tränen über ihr Gesicht, während sie wieder und wieder die Anzeige las. »Also haben seine lieben Freunde, bei denen er damals wohnte, treu zu ihm gehalten! Und sogar verlobt ist er gewesen! Wie gerne hätte ich dieses Mädchen kennen gelernt! Aber nun ist es zu spät! Nun ist er tot und hat mich ganz allein zurückgelassen, ohne jede Hoffnung auf ein Wiedersehen!«

Plötzlich durchschoss sie ein wahnwitziger Gedanke. Je mehr sie darüber nachdachte, desto festere Formen nahm er an. Vorsichtig entfernte sie das eine Doppelblatt mit der Anzeige aus der Zeitung. Dabei fiel ihr auf, dass unter der Privatanzeige noch eine riesig große vom Hessischen Rundfunk abgedruckt war. Sie hatte sie vorher nicht beachtet, weil solch große normalerweise nur hohen Persönlichkeiten aus Politik und Wirtschaft vorbehalten blieben. »Im Namen aller Mitarbeiter: Herbert Scharf, Produktionsleiter des Kinderfunks« stand darunter.

Das Blatt mit den beiden Anzeigen schob sie zunächst unter ihr Kopfkissen. Die übrige Zeitung faltete sie so sorgfältig zusammen wie immer. Dann trocknete sie ihre Tränen und wusch sich das Gesicht. Elsbeth sollte nichts von ihrem Kummer merken. Ihrem Mann würde das Fehlen des einen Blattes gewiss nicht auffallen. Für den Teil der Zeitung hatte er sich noch nie interessiert.

Mühsam verbarg sie den übrigen Tag ihre innere Erregung. Nur zum Schein ging sie zu Bett. Mit klopfendem Herzen wartete sie bis Mitternacht. Keinen Augenblick wurde sie in ihrem Entschluss wankend. Ihr Plan war gefasst.

Als sie sicher war, dass alle Hausbewohner schliefen, schlich sie sich langsam und vorsichtig in die Besenkammer und holte die Klappleiter. Damit kämpfte sie sich ebenso lautlos zurück in ihr Schlafzimmer. Sie nahm das Zeitungsblatt unter ihrem Kopfkissen hervor und schlug es auf. Die Zeile »nach langer, schwerer Krankheit« klammerte sie ein und schrieb mit zittrigen Buchstaben darüber: *von Vater und Bruder ermordet.*

Die Zeitung mit der veränderten Anzeige legte sie in ihrem Wohnzimmer auf den Tisch. Sie beschwerte das Blatt mit einer kleinen Vase, damit es nicht vom Luftzug davongeweht werden konnte. Dann öffnete sie im Schlafzimmer das Fenster. Unter Anspannung aller Kräfte hob sie die Leiter hinaus und lehnte sie von außen gegen den Sims. Sie stellte einen Stuhl vors Fenster und krabbelte mühsam hinauf. Dabei musste sie sich an der Fensterbank festhalten. Immerhin zählte sie bereits 64 Lenze! Vorsichtig schwang sie ein Bein übers Fensterbrett, legte sich darauf, zog das andere Bein nach und ließ sich an der Außenseite hinabgleiten, bis sie festen Boden unter den Füßen fühlte. Um ein Haar hätte sie dabei die Leiter umgestoßen.

Eine Weile stand sie regungslos und lauschte in die Nacht. Doch es blieb alles still. Eine halbe, im Abnehmen begriffene Mondscheibe schwebte am Himmel und spendete müdes, fahles Licht. Nachdem Frau Schuster ein wenig Atem geschöpft hatte, hob sie die Leiter auf und tastete sich durch den Garten zum hinteren Zaun. Da ihr Haus an der Stadtgrenze lag, dehnte sich dahinter freies Feld.

Sie stellte die Leiter dicht neben dem Zaun auf. Sich am Zaungitter fest haltend, zog sie sich Stufe um Stufe hoch. Als sie sich vorsichtig über den Zaun hangelte, blieb sie hängen und zerriss ihr Kleid. An der anderen Seite ließ sie sich Stück für Stück hinuntergleiten. Ihre Füße suchten Halt im Gitter.

Erschöpft landete sie auf dem Boden und setzte sich zunächst schwer atmend auf die kalte Erde, um neue Kraft zu sammeln. Dann erhob sie sich mühselig und wanderte über die Felder auf ihr Ziel zu. Fast eine Stunde musste sie querfeldein stolpern, bis sie das Rheinufer erreichte. Einen Augenblick zögerte sie. Ihr Herz klopfte heftig. Der Strom glitzerte schwach im Mondschein.

Doch ihr Entschluss war gefasst. Zielstrebig watete sie ins Wasser. Sie breitete die Arme aus, sah zum Nachthimmel auf und flüsterte: »Carl-Uwe, ich komme! Deine Mutter lässt dich nicht allein!« Mit einem leisen Schrei warf sie sich vornüber. Sofort packte sie die Strömung und riss die Wehrlose mit sich fort.

15. Der Freitag

Eine dichte Traube schwarz gekleideter Menschen füllte die Kapelle auf dem Neuen Eschersheimer Friedhof. Vorne ruhte der eichene Sarg, mit Blumen und Kränzen reich geschmückt. In der ersten Reihe saßen Neumeisters mit Herrn Sanders und Markus mit Frau, Schwester und Eltern. Dahinter drängte sich mindestens die halbe Nachbarschaft, vermischt mit zahlreichen Kollegen aus dem Hessischen Rundfunk. Eine ganze Reihe Unbekannter stellte sich später bei Gesprächen als Hörer des Rundfunks aus Frankfurt und Umgebung heraus, die dem beliebten Sprecher die letzte Ehre erweisen wollten. Der Arzt und mehrere Schwestern aus dem Bürgerhospital, in dem der Verstorbene in den letzten Jahren so oft gelegen hatte, und auch einige ehemalige Mitpatienten, die die Anzeigen in der Zeitung gelesen hatten, waren gekommen. Da die Kapelle die vielen Leute unmöglich fassen konnte, standen die meisten vor der offenen Tür.

Gerold hatte ein Grab, nicht allzu weit von Sanders' Familiengruft entfernt, für den Freund erwerben können. Dorthin bewegte sich nach der Feier der Trauerzug. Hinter dem Pastor schritt Markus, Claudia an dem einen, Marianne am andern Arm. Nach den dreien gingen Gerold und Carmen mit ihrem Vater. Gerold hatte seinen rechten Arm um seine weinende Frau gelegt. Mit dem andern stützte er seinen Schwiegervater, der sich an seinen Krücken vorwärts kämpfte. Ihnen folgten die Eltern Meininger. Daran schloss sich die Menge der anderen Trauergäste. Die vor der Kapelle Stehenden brauchten sich wegen der geringen Entfernung auf dem kleinen Friedhof nur umzudrehen.

Nachdem der Sarg in die Erde gesenkt worden war, trat zuerst Marianne hinzu. Sie ließ einen Strauß aus sieben roten Rosen ins Grab fallen. Aus einem totenblassen Gesicht mit dunklen Ringen unter den Augen starrte sie eine Weile wie betäubt auf den Sarg. Dann wandte sie sich ab.

Markus sah gerade noch, wie sich ihre Augen verdrehten. Geistesgegenwärtig sprang er hinzu und fing sie auf. Sie erholte sich zwar schnell wieder von ihrer Schwäche. Doch nun zerbrach ihre Beherrschung. Ihr Gesicht in seinen schwarzen Anzug gepresst, begann sie verzweifelt zu schluchzen.

Behutsam führte Markus seine Schwester von der Trauergemeinde fort zum Auto. Er drückte sie in den Rücksitz, setzte sich neben sie und schloss sie fest in seine Arme. Wortlos ließ er sie ihren tiefen Schmerz hinausweinen.

Nach der Trauerfeier hatten Gerold und Markus ein kurzes Kaffeetrinken im Sandersschen Hause geplant, jedoch nicht mit einer solchen Menge von Trauergästen gerechnet. Eher hatten sie vermutet, mit ihren Familien fast die Einzigen zu sein, die dem Sarg folgten. Auf so viele Leute waren sie nicht vorbereitet. Deshalb sprachen sie keine allgemeine Einladung aus. Gerold lud nur den Pastor und Herrn Scharf vom Funk ein.

Omi Neumeister war am Vortag eingetroffen, um während der Trauerfeier auf ihre Enkel aufzupassen. Sie hatte Kaffee und Tee gekocht und einige belegte Brote gerichtet. Nun saßen die beiden Familien mit ihren zwei Gästen in der Stube beieinander. Mit gedämpfter Stimme sprachen sie von dem Verstorbenen.

»Er hinterlässt im Funk eine kaum zu schließende Lücke!« Herr Scharf seufzte. »Wie positiv hat er stets das Arbeitsklima beeinflusst! Wir vermissen ihn alle sehr! Und als Sprecher war er einmalig! Er konnte sich so völlig in die Rolle hineinversetzen, die er sprechen musste. Bei Schauspielern hat man das zwar öfter. Aber wenn man eine Rolle nur spricht und nicht gleichzeitig auch spielt, ist das gar nicht so einfach!«

»Das haben wir auch oft genug beobachtet, wenn er unsern zwei Großen vorgelesen oder erzählt hat«, bestätigte Gerold. »Unsere Kinder trifft der Verlust äußerst hart! Besonders unser Ältester hing sehr an seinem Onkel. Er weint schon seit Wochen.«

Marianne saß nicht mit in der Stube. Sie lag oben in Carl-Uwes Zimmer auf seinem Bett und weinte bitterlich. Die ganzen vorigen Tage hatte sie sich vor den andern tapfer gehalten. Doch nun, da der Sarg mit dem leblosen Körper ihres Verlobten in die Erde gebettet worden war, brach der Schmerz mit aller Heftigkeit hervor.

Frau Meininger saß hilflos am Bett ihrer Tochter. Sie wusste nicht, wie sie das verzweifelte Mädchen trösten sollte. Worte schienen ihr nicht angebracht; sie würden wohl ohnehin nichts nützen. So harrte die Mutter nur schweigend aus, eine Hand auf Mariannes bebender Schulter.

Der Pastor und Herr Scharf verabschiedeten sich bald. Meiningers blieben noch zum Mittagessen. Danach stieg Markus die Treppe hinauf in das verwaiste Zimmer. Er zog Marianne sanft vom Bett hoch in seine Arme und raunte ihr ins Ohr: »Komm, mein liebes Schwesterlein, wir müssen heimfahren!« Sie fürsorglich stützend, brachte er sie zum Auto seiner Eltern und setzte sich mit ihr nach hinten. Seine Mutter schob sich an ihre andere Seite. Dr. Meininger senior und seine Schwiegertochter brachten Mariannes Gepäck.

Um des Mädchens willen verzichteten sie auf lange Abschiedsszenen. Gerold und Carmen blieben in der Haustür stehen und winkten nur kurz. Herr Meininger gab Gas. Bald war der Wagen ihren Blicken entschwunden.

Zehn nach zwei hielt ein dunkelblauer Ford vorm Haus. Zwei Männer stiegen aus und studierten das Schild neben der Klingel. »Ich glaub, wir sind hier richtig!«, meinte der eine. »Name und Adresse stimmen.« Entschlossen drückte er auf den Klingelknopf.

»Wer mag denn das sein? Kann man uns denn nicht wenigstens heute in Ruhe lassen?« Gerold hob Michael von seinem Schoß und stand auf. Zögernd öffnete er die Haustür.

»Herr Neumeister?«, vergewisserte sich einer der beiden Herren. Prüfend flogen seine Augen über den schwarzen Anzug und die schwarze Krawatte seines Gegenübers.

»Der bin ich. Worum geht es?«

Der Mann zog einen Ausweis aus der Tasche und hielt ihn Gerold entgegen. »Kriminalpolizei! Können wir Sie bitte sprechen?«

Gerold erbleichte. »Ob Herr Schuster die Todesanzeige gelesen hat und nun die Polizei schickt, um das Eigentum seines verstoßenen Sohnes einzufordern?«, schoss es ihm durch den Sinn. Doch er beherrschte sich. »Bitte!« Höflich kühl hielt er die Tür auf.

Sie traten in die Stube. Auf der Couch sahen die Beamten eine schwarz gekleidete junge Frau sitzen. Ihre Augen waren rot und verquollen. Auf dem Schoß hielt sie einen weinenden Jungen.

Betreten verbeugten sich die beiden Herren in Carmens Richtung. »Mir scheint, wir kommen im ungünstigsten Augenblick!«, murmelte der eine.

»Da mögen Sie durchaus Recht haben!« Gerold zog seine Augenbrauen zusammen. »Nehmen Sie bitte Platz!« Er selbst setzte sich zu seiner Frau und legte ihr beschützend einen Arm um die Schultern.

»Ich weiß nicht, in welcher Angelegenheit Sie kommen«, fuhr er dann fort. »Vielleicht sollte ich meine Frau lieber rausschicken. Sie hat schon Kummer genug!«

Der Wortführer der beiden zuckte mit den Schultern. »Sie mag zur Klärung der Angelegenheit beitragen können. Lassen Sie sie vorerst mal hier!«

»Dann kommen Sie bitte zur Sache!«

»Ist Ihnen eine Frau Henriette Schuster aus Ludwigshafen bekannt?« Der Beamte beobachtete Gerold scharf.

»Jawohl!« Gerold konnte seine wachsende Erregung nicht verbergen. »Sie ist die Mutter unseres Freundes, den wir vor wenigen Stunden zu Grabe getragen haben!«

»Haben Sie Verbindung zu Frau Schuster?«

»Leider nein! Wir haben sie seit Jahren weder gesehen noch gesprochen.«

»Soso!«, meinte der Beamte mit einem seltsamen Unterton in der Stimme. »Was haben Sie dann vor neun Tagen in Ludwigshafen vor ihrem Haus zu tun gehabt?«

»Hat Herr Schuster Sie geschickt, um das nachzuforschen?« Gerolds Stimme klang erbittert.

»Das tut nichts zur Sache!« Der Ton des Beamten verschärfte sich. »Beantworten Sie meine Frage! Wir haben Beweise, dass Sie dort waren!«

»Das kann ich mir denken! Herr Schuster hat uns bereits an jenem Abend Ihre Kollegen vorbeigeschickt, um uns zu überprüfen. Eigentlich wollten wir Frau Schuster holen, weil ihr sterbender Sohn seine Mutter so gerne nochmals sehen wollte!«

»Warum haben Sie Frau Schuster nicht einfach angerufen und ihr mitgeteilt, dass ihr Sohn im Sterben liegt? War der Entführungsversuch notwendig?«

Zitternd und kalkweiß war Carmen dem Gespräch gefolgt. Bei der letzten Beschuldigung ihres Mannes konnte sie nicht mehr an sich halten. »Sag ihnen doch, was Herr Schuster für ein Schuft ist!«, rief sie schluchzend. »Er ist doch an allem schuld!«

Der zweite Beamte machte sich eifrig Notizen. »Was soll die Aussage Ihrer Frau bedeuten?«, erkundigte sich der erste.

»Herr Schuster hat seinen Sohn bereits vor etlichen Jahren enterbt und aus der Familie ausgestoßen, und zwar gegen den Willen seiner Frau!«

»Können Sie das beweisen?«

Gerold zuckte mit den Schultern. »Ich weiß nicht, ob Carl-Uwe die beiden Briefe aufbewahrt hat. Aber ich könnte nachschauen.«

»Tun Sie das bitte! Ich werde mit Ihnen kommen. Mein Kollege bleibt solange bei Ihrer Frau.«

Wie gut, dass Carl-Uwe solch eine mustergültige Ordnung in seinen Sachen gehalten hatte! Gerold fand die Briefe beide fein säuberlich abgeheftet in seinen Unterlagen. »Ich kann Ihnen auch den Zettel zeigen, den Frau Schuster uns vorige Woche durch ein Nachbarskind hat zukommen lassen. Er bestätigt diese Briefe.«

»Ja, bitte!«

Gerold holte den Zettel aus dem Jackett, das er an jenem Mittwoch getragen hatte. Mit den Unterlagen kehrten sie in die Stube zurück.

Mit unbeweglichem Gesicht lasen die Beamten nacheinander die Briefe durch. »Das wirft ein völlig neues Licht auf die Sache«, bemerkte der erste schließlich. »Sie müssen wissen, dass heute früh in der Nähe von Worms der Leichnam von Frau Schuster ans Rheinufer gespült wurde.«

Carmen schrie entsetzt auf. Gerold wurde leichenblass und stieß ein fassungsloses »Nein!« hervor. Michael, der die ganze Zeit furchtsam auf die Beamten geschaut hatte, klammerte sich bestürzt an seiner Mutter fest und begann von neuem zu weinen. Wenn er auch die Aussage des Beamten nicht begriffen hatte – den grauenvollen Schock seiner Eltern hatte er verstanden.

»Es ist leider die traurige Wahrheit! Vermutlich hat sie Selbstmord begangen. Nach unseren Ermittlungen ist sie heute Nacht aus dem Fenster gestiegen und mit Hilfe einer Leiter über den Zaun geklettert. Ein Stück ihres Kleides hing noch am obersten Draht.«

»Womöglich hat sie gestern die Todesanzeige ihres Sohnes in der Zeitung gesehen«, krächzte Gerold und räusperte sich heftig. »Die FAZ wird ja nicht nur in Frankfurt gelesen.«

»Das mag sein. Es gibt jedoch keinerlei Hinweise darauf. Herr Schuster hat diesen Sohn überhaupt nicht erwähnt.«

Die Beamten erhoben sich. »Vielen Dank für Ihre Auskünfte. Das hilft uns ein ganzes Stück weiter. Zu Herrn Meininger brauchen wir unter diesen Umständen im Moment wohl nicht mehr. Die Briefe sind zunächst mal Beweise genug. Bitte verzeihen Sie, dass wir Sie ausgerechnet heute mit dieser Angelegenheit belästigen mussten. Auf Wiedersehen!«

»Auf Wiedersehen!«, erwiderte Gerold tonlos. Er begleitete die Beamten noch zur Tür. Verstört sank er dann neben seiner schluchzenden Frau auf die Couch und zog sie an sich.

Abends rief Markus an. »Bitte denkt im Gebet an Marianne! Die wochenlange, anstrengende Pflege und die seelische Erschütterung haben sie so erschöpft, dass sie mit Fieber im Bett liegt. Vati hat ihr eine Beruhigungsspritze geben müssen.«

»Das machen wir!«, versprach Gerold heiser. Vom Besuch der Kripo erwähnte er nichts. Markus hatte Sorgen genug. Solange die Beamten nicht bei ihm auftauchten, sollte der Freund von der Sache verschont bleiben.

Am nächsten Tag fand Herr Sanders einen kurzen Bericht über Frau Schusters Freitod in der FAZ. Im Anzeigenteil war eine riesige Todesanzeige abgedruckt. Sie nahm eine halbe Seite ein.

Gerold, der beides ebenfalls sah, empfand die Anzeige als blanken Hohn. Wohlweislich verschwieg er es vor Carmen. Der Tod von Carl-Uwe und der Besuch der Kriminalbeamten hatte sie genug mitgenommen. Nur gut, dass Omi Neumeister noch eine ganze Woche bleiben würde! Bei der verständnisvollen Schwiegermutter konnte Carmen sich jederzeit aussprechen und liebevollen, mütterlichen Trost finden, wenn ihr Mann ab Montag früh wieder ins Labor musste.

Marianne lag fast fünf Wochen krank in ihrem Zimmer. Jeden Abend besuchte Markus sie und betete mit ihr. Nachdem das Fieber gesunken war, holte sie sich Carl-Uwes Bibel, die sie mitgenommen hatte. Mehrere Stunden täglich las sie darin. Von den Randnotizen lernte sie vieles über ihren verstorbenen Verlobten und seinen innigen Umgang mit Gott. Auch sein Tagebuch förderte sie intensiv im Glauben. Erstarkt am inneren Menschen konnte sie nach ihrer Genesung wieder in der Praxis ihres Vaters arbeiten. Zwar schmerzte der Verlust immer noch sehr. Doch sie hatte sich gefangen und lernte, damit zu leben.

Ihre Krankheit schmiedete sie noch fester mit ihrem ältesten Bruder zusammen. Er wurde ihr engster Vertrauter. Mit ihm konnte sie auch über Carl-Uwe sprechen. Ansonsten erwähnte sie den Namen nie.

Markus nahm seine Schwester nach ihrer Genesung mit zum Gottesdienst nach Herborn. Durstig, mit weit offenem Herzen, trank sie die Predigten in sich hinein. Beim Singen saß sie zunächst stumm dabei, da sie die meisten Lieder nicht kannte. Doch hörte sie sich mit der Zeit ein und begann zaghaft mitzusingen.

Anfangs hielt sie sich schüchtern an ihren Bruder, der sie fast niemandem vorstellte. Er kannte sie und wusste, dass sie lieber zuerst beobachtete, bevor sie sich für Kontakte öffnete. Doch nach und nach sprach sie die eine oder andere der Frauen an. Wenn Marianne auch zunächst scheu und zurückhaltend reagierte, freute sie sich dennoch darüber. Bald erwiderte sie ein freundliches Lächeln, das ihr galt. Je länger sie am Gemeindeleben teilnahm, desto wohler fühlte sie sich.

16. Danach

Guten Abend, mein Liebes! Wie war dein Tag heute?« Behutsam umschlang Gerold seine Frau von hinten und legte seine Wange an ihre.

Sie schmiegte sich seufzend in seine Arme. »Michael hat wieder geweint! Ich mag ihn kaum noch mit zum Friedhof nehmen. Aber er will unbedingt immer mitgehen. Ich möchte ihn auch nicht allein hier lassen. Und Gabriele und Daniel muss ich mitschleppen. Gabriele tanzt Vati so schon genug auf der Nase herum. Und Daniel braucht einfach meine ständige Aufsicht. Sonst stellt er alles Mögliche an. Vati kommt ihm ja nicht hinterher.«

»Michael ist nun mal ziemlich empfindsam! Und er hat am meisten an Carl-Uwe gehangen. Sein Tod ist doch erst gut zwei Monate her! Wir müssen Michael mehr Zeit lassen. Vielleicht bessert es sich, wenn er nächsten Monat zur Schule kommt. Dann erlebt er viel Neues und wird abgelenkt. Schau, mein Schatz, uns tut der Verlust doch auch noch weh! Wie viel mehr dem Kind, das ganz offensichtlich Carl-Uwes Liebling war!«

»Das versteh ich schon! Es bricht mir nur fast das Herz, wenn ich zugucken muss, wie er sich in seine Ecke zurückzieht und still vor sich hin weint. Es nützt kaum was, wenn ich ihn auf den Schoß nehme und zu trösten versuche!«

»Vielleicht sollten wir uns noch mehr bemühen, ihn abzulenken. Was hältst du davon, wenn ich Markus anrufe und ihn mit seiner Familie für Sonntag einlade? Sie waren auf Gabrieles Geburtstag zum letzten Mal hier. Das ist schon wieder über einen Monat her. Marianne kann auch mitkommen. Sie freut sich sicher, wenn sie Carl-Uwes Grab besuchen kann.«

»Ja, tu das nur! Wenn Julia hier ist, hat Michael immer alle Hände voll zu tun. Und sei es nur, seinen kleinen Bruder vor dem Wirbelwind zu beschützen. Auf jeden Fall hat er dann keine Zeit, an seinen Kummer zu denken.«

Gerold schmunzelte. »Es ist fast unglaublich, dass der ruhige Markus ein solches Ungestüm von Tochter haben kann, nicht wahr? Mir scheint, Julia schlägt ganz ihrer lebhaften Mutter nach.«

»Zum Teil schon! Claudia war schon immer fröhlich und voller Energie. Aber ich würde sie nie als herrschsüchtig bezeichnen. Julia dagegen muss immer bestimmen. Mit ihren dreieinhalb Jahren will sie alles regieren. Ihr armes Brüderchen hat nichts zu lachen bei ihr.«

»Da bin ich nicht so sicher! Jetzt ist er erst neun Monate alt. Aber warte mal ab, wenn der Knirps älter wird! Mir scheint er durchaus kein sanftes Täubchen zu sein. Energie hat er kaum weniger als seine Schwester!«

Auf die Einladung kam eine freudige Zusage aus dem Westerwald. »Marianne hat sich schon letztes Wochenende gewünscht, das Grab besuchen zu können«, erklärte Markus. »Aber da kam was dazwischen. Sie freut sich sicher, wenn es diesmal klappt!«

Auf ihren Wunsch spazierte Marianne nach dem Mittagessen allein zum Friedhof. Sie nahm einen Strauß Rosen mit. Dankbar erkannte sie an, wie gut Carmen das Grab in Ordnung hielt. Sie füllte die Steckvase mit frischem Wasser und stellte ihre Rosen hinein. Dann betrachtete sie die Blumen sinnend.

»Herr«, begann sie nach einer Weile zu beten, »du hast mir in Carl-Uwe so ein gutes Vorbild geschenkt. Hilf mir, diesem Vorbild nachzueifern. Ich möchte dir ebenso treu dienen wie er. Danke, dass ich ihn kennen durfte! Danke, dass er mich vor allen anderen Mädchen geliebt hat! Danke, dass ich in seinen letzten Wochen um ihn sein und ihn pflegen durfte! Und danke, dass du ihn von seinem schweren Leiden erlöst hast! Wenn der Verlust auch bitter weh tut, weiß ich doch, dass es so besser war. Denn nun muss er doch keine Schmerzen mehr aushalten, sondern ist bei dir unbegrenzt glücklich.«

Betend, in stillem Gedenken, stand Marianne lange an der letzten Ruhestätte ihres Verlobten. Wenn ihr auch Tränen über die Wangen liefen, empfand sie doch Frieden im Herzen.

In der Zwischenzeit saßen die beiden übrig gebliebenen Freunde des Heimgegangenen zusammen auf der Terrasse. »Marianne hat sich wieder gefangen, nicht wahr?«, erkundigte sich Gerold. »Sie wirkt sehr ruhig und gefasst, obwohl sie immer noch ein wenig blass ist.«

»Ja, es geht ihr schon wesentlich besser«, bestätigte Markus. »Natürlich schmerzt die Wunde noch! Dazu ist es noch nicht lange genug her. Aber sie hat ihren seelischen und körperlichen Zusammenbruch inzwischen einigermaßen überwunden. Auch geistlich macht sie Fortschritte. Seit sie wieder gesund ist, kommt sie regelmäßig mit zum Gottesdienst.

Übrigens hatten wir erst kürzlich einen ähnlich traurigen Fall in der Gemeinde. Eines unserer Mitglieder ist ein Lehrer, der an der Realschule in Herborn unterrichtet. Vor gut zwei Monaten starb seine Frau bei der Geburt des ersten Kindes. Es war ein furchtbarer Schock für uns alle. Niemand hatte damit gerechnet. Und wie tapfer der Mann diesen Verlust trägt! Er kümmert sich rührend um seinen kleinen Sohn. Wenn er während der Woche vormittags unterrichtet, bringt er den Kleinen zu seiner verheirateten Schwester, die auch zu unserer Gemeinde gehört. Aber nach der Schule holt er den Säugling ab und versorgt ihn ganz allein. Er steht auf dem Standpunkt, es sei schlimm genug, dass sein Sohn keine Mutter mehr habe. Da solle er den Vater so wenig wie möglich entbehren.«

»Und wie macht er das sonntags? Da kann er ja nie zum Gottesdienst!«

»Doch, er kommt treu jeden Sonntag. Seinen Sohn bringt er einfach mit und hält ihn die ganze Zeit auf dem Schoß. Da der Kleine meistens schläft, stört er kaum.«

»Ich wünschte, bei uns wäre das auch möglich!« Gerold seufzte. »Wie oft hat Carmen auf den Gottesdienstbesuch verzichten müssen wegen der Kinder. Gabriele und Daniel sind nicht so ruhig und brav wie Michael. Du solltest mal die Blicke einiger Leute sehen, wenn sich eins der Kinder muckst. Da bleibt Carmen lieber daheim. Ich versuche ihr dann hinterher die Hauptgedanken der Predigt wiederzugeben. Manchmal bleibe ich zu Hause und lass Carmen gehen. Aber das möchte sie auch nicht.«

»Bei uns ist das nicht so ein Problem. Wir nehmen unsere Kinder auch immer mit. Julia ist seit einem halben Jahr in einer eigenen Gruppe. Dadurch haben wir nur Stephan bei uns. Wenn er mal zu unruhig wird, geht eben einer von uns mit ihm raus.«

Wildes Geschrei unterbrach das Gespräch. Beide Männer sprangen gleichzeitig auf. In der Sandkiste saß ein lautstark brüllender Daniel. Vor ihm lag sein Zug aus festem Kunststoff, sämtlicher Räder beraubt. Michael jagte schreiend und schimpfend hinter Julia her, die mit triumphierendem Gejohle über den Rasen zu einem der Löcher rannte, in die Carmen ihre Wäschepfähle steckte. Bevor Michael die Übeltäterin erreichen konnte, hatte sie schon einen Teil der kleinen Räder in dem Loch versenkt, in dem noch das Wasser vom letzten Regen stand.

Während die beiden Kinder um die restlichen Räder kämpften, eilten die Männer herzu. Markus packte seine Tochter am Arm und zog sie beiseite, um ihr den Marsch zu blasen. Gerold bemühte sich unterdessen mit Michaels Hilfe, die versenkten Räder aus dem tiefen Loch zu fischen. Mittlerweile war auch Gabriele herangekommen. Interessiert schaute sie zu, wie ihr Bruder versuchte, seinen Arm in die Röhre zu schieben.

»Lass das lieber, Michael!«, mahnte Gerold. »Die liegen zu tief. So weit kommst du mit deinem Arm nicht hinunter. Sonst bleibst du am Ende noch stecken. Das sind die Dinger nicht wert!«

»Vielleicht geht es mit einem Stöckchen, Papa!« Michael sprang eifrig auf, suchte unter den Bäumen herum und kam mit einer mageren Ausbeute zurück. Der eine Stock war zu kurz, der andere zu stark gebogen. Auch der Schürhaken aus dem Heizungskeller und der größte Schraubenzieher, der Stiel des Rechens und Carmens längster Kochlöffel brachten nicht den gewünschten Erfolg. Erst als Opa Sanders, wenn auch zögernd, seinen überlangen Schuhanzieher als Werkzeug opferte, konnten sie zumindest die Hälfte der untergetauchten Räder wieder zu Tage fördern. Der Rest blieb trotz aller Anstrengungen verloren.

* * *

»Mama, wann ist es denn endlich so weit! Gehen wir heute?« Seit Wochen nervte Gabriele ihre Mutter mit dieser Frage. Stolz und voller Erwartung ließ sie sich dann an dem ersehnten Montag von Mutter und Brüdern zum ersten Mal in ihrem Leben in den Kindergarten bringen. Da Carl-Uwe durch keinerlei Infekte mehr gefährdet werden konnte, hatte Gerold sich um einen Platz für seine Tochter bemüht. Erfreulicherweise klappte es zum Ende der Sommerferien.

Als Gabriele mittags abgeholt wurde, sprudelte sie über vor Begeisterung. Doch als Carmen etwas näher nachforschte, wusste sie nichts zu antworten. Sie erklärte nur von neuem, wie schön es gewesen sei. Was so schön war, konnte sie nicht sagen.

Am nächsten Morgen flossen zunächst Tränen. Doch als Gabriele das Kindergartengebäude erblickte, hüpfte sie vor Freude auf und ab. Der Kummer des Morgens war vergessen. Dass sie eigentlich mit ihrem großen Bruder zusammen in die Schule hatte gehen wollen, daran dachte sie jetzt nicht mehr.

Um 10 Uhr schlug dann für Michael die große Stunde. Fest an Mamas Hand geklammert, trottete er auf den Schulhof. Auf dem Rücken trug er den funkelnagelneuen Ranzen, im Arm die Zuckertüte. Furchtsam blickte er auf die anderen Kinder. Daniel in seinem Sportwagen schien das Ganze erheblich mehr Spaß zu machen. Er schlug mit seinen Händchen auf der Querstange herum und krähte vergnügt.

Die große Pause vereinigte noch alle Kinder der anderen Klassen tobend und schreiend auf dem Schulhof. Ein schwarzhaariges Mädchen mit dunklen, funkelnden Augen baute sich keck vor Daniel auf. »Wie heißt der?«

»Daniel!«, antwortete Carmen zurückhaltend. Wenn sie das Mädchen auch länger nicht gesehen hatte, erkannte sie es doch sogleich.

»Ich heiß Sandra! Und ich geh schon in die zweite Klasse. Kommt der da zur Schule?« Sie deutete auf Michael, der sich eng an seine Mutter drängte.

»Ja.« Carmen drückte die Hand ihres Ältesten fester. Hoffentlich ließ Annegrets Tochter ihren Sohn in Ruhe!

»Der is' aber'n Angsthase! Mit dem spiel ich nich'!« Sandra drehte sich um und rannte davon.

»Da kann Michael auch gut drauf verzichten!«, dachte Carmen. Beschützend legte sie ihren Arm um seine Schultern.

Die ersten Schulwochen quälten den schüchternen Jungen. Zwar ließ Sandra ihn tatsächlich in Ruhe. Sie beachtete ihn gar nicht, wenn sie auf dem Schulhof an ihm vorbeisauste.

Aber die meisten Kinder in seiner Klasse kannten sich vom Kindergarten. Deshalb fand er keinen Anschluss. In den Pausen stand er allein in einer Ecke und schaute scheu auf die spielende und schreiende Menge seiner Kameraden.

Am 28. September wurde er sieben Jahre alt. Als Carmen ihn eine Woche vorher fragte, ob er nicht einige seiner Klassenkameraden zu seinem Geburtstag einladen wolle, wusste er niemanden. Dann begann er zu weinen. »Onkel Uwe möchte ich einladen!«, schluchzte er. »Der hat immer mit mir gespielt! Onkel Uwe hatte mich lieb! Die Kinder in meiner Klasse mögen mich nicht. Sie reden nie mit mir! Bitte, Mama, lass mich zu Hause bleiben! Ich will nicht mehr in die Schule!«

Voller Sorge berichtete Carmen abends ihrem Mann davon, als die Kinder im Bett lagen. »Wenn ich nur wüsste, wie ich ihm helfen soll! Ich kann ihn doch nicht einfach daheim lassen! Aber ich kann auch nicht hingehen und ihm einen Freund in seiner Klasse suchen. So was lässt sich doch nicht erzwingen!«

»Von den Eltern schon gar nicht! Ich werde trotzdem mal zu seiner Lehrerin gehen und mit ihr sprechen. Vielleicht kann sie uns einen guten Tipp geben. Michael ist sicher nicht das erste Kind, das auf diesem Gebiet Schwierigkeiten hat. Übrigens sollten wir unbedingt noch irgendetwas tun, was sein Selbstbewusstsein stärkt. Mag sein, dass er Freude an einer Sportart findet wie ich damals mit dem Turmspringen. Oder er zeigt Lust an einem Musikinstrument.«

»Du, da hätte ich vielleicht eine Idee! Michael hört immer sehr aufmerksam zu, wenn ich Klavier spiele. Er hat auch schon selbst ein bisschen geklimpert, wenn er sich unbeobachtet glaubte. Meines Wissens wohnt meine ehemalige Klavierlehrerin noch in der Eschersheimer Landstraße. Sie dürfte jetzt etwa Mitte Fünfzig sein. Da gibt sie sicher noch Unterricht. Soll ich sie mal anrufen, ob sie bereit ist, Michael Stunden zu geben?«

»Ja, tu das nur! Das ist ein guter Gedanke! Ruf nur gleich morgen an! Je eher es klappt, desto besser!«

Frau Naumann erklärte sich gerne bereit, dem Sohn ihrer ehemaligen Schülerin das Klavierspielen beizubringen. Die warmherzige Frau erwarb sich bald das Vertrauen des kleinen Anfängers. Da Michael schnell Freude am Spiel gewann, brauchte Carmen ihn kaum zu ermahnen, täglich zu üben.

Noch in derselben Woche sprach Gerold mit Michaels Lehrerin. Er berichtete auch von dem Todesfall, und wie sehr sein Sohn immer noch unter dem Verlust des Onkels litt.

Die Lehrerin nickte verstehend und versprach, helfend einzugreifen. Mit Wärme und Einfühlungsvermögen brachte sie die Kinder dazu, sich mehr um den einsamen Mitschüler zu kümmern. Nun dauerte es nicht mehr lange, bis Michael in die Spiele auf dem Schulhof eingebunden wurde. Nach und nach verlor er das Grauen vor der Schule.

17. Das Sommerfest

Eigentlich hatte die Herborner Freikirchengemeinde ihr Sommerfest am 2. Juli feiern wollen. Doch der Tag war buchstäblich ins Wasser gefallen. Es hatte bereits Tage vorher wie aus Kübeln gegossen und den Gemeindegarten durchweicht. Nach eingehender Beratung im Gemeindevorstand wurde das Fest hinter die Sommerferien auf den 10. September verlegt.

Der Tag strahlte schon am frühen Morgen verheißungsvoll. Nicht das kleinste Wölkchen störte das weite Blau des Himmels. Ein wunderschöner Spätsommertag meldete sich an.

Nach dem gemeinsamen Gottesdienst zur gewohnten Zeit rannten einige Frauen eifrig hin und her, um aus den mitgebrachten Salaten ein kaltes Büfett aufzubauen. Die gefüllten Saftkrüge zogen besonders die Kinder magnetisch an.

Da die Sonne für die Jahreszeit noch angenehm warm schien, sollte draußen gegessen werden. Burkhard Schumann hatte seinen schlafenden Sohn im Kinderwagen etwas abseits unter eine große Buche geschoben. Nun half er fleißig, Tische und Stühle auf dem Rasen aufzustellen. Ab und zu warf er einen prüfenden Blick zum Kinderwagen.

Gerade eilte er mit einem Stapel Stühle aus dem Gemeindehaus. Plötzlich blieb er wie angewurzelt stehen und schaute zur Buche hinüber. Ein junges Mädchen war zu dem Kinderwagen getreten und beugte sich über das schlafende Baby.

Burkhard stellte die Stühle ab und verteilte sie am Tisch. Dann schritt er hinüber zu seinem Sohn. Er hatte die schlanke Gestalt erkannt. Erst seit knapp drei Monaten brachte der junge Zahnarzt Dr. Markus Meininger dieses Mädchen regelmäßig in seinem Auto mit. Nach der Ähnlichkeit vermutete Burkhard in ihr die Schwester des Arztes. Sie schien jedoch erheblich jünger zu sein.

Das Gesicht des Mädchens war ihm schon öfter aufgefallen. Es strahlte Ruhe und Zufriedenheit aus. Doch glaubte er in ihren graublauen Augen auch einen tiefen Schmerz zu lesen. Er hatte sie selten sprechen hören. Meistens schwieg sie und hörte zu. Doch wenn sie sprach, klang ihre Stimme weich und sanft.

Da der Rasen seine Schritte dämpfte und er das Mädchen nicht erschrecken wollte, trat er von der anderen Seite an den Kinderwagen heran. Er lächelte warm und streckte ihr seine Hand entgegen. »Wir sind einander noch nie vorgestellt worden, nicht wahr? Schumann ist mein Name, Burkhard Schumann.«

Das Mädchen zuckte zusammen. Schumann! Welch eine Ähnlichkeit mit Schuster! Auch glaubte sie den Namen schon einmal irgendwo gehört zu haben, konnte sich aber nicht erinnern, wo das gewesen sein könnte.

Zaudernd blickte sie hoch. Doch der junge Mann glich Carl-Uwe kaum. Zwar ragte er ebenso groß und schlank vor ihr auf. Aber seine wesentlich helleren Haare wellten sich noch weniger als Carl-Uwes damals. Und seine Augenfarbe erinnerte an Bernstein. Außerdem trug er eine Brille.

Marianne besann sich und nannte ihren Namen.

»Dachte ich mir's doch, dass Sie die Schwester von Markus sind! Man sieht es an der Ähnlichkeit! Aber Sie sind wesentlich jünger, nicht wahr?«

»Ja, fast zehn Jahre! Markus ist der Älteste von uns Fünfen. Ich bin die Zweitletzte.«

Nachdenklich blickte er sie an. »Mögen Sie Babys gerne?«

Sie nickte nur. Er glaubte Tränen in ihren Augen zu entdecken. Was mochte die Ursache dafür sein? Verlegen deutete er auf den Säugling. »Das ist mein Sohn Christian. Vier Monate ist er inzwischen alt. Meine Frau ist leider bei seiner Geburt gestorben!«

Erschrocken sah sie zu ihm auf. Er hatte sich nicht getäuscht; ihre Augen schimmerten feucht. »Das arme Kind!«, flüsterte sie. »Nun muss es ohne Mutter aufwachsen! Aber Ihnen hat Ihre Frau damit doch eine Erinnerung gelassen. Ich habe nichts behalten!« Rasch senkte sie den Kopf und biss sich auf die Lippen, um weitere Tränen zurückzuhalten.

Betroffen blickte er sie an. »Sind Sie denn Witwe? Aber dann müssten Sie doch anders heißen!«

Sie schüttelte den Kopf. »So weit ist es nicht mehr gekommen«, brachte sie mühsam hervor. »Mein Verlobter starb Anfang Mai an Leukämie.«

»Das tut mir aber Leid! Sicher ist das sehr schlimm für Sie. Hat er arg leiden müssen?«

Sie nickte. »Ich habe ihn in den letzten vier Wochen gepflegt, als er nichts mehr selbst tun konnte. Es war nicht einfach!«

»Das glaube ich Ihnen gerne. War er ein überzeugter Christ?«

»Ja, das war er von ganzem Herzen. Er hat mich selbst zum Glauben geführt. Ich weiß, dass er jetzt beim Herrn ist und ich ihn wieder sehen werde.«

»Das ist auch mein Trost!«, erwiderte er sanft. »Es ist mir nicht leicht gefallen, meine Frau so plötzlich hergeben zu müssen!«

Marianne hob ihr Gesicht. »Das kann ich verstehen! Jetzt mehr denn je!«

Er nickte nur verständnisvoll. Eine Weile schwiegen beide. Dann bat er: »Möchten Sie sich nicht beim Essen zu mir setzen? Wenn Christian nachher aufwacht, dürfen Sie ihn gerne mal halten, wenn es Ihnen nicht zu weh tut!«

Am kurzen Aufleuchten ihrer Augen bemerkte er, dass er mit seinem Angebot das Richtige getroffen hatte. »Kommen Sie!« Er machte eine einladende Handbewegung. »Mir scheint, es ist alles bereit. Lassen Sie uns gehen, bevor die anderen uns das Beste wegessen!«

Sie lächelte leicht über seinen Scherz. Nebeneinander schlenderten sie über den Rasen und reihten sich in die Schlange ein.

»Leider kenne ich Ihren Geschmack nicht«, bedauerte er, als sie die voll beladenen Tische erreicht hatten. »Sonst wüsste ich eher, was ich Ihnen empfehlen könnte. Manche der Frauen hier haben ihre Spezialrezepte, die sie immer wieder bringen.«

»Es macht nichts! Ich kann ja verschiedene Salate ausprobieren.«

An der Getränketheke schenkte er ihr höflich ein. Dann suchten sie sich zwei Plätze nebeneinander – nicht zu weit von der Buche entfernt, unter der der Kinderwagen stand.

Während des Essens sprachen sie kaum. Doch er beobachtete sie verstohlen von der Seite. Sie hatte sich offensichtlich wieder gefasst. Ruhig saß sie da und aß die kleinen Proben, die sie sich von mehreren Salaten aufgefüllt hatte.

»Darf ich Ihnen noch etwas Saft holen?«, bot er an, nachdem sie das Glas geleert hatte.

»Ja, bitte!« Als er ihr das gefüllte Glas hinstellte, bedankte sie sich mit einem leichten Lächeln. Er setzte sich wieder neben sie.

Ab und zu warf er einen prüfenden Blick zum Kinderwagen hinüber.

»Ich glaube, jetzt ist Christian wach geworden! Der Wagen schaukelt etwas. Wahrscheinlich strampelt der Kleine. Möchten Sie mitkommen und ihn herausnehmen?«

»O ja, gerne!« Hastig trank sie den Rest ihres Saftes aus und stand auf. Zusammen gingen sie zum Wagen hinüber. Christian war tatsächlich erwacht und strampelte heftig. Als sein Vater sich über ihn beugte, lächelte er.

»Versuchen Sie's ruhig mal! Bisher hat er noch nicht gefremdelt. Allerdings habe ich ihn auch noch kaum aus der Hand gegeben.«

Behutsam hob Marianne den Säugling aus dem Wagen und legte ihn in ihren Arm. Der Kleine schaute sie erstaunt mit runden Augen an. Doch als sie ihm zulächelte, erwiderte er ihr Lächeln.

Burkhard Schumann griff in das Netz, das an der Lenkstange hing. Er holte ein Milchfläschchen und einen elektrisch beheizbaren Wärmer heraus. »Ich muss seine nächste Mahlzeit aufwärmen. Wollen Sie ihn solange halten?«

Sie nickte ihm mit glänzenden Augen zu. Während er ins Haus eilte, spazierte sie langsam hin und her. Dabei wiegte sie das Baby sanft in ihren Armen und flüsterte ihm zärtliche Worte zu.

»Na, Schwesterherz«, erklang plötzlich eine leise Stimme neben ihr, »wie ich sehe, bist du angenehm beschäftigt!«

Verschämt blickte Marianne zu ihrem Bruder auf. »Ist der nicht süß?«, flüsterte sie. »Schau nur, wie lieb er mich anlacht!«

»Doch, doch, ich bin ganz deiner Meinung!« Ein verschmitztes Lächeln überzog seine Züge. »Eigentlich wollte ich dich beim Essen zu uns holen. Aber dann habe ich gesehen, dass du schon bestens versorgt wurdest. Da hab ich dich lieber gelassen.«

»Herr Schumann hat gefragt, ob ich mich zu ihm setze. Da mochte ich nicht absagen.«

»Warum auch? Bei ihm bist du gut aufgehoben! Er ist ein netter Kerl, nicht wahr?«

Sie nickte zustimmend. »Er versteht meinen Kummer so gut, weil es ihm ähnlich ergangen ist. Im Moment wärmt er gerade das Fläschchen auf. Deshalb darf ich sein Kind halten.«

»Es freut mich, wenn du mehr Leute kennen lernst und dadurch abgelenkt wirst, Marianne! Es tut dir gut! Aber ich muss wieder rüber. Claudia wickelt Stephan gerade; da soll ich ein Auge auf

Julia werfen. Du weißt ja, sie hat's zuweilen nötig!« Lachend entfernte er sich in Richtung Spielwiese.

Wenig später schritt Burkhard Schumann heran. »Es dauert ein Weilchen, bis es warm ist. Wollen wir uns ein bisschen unterhalten?«

»Ich habe nichts dagegen. Möchten Sie Ihren Sohn selbst nehmen?«

»Sie dürfen ihn gerne noch halten. Er ist ja ganz zufrieden. Oder wird er Ihnen zu schwer? Dann nehme ich ihn natürlich zurück. Ich möchte Sie nicht unnötig belasten!«

»O nein! Ich trage ihn gerne noch weiter. Er ist so herzig! Eine Belastung ist das wahrhaftig nicht. Vielen Dank, dass Sie mir Ihr Kind für eine Weile anvertraut haben!«

»Bitte! Wenn es Ihnen Freude macht, ist es mir nur recht!« Eine Weile standen sie schweigend beieinander. Wie ein schirmendes Dach spannte sich die Baumkrone über ihnen – sanft und grün und still, als genieße sie noch einmal aus tiefstem Herzen den lauen, weichen Spätsommertag, bevor der Herbst das Laub färbte und die Blätter, vom Sturm abgerissen, zu Boden taumelten.

Auf der Spielwiese schrien und tobten die Kinder, und an den Tischen klapperte und klirrte Geschirr und Besteck, von eifrigen Frauenhänden eingesammelt und weggetragen. Fröhliche Rufe flogen hin und her. Doch all diese Geräusche schienen vor der Buche an einer unsichtbaren Mauer abzuprallen.

Burkhard fühlte sich wie in einer kleinen, grünen Kapelle, weit weg von Lärm und Unruhe. Tief durchatmend öffnete er sich dem Frieden, der seine Seele vom Staub der täglichen Hetze reinwusch. Währenddessen ruhten seine Blicke nachdenklich auf dem jungen Mädchen, das zärtlich das Baby wiegte. »War Ihr Verlobter aus Ihrem Dorf?«, erkundigte er sich schließlich leise.

»Nein!« Sie schüttelte den Kopf. »Er war ein Studienfreund von Markus und wohnte in Frankfurt. Markus hat ihn öfter mit zu uns nach Hause gebracht. Dadurch haben wir uns kennen gelernt.«

»Ein Studienfreund von Markus? Dann werde ich ihn vermutlich nicht kennen. Hat er auch Zahnmedizin studiert?«

»Nein, sondern Germanistik. Nach seinem Examen hat er beim Hessischen Rundfunk als Sprecher gearbeitet. Besonders in Kindersendungen hat er mitgewirkt.«

»Beim Hessischen Rundfunk?? Hieß er zufällig Carl-Uwe Schuster?«

»Ja, so hieß er! Kennen Sie ihn?« Marianne sah ihn erstaunt an.

»Nun, kennen ist vermutlich nicht der richtige Ausdruck. Ich habe den Nachruf über ihn gehört. Und seine Stimme war mir von etlichen Sendungen bekannt. Das war also Ihr Verlobter! Nun verstehe ich Ihren Schmerz noch besser. Einen solchen Menschen zu verlieren ist hart!« Teilnehmend betrachtete er ihr schmales, blasses Gesicht.

Marianne senkte den Blick. »Ja, es ist hart!«, gab sie leise zu. »Er war der beste Mensch, der mir je begegnet ist! Es tut immer noch sehr weh, ihn verloren zu haben. Aber noch härter war, ihn so schrecklich leiden zu sehen! Und dennoch ist nie eine Klage über seine Lippen gekommen. Diese letzten vier Wochen werde ich nie vergessen!«

Er wusste nicht, was er darauf antworten sollte. Nach einigen Minuten des Schweigens meinte er: »Ich geh mal nachschauen, ob das Fläschchen warm ist.«

Sie nickte, ohne aufzusehen. Fünf Minuten später eilte er mit dem Fläschchen herbei, in einer Hand einen Stuhl tragend. »Setzen Sie sich! Wenn Sie möchten, können Sie Christian füttern!«

Sie warf ihm einen dankbaren Blick zu und ließ sich auf dem Stuhl nieder. Christian strampelte begeistert, als er die Flasche erkannte. Zufrieden trank er seine Milch. Mariannes Blicke ruhten zärtlich auf dem Säugling. Welch ein kostbares Geschenk, ein solches Baby im Arm zu halten! Wie war die Mutter zu bedauern, die ihr Kind nicht versorgen und aufwachsen sehen konnte!

Mariannes Gedanken wanderten von neuem zu Carl-Uwe. So gerne sie ein Kind von ihm gehabt hätte, verstand sie doch seine Weigerung. Er hatte schon genug darunter gelitten, Michael zurücklassen zu müssen. Wie hätte es ihn erst geschmerzt, sein eigenes Kind nicht erleben zu können!

Burkhard Schumann hatte sich ein paar Schritte entfernt schräg hinter Marianne gegen den Baumstamm gelehnt. Von dort betrachtete er das junge Mädchen, das so hingebungsvoll seinen Sohn versorgte.

Der plötzliche Tod seiner Frau, die er von Herzen liebte, hatte ihn schwer getroffen. Doch er hatte schon früh gelernt, nie in der Vergangenheit hängen zu bleiben. Ihm war das kleine Wesen anvertraut, das seine Frau ihm hinterlassen hatte! Bewusst konzentrierte er sich darauf, diesem Kind Vater und Mutter zugleich zu sein. Es sollte ihm an nichts fehlen, am allerwenigsten an Elternliebe!

Bisher war er fest entschlossen gewesen, das Kind allein aufzuziehen. Doch heute klopften Zweifel an dieser Entscheidung bei ihm an. War er nicht verpflichtet, seinem Sohn wieder eine Mutter zu geben? Dieses junge Mädchen in ihrer sanften Mütterlichkeit rührte sein Herz an. Immer stärker wuchs in ihm das Verlangen, sie näher kennen zu lernen.

Christian hatte inzwischen seine Mahlzeit beendet. Marianne stellte das leere Fläschchen neben einem Stuhlbein ins Gras. Das Baby nahm sie hoch und klopfte ihm behutsam auf den Rücken, damit es aufstoßen konnte. Dann sah sie sich nach dem Vater um.

Herr Schumann hatte eine Decke auf dem Rasen ausgebreitet. Nun nahm er ihr den Säugling ab, um ihn auf der Decke zu wickeln. Marianne staunte heimlich, wie geschickt er das besorgte. Markus hatte sie noch nie bei einer solchen Tätigkeit erlebt, von ihrem Vater ganz zu schweigen.

Während des Wickelns neckte Herr Schumann seinen Sohn und spielte mit ihm. Der Kleine quiekte vergnügt und strampelte heftig. Ein verirrter Sonnenstrahl huschte durchs Blätterdach und ließ das hellbraune Haar des jungen Mannes aufleuchten.

Marianne überlegte, ob sie weiter stehen bleiben und zusehen oder zu Markus hinübergehen sollte. Da fiel ihr Blick auf das leere Fläschchen. Sie nahm es hoch, lief in die Küche und spülte es mit heißem Wasser aus.

Als sie damit zurückkam, hatte Herr Schumann seinen Sohn schon wieder angezogen. »Oh, vielen Dank! Das ist aber nett von Ihnen!« Erfreut steckte er das Fläschchen zurück ins Netz.

»*Ich* habe zu danken! Es war sehr freundlich von Ihnen, mir Ihren kostbaren Schatz so lange auszuleihen! Aber jetzt sollte ich lieber gucken gehen, ob ich nicht in der Küche helfen kann!« Sie warf noch einen sehnsüchtigen Blick auf das Baby. Dann schritt sie zum Gemeindehaus und verschwand in der Tür. In der Küche wurde ihr auf ihre Frage ein Messer in die Hand geschoben, damit sie mit dem Kuchenschneiden beginnen konnte.

Burkhard Schumann nahm seinen Sohn auf den Arm und drückte ihn zärtlich an sich. Über den Kopf des Kindes hinweg folgte er Marianne mit den Augen, bis er sie nicht mehr sehen konnte. Dann schlenderte er hinüber zu der Gruppe der jungen Ehemänner. Während er dort stand und dem Gespräch zuhörte, schaute er immer wieder verstohlen zur Tür hinüber. Das hoch gewachsene Mädchen mit ihrem ruhigen, zurückhaltenden Wesen hatte ihn tief beeindruckt. Sie erinnerte ihn an ein scheues Reh.

Nach einer Weile kamen einige Frauen mit Geschirr heraus und deckten die Tische. Marianne war nicht dabei. Doch später erschien sie mit zwei voll beladenen Kuchentellern, setzte sie ab und ging, um die nächsten zu holen. Nicht ein einziges Mal sah sie auf.

Inzwischen war Christian auf dem Arm seines Vaters eingeschlafen. Behutsam legte Burkhard den Säugling zurück in den Kinderwagen und deckte ihn gut zu. Er blieb neben dem Wagen stehen und beobachtete von dort aus das bunte Treiben.

Als zu Tisch gebeten wurde, schlenderte er langsam näher. Gerade steuerte er auf den Platz links neben Marianne zu, als sich jemand anders dort hinsetzte. Enttäuscht wollte er sich zurückziehen. Doch dann bemerkte er den leeren Stuhl ihr gegenüber. Eilig strebte er dorthin und konnte ihn ergattern, bevor auch er besetzt wurde.

Als er sich darauf niederließ, sah sie kurz auf. Er lächelte und nickte ihr herzlich zu. Ein feines Rot überzog ihre Wangen. Befangen senkte sie ihre Augen.

Burkhard Schumann stöhnte insgeheim, als sich ausgerechnet Sybille auf den letzten freien Platz rechts von ihm setzte. Die Gemeinde besaß nur wenige allein stehende junge Männer, jedoch eine ganze Reihe lediger Mädchen zwischen zwanzig und fünfunddreißig. Drei davon jagten zu offensichtlich nach einem Ehemann. Zu ihnen zählte auch Sybille.

Der junge Witwer hatte schnell feststellen müssen, dass er seit dem Tod seiner Frau ein willkommenes Opfer dieser Heiratsgelüste darstellte. Oft konnte er sich vor ihren Anbändeleien kaum retten. Teilweise versuchten sie durch gespieltes Interesse an seinem Sohn seine Aufmerksamkeit zu erringen. Das war einer der Gründe, weshalb er das Baby kaum aus der Hand gab.

»Wo hast du denn deinen süßen Kleinen?«, eröffnete Sybille das Gespräch.

»Er schläft.«

Das Tischgebet unterbrach sie glücklicherweise. Nach dem Amen ergriff Burkhard hastig die Kuchenplatte. »Bitte!« Einladend hielt er sie seinem Gegenüber hin.

Marianne bediente sich mit einem leisen »Danke!«, ohne den Blick zu heben. Burkhard reichte die Platte weiter herum. Als Letztes bot er sie Sybille an.

»Oh, danke! Die Kavaliere sind also doch noch nicht ganz ausgestorben!«

Burkhard antwortete nicht. Doch unter seinen gesenkten Lidern warf er einen schnellen, verstohlenen Blick auf Marianne. Sie hielt die Augen auf den Teller gerichtet, das Gesicht wie meistens ruhig und ernst.

»Wie geht's in der Schule?«, erkundigte sich Sybille kauend. »Was hast du dieses Jahr für Klassen?«

»Gut geht's. Mathematik läuft problemlos. In Musik habe ich allerdings dieses Schuljahr unter anderem eine Neunte – Stimmbruch-Zeit für die meisten Jungen. Dementsprechend ist ihre Lust am Unterricht.«

»Ach, du Ärmster!« Sie lachte hell. »Da kann ich dich nur von Herzen bedauern. Eine Klasse voller Brummbären ist wahrlich nicht erhebend. Aber die Mädchen machen doch sicher mit Freuden mit, was? Einen so netten jungen Lehrer haben sie sicher nicht alle Tage. Bestimmt schwärmen eine Reihe für dich!«

Burkhard antwortete nichts auf die plumpe Schmeichelei. Stattdessen versuchte er, dem Gespräch gegenüber zu lauschen.

»Haben Sie eigentlich außer Markus noch mehr Geschwister, Fräulein Marianne?«, forschte die ältere Dame, die Burkhard den Platz unwissend vor der Nase weggeschnappt hatte.

»Ja!« Das Mädchen blickte auf. Ihre ernsten Züge entspannten sich zu einem freundlichen Lächeln. »Ich habe noch drei weitere Brüder.«

»Noch drei Brüder! Da sind Sie das einzige Mädchen zwischen vier Jungen! Sind Ihre Brüder alle älter als Sie?«

»Nein, einer ist noch jünger als ich. Da hat es mit der Verteilung nicht ganz geklappt.« Marianne schmunzelte. »Aber im Alter haben meine Eltern es ziemlich genau hingekriegt! Markus ist mit knapp 32 Jahren der Älteste. Weil mein Vater im Krieg war, ist dann fast sechs Jahre Pause. Danach kamen im Abstand von je zwei Jahren erst Matthias und Manfred, dann ich. Und wiederum sechs Jahre später wurde Martin, unser Nesthäkchen, geboren.«

Als Mathematiklehrer konnte Burkhard fix Kopfrechnen. »Also muss Marianne so etwa 22 Jahre alt sein«, überlegte er. »Ich selbst werde nächsten Monat dreißig. Das sind also acht Jahre Unterschied.«

Sybilles Stimme unterbrach seine Gedanken. »Wann übernimmst du eigentlich mal endlich das Spielen im Gottesdienst? Du kannst doch so prima Orgel spielen! Dann bekommen die Lieder wenigstens mal Pep!«

»Ich fürchte, da irrst du dich, Sybille! Manche Lieder müssen getragen gespielt werden. Der Text würde seine Wirkung verlieren, wenn man ihn zu eilig herunterhaspelt!«

Sybille machte eine wegwerfende Handbewegung. »Für einige wenige mag das ja zutreffen. Aber die meisten könnten viel schneller gesungen werden. Man schläft ja fast beim Singen ein!«

»Das ist doch maßlos übertrieben! Bruder Orthmann spielt ausgezeichnet. Ich sehe keinerlei Veranlassung, ihn von seinem Platz zu verdrängen! Außerdem habe ich meine Hände nicht frei! Du weißt genau, dass ich einen Sohn habe!«

»Das ist doch kein Hindernis!« Sie lächelte charmant. »Ich halte ihn gerne, während du spielst.«

»Ich gebe mein Kind nicht aus der Hand! Das habe ich dir schon öfter gesagt! Fang nicht immer wieder damit an!« Seine Stimme war lauter geworden und klang gereizt.

Marianne hörte seine Worte. Verwundert sah sie auf und begegnete dem wütenden Blick Sybilles. Erschrocken senkte sie ihre Augen.

»Ausnahmen bestätigen die Regel, nicht wahr?« Sybille betrachtete Marianne zornig.

Burkhard Schumann hatte sich wieder gefasst. »Ich denke, du kannst die Entscheidung getrost mir überlassen, wem ich meinen Sohn anvertraue! Ich weiß durchaus, was ich tue!«

Sybille kräuselte ihre Lippen und antwortete nicht. Der Rest des Kaffeetrinkens verlief in peinlichem Schweigen.

Burkhard half, das Geschirr auf die Tabletts zu stapeln. Sinnend sah er Mariannes anmutiger Gestalt nach, die ein voll beladenes Tablett in die Küche trug. Dann bummelte er hinüber zur Buche, um nach seinem Kind zu sehen. Da der Säugling fest schlief, beteiligte er sich am Aufräumen der Stühle und Tische.

Seine Hoffnung, Marianne nochmals kurz zu sprechen, erfüllte sich zunächst nicht. Sie half beim Spülen der Geschirrberge und blieb für ihn unsichtbar. Doch dann holte Markus sie heraus, da Claudia heimfahren wollte. Die Kinder wurden zu quengelig.

Burkhard Schumann begegnete den Geschwistern im Flur. Rasch stellte er den Stapel Stühle ab und reichte Marianne lächelnd seine Hand. »Auf Wiedersehen, Fräulein Meininger! Bis nächsten Sonntag!«

»Auf Wiedersehen, Herr Schumann!« Schüchtern zog sie ihre Hand zurück. Nachdem die beiden Männer sich voneinander verabschiedet hatten, nahm Burkhard die Stühle wieder auf und schleppte sie weiter. Doch über die Schulter warf er noch einen schnellen Blick hinter sich. Markus hatte brüderlich einen Arm um Marianne gelegt und hielt ihr mit der andern Hand die Tür auf.

Auf der Heimfahrt fiel Marianne plötzlich ein, wo sie den Namen Burkhard Schumann gelesen haben könnte. Stand er nicht in einer von Carl-Uwes Akten, die sie nicht weiter beachtet hatte? Aber dann hätte Herr Schumann Carl-Uwe doch kennen müssen! Oder nicht? Sonderlich persönlich hatte der Brief allerdings nicht ausgesehen, falls sie sich richtig erinnerte. Vielleicht irrte sie sich auch. Sie hatte es ja nur so flüchtig angeschaut gehabt und dann gleich beiseite gelegt. Und so ungewöhnlich selten klang der Name Schumann auch nicht. Das Schriftstück in dem Aktenordner konnte ohne weiteres von jemand anders stammen.

18. Entdeckungen

In der folgenden Woche ertappte Burkhard Schumann sich immer wieder dabei, wie seine Gedanken zu Marianne Meininger flogen. Wie liebreizend sie ausgesehen hatte in ihrer hellgrauen Bluse und dem schwarzen, schwingenden Rock!

Dann fiel ihm Carl-Uwe Schuster ein. Und plötzlich wusste er auch, woher er den Namen vermutlich noch kannte. Ein C.-U. Schuster hatte doch jahrelang den Rundbrief seiner Eltern erhalten und treu jeden Monat Geld für deren Arbeit gespendet! Bis dann jener kurze Brief vor knapp einem Jahr eintraf, in dem er mitteilte, dass er die Zahlungen leider einstellen müsse. Nun wusste Burkhard auch den Grund dafür! Bisher war er noch gar nicht auf die Idee gekommen, der Rundbriefempfänger und der beliebte Sprecher im Kinderfunk könnten ein und dieselbe Person sein!

»Wenn man vom Klang der Stimme und der Art, wie er die verschiedenen Rollen gesprochen hat, auf die Persönlichkeit dieses Mannes Rückschlüsse zieht, muss er weichherzig und einfühlsam gewesen sein. Und ein hingegebener Christ offenbar auch. Kein Wunder, dass das Mädchen so sehr unter dem Verlust leidet!«

Bewusst setzte er sich am folgenden Sonntag in die letzte Reihe links auf den äußersten Platz. Da die Stuhlreihen schräg zum Mittelgang geneigt standen, konnte er Meiningers im rechten Block heimlich beobachten, ohne den Kopf zu auffällig zur Seite drehen zu müssen.

Nach dem Gottesdienst schob er sich im Gedränge Stück für Stück näher an Marianne heran. Als sie aufsah und seinem Blick begegnete, lächelte er und neigte grüßend den Kopf. Sein Lächeln erwiderte sie zwar nicht, wohl aber den Gruß. Bevor sie sich abwandte, ruhten ihre Augen noch einen Moment verlangend auf dem schlafenden Baby in seinem Arm.

Während Burkhard später den Kinderwagen durch den warmen, sonnigen Septembernachmittag rollte, erinnerte er sich an das schmale, ernste Gesicht des Mädchens und den sehnsüchtigen

Ausdruck, den er in ihrem Blick gelesen hatte, als sie Christian anschaute. Eine leichte Freude durchrieselte ihn wie warmer Sand, der lautlos durch die gespreizten Finger gleitet.

An den Vormittagen forderte der Unterricht Burkhards volle Konzentration. Aber wenn er dann am frühen Nachmittag, seinen Sohn auf dem Arm, die Tür zu seiner Wohnung aufschloss, empfand er plötzlich die Einsamkeit – trotz Christian – doppelt stark. Und immer öfter überfiel ihn der Gedanke, wie schön es wäre, wenn ihm aus dem Wohnzimmer eine schlanke, hohe Gestalt begrüßend entgegenträte.

Verstohlen schaute er auch während des nächsten Gottesdienstes immer mal wieder zu Marianne hinüber und betrachtete ihr feines Profil. Außer beim Singen; denn da neigte sie ihren Kopf übers Liederbuch, um die Texte lesen zu können. Dabei fielen ihre langen, glatten Haare nach vorn und hinderten wie ein gleichmäßiger Vorhang jeden Blick auf ihr Gesicht.

Wie aufmerksam und interessiert sie danach der Predigt lauschte! Burkhard betrachtete sie eine Weile selbstvergessen. Doch als ob sie es spürte, wandte sie unvermittelt den Kopf. Sekundenbruchteile begegneten sich beide Augenpaare, seines überrascht und ihres erschrocken. Im nächsten Augenblick verbarg der Vorhang das vornübergeneigte Antlitz, während Burkhard sich wie ein ertappter Sünder zur Kanzel drehte.

Stumm stand Marianne nach dem abschließenden Segen neben ihrem Bruder, der sich mit einem anderen Gemeindeglied unterhielt. »Guten Tag, Fräulein Meininger!«, klang unversehens eine gedämpfte Stimme neben ihr. Sich umwendend, schaute sie in Christians blaue Babyaugen. Burkhard Schumann hielt ihr aufmunternd seinen Sohn entgegen: »Er ist gerade erwacht und wollte Sie gerne begrüßen. Möchten Sie ihn ein bisschen halten?«

»O ja, gern!« Ein freudiges Lächeln erhellte ihr Gesicht, während sie das Kind vorsichtig an sich drückte. Dann huschte sie in die letzte Reihe, setzte den Kleinen auf ihren Schoß und begann, leise und zärtlich mit ihm zu sprechen.

Zunächst blieb Burkhard bei Markus stehen und beteiligte sich an dem Gespräch der beiden Männer. Doch dann sah er aus dem Augenwinkel Sybille auf die letzte Stuhlreihe zuschlendern. Sogleich wandte er sich um und stellte sich hinter Marianne und

Christian. Daraufhin bog Sybille scheinbar lässig in eine andere Richtung ab.

Wenig später trat Markus heran, um seine Schwester zu holen. Burkhard hob seinen Sohn von Mariannes Schoß und folgte den Geschwistern zur Garderobe. Er half Marianne in den Mantel, verabschiedete sich und fasste Christians Händchen, um zu winken. Das Mädchen wandte sich beim Hinausgehen nochmals um, lächelte verlegen und winkte zurück.

Nachdem der Säugling später seinen Mittagsschlaf beendet hatte, genoss er die Aufmerksamkeit seines Vaters. Burkhard kniete vor der Wippe, in der der Kleine lag, und spielte mit ihm. Doch während er sein Söhnchen neckte und sich an der begeisterten Reaktion des Kindes erfreute, flogen seine Gedanken unwillkürlich wieder zu Marianne Meininger.

Auch als das Baby längst wieder in seinem Bettchen schlief, konnte Burkhard sich innerlich nicht von dem hoch gewachsenen, schlanken Mädchen lösen. Sinnend starrte er aus dem Fenster seines kleinen Wohnzimmers. Die untergehende Sonne tuschte ein Aquarell zarter, ineinander fließender Farben in weichen Schattierungen von rosa, orange, gelb, blau und lavendel an den abendlichen Himmel, einen strahlenden neuen Tag verheißend.

Die Brauen zusammengezogen, versuchte Burkhard, seine vermischten Gefühle zu entflechten und zu verstehen. Unbeweglich starrte er in den Himmel, bis das Farbenspiel verblasste. Dann wandte er sich langsam um, tastete nach dem Schalter und knipste die Lampe beim Klavier an. Ihr helles Licht fiel gebündelt auf die Tastatur und beleuchtete auch Evis Foto. Behutsam nahm er es zur Hand und betrachtete es lange. Evi! Seine Evi!

Erst viereinhalb Monate war es her, dass der Arzt im Krankenhaus zu ihm in den Warteraum gekommen war: »Sie haben einen gesunden, kräftigen Sohn, Herr Schumann! Aber ihre Frau – hat die Geburt – leider nicht überlebt.«

Wie ein Schlafwandler war er anschließend durch die Straßen gelaufen, bis er begriffen hatte: Evi war für immer von ihm gegangen; aber sie hatte ihm ein Stück von sich zurückgelassen, ihrer beider Sohn. Ohne Mutter brauchte das hilflose kleine Bündel den Vater umso mehr! Nachdem er den Verlust gedanklich akzeptiert hatte, erholte er sich mit Gottes Hilfe, dessen Nähe und Trost er intensiver spürte als je zuvor. Im Bewusstsein, dass Gott ihm beistand, stürzte er sich hingebungsvoll auf seine neue Aufgabe. Und gewann in der Beschäftigung mit dem winzigen Geschöpf seine seelische Ausgeglichenheit zurück, obwohl er Evi schmerzlich vermisste.

Und nun? Konnte er denn Evi nach so kurzer Zeit schon vergessen haben? Nie und nimmer! Zu deutlich lebte ihr Bild noch in seinem Innern. Und ihr Verlust tat immer noch weh, wenn er daran dachte. Dennoch war etwas anders geworden. Bisher hatte er sich im Gedenken an Evi völlig auf ihrer beider Kind konzentriert. Eine andere Frau? Hätte das jemand nur vorgeschlagen, hätte er es als absurde Idee mit einer Handbewegung beiseite gefegt. Die Anbändelungsversuche einiger Frauen empfand er als unerträglich. Und nun?

Still und unbemerkt war etwas Neues in ihm gewachsen. Etwas, was er nie für möglich gehalten hätte. Schon gar nicht so schnell! Dieses scheue, sanfte Mädchen wollte einfach nicht aus seinen Sinnen weichen. Er begriff es selbst nicht. Wie konnte das nur geschehen? Und wie sollte er das einordnen?

Vorsichtig stellte Burkhard Evis Foto zurück, wandte sich zum Fenster und starrte in die Dunkelheit hinaus. Da das Licht der Lampe nicht in den Erker reichte, konnte er erkennen, wie die Venus durch die nun fast schwarze Dämmerung blinkte. Jetzt erleuchtete sie als Abendstern den westlichen Himmel. Aber wenn die Nacht überstanden war, verhieß sie am Osthimmel als Morgenstern einen neuen hellen Tag.

Eine geraume Zeit betrachtete Burkhard den strahlenden, blitzenden Fleck inmitten der Finsternis. Ruhige Zuversicht breitete sich schließlich in ihm aus, als er sich entschloss, dieses Neue, Ungewollte und Ungesuchte einfach als das anzunehmen, was es war. Es ließ sich ja ohnehin nicht abschütteln. Zumal es ohne sein Zutun entstanden war.

Auch ohne Mariannes. Sie hatte sich ihm nicht aufgedrängt. Ganz gewiss nicht! Zum einen passte es gar nicht zu ihrem zurückhaltenden Wesen. Zum andern trauerte sie doch noch tief um ihren Verlobten, der offenbar ein besonders wertvoller Mensch gewesen war.

»Ob ein anderer da überhaupt je eine Chance hat? Zumindest wird es lange dauern, bis sie den Schmerz einigermaßen überwunden hat und wieder einen Gedanken an einen anderen Mann ›verschwenden‹ kann. Wenn ich in ihr Interesse für mich wecken will, muss ich zartfühlend und behutsam zu Werke gehen! Vielleicht kann Christian ja Brücken schlagen helfen!«

Am nächsten Sonntag erschien er etwas früher als gewohnt zum Gottesdienst. Von Meiningers war weit und breit noch nichts zu sehen. Burkhard nahm sein Söhnchen auf den Arm und schlenderte in den Vorraum. Während er sich dort nebenher mit einer älteren Frau unterhielt, die mit Christian schäkerte, beobachtete er die Eingangstür.

Erst drei Minuten vor Beginn rollte der grüne Mercedes auf den Parkplatz. Burkhard zwang sich, nicht hinüberzuschauen. Er wollte nicht zu deutlich zeigen, dass er auf sie gewartet hatte. Meiningers verschwanden im Gottesdienstraum. »Ich glaube, es wird langsam Zeit, unsere Plätze einzunehmen«, schlug Herr Schumann vor und hielt der älteren Frau die Schwingtür auf. Innen entdeckte er Markus mit Stephan auf dem Schoß – wie üblich in der letzten Reihe. Marianne saß links neben ihm. Claudia fehlte noch. Sie brachte Julia in ihre Gruppe.

Zu Burkhards heimlicher Freude war der Platz neben Marianne noch leer. Schnell schob er sich durch die Reihe und setzte sich neben sie. »Guten Morgen!« Er lächelte sie freundlich an.

»Guten Morgen!« Scheu sah sie auf und errötete leicht. Bevor er noch mehr Worte an sie richten konnte, beugte sich der Pastor, der Burkhard erleichtert hatte eintreten sehen, über dessen Schulter nahe an sein Ohr. »Burkhard, könntest du einspringen und spielen? Bruder Orthmann ist erkrankt und hat vorhin abgesagt.«

»Ist Frau Bauer denn nicht da? Sie kann doch auch spielen!«, wandte Burkhard ebenso leise ein.

»Doch, sie ist da. Aber sie traut sich nicht, wenn sie nicht vorher geübt hat. Ich weiß, dass es mit Christian schwierig ist. Aber du bist der Einzige, der aus dem Stegreif spielen kann!«

»Gut, ich komme!« Burkhard nickte dem Pastor zu. Dann wandte er sich zu dem Mädchen an seiner Seite. »Fräulein Meininger, wären Sie bereit, mit nach vorne in die erste Reihe zu kommen und Christian zu halten, während ich die Orgel spiele? Zur Predigt setze ich mich selbstverständlich zu Ihnen und nehme Ihnen das Kind ab.«

»Ich???« Maßloses Erstaunen und Überraschung malte sich auf ihren Zügen. Sie dachte an Sybilles bösen Blick am Sommerfest.

»Aber – ich bin doch ganz neu hier! Gibt es nicht andere, die eher ein Recht darauf hätten?«

»Hier geht es doch nicht um Recht! Sie sind die Einzige, der ich meinen Sohn unbedenklich anvertrauen würde. Wenn Sie absagen, lege ich ihn neben der Orgel auf den Boden.«

Das wollte Marianne dem Kind nicht antun. »Ich komme!« Rasch griff sie nach ihrer Handtasche. Während die beiden nebeneinander nach vorne eilten, sah Markus ihnen erfreut nach.

Nicht alle teilten seine Freude. Marianne wurde mit mannigfaltigen Blicken verschiedenster Art bedacht. Sie reichten von Sympathie über bloße Neugier bis zu ohnmächtiger Wut.

Zum Glück konnte Marianne in der ersten Reihe nichts davon sehen. Liebevoll streichelte sie das kleine Gesichtchen. Christian lag zufrieden in ihrem Arm und erwiderte ihr Lächeln. Noch während des Vorprogramms schlief er ein. Der Klang der Orgel störte ihn nicht.

Marianne achtete kaum auf das Spiel des Lehrers. Sie war zu sehr von seinem Kind eingenommen. Warum er es nur ihr hatte anvertrauen wollen, überlegte sie nicht. Ihr ganzes Augenmerk richtete sich auf das kostbare Wesen in ihrem Arm.

Erst als der Säugling eingeschlafen war, besann sie sich wieder auf den Gottesdienst. Nun fiel ihr auf, wie großartig der Vater des Kleinen spielen konnte. Kein Wunder, dass Sybille ihn jeden Sonntag an der Orgel sehen wollte!

Auch Burkhard Schumann fiel es schwer, sich auf den Ablauf des Gottesdienstes zu konzentrieren. Zwischen den Liedern ertappte er sich immer wieder dabei, wie er das junge Mädchen betrachtete, das seinen Sohn auf dem Schoß hielt. Wie hübsch sie aussah, wenn sie so zärtlich auf das Kind hinunterlächelte! Ein glücklicher Ausdruck verklärte ihr sonst so ernstes Gesicht.

Allerdings fing Burkhard auch etliche der Blicke auf, die Marianne galten. Das gefiel ihm weniger. Er wollte sie doch nicht in Schwierigkeiten bringen! Hoffentlich konnte er sie vor etwaigen Eifersüchteleien schützen!

Das letzte Lied vor der Predigt verklang. Burkhard Schumann schlüpfte eilig in seine Schuhe, die er zum Spielen stets auszog, um ein besseres Gefühl fürs Fußpedal zu haben. Dann schritt er an den Platz neben Marianne.

»Ich kann Christian jetzt selbst nehmen!«, raunte er. »Ihnen tut sicher schon der Arm weh, nicht wahr?«

»Es geht!«, wisperte sie zurück. »Wacht er nicht auf, wenn er bewegt wird?«

»Normalerweise nicht! Sie dürfen ihn gerne weiter halten, wenn Sie möchten. Falls er Ihnen zu schwer wird, können Sie ihn mir ja später noch herüberreichen.«

Marianne nickte leicht. Unbewusst umfasste sie das Baby fester. Obwohl das schlafende Kind nach einer Weile reichlich schwer in ihrem Arm hing, dachte sie keineswegs daran, es herzugeben.

Nach der Predigt eilte Burkhard zur Orgel. Als die ersten Töne aufklangen, begann Christian zu blinzeln. Er schnaufte erst ein paar Mal tief, räkelte sich und schlug dann seine Augen langsam auf. Auf Mariannes Lächeln reagierte er mit wedelnden Armbewegungen.

»Vielen herzlichen Dank, Fräulein Meininger! Das war mir eine große Hilfe!« Burkhard Schumann trat nach dem Nachspiel zu ihr, um ihr das Baby abzunehmen.

»Es hat mir viel Freude bereitet!«, versicherte sie leise. »Aber nun muss ich schnell gehen. Wir wollen zu Freunden nach Frankfurt und sollen zum Mittagessen dort sein!«

»Gute Fahrt! Da werden Sie sicher auch das Grab Ihres Verlobten besuchen, nicht wahr?«

»Ja, es ist dort ganz in der Nähe. Mein Verlobter hat fast zehn Jahre bis zu seinem Tod bei diesen Freunden gelebt. Markus hat auch während seines Studiums dort gewohnt. Daher kennen wir einander so gut. Wir fahren jeden ersten Sonntag im Monat hin!«

»Marianne!«, tönte die Stimme ihres Bruders. »Komm! Wir müssen fahren! Sonst kommen wir zu spät!«

Eilig verabschiedete sich das Mädchen. Nach einem letzten Blick auf den Säugling drängelte sie sich zu ihrem Bruder durch. Sybilles zornsprühenden Blick bemerkte sie glücklicherweise nicht.

»Na, lieb' Schwesterlein?« Markus legte ihr, als sie ihn erreicht hatte, seinen freien Arm um die Taille. »Spürst du deinen Arm noch, oder ist er schon halb abgefallen?«

Mit einem glücklichen Leuchten in den Augen schaute sie zu ihm auf. »Der Kleine ist so süß! Ich hab es richtig genossen, ihn halten zu dürfen!«

Er drückte sie kurz an sich. Dann schob er sie auf den Ausgang zu. Claudia, die Julia aus ihrer Gruppe geholt hatte, wartete schon am Auto.

»Soso!« Schmunzelnd sah sie ihnen entgegen. »Da kommt ja das bevorzugte Mädchen, das heute vor allen anderen ausgezeichnet wurde.«

»Wie meinst du das?«

»Du bist die Erste, die es geschafft hat, Burkhard seinen Sohn abzuluchsen!«, lachte Claudia. »Sonst kriegt nur seine Schwester dieses Vorrecht. Doch die leitet die Kinderarbeit und war deshalb heute unten in Julias Gruppe.«

»Was für eine Schwester! Und ich hab ihm das Kind nicht abgeluchst! Er hat mich gebeten, es zu halten, weil er spielen musste!«

»Steigt endlich ein!«, unterbrach Markus. »Sonst sind wir zum Kaffee noch nicht in Frankfurt! Der Diesel ist kein Porsche!«

Im Auto nahm Claudia die unterbrochene Unterhaltung wieder auf. »Burkhard Schumann hat eine jüngere Schwester. Sie wohnt erst seit gut zwei Jahren hier und gehört mit ihrem Mann auch zur Gemeinde. Da sie die gesamte Kinderarbeit leitet, ist sie selten im Gottesdienst. Sie versorgt ihren Neffen, wenn Burkhard in der Schule ist. Deshalb hätte er ihr den Kleinen sicher gegeben, wenn sie da gewesen wäre. Aber so hat er dich als einzige Alternative gesehen.«

»Aber warum denn bloß! Es sind doch genügend andere da, die gewiss gerne das Baby genommen hätten!«

»Natürlich!« Markus bremste, weil die Ampel vor ihm auf Rot sprang. »Aber denen will er aus gutem Grund sein Kind nicht anvertrauen. Die benutzen das Baby nämlich nur als Mittel zum Zweck, um sich an den Vater heranzumachen. Das hat er längst durchschaut. Und ebenso hat er bemerkt, dass bei dir diese Gefahr nicht besteht. Deshalb hat er dich gefragt!«

»Und was ist mit den älteren Frauen, die verheiratet sind? Bei denen wäre es doch bestimmt kein Problem!«

»Nein, da hast du Recht!« Markus schaltete in den ersten Gang. »Wenn ich richtig beobachtet habe, gibt es noch einen Grund, warum er ausgerechnet dich gebeten hat.«

»Und der wäre?«

Claudia kicherte. »O Marianne, bist du naiv! Hast du nicht gemerkt, dass du Burkhard offensichtlich gefällst?«

»So ein Unsinn!« Marianne runzelte ihre Stirn. Ihre Schwägerin hatte manchmal wirklich seltsame Einfälle! »Er hat erst vor wenigen Monaten seine Frau verloren! Da schaut er doch nicht schon wieder nach einer anderen! Wahrscheinlich hat er bloß gemerkt, dass ich Babys gern habe. Und deshalb hat er mich gefragt. Sonst hat das gar nichts zu sagen! Ich würde es auch nicht wollen!«

»Magst du ihn denn nicht?« Claudia schmunzelte noch immer.

»Doch! Er ist sehr sympathisch! Aber das heißt gar nichts! Ich hab Carl-Uwe viel zu lieb, um an einen anderen auch nur zu denken! Und Herrn Schumann wird es mit seiner Frau genauso gehen!«

Claudia erwiderte nichts mehr. Sie dachte sich nur ihr Teil. Marianne sprach während der übrigen Fahrt kein Wort. Aber das war nichts Neues bei ihr.

Nach dem Mittagessen wollte Marianne zum Friedhof. Da Michael darum bettelte, erlaubte sie ihm mitzukommen. »Mama geht jetzt immer morgens, wenn ich in der Schule bin«, erklärte er auf dem Hinweg. »Und alleine darf ich nicht!«

Marianne drückte verstehend die kleine Hand, die sich in die ihre geschoben hatte. Als Carl-Uwes Liebling war der Junge nun auch ihrem Herzen nahe gerückt. Daher erschien es ihr als normal, ihn mitzunehmen.

Jetzt hatten sie die Pforte erreicht und betraten den Friedhof. Plötzlich hörten sie eine helle Stimme rufen: »Guck mal, Mama, da kommt der Michael Neumeister aus der ersten Klasse! Das ist der größte Angsthase von der ganzen Schule!«

Im nächsten Moment tauchte ein schwarzhaariges Mädchen auf und streckte ihnen die Zunge heraus. Da ertönte eine Frauenstimme: »Komm zurück, Sandra! Mit dem hast du nichts zu schaffen! Der besucht doch nur wieder das Grab von seinem dreckigen Onkel!«

Marianne schrak zusammen und erbleichte. Wer wagte eine solch ungeheuerliche Aussage über ihren verstorbenen Verlobten? Michael ballte seine Fäuste, und seine Empörung überwand seine Schüchternheit. »Du bist selber dreckig!«, schrie er, krebsrot im Gesicht. »Mein Onkel Uwe war der beste Onkel der Welt! Du bist ja bloß neidisch!«

Nur das Auftauchen einiger anderer Leute bewahrte die beiden vor weiteren Gehässigkeiten. Annegret verschwand schleunigst, gefolgt von ihrer vorlauten Tochter.

Heute blieb Marianne nicht lange am Grab stehen. Sie fühlte sich halb betäubt. Diese fremde Frau musste Carl-Uwe gekannt haben! Was mochte da vorgefallen sein? Marianne zweifelte keinen Augenblick an der Unschuld ihres Verlobten. Gewiss war er das Opfer einer bösen Verleumdung!

Noch immer zitternd, kam sie mit Michael wieder im Hause an. Markus sah erstaunt auf, weil sie so früh zurückkehrte. Da bemerkte er ihr verstörtes Gesicht. »Marianne!! Was ist denn los!«

Bevor sie antworten konnte, sprudelte Michael voller Zorn die ganze Geschichte hervor. Gerold war insgeheim froh, dass Carmen mit Claudia noch in der Küche werkelte. Sie hätte sich sicher noch mehr aufgeregt als die Männer.

»Diese blöde, hundsgemeine Ziege!«, fuhr Markus erbittert auf, als Michael berichtet hatte. »Wie weit treibt sie ihren Hass denn noch?«

»Aber warum hasst sie Carl-Uwe denn so sehr!«, rief Marianne halb weinend. »Er hat ihr doch gar nichts getan, oder?«

Markus und Gerold sahen sich betreten an. »Marianne«, begann Markus vorsichtig, »wie viel hat Carl-Uwe dir von früher erzählt?«

Gerold nahm Michael an der Hand und verließ mit ihm das Zimmer. Zum einen wollte er die beiden allein lassen, zum andern mit seinem Sohn über die Sache sprechen, die der Junge auf dem Friedhof erlebt hatte. Deshalb zog er sich mit ihm in Carl-Uwes ehemaliges Zimmer zurück, das nun als Gästezimmer diente.

Das Mädchen war kreidebleich in den nächsten Sessel gesunken und presste eine Hand auf ihr jagendes Herz. Ihr war zumute, als packe sie eine eiskalte Hand im Nacken. »Was – was ist mit Carl-Uwe und – und dieser Frau?«, stammelte sie tonlos.

Markus überlegte seine Worte sorgfältig. »Diese Frau war einmal Carmens Schulfreundin und kam deshalb öfter hierher. Fast ein Jahr vor seiner Bekehrung, also vor über neun Jahren, war Carl-Uwe ganz kurze Zeit mit ihr befreundet. Er hat aber ziemlich schnell wieder mit ihr Schluss gemacht. Das scheint sie ihm jedoch nie verziehen zu haben. Deshalb hasst sie ihn noch heute. Nimm es ihr nicht übel, Marianne. Annegret Günther ist ein ganz bedauernswertes Geschöpf!«

Marianne antwortete nicht. Sie fühlte sich zu tief getroffen. Ihre Gedanken wirbelten einen Augenblick wild durcheinander. Doch dann löste sich der Wirrwarr, und sie begann nachzudenken. Bisher war sie noch nie auf die Idee gekommen, Carl-Uwe könne vor ihr andere Mädchen gern gehabt haben. »Warum eigentlich nicht? Er war doch über zehn Jahre älter als ich! Ist es da nicht sogar normal, dass ich nicht die Erste gewesen bin?«

Trotz dieser Erkenntnis festigte sich in ihr die Gewissheit, nur sie habe er richtig geliebt! Sie vor allen anderen hatte er auserwählt! Allmählich beruhigte sich ihr aufgewühltes Gemüt. Ihr allein hatte er jahrelang die Treue gehalten! Mit ihr hatte er nicht »Schluss gemacht«, sondern sein Leben beschlossen! Wie ähnlich die Worte, doch welch ein himmelweiter Unterschied in der Bedeutung!

Markus hatte zunächst eine Weile Mariannes wechselndes Mienenspiel beobachtet. Nun fügte er sanft hinzu: »Es war sicherlich ein Schock für dich, was ich dir gerade sagen musste. Carl-Uwe hätte bestimmt noch mit dir darüber gesprochen, wenn er nicht schon zu schwach gewesen wäre. Vor seiner Hinwendung zum Glauben hatte er mehrere Mädchenbekanntschaften, die ihn jedoch nie sonderlich berührt haben. Nach seiner Bekehrung hat er kein Mädchen mehr angeschaut.

Du darfst gewiss sein, Marianne, dass du die Einzige bist, die er wirklich und innig geliebt hat! Lass dir nicht durch irgendeine dumme Bemerkung deine Erinnerung an ihn verdunkeln! Und wenn du in Zukunft zum Friedhof gehst, werde ich dich begleiten, damit du nicht schutzlos irgendwelchen Hasstiraden ausgeliefert bist. Das bin ich nicht nur dir, sondern auch Carl-Uwe schuldig, der dich so sehr liebte, dass er sein eigenes Glück für dein Wohlergehen opferte!«

Dankbar sah Marianne auf ihren großen Bruder. Dann sprang sie impulsiv auf, kniete sich vor seinen Sessel und umschlang ihn. »Lieber, lieber Markus! Wie bin ich froh, dich noch zu haben!«

19. Ein Angebot

Frühzeitig schlenderte Burkhard Schumann im Foyer des Gemeindehauses auf und ab. Zwar musste er nicht Orgel spielen, da Bruder Orthmann, wieder gesund und dienstfreudig, die Lieder begleiten konnte. Dennoch wartete er, seinen Sohn auf dem Arm, auf Meiningers.

Die ganze Woche über hatte er darüber gegrübelt, wie er reagieren sollte. Nach der Abfahrt von Markus und den Seinen am vorigen Sonntag hatte er eine gemeine, verletzende Bemerkung über Marianne mit anhören müssen. Nun hatte er beschlossen, sie vor Gehässigkeiten oder gar Anfeindungen zu schützen, indem er ständig in ihrer Nähe blieb, um gegebenenfalls eingreifen zu können. Hoffentlich empfand sie ihn nicht als aufdringlich!

Sobald die Erwarteten zur Tür hereinkamen, schritt er auf sie zu und begrüßte sie freundlich. »Fräulein Meininger, würde es Ihnen etwas ausmachen, wenn ich mich mit meinem Sohn zu Ihnen setze?«

»Nein, es macht mir nichts aus!«, erwiderte sie leise und senkte den Kopf. Zwischen Markus und Herrn Schumann trat sie in den Gottesdienstraum. Beide Männer trugen ihre Söhne.

Burkhard Schumann legte Christian in seinen linken Arm, damit der Kleine in Mariannes Richtung schaute. Der Säugling gurrte zufrieden vor sich hin. Kaum konnte Marianne die Augen von ihm abwenden. Halb unbewusst berührte sie eines seiner Händchen. Sofort packte das Baby zu und hielt ihren Finger fest. Erst als Christian ein Weilchen später einschlief, lockerte sich sein Griff. Langsam zog Marianne ihre Hand zurück. Während des gesamten Gottesdienstes blickte sie immer wieder verstohlen auf das schlafende Kind.

Auch an den folgenden Sonntagen wartete Burkhard Schumann im Vorraum auf Marianne. Bis sie mit ihrem Bruder nach dem Gottesdienst das Gebäude verließ, wich er nicht von ihrer Seite. Den Gedanken, dass Markus sie sicherlich genauso schützen konnte, unterdrückte er. Schließlich hatte er ja die böse Bemerkung verursacht!

Bewusst mied er in ihren Unterhaltungen zu persönliche Themen und schob stattdessen seinen Sohn in den Vordergrund. Jedes Mal ließ er Marianne das Baby eine Zeit lang auf dem Schoß halten und mit ihm spielen.

Auf der Heimfahrt konnte Claudia sich meistens einige belustigte Bemerkungen nicht verkneifen. Doch Marianne wehrte entschieden ab. »Er hat eben gemerkt, dass ich seinen Sohn so niedlich finde! Deshalb macht er mir die Freude und setzt sich zu uns, damit ich den Kleinen sehen kann. Das ist alles!«

Gerade wollte Burkhard Schumann nach dem Gottesdienst seinen Sohn zu seiner Nachbarin hinüberheben, als er innehielt. »Ach, heute ist doch der erste Sonntag im Monat! Da haben Sie es sicher eilig, weil Sie nach Frankfurt fahren!«

»Nein, diesmal nicht.« Mariannes Gesicht verdunkelte sich. »Zwar hatten wir es fest vor, zumal wir zum Geburtstag eingeladen waren. Aber die Kinder haben alle drei die Masern bekommen. Das Mädchen hat sie aus dem Kindergarten mitgebracht und ihre beiden Brüder angesteckt. Deshalb können wir nicht fahren. Sonst werden Julia und Stephan auch krank. Das möchte Claudia verständlicherweise nicht.«

»Das tut mir aber Leid für Sie! Sie möchten doch sicher gerne zum Friedhof, nicht wahr?«

Das Mädchen nickte und starrte zu Boden. Da der Oktober fünf Sonntage beansprucht hatte, hatte er sie eine Woche länger als sonst vom Grab fern gehalten. Beim letzten Mal war sie noch dazu nicht lange geblieben, weil die fremde Frau sie so verstört hatte. Und jetzt musste sie nochmals vier Wochen warten.

»Und wenn ich Sie nun nach Frankfurt fahren würde?«, hörte sie plötzlich die ruhige Stimme von Herrn Schumann anbieten. Rasch hob sie den Kopf und sah ihn an. »Sie? Aber – aber – ich – ich meine –. Es ist doch eine ziemlich weite Strecke! Und Christian?«

»So weit ist es nun auch wieder nicht! Und für Christian stelle ich das Kinderwagenoberteil auf den Rücksitz und binde es dort fest. Er schläft ohnehin meistens, wenn ich Auto fahre. Sie sehen also, es ist gar kein Problem! Machen Sie mir die Freude und erlauben Sie mir, Sie zum Grab Ihres Verlobten zu fahren! Wir können auf der Hinfahrt unterwegs essen gehen. Ich lade Sie ein! Bitte lehnen Sie nicht ab!«

Seinen Augen konnte sie nicht widerstehen. So nickte sie zögernd.

Er lächelte. »Kommen Sie! Wir geben Ihrem Bruder Bescheid und gehen dann sofort. Zunächst müssen wir zu mir nach Hause, damit ich ein paar Sachen für Christian zusammenpacken kann. Außerdem steht mein Auto dort. Da ich nur etwa eine Viertelstunde entfernt wohne, komme ich meistens zu Fuß hierher.«

Markus atmete erleichtert auf. Er wäre ohne weiteres auch nur zum Friedhof nach Frankfurt gefahren. Doch das wollte Claudia nicht. Dafür lohne sich die weite Fahrt nicht, hatte sie gemeint.

»Das finde ich ganz prima von dir, Burkhard!« Markus legte ihm kurz eine Hand auf den Arm. »Lass sie aber nicht allein zum Grab gehen! Sie ist neulich auf dem Friedhof belästigt worden!«

»Klar, mach ich! Hab keine Sorge!« Burkhard eilte zur Garderobe hinüber, wo Marianne – bereits im Mantel – auf ihn wartete. Er legte seinen Sohn in den Kinderwagen, deckte ihn sorgfältig zu und zog dann selbst seinen Mantel an. In der vergangenen Woche war es empfindlich kalt geworden.

Nachdem sie sich von Markus und einer schmunzelnden Claudia verabschiedet hatten, verließen sie nebeneinander das Gebäude und gingen die Straße hinauf. Da das letzte Stück steil bergauf führte, schob Herr Schumann den Kinderwagen selbst, ohne ihn Marianne anzubieten.

Wie riesige Treppenstufen fügte sich ein Haus ans andere, alle in der gleichen Bauweise mit zwei Fensterreihen übereinander. Nur in den Farben unterschieden sich die Fassaden. Vor einem verblichenen Graubraun hielt der junge Witwer an. »So, wir sind da!«

Neugierig sah Marianne am Haus hinauf. Hier wohnte er also! Wo? Im Hochparterre? Oder im ersten Stock? Ein bisschen seltsam empfand sie es, dass er sie so einfach mit in seine Wohnung nahm.

Inzwischen hatte ihr Begleiter die Haustür aufgeschlossen. »Bitte!« Mit einem ermunternden Lächeln hielt er ihr die Tür auf. Im dämmerigen Flur stellte er den Kinderwagen in eine Ecke und nahm seinen schlafenden Sohn vorsichtig heraus, um ihn nicht zu wecken. Dann schritt er voraus auf die Treppe zu.

Zögernd folgte Marianne. Im ersten Stock wunderte sie sich, dass er auch dort an der Wohnungstür vorbeiging. Von der Straße aus hatte sie über der Dachrinne nichts mehr sehen können. Offensichtlich versteckte sich darüber noch eine Wohnung.

Christian mit einem Arm haltend, schloss Herr Schumann seine Wohnungstür auf und ließ Marianne eintreten. Das gegenüberliegende Stückchen Wand hielt ein paar leicht geschwungene, metallene Garderobenhaken. Ansonsten grenzten nur vier Türen den winzigen Flur ein.

»Wollen Sie einen Moment ablegen? Ich habe wegen Christian gut geheizt. Sie frieren sonst nachher, wenn Sie hier in der Wärme den Mantel anlassen!«

Marianne nickte zustimmend und öffnete die Knöpfe. Mit seiner freien Hand half er ihr beim Ausziehen. Dann hängte sie den Mantel an einen der Haken.

Burkhard Schumann führte sie in ein kleines Wohnzimmer. Die eine Ecke füllte ein Schreibtisch aus. Ein Stapel Schulhefte lag darauf. »Sicherlich eine Klassenarbeit, die auf die Korrektur des Lehrers wartet!«, vermutete Marianne.

»Setzen Sie sich bitte!« Herr Schumann wies auf einen Sessel. Sobald sie seiner Aufforderung gefolgt war, legte er ihr behutsam seinen Sohn auf den Schoß. Ihren Arm unterstützte er mit einem dicken Kissen.

»Ich koche geschwind neue Milch für Christian und packe ein paar Windeln zusammen!« Schon war er hinausgeeilt. Marianne sah sich um. In der Dachschräge erlaubte ein Erker mit einem zweiflügeligen Fenster einigermaßen Licht. Trotz der Enge wirkte das Zimmer recht gut aufgeräumt und in seiner schlichten Möblierung harmonisch aufeinander abgestimmt. Nur die beiden zartfarbigen, seidenen Kissen – eines mit japanischen Kirsch-, eines mit Apfelblüten kunstvoll bemalt – hockten wie fremde Eindringlinge auf dem Sofa. Einige Topfpflanzen verschönerten die Fensterbank. Auf dem Klavier neben dem Schreibtisch thronte die Fotografie einer jungen blonden Frau.

Auf dem Fuß der Stehlampe entdeckte Marianne allerdings eine dicke Staubschicht. »Wenn er neben seinem Beruf noch das Kind versorgt und die Wohnung selbst sauber halten und kochen muss, hat er reichlich zu tun!«, dachte sie. »Der Ärmste kann einem richtig Leid tun! Es wundert mich nur, dass er dabei so ausgeglichen und freundlich sein kann. Und jetzt nimmt er sich sogar noch die Zeit, um mich nach Frankfurt zu Carl-Uwes Grab zu fahren. Warum tut er das nur? Weil er meinen Kummer und meine Sehnsucht aus eigener Erfahrung kennt?«

Mit freudig blitzenden Augen trat Herr Schumann ein. »Alles bereit!« Er beugte sich zu ihr hinunter und nahm ihr das Kind ab. Im Flur half er ihr in den Mantel. »Könnten Sie bitte die Tasche mit Christians Sachen tragen? Sie ist doch um einiges leichter als dieser süße Schlingel hier!« Zärtlich blickte er auf seinen inzwischen sechs Monate alten Sohn.

Vorm Haus parkte – ein paar Schritte bergauf – ein kleiner Toyota. Burkhard Schumann schloss das Auto auf, ließ Marianne einsteigen und verstaute dann das Kinderwagenoberteil mit dem schlafenden Säugling fachgerecht auf dem Rücksitz. Das Fahrgestell zwängte er in den Kofferraum.

Nachdem er seine lange Gestalt erfolgreich hinter das Steuer geschoben hatte, wandte er sich dem Mädchen zu: »Wären Sie einverstanden, wenn wir ab sofort das steife Sie fallen lassen? In der Gemeinde duzen sich doch ohnehin fast alle!«

Ruckartig flog ihr Kopf hoch. Als sie in seine Augen blickte, senkte sie ihn rasch wieder und flüsterte: »Meinetwegen!« Doch als ob ihr das als zu unhöflich erschien, schaute sie kurz darauf wieder auf und ergänzte leise: »Gern!«

»Schön!« Er lächelte. »Vielen Dank!« Munter vor sich hinsummend, startete er den Motor. »Sitzt du bequem genug?«, erkundigte er sich, als er den ersten Gang einlegte. »So viel Platz wie im Mercedes deines Bruders kann ich dir leider nicht bieten.« Er setzte den Blinker und fuhr vorsichtig aus der Parklücke.

»Danke, ich habe Platz genug!« Dann fügte sie mit einem traurigen Unterton hinzu: »Der Mercedes hat vorher meinem Verlobten gehört. Als er zu krank zum Autofahren wurde, hat er ihn Markus geschenkt.«

»Tut dir denn der Anblick des Wagens nicht weh? So wirst du doch ständig an den Verlust erinnert!«

»Doch, es tut schon weh! Aber ich werde Markus nichts davon sagen. Für ihn ist der Wagen eine Art Vermächtnis seines besten Freundes.«

»Das verstehe ich!« Eine Weile schwiegen sie. Erst hinter Ehringshausen nahm er den Gesprächsfaden wieder auf. »Ich fühle mich geehrt, dass du dich mir für heute anvertraut hast! Da du erst seit ein paar Monaten zur Gemeinde kommst, kennst du mich wahrscheinlich noch nicht so besonders gut, nicht wahr? Was weißt du eigentlich mittlerweile über mich?«

Marianne sah verlegen aus dem Fenster. »Ich weiß, dass Sie Lehrer an der Realschule sind, Mathematik und Musik unterrichten und großartig Orgel spielen können. Außerdem sind Sie sehr freundlich und verständnisvoll und haben einen herzigen kleinen Sohn. Inzwischen habe ich auch erfahren, dass Frau Drechsler Ihre Schwester ist und wochentags Ihren Sohn versorgt, wenn Sie in der Schule sind. Und Sie sind ein überzeugter Christ! Markus hält sehr viel von Ihnen! Mehr weiß ich nicht.«

»Das Du war eigentlich nicht einseitig gemeint.« Burkhard schmunzelte. »Aber du wirst dich wohl erst dran gewöhnen müssen, stimmt's? Und nun? Möchtest du mehr über mich erfahren?«

»Wenn es Ihnen nichts – wenn es – dir nichts ausmacht?« Sie warf ihm einen scheuen Blick zu. »Ich möchte nicht neugierig sein!«

»Aber nein! Was sollte es mir ausmachen? Das ist doch nur eine gute Gelegenheit, uns besser kennen zu lernen. Außerdem hast du ein Recht darauf zu wissen, mit wem du es zu tun hast!«

Burkhard Schumann überholte einen langsameren Wagen. Dann begann er zu erzählen: »Da meine Mutter Schweizerin ist, floh mein Vater bei Kriegsausbruch mit ihr in die Schweiz. Damals waren sie ganz frisch verheiratet. Ihr erstes Kind starb zwei Tage nach der Geburt. Im Oktober 1942 kam ich dann auf die Welt. Ich muss etwa zwei Jahre alt gewesen sein, als meine Eltern sich bekehrten. Nach dem Krieg besuchten sie in der Schweiz eine Bibelschule. In der Zeit wurde meine Schwester Annemarie geboren, die du als Frau Drechsler kennen gelernt hast.

1949 wurden meine Eltern als Missionare nach Japan ausgesandt. Dort sind Annemarie und ich dann aufgewachsen.«

»Dann müssten Sie doch eigentlich beide perfekt schweizerdeutsch und japanisch sprechen, oder? Ihr Deutsch ist aber völlig akzentfrei!«

»Wir können es auch!« Burkhard lachte und gab ihr von beidem eine Kostprobe. »An unserem sauberen Deutsch ist unser Vater schuld. Er hat sehr darauf geachtet, dass wir es beide lernen.

Meine Mutter sprach schwyzerdütsch mit uns, mein Vater hochdeutsch. Und in Japan schickte er uns in ein deutsches Internat.«

»Und wo haben Sie dann studiert?« Marianne sah ihn bewundernd an.

»Sie?«

Zunächst irritierte sie seine Gegenfrage. Dann verstand sie und schaute verlegen in ihren Schoß: »Du! Wo hast *du* dann studiert!«

»An der Rheinischen Friedrich-Wilhelms-Universität in Bonn. Nebenher habe ich an der Japanischen Botschaft als Dolmetscher und Übersetzer gearbeitet, um mir mein Studium zu finanzieren. Vor viereinhalb Jahren habe ich mein erstes Staatsexamen abgelegt und danach in Herborn eine Stelle als Referendar bekommen.

Nach dem zweiten Staatsexamen hat die Schule mich fest angestellt. Inzwischen hatte ich in der Gemeinde meine Frau kennen gelernt. Vor gut zwei Jahren haben wir geheiratet. Zuerst hatte sie im dritten Monat eine Fehlgeburt. Dann wurde sie mit Christian schwanger. Eigentlich hatte sie in der Schwangerschaft kaum Schwierigkeiten. Nur ihr Kreislauf war etwas schwach. Und dann ...« Er ließ den angefangenen Satz in der Luft hängen. Die Erinnerung tat noch zu weh!

Marianne stiegen Tränen in die Augen. Nun war er allein in einem Land, das er doch eigentlich als fremd empfinden musste. Sie hatte ihre ganze Familie um sich. Und er? – Doch halt! Er hatte natürlich seinen Sohn! Und seine Schwester war ihm offensichtlich gefolgt. Und seine Eltern?

»Sind Ihre – deine Eltern noch in Japan?«, wagte sie schüchtern zu fragen.

Er nickte. »Nächstes Frühjahr kommen sie auf Heimaturlaub. Sie hatten gehofft, dann ihre Schwiegertochter kennen zu lernen. Nun haben sie sie nie gesehen!« Er räusperte sich heftig.

»Es tut mir so Leid!« Marianne wischte sich hastig über die Augen. Er warf ihr einen raschen, forschenden Seitenblick zu. Dann sagte er ruhig: »Trotz allen Schmerzes dürfen wir nicht in der Vergangenheit hängen bleiben. Gott hat heute eine Aufgabe für uns. Und er will, dass wir in seiner Kraft vorwärts gehen!«

»Ja!«, hauchte sie und senkte beschämt den Kopf. An dieser Lektion hatte sie noch einiges zu lernen! Der junge Mann neben ihr hatte sie offenbar schon begriffen. Allerdings eilte er ihr im

Glauben auch bereits Jahrzehnte voraus. Gegen seine reife Persönlichkeit fühlte sie sich wie ein neugeborenes Baby!

Schweigend fuhren sie weiter. Jeder hing seinen Gedanken nach. Das Gambacher Dreieck hatten sie längst hinter sich gelassen, als Christian sich zu regen begann. Burkhard Schumann verließ bei der nächsten Ausfahrt die Autobahn und suchte im ersten Dorf nach einem Restaurant.

Nachdem er eines gefunden hatte, das ihm einladend genug erschien, hielt er an. Eilig rannte er um das Auto herum, um Marianne die Tür aufzuhalten. Dann half er ihr in den Mantel.

Sie errötete und bedankte sich verlegen für seine Aufmerksamkeit. »Bitte!« Er lächelte. »Die Japaner sind sehr höflich. In dem Punkt können wir Deutschen eine Menge von ihnen lernen!«

Burkhard zog seinen Mantel an und reichte Marianne die Tasche mit Christians Sachen. Seinen Sohn nahm er auf den Arm und schlug seinen Mantel um ihn, damit dem Kleinen nicht kalt wurde. Dann schloss er das Auto ab.

»So, dann lass uns mal sehen, was uns hier geboten wird!« Er öffnete die Tür und geleitete sie in die Gaststube. Qualm und Krach wogten ihnen entgegen. Um den Stammtisch drängte sich eine Runde lautstark diskutierender Männer. Unbewusst schob Marianne sich dichter an ihren Begleiter.

Der Wirt zwängte sich hinter dem Schanktisch hervor, als er das Baby entdeckte. Er winkte ihnen zu folgen und schlurfte in einen Nebenraum voraus. Burkhard legte beschützend seinen freien Arm um Mariannes Rücken und führte sie an der lärmenden Gruppe vorbei.

Welch eine Wohltat! Menschenleer, frei von Zigarettenrauch und voll freundlicher Stille lud der kleine Nebenraum zum Aufatmen ein. Unbewusst holte Marianne tief Luft und nahm mit einem Blick die heimelige Umgebung in sich auf: Tische und Stühle in heller Eiche mit gedrechselten Beinen, Vorhänge, Stuhlkissen und Lampenbezüge aus dem gleichen rustikalen, klein geblümten Stoff wie die Tischdecken.

»Setz dich!« Burkhard schob ihr einen Stuhl zurecht, legte ihr das Baby in den Arm, hängte beide Mäntel an die Garderobe in der Ecke und wählte dann den Platz neben dem Mädchen. »Hast du Lust, Christian zu füttern?«

»O ja, gern!«

Er beugte sich zur Seite, holte das Fläschchen aus der Tasche und prüfte am Handgelenk die Temperatur. »Wie schön! Die Milch ist noch warm genug. Es hat sich gelohnt, dass ich das Fläschchen gleich nach dem Kochen in ein Handtuch eingewickelt habe. Hier!«

Begierig griff sie nach der Flasche. Im nächsten Augenblick trank Christian bereits schmatzend. Seine Händchen schlossen sich eifrig um das warme Glas, als müsse er mithelfen.

Ein Weilchen sah Burkhard schmunzelnd zu. Dann rutschte er näher heran. »Ich glaube, ich sollte versuchen, die fehlende Armlehne ein bisschen zu ersetzen.« Den einen Arm hinter ihr auf die Rückenlehne gelegt, stützte er sie mit dem anderen. »Ich darf doch?«

Sie nickte kurz. »Natürlich!«

Der Wirt brachte die Speisekarte und fragte nach ihren Getränkewünschen. Bis er mit den Säften zurückkehrte, hatten sie das Essen gewählt, und Burkhard gab die Bestellung auf. Der Wirt nickte zustimmend, griff nach den Karten und schlurfte hinaus.

Von ganzem Herzen genoss es Marianne, das Baby füttern zu dürfen. Sie fühlte sich so froh und unbeschwert wie seit vielen Jahren nicht mehr. Voller Freude betrachtete sie den Säugling, der so zufrieden seine Milch trank. Wie nahe ihr der Vater des Kindes gerückt war, bemerkte sie nicht. Den Duft seines Rasierwassers atmete sie ein, ohne darauf zu achten. Ihre Gedanken richteten sich nur auf das kleine Wesen in ihrem Arm.

Umso stärker empfand Burkhard Mariannes Nähe. Und er genoss sie nicht weniger als das Mädchen seinen Sohn. In behaglichem Schweigen wartete er, bis Christian sein Fläschchen leer getrunken hatte. Dann nahm er es Marianne ab. Während er es in die Tasche zurücksteckte, legte sie den Säugling aufrecht gegen ihren Oberkörper und klopfte ihm behutsam auf den Rücken, damit er die mitgeschluckte Luft wieder loswerden konnte.

Der Wirt brachte das bestellte Essen. Burkhard prüfte das Fleisch, um es gegebenenfalls vorher zu schneiden. Doch es war so zart, dass es fast zerfiel. »Gib mir Christian, Marianne! Ich bin es gewöhnt, mit ihm auf dem Schoß zu essen.«

Sie reichte ihm das Baby hinüber. Er hielt die Händchen seines Sohnes mit einer Hand fest, damit er ihm nicht auf den Teller patschen konnte. Dann sprach er das Tischgebet.

Beiden schmeckte das Essen hervorragend. Während der Mahlzeit unterhielten sie sich. Es fiel Marianne nicht auf, wie gelöst und ohne ihre sonstige Scheu sie mit dem Mann plaudern konnte, den sie doch eigentlich noch gar nicht so lange kannte.

»Wollen wir noch einen Verdauungsspaziergang machen, oder möchtest du sofort weiterfahren?«, erkundigte sich Burkhard, nachdem er bezahlt hatte.

»Ach, ein bisschen Bewegung täte sicher gut!«

»Das meine ich auch! Und es ist gewiss gesünder, als mit vollem Bauch hinterm Steuer zu sitzen.«

Am Auto angekommen, reichte er ihr Christian. Dann holte er das Fahrgestell des Kinderwagens aus dem Kofferraum, setzte das Oberteil darauf und hakte es ein. »Leg ihn nur schon hinein! Ich muss das Auto noch abschließen.«

Vorsichtig legte sie das Baby in den Wagen und stopfte das Deckbettchen fest um seinen Körper, damit er nicht fror. »Möchtest du den Wagen gerne schieben?«, bot Burkhard an, als er sich ihr wieder zuwandte. »Hier ist es ja eben; da strengt es nicht so an.«

Schon hatte Marianne zugegriffen. »Vielen Dank! Ich werde heute ja richtig verwöhnt!« Lächelnd schaute sie zu ihm auf, begegnete seinem Blick – und schlug rasch ihre Augen nieder. Wie er sie angesehen hatte! Nicht mehr lediglich freundlich oder neckend wie vorher, sondern – ja, wie sollte sie es nennen? Sie wusste es nicht. Aber dieser Ausdruck verwirrte sie. Wie sollte sie damit umgehen? Plötzlich war ihre Kehle wie zugeschnürt. Kein Wort vermochte sie hervorzubringen. Sie wagte auch nicht mehr aufzuschauen. Mit gesenktem Kopf schob sie den Kinderwagen vor sich her.

Burkhard beobachtete sie nachdenklich von der Seite. Sie gefiel ihm je länger, je mehr. Gerne hätte er weiter mit ihr geplaudert, um vielleicht noch mehr über sie zu erfahren. Er spürte jedoch ihre Verlegenheit und hielt es für weiser, sie nicht zu drängen. So spazierte er nur wortlos neben ihr her.

Zurück am Auto musste Burkhard erst seinen Sohn wickeln. Dann fuhren sie auf die Autobahn und weiter nach Frankfurt.

20. Warum?

Kannst du mich zum Friedhof leiten, Marianne?«, fragte Burkhard, als sie die Stadtgrenze erreichten. »Ich hab nämlich keine Ahnung, wo wir hinmüssen. Von Frankfurt kenne ich fast nur den Flughafen.«

»Ich weiß Bescheid; inzwischen war ich oft genug hier! Da es im nördlichen Teil der Stadt liegt, brauchen wir nicht bis in die Innenstadt.«

Christian war kurz vor Frankfurt wieder eingeschlafen. Vorsichtig hob Burkhard seinen Sohn im Aufsatz auf das Fahrgestell und hakte es fest. »So! Nun können wir gehen!«

Beim Betreten des Friedhofs sah Marianne sich furchtsam um. Ob die fremde Frau mit dem frechen Mädchen wieder auftauchen würde? Als auf der nahen Bahnlinie ein Zug vorbeidonnerte, zuckte sie heftig zusammen.

Burkhard griff nach ihrer Hand. »Hab keine Angst! Markus hat mir gesagt, dass du hier mal belästigt worden bist. Ich bleibe in deiner Nähe und pass auf. Wehe, wenn dir einer zu nahe tritt!« Und mit einem verschmitzten Lachen in der Stimme ergänzte er: »Ich hab nicht umsonst in Japan Judo gelernt!«

Dankbar sah sie zu ihm auf. Er lächelte warm und beruhigend. Und wieder sprach dieser Ausdruck aus seinen Augen, den sie nicht recht zu deuten wagte. Hastig entzog sie ihm ihre Hand und senkte den Kopf.

»Lass dir ruhig Zeit, Marianne! Wir sind nicht in Eile!« Burkhard blieb ein Stückchen vom Grab entfernt mit dem Kinderwagen stehen und ließ Marianne die letzten paar Schritte allein gehen. Von seinem Warteplatz konnte er die Schrift auf dem offensichtlich brandneuen Stein deutlich lesen:

Wir leben oder sterben,
so sind wir des Herrn.
Römer 14, 8
Carl-Uwe Schuster

*29. 3. 1940
†2. 5. 1972

»Also war er noch mehr als zweieinhalb Jahre älter als ich«, dachte Burkhard. »Der große Altersunterschied ist demnach kein Hindernis. Mich würde mal interessieren, wie er ausgesehen hat! Sicher hat Marianne ein Bild von ihm!«

Er betrachtete das Mädchen. Andächtig, mit geschlossenen Augen, stand sie am Grab, die Hände vor sich gefaltet. Vermutlich betete sie oder hielt Zwiesprache mit ihrem Verlobten. Ihre langen Haare, von zwei Spangen aus dem Gesicht gehalten, fielen ihr bis unter die Taille über ihren dunkelblauen Wintermantel hinunter.

Etliche Meter hinter Marianne schmiegte sich der Friedhofsbrunnen halb in das kahle Strauchwerk, das die schlanken Stämme der Birken umrahmte. Munter tschilpend ließ sich eine Schar Spatzen auf dem Brunnenrand nieder. Sie hüpften auf dem Rand hin und her, legten die Köpfchen schief und blinzelten zu den Baumkronen hinauf, die den Sommer über dem Brunnen reichlichen Schatten gespendet hatten und nun die Sonne ungehindert durchströmen ließen.

Ein vorwitziger Spatz wagte sich zu nahe an den inneren Rand, verlor das Gleichgewicht und glitt ab. Rasch breitete er die kleinen Schwingen aus, um seinen Fall aufzuhalten. Aufgeregt schimpfend landete er auf dem Wasserhahn. Von diesem erhöhten Sitz äugte er misstrauisch auf die Wasseroberfläche, die – mit Birkenblättern gelb betupft – sein Spiegelbild zurückwarf.

Ruhig wartete Burkhard, bis Marianne ihr Bedürfnis, an dem geliebten Grab zu weilen, ausreichend gestillt hatte. Die muntere Spatzenschar hatte längst den Brunnenrand verlassen und einige alte Grabsteine als Thronsessel erwählt, bis das Mädchen sich langsam umwandte und auf ihn zukam. Er lächelte ihr entgegen.

Als sie zu ihm aufsah, schimmerten ihre Augen feucht. »Danke, dass du so geduldig gewartet hast!« Ihre leise, zitternde Stimme konnte er nur mit Mühe verstehen.

»Keine Ursache!«, erwiderte er sanft. »Ich verstehe dich!«

Schweigend gingen sie nebeneinander zum Ausgang. Burkhard nahm Marianne den Mantel ab und ließ sie einsteigen. Dann verstaute er Kinderwagen und Fahrgestell und setzte sich hinters

Steuer. Wortlos startete er den Motor. Ohne Schwierigkeiten fand er den Weg zurück auf die Autobahn.

Marianne wand ihre Hände im Schoß umeinander. Stumm starrte sie aus dem Fenster. Genau heute vor einem halben Jahr war der Sarg mit ihrem Liebsten in die Erde gesenkt worden. In der Erinnerung lebte sie alles noch einmal durch. Wieder empfand sie jenen heftigen Schmerz, als würde ihr das Herz aus dem Leibe gerissen. Langsam, ohne dass es ihr sofort bewusst wurde, füllten sich ihre Augen mit heißen Tränen und rollten über ihre Wangen.

Burkhard bemerkte es bei einem schnellen Seitenblick. Er reichte mit seiner rechten Hand hinüber und drückte kurz und verstehend ihre Hände. Dann zog er seine zurück und steuerte wieder mit beiden Händen.

Die Lippen aufeinander gepresst, kämpfte das Mädchen um ihre Fassung. Sie wollte dem jungen Mann neben ihr kein Schauspiel geben. Schon als Kind hatte sie sich stets gescheut, vor anderen zu weinen, sogar vor ihren Brüdern. Hätte sie doch abgelehnt, mit ihm zu fahren! Aber gerade heute hatte sie so gerne das Grab sehen wollen! Bisher hatte sie sich immer beherrschen können. Warum nur heute nicht?

Der junge Witwer spürte ihren Kampf. Ein Erlebnis aus seiner Kindheit in Japan fiel ihm ein. Er hatte sich am Knie verletzt gehabt. Die Wunde brannte scheußlich. Doch von seinen japanischen Kameraden hatte er gelernt, keine Gefühle zu zeigen. Tapfer verbiss er die Tränen, als sein Vater ihm die Verletzung mit Jod auspinselte.

Nach der schmerzhaften Behandlung hatte sein Vater ihn trotz seiner zehn Jahre auf den Schoß genommen. »Du darfst ruhig weinen, Burkhard!«, hatte er ermuntert. »Ich weiß, wie weh das tut! Du sollst in diesem Punkt kein Japaner werden. Friss nie deinen Kummer in dich hinein! Sonst zerfrisst er dich von innen. Natürlich musst du ein gewisses Maß an Selbstbeherrschung lernen. Aber es gibt eine Grenze. Und besonders hier in der Familie darfst du zeigen, wenn du Schmerzen hast. Ich möchte nicht, dass mein Sohn Magengeschwüre entwickelt!«

An dieses Erlebnis dachte er nun, als er bemerkte, wie Marianne krampfhaft versuchte, ihren Schmerz hinunterzuwürgen. Burkhard schickte ein Stoßgebet um Weisheit zum Himmel und bog in den nächsten Parkplatz ein. Er stellte den Motor ab, zog die Handbremse an und wandte sich dem Mädchen zu.

»Marianne, es ist nicht gut, wenn du deinen Kummer gewaltsam unterdrückst! Du brauchst dich vor mir nicht zu schämen! Ich verstehe dich besser, als du vielleicht denkst. Wein dich nur richtig aus! Du wirst sehen, dass du dich hinterher viel leichter fühlst. Komm, nimm einfach mal an, ich sei dein Bruder Markus! Bei ihm würdest du dich nicht genieren, nicht wahr?« Vorsichtig legte er ihr einen Arm um die Schultern und zog sie an sich.

Seine sanften, einfühlsamen Worte zerbrachen den Rest ihrer Selbstbeherrschung. Sie presste beide Hände vors Gesicht und begann heftig zu schluchzen. Widerstandslos ließ sie sich von ihm an seine Brust ziehen und fest halten. Er sprach kein Wort, hielt sie nur still in seinen Armen und strich ihr ab und zu übers Haar.

Als ihr Schluchzen nachließ, fing er mit leiser Stimme an zu beten: »Unser lieber Vater im Himmel! Du weißt um unseren tiefen Schmerz. Du hast selbst am Kreuz dein Liebstes hergeben müssen. Du hast sehen müssen, wie dein unschuldiger Sohn um unsertwillen so schwer litt und sein Leben hingab. Deshalb kannst du uns so gut verstehen! Wir danken dir, dass du uns so sehr lieb hast! Wir danken dir, dass du mit uns fühlst! Wir danken dir, dass wir vor dir um unsere verlorenen Lieben weinen dürfen! Danke, dass sie es bei dir nun gut haben! Danke, dass sie bei dir vollkommen glücklich sind! Danke, dass du uns tröstest! Wir vertrauen dir, dass du auch aus diesem schweren Erleben etwas Gutes für uns erwachsen lässt. Wir preisen dich für deine Güte, die du uns trotz allen Kummers täglich neu erweist! Gelobt sei dein Name! Amen!«

»Amen!«, flüsterte Marianne. Unter seinem Gebet hatte sie sich beruhigt. Sie atmete ein paar Mal tief durch und versuchte sich dann aufzurichten. Als er es merkte, gab er sie sofort frei. Geduldig wartete er, bis sie ihre Augen getrocknet und ihre Nase geputzt hatte.

»Kann ich weiterfahren?«, erkundigte er sich sanft.

»Warte bitte noch ein bisschen!« Sie schaute einen Moment stirnrunzelnd auf das zerknüllte Taschentuch in ihren Händen und starrte dann geradeaus durch die Windschutzscheibe. »Was hast du damit gemeint, Gott könne aus – aus dem Tod unserer – ich meine – aus diesem – Verlust etwas Gutes machen? Hätte er es nicht einfach verhindern können? Ich meine – ich denke, Gott – ist doch allmächtig! Warum lässt er dann so schreckliche Dinge geschehen?«

»Hm – das ist keine einfache Frage!« Burkhard krauste die Stirn und überlegte. »Ob ich dir eine befriedigende Antwort darauf geben kann, weiß ich nicht. Aber ich kann es zumindest versuchen. Allerdings geht das nicht in einem Satz. Ich muss also ein bisschen weiter ausholen.

Als Gott damals Himmel und Erde und alle Tiere mitsamt den Naturgesetzen, die den reibungslosen Ablauf regeln, geschaffen hatte, konnte er seine Schöpfung mit vollem Recht als ›sehr gut‹ bezeichnen. Und weil er sich ein Gegenüber wünschte, mit dem er Gemeinschaft haben konnte, schuf er dazu den Menschen als ein Geschöpf, das nicht auf Instinkte angewiesen war, sondern selbstständig denken und sich auch frei entscheiden konnte. Denn Gott wollte jemanden, der ihn freiwillig liebte.

Leider hat der Mensch diese Freiheit fast von Anbeginn missbraucht. Damals wie heute folgt er seinem Stolz und geht seine eigenen Wege, indem er Gott aus seinem Leben ausklammert und alles selbst bestimmen will. Durch seinen Egoismus hat er Gottes schöne Welt verdorben, will aber nicht akzeptieren, dass er damit die Konsequenzen seiner Fehlentscheidung selbst verschuldet hat. Sobald ihn ein Leid trifft, schreit er plötzlich: ›Warum lässt Gott das zu?‹, auch wenn er sich sonst herzlich wenig um Gott kümmert. Verstehst du, was ich damit ausdrücken will?«

»Ich denke schon! Gott hat alles anfangs gut geschaffen. Aber dann hat der Mensch sich von Gott abgewandt, das Gute zerstört und beschwert sich nun, weil er die Folgen nicht als selbstverschuldet anerkennen will. Und für die, die nichts von Gott wissen wollen, sehe ich auch ein, dass Gott sie auslöffeln lässt, was sie sich eingebrockt haben. Aber warum lässt er auch seine Kinder so schrecklich leiden? Da könnte er doch problemlos eingreifen, wenn er allmächtig ist!«

»Natürlich könnte er! Aber er hat sich selbst bewusst Grenzen gesetzt, um die freie Wahl des Menschen nicht zu beschneiden.«

»Was hat das denn aber mit solchem Leid zu tun? Carl-Uwe hat bestimmt nicht selbst ausgewählt, an Leukämie zu sterben!«

»Das meine ich auch nicht. Schau, Marianne, wenn Gott jedem, der sich für ihn entscheidet, sämtliche Probleme und Krankheiten ersparen oder einfach wegzaubern würde, dann kämen viele Leute nur deswegen zu Gott, weil sie die Gaben wollten statt den Geber. Das wäre, als ob Gott die Menschen mit solchen Geschenken bestechen wollte. Aber da Gott absolut heilig und absolut gut ist, passen solche unfairen Methoden nicht zu seinem Wesen. Außerdem möchte Gott, dass wir ihn freiwillig, aus eigenem Antrieb, ohne eine Art von Köder suchen und lieb haben. Er will niemanden zwingen.

Wie gesagt, Gott ist absolut gut. Deshalb tut er auch nichts Un-Gutes. *Er* lässt niemanden krank werden oder verunglücken. All diese negativen Dinge sind lediglich Folgen des – ja, wie soll ich es nennen? – ›globalen Ungehorsams‹ oder der ›globalen Auflehnung‹. Und sie treffen Christen wie Nichtchristen gleichermaßen.«

»Was ist dann aber der Sinn oder Nutzen oder – was auch immer – des Christseins, wenn es nur für den Himmel ist und hier auf Erden – nichts bringt – ich meine – nichts – ändert?«

Burkhard antwortete nicht gleich, sondern wandte den Kopf und schaute sie an. Erst als sie, irritiert durch sein Schweigen, ebenfalls ihr Gesicht ihm zuwandte, fragte er lächelnd: »Überlege mal genau, Marianne! Hat es dir, hat es Carl-Uwe wirklich nichts gebracht? Nichts verändert?«

Rasch senkte sie ihren Blick und sah auf ihre Hände, die unbewusst das Taschentuch kneteten. »Doch! Es hat eine Menge gebracht! Wenn ich nur bedenke, wie bereitwillig Carl-Uwe sein schweres Los getragen hat und welchen inneren Frieden er dabei empfand, und das mit anderen Sterbenden vergleiche, die ich pflegen musste! Carl-Uwe wusste sich trotz seiner Schmerzen in Gottes Liebe geborgen. Welch einen gewaltigen Unterschied hat sein Glaube in seinen Reaktionen bewirkt!«

»Und du, Marianne? Welchen Unterschied erkennst du bei dir?«

Sie runzelte die Stirn und dachte nach. »Wenn ich Gott nicht kennen gelernt hätte, wäre ich jetzt vermutlich völlig verzweifelt und verbittert. Aber so – nun ja! Zum einen weiß ich, dass ich Carl-Uwe einmal im Himmel wieder sehen werde. Er hat selbst mehrmals betont, dass er uns nur früher vorausgeht. Und zum andern hat mir meine Beziehung zu Gott geholfen, mit dem Schmerz besser umzugehen. Ich weiß, dass Jesus mich lieb hat und mich versteht. Und das macht die Last irgendwie leichter. Zwar kann ich nicht erklären, wieso. Aber ich spür's irgendwie.«

»Das ist gewiss ein Teil des ›Nutzens‹, den der Glaube schon hier bringt. Aber es ist nicht alles. Es lässt Gott ja keineswegs kalt, was mit uns geschieht. Er leidet mindestens so darunter wie wir, denn er ist ja auch barmherzig. Der Hebräerbrief betont, dass Jesus mit uns mitleiden kann, weil er als Mensch auf dieser Erde Kummer und Schmerzen am eigenen Leib erlebt hat.

Aber Gott leidet nicht nur mit uns. An diesem Punkt greift nämlich seine Allmacht ein. Und das beantwortet hoffentlich auch deine ursprüngliche Frage. Gott nimmt unsere Schwierigkeiten und Probleme, körperliche und seelische, und benutzt sie, um als Folge etwas Gutes daraus zu machen. Der bekannte Vers aus Römer 8, 28, in dem es heißt, dass Gott denen, die ihn lieben, alles zum Besten dienen lässt, müsste eigentlich – korrekt übersetzt – lauten, dass Gott alles, was seinen Kindern begegnet, *zum Guten zusammenwirken lässt.* Er verwandelt also auch negative Erlebnisse so, dass sie in uns etwas Positives hervorbringen.«

»Du meinst also, Gott nimmt die schreckliche Tatsache von Carl-Uwes Tod – und von deiner Frau – und macht da etwas Gutes draus?«

»Ja, genau das meine ich!«

»Hm. Irgendwie kann ich mir das nicht so recht vorstellen.«

»Brauchst du auch nicht. Das Einzige, was Gott im Augenblick von dir erwartet, ist dein Vertrauen. Du hast zwei Möglichkeiten. Entweder du versinkst voller Selbstmitleid in deinem Schmerz, klagst Gott an oder klammerst ihn gar aus deinem Leben aus und wirst als Folge davon verbittert und unglücklich. Aber ich danke Gott, dass du offenbar den zweiten Weg erwählt hast, indem du dich von Gottes Liebe tragen lässt und dein weiteres Leben vertrauensvoll in seine Hände legst. Dass der Verlust dennoch weh tut, ist normal. Es wäre unnatürlich, wenn du deinen Kummer plötzlich einfach so abschütteln könntest. Du brauchst dich deswegen kein bisschen zu schämen oder gar denken, du seist deshalb kein richtiger Christ. Mich schmerzt Evis Tod auch immer noch. Aber ich weiß, dass Gott mir beisteht und mich hindurchträgt. Mein Verhältnis zu Jesus hat durch diesen Verlust nur an Tiefe gewonnen, weil ich seinen Trost erlebt habe und täglich erlebe.«

Tief atmete Marianne durch, als wolle sie die frische Erkenntnis in ihrem ganzen Körper verteilen. Dann wandte sie sich Burkhard zu und lächelte. »Jetzt kannst du weiterfahren. Vielen Dank! Ich fühle mich wesentlich besser.«

»Das freut mich!«, erwiderte er herzlich und startete den Motor.

21. Die Einladung

Kurz vor der Herborner Abfahrt sah Burkhard auf die Uhr. »Gleich halb fünf! Ich habe Markus versprochen, dich spätestens bis sechs bei ihm abzuliefern. Hast du Lust, noch bei mir eine Tasse Kaffee mitzutrinken? Oder möchtest du lieber gleich nach Hause?«

»Ich weiß nicht, ob ich noch mitkommen soll«, entgegnete sie zögernd. »Du hast mir heute schon so viele Stunden deiner kostbaren Zeit geopfert. Vielen Dank, Burkhard! Ich finde das unheimlich lieb von dir! Aber ich möchte deine Freundlichkeit nicht noch länger ausnutzen. Es ist wohl besser, wenn du mich heimfährst.«

»Von Ausnutzen kann wahrlich keine Rede sein! Im Gegenteil! Es war sehr schön, mit dir zusammen zu sein. Wenn das der einzige Grund für deine Absage ist, dann komm nur ruhig noch mit. Es ist ohnehin bald Zeit für Christians Mahlzeit. Du könntest ihn füttern, während ich den Kaffee koche. Lockt dich das nicht?« Er warf ihr einen verschmitzten Blick zu und zwinkerte kurz mit den Augen.

Marianne musste lachen. »Doch, das lockt! Unter diesen Umständen komme ich gerne noch mit. Der Kleine ist zu süß! Wenn er so lieb lächelt, kann ich ihm nicht widerstehen!« Ein weicher, zärtlicher Ausdruck verschönte ihr blasses Gesicht.

Als Burkhard vorm Haus den Motor abstellte, erwachte der Säugling. Er verzog das Gesicht, als ob er weinen wollte. Sein Vater zog die Handbremse fest an und legte den ersten Gang ein, damit das Auto auf der abschüssigen Straße nicht zurückrollte. Dann wandte er sich im Sitz um und streckte eine Hand nach seinem Sohn aus. »Nicht weinen, kleiner Schatz!« Zärtlich streichelte er die weiche Babywange. »Papa ist da!«

Beim Anblick seines Vaters strahlte der Kleine, strampelte heftig und stieß glückselige Juchzer aus. »Papa nimmt dich gleich hoch, Christian! Papa muss nur erst aussteigen, nicht wahr?« Burkhard strich dem Kleinen über das Köpfchen. Dann öffnete er seine Tür.

Marianne trug wieder die Tasche, während Burkhard seinen Sohn auf den Arm nahm. Im Wohnzimmer bat er das Mädchen, Platz zu nehmen. Er legte ihr das Baby in den Arm und lief in die Küche. Als Erstes holte er das zweite Fläschchen aus der Tasche und stellte es in den Wärmer. Dann setzte er Kaffeewasser auf. Fröhlich vor sich hinträllernd, maß er das Kaffeepulver in den Filter. Bis Christians Milch die richtige Trinktemperatur erreicht hatte, zog bereits aromatischer Kaffeeduft durch die Wohnung.

»Nanu, warum ist die Milch denn so farbig?«, wunderte Marianne sich, als Burkhard ihr das Fläschchen reichte.

Er schmunzelte. »Das kommt vom Möhrensaft, den ich zugefügt habe. Eigentlich hätte Christian heute Mittag einen Gemüsebrei haben müssen. Aber das war mir für unterwegs zu kompliziert. Da hab ich heute ein bisschen geschummelt. Meine Schwester schimpft schon, weil ich ihm immer noch fünf Mahlzeiten gebe. Sie sagt, ich hätte ihn schon längst auf vier umstellen müssen. Aber ich weiß nicht so recht, wie man das macht. Ich bin nun mal keine perfekte Mama!« Er seufzte vernehmlich.

»Vielleicht geht es, wenn du zwei Mahlzeiten immer näher zusammenschiebst und die Abstände zwischen den anderen allmählich vergrößerst. Irgendwann gehen die zwei dann in einer auf.«

»Das ist eine gute Idee! Gleich morgen werde ich das ausprobieren. Man merkt doch sofort, dass du eine Frau bist! Die haben so was im Gespür!«

Er holte die Kaffeekanne und schenkte ein. »Nimmst du Milch und Zucker?«

»Ja, aber nicht zu viel! Ein Löffel Zucker und ein kleiner Schuss Milch genügen. Zu süß mag ich es nicht!«

Er folgte ihren Wünschen und rührte auch für sie um. Dann setzte er sich mit seiner Tasse in den zweiten Sessel. Während er an dem belebenden Getränk nippte, schaute er dem jungen Mädchen zu, das sein Kind fütterte.

»Sie wäre genau die richtige Mutter für meinen kleinen Schatz!«, dachte er. »Man kann deutlich sehen, wie lieb sie ihn jetzt schon hat. Ich habe mich geirrt, als ich damals glaubte, ich könnte meinem Sohn beides sein. Es ist einfach nicht zu schaffen. Ich kann es nicht! Seit zwei Wochen wartet die Zehnte schon auf die Korrektur der Mathearbeit. Und ich bin noch nicht mal halb durch. Wenn es so weitergeht, muss ich doch noch sonntags arbeiten! Dann habe ich noch weniger Zeit für Christian. Aber die Phasen, in denen er schläft, werden auch immer kürzer. Wie soll ich das bloß alles bewältigen? Herr, hilf mir! Ich brauche dich! Zeig mir, was ich tun soll!«

Zärtlich sah Marianne auf den eifrig trinkenden Säugling. Seine Augen hingen an ihrem Gesicht. Wenn sie ihm zulächelte, unterbrach er manchmal kurz seine Saugbewegungen und lächelte zurück. Dann durchzog es Marianne jedes Mal weich und glücklich. Sie fühlte sich reich beschenkt, dieses herzige Baby halten und füttern zu dürfen. Wie dankbar war sie dem Vater des Kindes, der es ihr so bereitwillig überließ!

Als sie kurz ihre Augen hob und zu dem jungen Vater sah, bemerkte sie erst, dass er sie beobachtete. Er lächelte warm, als sich ihre Augen begegneten. Rasch schlug sie die ihren wieder nieder, während eine heiße Welle durch ihren Körper rollte. Sie erinnerte sich plötzlich daran, wie er sie auf jenem Parkplatz in seinen Armen hatte weinen lassen. Wie geborgen hatte sie sich trotz ihres Schmerzes gefühlt! Wie tröstlich hatte sein Gebet sie berührt und beruhigt! Und seine »Predigt« hatte ihr geholfen, so manches klarer zu sehen, was sie bisher nicht hatte einordnen können.

Im nächsten Moment glaubte sie Carl-Uwes Stimme zu hören: »Du sollst nicht allein und einsam bleiben, Marianne! Du bist noch jung! Eines Tages wirst du dem Mann begegnen, der dich glücklich machen und heiraten will. Dann sage nicht Nein!« Wie hatte sie protestiert und sich gegen den Gedanken eines anderen Mannes gewehrt! War das wirklich erst ein gutes halbes Jahr her?

Burkhard hatte interessiert ihr wechselndes Mienenspiel betrachtet. Zu gerne hätte er gewusst, was hinter ihrer Stirn vor sich ging. Wie sie wohl über ihn dachte?

Christian hatte inzwischen seine Möhrenmilch ausgetrunken und zweimal kräftig aufgestoßen. Der junge Vater erhob sich. »Möchtest du ihn gerne mal wickeln, Marianne?«

»O ja, darf ich wirklich?« Ihre Augen leuchteten freudig auf.

»Natürlich, komm nur!« Burkhard führte sie in das winzige Bad. Nur ein kurzes Stück der Sitzbadewanne schaute rechts und links unter dem Wickelaufsatz hervor. In einem Regal darüber warteten alle nötigen Pflegeutensilien griffbereit auf ihren Einsatz.

Marianne legte den Säugling vorsichtig nieder und begann ihn zu entkleiden.

Der junge Mann sah ihr einen Moment zu. »Entweder hat sie es irgendwo gelernt«, dachte er, »oder sie hat gut aufgepasst, wenn ich Christian gewickelt habe. Oder sie ist ein Naturtalent.« Beruhigt verließ er das Bad. Das Kaffeegeschirr trug er in die Küche und spülte es ab. Er säuberte Fläschchen und Sauger und ließ beides ins bereitstehende Desinfektionsbad gleiten. Bis eine schlanke Hand die Falttür zum Bad beiseite schob, stand er bereits im Flur, Mariannes Mantel über dem Arm.

Feuchte Dunkelheit empfing sie vor der Haustür. Burkhard legte Christian in seinen Wagen, den er vorhin gleich im Auto gelassen hatte. Da er noch nie in ihrem Dorf gewesen war, musste Marianne ihm den Weg dorthin erklären. »Wohnst du bei deinem Bruder?«, erkundigte er sich unterwegs.

»Nein, ich lebe noch bei meinen Eltern. Nur sonntags bin ich in letzter Zeit oft den ganzen Tag bei Markus. Er wohnt gleich nebenan. Claudia ist unser Nachbarmädchen gewesen. Die beiden haben sich fast von Geburt an gekannt. Seit ihrer Heirat leben sie bei Claudias Eltern in der unteren Wohnung.«

»Dann wissen deine Eltern vermutlich gar nicht, dass du heute mit mir fort warst, oder?«

»Wenn Markus ihnen nichts gesagt hat, wohl kaum. Falls sie nicht zufällig heute Mittag aus dem Fenster geguckt und gesehen haben, dass er ohne mich zurückkam.« In Gedanken fügte Marianne hinzu: »Hoffentlich nicht! Was sollte ich sonst Mutti erklären?«

Noch rechtzeitig kurz vor sechs hielten sie vorm Haus an. Bevor Burkhard ausstieg, um Marianne die Tür aufzuhalten, wandte er sich ihr im Dunkeln zu. »Marianne«, sagte er leise und griff nach ihrer Hand, »ich möchte mich bei dir für den schönen Tag bedanken, den du mir geschenkt hast. Es hat mir viel Freude gemacht, mit dir zusammen zu sein! Wärst du bereit, das zu wiederholen? Vielleicht könnten wir auch den nächsten Sonntag miteinander verbringen? Es würde mich sehr freuen!«

Sie sah ihn verwirrt an, ohne ihre Hand zurückzuziehen. Das Licht der Straßenlaterne spiegelte sich in seinen Brillengläsern. Kaum konnte sie seine Augen erkennen. »Ich – werde es mir überlegen«, flüsterte sie. »Reicht es, wenn ich dir nächsten Sonntag vorm Gottesdienst Bescheid gebe?«

»Natürlich!« Er ließ ihre Hand los und stieg aus. »Ich geh noch bis zur Haustür mit«, entschied er, nachdem er ihr den Mantel umgehängt hatte. »Schließlich hab ich Markus versprochen, dich bei ihm abzuliefern. Dann werde ich das auch tun!« Er lachte leise.

Markus öffnete auf ihr Klingeln selbst die Tür. »Ah! Da sind ja die Weitgereisten! Kommt nur rein! Wo hast du denn deinen Sohn, Burkhard?«

»Im Auto! Ich hatte eigentlich vor, gleich zurückzufahren.«

»Unsinn! Hol deinen Sprössling und iss mit uns zu Abend! Claudia hat dich schon eingeplant. Dann brauchst du nicht bei dir alleine zu essen! Das ist doch langweilig!«

Burkhard warf einen schnellen Blick auf Marianne, die mit gesenktem Kopf neben ihm stand. »Gut, ich bleibe zum Essen. Christian hat gerade was gehabt. Da hält er noch eine Weile durch.«

Als er mit seinem Sohn auf dem Arm zurückkam, hatte Marianne bereits ihren Mantel an die Garderobe gehängt und wartete auf ihn. Er übergab ihr das Kind und folgte ihr ins Wohnzimmer.

Markus saß in dem einen Sessel und ließ seinen Sohn auf den Knien reiten. Stephan quietschte und lachte. Julia kugelte auf dem Teppich herum.

Marianne setzte sich mit Christian aufs Sofa. Sie nahm das Baby mit dem Rücken zu sich auf den Schoß, so dass der kleine Kerl sehen konnte, was im Zimmer vor sich ging.

Burkhard schnappte sich Julia und wirbelte sie durch die Luft. Sie kreischte vergnügt. »Noch mal! Noch mal!«

Markus lachte. »Da hast du dir was eingebrockt, Burkhard! Du wirst sehen, sie gibt keine Ruhe, bis du vor Erschöpfung zusammenbrichst!«

»Da müssen Gärtner kommen und keine Setzlinge!« Schmunzelnd stemmte Burkhard sie zur Decke hoch. Sie strampelte und lachte und kreischte atemlos. Stephan hatte seine Reiterei vergessen. Mit weit offenem Mäulchen starrte er zu seiner fliegenden Schwester hoch. Dann rutschte er eilig von seines Vaters Knien, krabbelte zu dem Besucher, umklammerte dessen eines Bein und hob sein eigenes Beinchen hoch, als wolle er an der Hose hinaufklettern.

Christian kam die Sache wohl nicht ganz geheuer vor. Er verzog seinen Mund und begann zu schreien. Sofort nahm Marianne ihn hoch, drückte sein kleines Gesicht gegen ihren Hals und wiegte ihn hin und her, während sie sanft und beruhigend auf ihn einsprach.

Als Burkhard sein Söhnchen schreien hörte, ließ er Julia sofort herunter. In dem Moment trat Claudia ein. Amüsiert blickte sie umher. »Was ist denn hier für ein Krach? Julia, sei still! Man versteht ja sein eigenes Wort nicht mehr! Ich wollte euch zum Essen holen. Guten Abend, Burkhard! Schön, dich mal bei uns zu sehen!« Sie reichte ihm die Hand.

»Guten Abend, Claudia! Ich bin schuld an dem Krach! Entschuldige bitte!« Er grinste. »Julia und ich wollten bloß mal ausprobieren, wer von uns beiden stärker ist!«

Christian hatte sich inzwischen beruhigen lassen. Marianne schmuste mit ihm. Burkhard trat zum Sofa und streckte ihr seine Hand entgegen, um ihr hochzuhelfen. »Soll ich ihn dir abnehmen, oder willst du ihn behalten?«

»Wenn ich darf, möchte ich ihn behalten!«, flüsterte sie mit glänzenden Augen. »Immerhin sehe ich ihn danach wieder eine ganze Woche nicht! Ich kann ja später essen!«

Ihre Antwort freute ihn über die Maßen. Offensichtlich hatte sein Sohn es in der kurzen Zeit bereits geschafft, ihr Herz zu erobern. Sollte da der Vater nicht auch eine Chance haben?

Beim Essen saß er neben ihr, füllte ihr das Glas mit Mineralwasser und strich ihr eine Scheibe Brot nach ihren Wünschen. So konnte sie trotz des Kindes essen und musste nicht bis später warten.

Claudia gab vor, ganz mit ihren Kindern beschäftigt zu sein. Doch immer wieder warf sie verstohlene Blicke auf die drei, die ihr gegenüber saßen. »Na«, dachte sie, »wenn da nicht was im Busch ist, fress ich einen Besen!« Sie hütete sich jedoch, ihre Gedanken laut werden zu lassen.

Nach dem Essen besorgten die beiden Männer das Spülen. Claudia brachte Stephan und Julia zu Bett.

Marianne war mit Christian ins Wohnzimmer gehuscht. Sie setzte sich mit ihm wieder aufs Sofa und legte den Kleinen mit dem Rücken auf ihren Schoß, so dass er sie anschauen konnte. Erfreut nutzte sie das Alleinsein mit ihm aus, neckte ihn und spielte mit ihm. Er lohnte es ihr mit eifrigem Strampeln, Quieken und Jauchzen.

»Was bist du doch für ein süßer kleiner Schatz!« Lächelnd kitzelte sie ihn unterm Kinn. »Wie tut mir deine arme Mama Leid, die dich nicht mehr sehen durfte! Du bist so lieb und herzig!« In aufwallender Zärtlichkeit nahm sie das Baby hoch und wiegte es in ihren Armen hin und her. Dann küsste sie die kleine Stirn und legte ihre Wange an das weiche Gesichtchen.

Christian lallte und gurrte zufrieden vor sich hin. »Was du mir wohl alles zu erzählen hast? Schade, dass ich es nicht verstehe!«, bedauerte sie und streichelte sein Köpfchen.

Plaudernd traten die beiden Männer ein. Burkhard setzte sich neben Marianne und lächelte seinen Sohn an. »So Leid es mir tut, mein Süßer, müssen wir uns doch jetzt verabschieden. Sonst wird es für dich zu spät! Komm, sag schön lieb ›Ade!‹!«

»Auf Wiedersehen, Christian! Bis nächsten Sonntag!« Marianne drückte das kleine Wesen nochmals liebevoll an sich. Dann reichte sie es seinem Vater und stand auf. »Ich geh auch rüber, Markus! Sag Claudia noch einen lieben Gruß. Vielleicht schaue ich morgen nach der Sprechstunde kurz rein!«

Markus begleitete die drei bis zur Tür und verabschiedete sich dort. Marianne ging mit zum Auto. Burkhard legte seinen Sohn in den Kinderwagen und wandte sich dann dem Mädchen zu. »Gute Nacht, Marianne! Schlaf gut! Bis nächsten Sonntag!«

»Gute Nacht, Burkhard! Bis Sonntag! Danke, dass du mit mir nach Frankfurt gefahren bist!«

»Bitte! Es war mir eine Freude!« Ein letzter, fester Händedruck. Dann ließ er sie hastig los und stieg ein.

Marianne blieb wie angewurzelt stehen und sah dem Wagen nach, bis er um die Ecke verschwunden war. Dann seufzte sie tief auf und schlenderte hinüber zu ihrem Elternhaus.

Vor der Tür blieb sie stehen und warf einen Blick zum Wald hinüber. Nur schemenhaft konnte sie die schwarzen Umrisse erkennen. Aber über den Spitzen der dunklen Riesen kämpfte sich – wenn auch nur schwach – weißliches Mondlicht durch den Dunst.

Versonnen in sich hineinlächelnd, schloss Marianne die Haustür auf und huschte auf Zehenspitzen in den Flur.

22. Die Frage

»Na, Burkhard?«, erklang eine bissige Stimme neben ihm. »Es ist nicht schwer zu raten, auf wen du wartest. Habt ihr schon ein Datum für eure Hochzeit?«

»Ich wüsste nicht, was dich das anginge, Sybille!« Ärgerlich wandte er sich ab, seinen Sohn fester an sich pressend. Doch gleich glättete sich seine Stirn wieder. Denn Marianne hatte erneut zugestimmt, den Tag mit ihm zu verbringen. Sollte er sich da von dieser neidischen Gans die Laune verderben lassen?

Seine Gedanken wanderten zum vorigen Sonntag zurück. Da war er hier im Foyer nervös auf- und abgegangen. Ob Marianne es sich überlegt hatte? Und zusagte? Oder ablehnte?

Ausgerechnet an dem Tag hatten Meiningers sich verspätet. Claudia war mit den Kindern nicht rechtzeitig fertig geworden, da Stephan unbedingt direkt vor der Abfahrt noch schnell die Windel hatte füllen müssen. Das Problem war Burkhard nicht ganz unbekannt.

Bruder Orthmann hatte bereits mit dem Vorspiel zum Eingangslied begonnen gehabt, als er sich enttäuscht in die letzte Reihe gesetzt hatte. Bei der vierten Strophe waren die Vermissten dann atemlos eingetroffen. Als Marianne sich neben ihm niederließ, hatte er sie bittend angeschaut. Und sie hatte die Frage in seinen Augen sofort verstanden und ihm schüchtern zugenickt.

Welch einen harmonischen Tag hatten sie miteinander erlebt! Die Morgennebel hatten sich bis zum Gottesdienstende aufgelöst gehabt und der Sonne Platz gemacht. Hoffnungsvoll hatte Burkhard schon alles für Christian zusammengepackt gehabt und war mit dem Auto zur Gemeinde gekommen. So konnten sie gleich von dort aus aufbrechen.

Zunächst waren sie nach Marburg hinübergefahren und hatten sich nach dem Mittagessen in aller Ruhe die Stadt angesehen. Später waren sie dann gemächlich durchs Lahn- und Dilltal zurückgegondelt.

Mit heimlicher Freude hatte Burkhard beobachtet, wie Marianne nach und nach immer mehr aus sich herausging. Offensichtlich gefiel ihr das Zusammensein mit ihm. Bevor er sich abends vor Markus' Haustür von ihr verabschiedete, hatte sie ihm auch den heutigen Sonntag versprochen.

Durch die Glasscheibe der Tür konnte er den dunkelgrünen Mercedes auf den Parkplatz fahren sehen. Sein Herz begann freudig zu pochen. Wenig später traten die Erwarteten ein, Marianne als Letzte. Sie hielt Julia an der Hand und hörte deren munterem Geplauder zu.

Burkhard lächelte ihr freudig entgegen. »Guten Morgen, Marianne!« Als Erstes reichte er ihr die Hand. Danach begrüßte er Claudia, Markus und die Kinder.

»Onkel Burkhard«, schallte Julias laute Stimme durch den Vorraum, »lässt du mich wieder fliegen?«

Er lachte. »Vielleicht nachher, Julia. Jetzt nicht! Du musst erst in deine Gruppe gehen und dort brav zuhören, was Tante Annemarie erzählt!«

Sobald er Marianne aus dem Mantel geholfen hatte, reichte er ihr Christian, wusste er doch, wie sie darauf wartete. »Danke!« Sie strahlte ihn an und drückte das Kind an sich. Nebeneinander traten sie in den Gottesdienstraum und setzten sich wie üblich zu Markus und Stephan.

Als Marianne das Baby bequem hingesetzt hatte und aufsah, begegnete sie Sybilles feindseligen Blicken. Sie zuckte zusammen. »Was ist, Marianne?«, fragte Burkhard, der den Blick nicht gesehen hatte. »Ist dir kalt?«

»Nein, nein, es ist alles in Ordnung!«, versicherte sie hastig und senkte den Kopf. »Mir ist warm genug!«

Nach dem Vorprogramm nahm Burkhard ihr das müde Kind ab, um sie nicht zu überanstrengen. Keine zwei Minuten später schlief der Säugling fest. Wie ein kleiner, schlaffer Sack voll Reis hing er in Papas Arm.

Vorsichtig bettete der junge Vater nach dem Gottesdienst seinen schlummernden Sohn in den Kinderwagen. Dann sah er sich nach Marianne um, ihren Mantel vom Haken nehmend. »Nanu, gerade eben war sie doch noch hinter mir! Ah, da kommt sie ja! Wie blass sie aussieht! Und ihr Lächeln wirkt irgendwie etwas mühsam!« Weiter hinten fing er ein triumphierendes Grinsen von Sybille auf.

Argwöhnisch zog er seine Brauen zusammen, während er Marianne wortlos in den Mantel half.

Beim Hinausgehen achtete er darauf, wo Sybille stand, und schob Marianne auf seine andere Seite. Draußen atmete er erleichtert auf und richtete seine Gedanken nach vorne. »Es ist dir doch recht, wenn wir heute zuerst zu mir gehen, nicht wahr? Christian braucht seinen Gemüsebrei. Ich habe nämlich deinen guten Tipp befolgt und ihn mittlerweile auf vier Mahlzeiten umgestellt.«

»Wie schön!« Bewundernd sah sie zu ihm auf. »Ich finde das großartig, wie du dich um dein Kind kümmerst! Das machen nicht alle Väter. Eigentlich habe ich es bisher nur bei Markus und Gerold erlebt, wobei Gerold Markus sogar noch ein Stück voraus ist. Er wickelt seine Kinder manchmal nämlich auch, um seine Frau zu entlasten.«

»Wer ist Gerold?«

»Bei Gerold und Carmen Neumeister hat mein Verlobter all die Jahre in Frankfurt gewohnt. Ihr ältester Sohn Michael war Carl-Uwes ausgesprochener Liebling. Michael leidet schwer unter dem Verlust.«

»Wie alt ist der Junge?«

»Ende September wurde er sieben. Ich kann gut verstehen, dass Carl-Uwe so an ihm hing. Die beiden waren stets ein Herz und eine Seele. Michael ist ein sehr schüchterner, feinfühliger Junge. Seinen Onkel hat er über alles geliebt. Carl-Uwe kam gleich hinter seinen Eltern.«

»Onkel? Waren sie miteinander verwandt?«

Marianne schüttelte den Kopf und sah gedrückt zu Boden. »Nein, blutsverwandt waren sie nicht. Aber Carl-Uwe zählte zur Familie. Er hatte ja sonst niemanden.«

»Niemanden?« Verwundert sah er auf das Mädchen, das mit gesenktem Kopf neben ihm ging. »Du meinst, niemanden außer dir, nicht wahr?«

Marianne biss sich auf die Lippen und antwortete nicht. An ihrer Reaktion bemerkte Burkhard, dass er besser nicht weiter forschte. So schwieg er taktvoll.

In seiner Wohnung angekommen, legte er Marianne den noch schlafenden Säugling auf den Schoß und eilte in die kleine Küche, um das Gemüsegläschen aufzuwärmen. Dann kniete er sich vor den Sessel und weckte Christian behutsam auf. »Komm, kleiner

Schatz!« Zärtlich hob er ihn auf seine Arme. »Papa hat was ganz Feines für dich!«

Marianne stand langsam auf und folgte Vater und Sohn in die Küche. Obwohl sie sich bemühte, nicht zu neugierig umherzuschauen, entging ihrem Blick dennoch nicht, wie wenig dieser Raum mit der Ordnung im Wohnzimmer mithalten konnte: ein halbvolles Marmeladen- und ein Honigglas auf dem Kühlschrank, eine Tüte mit ein paar Brotscheiben auf der verkrümelten Arbeitsfläche des Eckschrankes, eingebrannte Reste von übergekochter Milch in der Herdmulde, Zucker-, Salz-, Reis- und Müslipackungen – teilweise aufgerissen – neben etlichen Dosen mit Gulasch, Fisch, Gemüse und Babynahrung auf dem Schränkchen unter der Dachschräge. Und in der Spüle stapelten sich benutzte Kaffeetassen, klebrige Teller, verschmiertes Besteck, eine fettverkrustete Pfanne, ein Topf mit dem typischen weißen Muster zu heißer Milch, ein ähnlich »verzierter« Deckel und anderes mehr.

»Es tut mir Leid, dass es hier so chaotisch aussieht, Marianne! Aber ich habe heute Nacht noch bis halb eins an einer Arbeit korrigiert. Danach war ich zu müde zum Aufräumen. Und heute früh hab ich leider verschlafen.«

»Du brauchst dich nicht zu entschuldigen, Burkhard! Es ist viel zu viel, neben deinem Beruf noch den ganzen Haushalt und das Kind zu versorgen. Da ist es nur zu verständlich, dass du nicht alles schaffst. Lass mich dir spülen, während du Christian fütterst!«

»Ich wollte eigentlich alles ordentlich haben, wenn du kommst«, bemerkte er kleinlaut. »Aber ich hab's einfach nicht geschafft!«

Marianne hatte bereits das Spülmittel entdeckt. Schon griff sie ins Becken und hob das schmutzige Geschirr heraus. Bis Christian sein Gläschen leer gegessen hatte, stand alles sauber und trocken auf der gereinigten Arbeitsplatte. »Aufräumen musst du es selbst. Sonst findest du nachher nichts wieder!«

»Vielen Dank, Marianne! Du bist ein Engel! Und jetzt fahren wir zum Essen. Ich weiß ein schönes Restaurant nicht weit von Herborn. Dort habe ich für uns einen Tisch bestellt. Im Kochen bin ich nämlich nicht so großartig! Von montags bis samstags esse ich bei meiner Schwester, wenn ich Christian abhole. Und sonntags öffne ich ein paar Dosen, deren Inhalt nur aufgewärmt werden muss, oder ich brutzle mir ein Spiegelei oder irgendetwas anderes, bei dem ich nicht viel falsch machen kann. So was will ich dir natürlich nicht zumuten! Und einen weiteren Ausflug zu unternehmen, ist mir bei dem Wetter zu unsicher.«

Ein Stück mussten sie trotzdem mit dem Auto fahren. Denn das Hinlaufen hätte sie erheblich länger als eine Stunde gekostet. Von ihrem Platz bot sich ihnen, nur durch einige tiefhängende Wolkenballen eingegrenzt, eine weite Aussicht übers Tal. Marianne hatte Christian auf den Schoß genommen. Mit einem entspannten Lächeln genoss sie das Zusammensein in dem behaglichen Restaurant. Ihre anfängliche Befangenheit dem jungen Lehrer gegenüber hatte sie unbewusst abgestreift. Sie fühlte sich in seiner Gegenwart ausgesprochen wohl. Und in sein Kind war sie von Mal zu Mal mehr vernarrt.

Während des Essens breiteten sich weitere düstere Wolken über den ganzen Himmel aus. Als Burkhard später die Tür ins Freie aufstieß, hatte es bereits zu regnen begonnen.

»Wie schade! Ich hatte zumindest noch auf einen kurzen Spaziergang mit dir gehofft. Na ja, es lässt sich nicht ändern. Dann fahren wir eben gleich zu mir nach Hause und machen uns einen gemütlichen Nachmittag, nicht wahr?«

Daheim angekommen, legte er als Erstes seinen Sohn im Schlafzimmer in sein Bettchen. Das Kind war auf der Rückfahrt eingeschlafen. Dann trat er zu Marianne, die im Wohnzimmer seine Bücher betrachtete. Auf dem Regal lag eine dicke Staubschicht, an einigen Stellen mit Spuren gemustert, die verrieten, welche Bücher erst kürzlich benutzt worden waren.

Sie blickte zu ihm auf. »Kann ich dir nicht irgendetwas helfen? Vielleicht etwas putzen oder Ähnliches? Es tut mir Leid, dass du dich so abrackern musst!«

Das gesamte Wohnzimmer tauchte weg und verschwand aus Burkhards Blickfeld. Nur eines schwamm klar und eindrücklich auf dem undurchsichtigen Nebel: ein schmales, feines Gesicht mit hellen graublauen Augen, die wie offene Fenster den Blick ins Innere freigaben. Und was er dort sah, wehte sanft und weich herüber in seine Seele und versetzte sie in ein gleichmäßiges Schwingen, als ob ein lauer Sommerwind über eine Wiese streicht und die zarten, filigranen Gräser wellenartig neigt.

»Ja, Marianne«, bekannte er leise, »es gibt etwas, was mir eine riesengroße Hilfe und Freude wäre. Doch ich fürchte, es ist noch zu früh, dich das zu fragen!«

»Wieso zu früh? Ich begreife nicht, wovon du sprichst. Macht es vielleicht Krach, und du sorgst dich wegen der Nachbarn, weil noch Mittagsruhezeit ist? Dann kannst du doch aber trotzdem jetzt schon fragen! Oder hat es gar nichts mit Putzen zu tun? Da könnte ich ja immer noch meine Mutter um Rat bitten, falls ich mich nicht selbst auskenne. Sag ruhig, was du meinst!«

Burkhard schluckte. Der sanfte Wind in seinem Innern schwoll an zum Sturm und brauste durch sein ganzes Sein. Aufgewühlt fasste er Marianne an den Schultern. Mehrmals musste er sich räuspern, bevor er in der Lage war zu sprechen. »Nein«, brachte er dann mit heiserer Stimme hervor, »mit Putzen oder anderen Haushaltsarbeiten hat das rein gar nichts zu tun. Zumindest nicht direkt. Höchstens als Folge. Aber das ist nicht entscheidend. Nein, ich möchte – dich etwas ganz – anderes fragen. Da ist etwas – siehst du, ich – ich – oh, wie soll ich es dir nur sagen, was ich empfinde! Du – du wärst nicht nur die – die beste Mutter, die ich mir für mein Kind wünschen könnte! Du bist auch das einzige Mädchen, das – für mich in Frage käme!

Ich – ich weiß selbst nicht, wie das so schnell – bei mir gekommen ist. Aber es hat schon beim Sommerfest angefangen. Ich – ich – oh, Marianne! Spürst du es nicht? Wie lieb du mir geworden bist? Und ich – ich würde dich – gerne fragen, ob du – ob du – meine – Frau werden willst. Aber – es ist wohl zu viel verlangt, jetzt schon von dir eine Antwort zu erwarten, nicht wahr?« Sein innerer Aufruhr spiegelte sich deutlich in seinen bernsteinfarbenen Augen.

Marianne vermochte die ihren nicht abzuwenden. »Es – es kommt ein – ein bisschen plötzlich! Aber – aber – ich sage nicht grundsätzlich Nein. Aber Ja kann ich auch noch nicht sagen. Es – es – Ich weiß nicht!« Sie schüttelte verwirrt den Kopf. »Vielleicht hab ich dich auch schon – lieb! – Ja, ich glaub, ich hab dich lieb! Und ich bin gewiss, dass ich Christian unheimlich lieb habe! Das weiß ich genau! Aber – aber ...« Hilflos brach sie ab und schlug die Hände vors Gesicht.

Als ob der Orkan sich ausgetobt hätte, breitete sich wohltuende Ruhe in Burkhard aus. Behutsam führte er das Mädchen zu der kleinen Couch und drückte sie darauf nieder. Sich dicht neben sie setzend, legte er leicht einen Arm um ihre Schultern. »Marianne«, sagte er sanft, »ich will dich auf keinen Fall drängen! Du musst erst innerlich bereit dazu sein. Ich kann noch warten. Es geht mir absolut nicht darum, eine Putzfrau für meine Wohnung zu bekommen. Die kann ich zur Not auch anstellen. Es geht mir um dich! Mit jedem Zusammensein wirst du mir lieber! Die ganze Woche sehne ich mich nach dem Sonntag, wenn ich dich wieder sehe! Aber ich möchte nicht, dass du dich zu irgendetwas verpflichtet fühlst. Erst sollst du die innere Freiheit haben, von Herzen Ja zu mir zu sagen!«

»... die innere Freiheit ...« Carl-Uwes Worte! In ihrem Innern klang seine geschwächte und doch so eindringliche Stimme auf. Er hatte vorausgesehen, dass eines Tages ein anderer Mann sie begehrte. Und er hatte sich bemüht, sie von einem voreiligen Versprechen abzuhalten, das sie lebenslang an einen Toten gebunden hätte. Von einer Zeit hatte er gesprochen, wenn der Gedanke an ihn nur noch eine liebe Erinnerung sei, ungetrübt vom Schmerz.

Doch nein, so weit war die Heilung noch nicht fortgeschritten. Noch tat die Erinnerung zu weh, war die Wunde zu frisch. Sie fühlte sich noch nicht frei, einen anderen zu heiraten.

»Bitte, Burkhard, lass mir noch ein wenig Zeit! Der Verlust von Carl-Uwe schmerzt noch zu sehr. Es wäre unfair dir gegenüber, wenn ich in Gedanken noch an einem anderen hänge außer dir. Ich kann dir nicht einmal versprechen, dass ich ihn je vergessen kann. Das habe ich auch nicht geschafft, als er selbst mich damals darum bat!«

»Wie bitte? *Was* hat er? Carl-Uwe hat dich gebeten, ihn zu *vergessen*? Das verstehe ich nicht!«

»Doch, das hat er. Es war damals, als er – erfahren hatte, dass er – unheilbar krank sei und – nicht mehr lange – zu leben ...« Die Erinnerung überwältigte sie. Aufschluchzend ließ sie sich an seine Brust fallen und die Tränen ungehindert laufen. Stockend berichtete sie ihm dann alles.

»Meine arme, arme Marianne!« Erschüttert strich er ihr über den Arm. »Wie sehr musst du all die Jahre gelitten haben! Ich wünschte, ich könnte das an dir wieder gutmachen!«

»Verstehst du nun, warum ich dir mein Jawort nicht so einfach geben kann?«, flüsterte sie. »Denn ich weiß nicht, ob ich es je schaffe, Carl-Uwe zu vergessen. Zumindest kann ich es dir nicht garantieren. Ich bin mir zwar nun gewiss, dass ich dich auch lieb habe. Aber ist es nicht Betrug oder Verrat an dir, wenn ich dich heirate und gleichzeitig einem andern nachtrauere?«

Tröstend streichelte er ihr Haar. »Ich kann da keinen Betrug dran finden! Es ist doch verständlich und ganz normal, wenn man den ersten Partner nicht vergisst. Ich hab meine Evi auch nicht einfach aus dem Gedächtnis gestrichen. Sie ist mir noch ebenso lieb wie früher.

Aber mein Leben mit ihr hier auf Erden ist abgeschlossen! Ich kann es nicht zurückholen! Es nützt nichts, wenn ich mich krampfhaft daran festhalte. Das macht Evi nicht wieder lebendig! Und Gott in seiner großen Güte hat den Stachel aus der Wunde entfernt. Er hat mich befreit für eine neue Liebe, für dich, Marianne!

Das kann und will er auch bei dir tun! Er braucht dazu wohl nur etwas mehr Zeit, weil du ein anderer Typ bist als ich. Aber eines Tages wird es so weit sein! Darauf freue ich mich schon heute! Aber ich werde nie von dir verlangen, dass du Carl-Uwe vergisst, Marianne!« Sachte strich er ihr eine Haarsträhne aus der Stirn, die sich aus der Spange gelöst hatte.

Sie lag noch immer an seiner Brust. Seine Arme umschlossen sie fest, beschirmend. Wie geborgen und sicher sie sich bei ihm fühlte! Als könne kein noch so tosendes Unwetter sie mehr erreichen! Tief atmete sie durch. Wie tröstlich seine warme Anteilnahme, sein liebevolles Verständnis sie durchdrangen! Hatte sie sich nicht schon endlos lange genau danach gesehnt? Jemanden zu finden, dem sie sich so rückhaltlos anvertrauen konnte? Ohne Angst? Ohne jede Spur von Misstrauen?

Natürlich hätte ihr Carl-Uwe all das schenken können. Er hatte sie ja geliebt – mit einer beispielhaft selbstlosen Liebe! Aber seine Krankheit hatte ihn daran gehindert, es sie auch spüren zu lassen. Und nun war er von ihr gegangen. Markus in all seiner brüderlichen Fürsorge konnte diesen leeren Platz nicht vollständig füllen. So war ihr Sehnen nach menschlichem Schutz ungestillt geblieben.

Bis heute! Noch nie hatte sie sich so behütet gefühlt wie in den Armen dieses Mannes. Und immer stärker wuchs in ihr das Verlangen, einfach so an seiner Brust liegen zu bleiben und auszuruhen vom Kummer der vergangenen Jahre, alle Bürden abfallen zu lassen, die sie belastet und niedergedrückt hatten.

Was hielt sie eigentlich noch zurück? Der Schmerz um Carl-Uwe? Gewiss! »Aber Burkhard erwartet ja gar nicht von mir, dass ich das zuerst überwinde! Er liebt mich trotzdem! Und ich liebe ihn auch! Das ist mir jetzt ganz klar. Worauf warte ich dann noch? Mit seiner Hilfe kann ich den Kummer sicher eher überwinden als allein! Und Christian? Je eher ich seine Mutter werde, desto besser für ihn und für mich! Der süße kleine Schatz hat mir ohnehin schon längst mein Herz gestohlen!«

Während Marianne diese Gedanken durch den Kopf zogen, hielt Burkhard sie wortlos umschlungen. Still betete er um Weisheit und Führung. Sie liebte ihn; dieses Wissen stimmte ihn zuversichtlich. Sicher würde sie ihn dann nicht unnötig lange zappeln lassen!

Schließlich hob sie ihr Gesicht zu ihm empor. »Burkhard«, wisperte sie verschämt, »ich hab es mir überlegt. Wenn es dir tatsächlich nichts ausmacht, dass ich innerlich noch an Carl-Uwe hänge, dann bin ich bereit, deine Frau zu werden. Du sollst nicht noch lange warten müssen! Und Christian auch nicht!«

»Wirklich?« Seine Augen blitzten freudig auf. »Bist du dir ganz sicher?«

»Ja! Ich weiß, dass ich euch beide von Herzen lieb habe. Bis der Verlust von Carl-Uwe nicht mehr weh tut, dauert es womöglich noch Jahre. So lange mag ich euch nicht warten lassen! Und – und du kannst mir sicher helfen, meinen Schmerz schneller zu überwinden! Und Christian auch!«

Er legte eine Hand an ihre Wange. »Marianne! Liebling!« Behutsam hob er ihr Gesicht an seines. Ihre Arme schlangen sich um seinen Hals. Zitternd vor innerer Bewegung presste sie sich an ihn.

Erst Christians empörtes Geschrei holte sie auf die Erde zurück. Der Kleine meldete lautstark seinen Hunger an. Die Zeit für seine Mahlzeit war längst überschritten.

»O weh«, stellte Burkhard nach einem Blick auf die Uhr schuldbewusst fest, »es ist schon über eine halbe Stunde zu spät! Nimmst du ihn aus seinem Bettchen, Liebling? Ich koche rasch seine Milch!«

Marianne schlängelte sich bereits eilig hinter dem Couchtisch hervor. Das Schlafzimmer zu finden, fiel ihr nicht schwer. Sie musste nur die einzige Tür im Flur öffnen, die sie noch nicht von der anderen Seite kannte. Außerdem wies das Schreien des hungrigen Kindes ihr den Weg.

Der arme Burkhard musste es am Morgen wirklich eilig gehabt haben! Die Decke – über das gesamte französische Bett reichend – hatte er offenbar mit einem heftigen Ruck zur Seite geschleudert und beide Schlafanzugteile in größter Hast darüber geworfen. Das verknäulte Kopfkissen und das zerwühlte Laken bettelten geradezu um eine ordnende Hand.

In die Lücke zwischen Dachschräge und Bett gezwängt, stand das Gitterbettchen mit dem brüllenden Säugling. Marianne hob ihn heraus und drückte ihn an sich. »Mein armer kleiner Schatz!«, wisperte sie in sein Ohr. »Haben wir dich ganz vergessen? Was hast du nur für Rabeneltern!«

Sie zögerte einen Moment. Und dann musste sie es doch ausprobieren! »Christian!«, flüsterte sie selig. »Ich bin jetzt deine Mama! Deine richtige Mama! Eigentlich noch nicht ganz! Aber es dauert sicher nicht mehr lange! Dann bist du mein Kind! Mein eigenes Kind! Ich freue mich so!« Überglücklich herzte und küsste sie das kostbare kleine Wesen.

Christian hatte sich beruhigt, sobald er ihr Gesicht sah und ihre Hände spürte. Vertrauensvoll schmiegte er sich an sie. Er lächelte, babbelte und gurrte freudig, als sie ihn liebkoste.

Gerne hätte Marianne noch Burkhards Bett ordentlich gerichtet. Aber sie fürchtete, dass Christian wieder weinen würde, wenn sie ihn zurück ins Bettchen legte. Mit einer Hand, das Kind auf dem Arm, versuchte sie, wenigstens das Laken glatt zu ziehen. Es klappte nicht so recht zu ihrer Zufriedenheit. Deshalb ließ sie es zunächst und schüttelte nur das Kopfkissen auf. Vielleicht ergab sich nachher noch eine Gelegenheit.

Burkhard füllte bereits kochendes Wasser in zwei Fläschchen mit Milchpulver, als Marianne mit Christian in die Küche trat. Er sah sich um und lachte glücklich. »Na, mein Sohn, hat deine Mama dich aus dem Bettchen erlöst?« Dann wandte er sich rasch wieder seiner Arbeit zu. Er verschloss die Fläschchen sorgfältig, schüttelte sie kräftig und kühlte dann das eine davon unterm kalten Wasserstrahl auf die richtige Temperatur ab.

Nachher saßen sie nebeneinander auf der Couch. Marianne hielt ihren neuen Sohn auf dem Schoß und gab ihm zu trinken. Burkhard hatte einen Arm fest um Mariannes Rücken gelegt. Mit dem anderen stützte er ihren Arm, in dem das Kind lag.

Marianne lehnte ihren Kopf gegen Burkhards Schulter. »Heute

Morgen habe ich noch nicht geahnt, dass ich so glücklich sein könnte!«

»Ich auch nicht! Eigentlich hatte ich gar nicht vor, heute schon was zu sagen. Ich wollte dir noch mehr Zeit lassen. Aber als du da heute Mittag so liebreizend vor mir standest und deine Hilfe anbotest, konnte ich nicht mehr an mich halten. Ich hoffe, du verzeihst mir, dass ich dich so überrumpelt hab!«

Als Antwort lächelte sie nur und hob ihm ihren Mund entgegen.

23. Die Überraschung

Wickelst du Christian, Marianne? Dann koche ich unterdessen einen Kaffee für uns!«

»Natürlich! Schrecklich gern!«

Nach dem Wickeln huschte sie ins Schlafzimmer hinüber. Sie legte Christian kurz in sein Bettchen und richtete Burkhards Bett ordentlich her. Dann nahm sie das Kind wieder auf den Arm und eilte ins Wohnzimmer.

Eng aneinander geschmiegt saßen sie auf der Couch. Christian lag in seiner Wippe, spielte mit seinen Fingerchen und lallte zufrieden vor sich hin.

»Jetzt kommst du doch in Zukunft jeden Sonntag zu mir, nicht wahr, Liebling? Eine Woche ohne dich ist wirklich lange genug!«

Sie nickte. »Was meinst du dazu, wenn ich auch mittwochs nachmittags und samstags käme? Da hat unsere Praxis geschlossen und ich bin frei. In der Zeit könnte ich dir putzen und waschen, damit du das nicht mehr machen musst. Du hast sonst noch genug zu tun!«

»Das wäre großartig!« Er lächelte froh. »Aber wie willst du herkommen? Samstags habe ich vormittags Unterricht!«

»Du, ich bin fast neun Jahre lang sechsmal wöchentlich nach Herborn zur Schule gefahren! Unser Dorf liegt doch an einer Bahnlinie! Da werde ich es jetzt wohl zweimal pro Woche schaffen können! Du brauchst mich nicht abzuholen, Burkhard! Das kostet zu viel Zeit!«

»Lass mich dich wenigstens vom Zug abholen! Sonst musst du so weit den Berg herauflaufen.«

»Mittwochs darfst du das gerne tun. Aber samstags würde ich lieber schon vormittags kommen. Dann kann ich in Ruhe das Wohnzimmer putzen, ohne dich beim Korrigieren oder sonst einer Denkarbeit zu stören. Vielleicht könnte ich auch für uns kochen, falls du das riskieren willst. Hat deine Nachbarin einen Schlüssel, damit sie mich gegebenenfalls reinlassen könnte?«

Statt einer Antwort stand er auf und trat an seinen Schreibtisch. Er kramte ein Weilchen in der einen Schublade herum, zog dann ein Schlüsselbund hervor und reichte es Marianne. »Das ist Evis Schlüsselbund gewesen. Du kannst es gleich behalten, da es ohnehin bald dir gehören wird. Dies ist der Wohnungsschlüssel, der unten von der Haustür, dieser ist für den Keller und der kleine für den Briefkasten. Was das Kochen anbetrifft, freue ich mich schon auf die erste Kostprobe deines Könnens!« Schmunzelnd zog er sie wieder an sich.

»Freu dich lieber nicht zu früh! Ich hab es nie gelernt. Was ich kann, habe ich meiner Mutter abgeguckt. Wahrscheinlich werde ich mir als Erstes ein Kochbuch kaufen müssen! Womöglich ziehst du dein Heiratsversprechen zurück, wenn du meine ersten kläglichen Versuche lebend überstanden hast!«

Burkhard lachte schallend. »Wenn meine Liebe davon abhinge, dann wäre es allerdings traurig darum bestellt! Aber ich habe gar keine Angst. Es würde mich nicht wundern, wenn du dich als perfekte Köchin entpuppst! Übrigens hat Evi meines Wissens ein Kochbuch benutzt. Also muss eines da sein. Es liegt sicher in der Küche in irgendeinem Schubfach.«

»Dann werde ich es schon finden. Ich muss ja sowieso erst mal alles durchschauen, damit ich mich zurechtfinde. Bisher habe ich keine Ahnung, wo was ist.«

»Das kommt mit der Zeit! Ich hab am Anfang auch viel suchen müssen.«

Hingebungsvoll kuschelte sie sich in seine Arme und kostete das neue Gefühl der Geborgenheit aus. »Eigentlich sollte ich dich meinen Eltern vorstellen!«, murmelte sie an seinem Hals. »Sie fallen bestimmt aus allen Wolken. Ich hab ihnen bisher noch nichts von dir erzählt.«

»Dann wird es aber Zeit!« Er lachte leise. »Ich hoffe, deine Eltern haben gute Nerven! Markus sollte es natürlich auch erfahren. Und Annemarie! Sie weiß bereits, dass ich dich liebe. Wie wird sie sich freuen, wenn sie dich nun als zukünftige Schwägerin begrüßen kann!«

»Wenigstens eine in der Gemeinde, die sich freut!« Marianne dachte an gewisse Mädchen und deren feindselige Blicke und seufzte innerlich.

Burkhard hatte die geraunten Worte durchaus verstanden und

runzelte die Stirn. »Was hat Sybille heute Morgen mit dir angestellt? Sie hat so hämisch gegrinst! Das kam mir doch äußerst verdächtig vor.«

»Ach, nichts Schlimmes! Sie ist mir bloß im Gedränge ziemlich auf den Fuß getreten und hat mich dann fast umgeworfen. Wahrscheinlich war es aus Versehen.«

»Bestimmt nicht! Diese dumme Trine! Ihr Gesicht verriet nur zu deutlich, wie sie das gemeint hatte. Bitte sage es mir, wenn sie dich weiterhin belästigt oder verletzt! Ich sehe es als meine Aufgabe, dich zu schützen! Und ich kann es nicht dulden, dass du unter ihrer blöden Eifersucht leiden musst!«

Einen Augenblick starrte er gedankenvoll vor sich hin. Dann schüttelte er den Kopf. »Vor etlichen Jahren habe ich mal irgendwo einen Spruch gelesen, über den ich wegen des Wortspiels damals nur geschmunzelt habe. Aber mittlerweile habe ich seine Wahrheit schon öfter erfahren, als mir lieb ist!«

»Wie hieß er? Weißt du ihn noch?«

»Ja, denn er war leicht zu merken: ›Eifersucht ist eine Leidenschaft, die mit Eifer sucht, was Leiden schafft!‹«

Bevor sie spätnachmittags aufbrachen, spülte Marianne noch rasch das bisschen Kaffeegeschirr und zog dann Christian an. Burkhard holte eine Banane und einen Zwieback sowie die Utensilien zum Wickeln zusammen und packte es ein. Hoffentlich besaß Claudia eine Reibe, mit der er den Zwieback fein reiben konnte.

»Eigentlich wäre es gut, wenn wir heute Abend bei deinen Eltern essen könnten!«, meinte Burkhard unterwegs nachdenklich. »Denn beim gemeinsamen Essen lernt man sich am leichtesten und ungezwungensten kennen. Ob deine Mutter einen derartigen Überfall allerdings verkraftet, kann ich nicht sagen.«

»Och, Mutti ist schon einiges gewöhnt! Aber vielleicht ist es trotzdem am besten, wenn wir zuerst zu Markus gehen. Er soll vorher rüberlaufen und meine Eltern auf den Schock vorbereiten. Wenn wir dann hinterherkommen, haben sie sich schon ein wenig beruhigt.«

»Befürchtest du, dass deine Eltern so sehr geschockt sind?«

Marianne zuckte mit den Schultern. »Nachdem ich so viele Jahre von keinem Mann außer Carl-Uwe was wissen wollte, rechnen sie bestimmt nicht damit!«

Die beiden hatten verabredet, nicht gleich an der Haustür mit ihrem Geheimnis herauszuplatzen. Allerdings hätte Markus es eigentlich an ihren strahlenden Gesichtern ablesen können. Er merkte jedoch nichts. Denn nachdem er die Tür geöffnet und sie eilig willkommen geheißen hatte, rannte er ins Wohnzimmer zurück, bevor seine Sprösslinge zu viel anstellen konnten.

Burkhard half Marianne aus dem Mantel. Nachdem er sich vorsichtig umgesehen und keine ungebetenen Beobachter festgestellt hatte, hob er mit einer Hand ihr Kinn hoch und beugte sich über ihren lächelnden Mund. Dann ließ er sie ins Wohnzimmer vorausgehen. Er selbst kam direkt hinter ihr, seinen Sohn auf dem Arm.

Kaum hatte Julia ihn erblickt, schoss sie auf ihn zu. »Du hast mir heute gestern versprochen, dass du mich fliegen lässt. Und dann hast du es gar nicht gemacht!«

»›Heute Morgen‹ heißt das!«, verbesserte Markus seine Tochter.

Burkhard lachte. »Wir werden es sofort nachholen, kleines Fräulein! Ich muss nur erst diesen Knirps hier loswerden!«

Er trat zum Sofa, auf das Marianne sich gerade niederließ. »Komm, Christian!« Kaum konnte er sich das Schmunzeln verbeißen. »Geh zu deiner Mama!« Er setzte Marianne das Baby auf den Schoß, wandte sich zu Julia um und stemmte sie zur Decke hoch, als ob nichts geschehen wäre.

Verblüfft sah Markus von einem zum andern. Er glaubte, nicht recht gehört zu haben. »Was hast du gerade gesagt, Burkhard?« Sein Gesicht wirkte so misstrauisch, als zweifle er tatsächlich an seiner Hörfähigkeit.

Burkhard lachte übermütig, stellte Julia zurück auf den Teppich und setzte sich neben Marianne. Seinen Arm um ihre Schultern legend, verkündete er mit funkelnden Augen: »Heute hat deine Schwester eingewilligt, meine Frau zu werden. Ich hoffe, du hast nichts dagegen!«

Entgeistert starrte Markus auf Marianne. Ihr strahlendes Gesicht bestätigte die erfreuliche Nachricht. »Jetzt bin ich aber platt!«, murmelte er. Dann brüllte er laut: »Clauudiiiaaa!!«

»Warum schreist du denn so! Brennt das Haus ab?« Claudias breite Gestalt füllte den Türrahmen. Als sie das strahlende Dreigespann auf dem Sofa erblickte, brach sie in fröhliches Lachen aus. »Hab ich's dir nicht gesagt, Marianne? Du wolltest es ja nicht wahrhaben! Also hab ich doch Recht gehabt! Herzlichen Glückwunsch!«

»Ja, herzlichen Glückwunsch!«, fügte Markus tonlos hinzu. Er konnte es immer noch nicht so recht fassen. Nie hätte er geglaubt, Marianne könne sich so schnell wieder verlieben. Was Burkhard für seine Schwester empfand, war ihm längst klar. Und er hatte heimlich auf eine Verbindung der beiden gehofft und zuweilen sogar darum gebetet. Doch mit dieser Geschwindigkeit hatte er nicht gerechnet.

»Mutti und Vati trifft der Schlag!«, bemerkte er, als er sich etwas von der Überraschung erholt hatte. »Oder wissen sie etwa schon Bescheid? Von mir können sie nichts erfahren haben. Ich hab ihnen nicht mal verraten, wo du in letzter Zeit sonntags gesteckt hast, Marianne. Habt ihr ihnen was gesagt?«

»Nein!«, gab Marianne zu, und ihre Augen spiegelten ihre steigende Nervosität. »Meinst du, du könntest vielleicht rübergehen und sie vorbereiten? Sonst ist der Schock ein bisschen arg groß!«

»Mach ich, Schwesterherz!« Ohne Zögern stand Markus auf. »Das ist bestimmt am besten!«

»Und wenn sie wieder in der Lage sind, einen Fuß vor den anderen zu setzen, bringst du sie zum Abendessen mit!«, warf Claudia lachend ein. »Martin natürlich auch! Ich zieh in der Zwischenzeit den Tisch aus und leg noch drei Gedecke dazu!«

»Soll ich dir helfen?«, bot Marianne an.

»Nicht nötig! Bleib du nur sitzen!« Claudia packte ihre beiden Kinder und zog sie mit in die Küche. Julias Protestgeschrei überhörte sie einfach.

Markus wandte sich an der Tür noch einmal um. »Betet mal für mich, dass ich die richtigen Worte finde! Wer weiß, wie sie reagieren!«

Obwohl Burkhard Schumann seine zukünftigen Schwiegereltern noch nie gesehen hatte, scheute er diese erste Begegnung nicht. Er kannte Markus und Marianne und konnte sich deren Eltern nicht anders als ebenso ruhig, aufrichtig und charakterfest vorstellen. Außerdem hatte Marianne an diesem Nachmittag im Zusammenhang mit Carl-Uwe auch einiges von ihren Eltern erwähnt, was Warmherzigkeit und Hilfsbereitschaft verriet.

Marianne wippte dagegen nervös und aufgeregt mit dem Fuß. Würde ihre Mutter sie nicht für wetterwendisch und untreu halten, weil sie ein gutes halbes Jahr nach Carl-Uwes Tod bereits einem anderen ihr Jawort gab?

Burkhard bemerkte ihre Erregung. Liebevoll zog er sie an sich. Dann umschlang er Marianne und Christian zugleich und betete mit gedämpfter Stimme.

Es dauerte fast eine Dreiviertelstunde, bis das Aufschließen der Haustür und Stimmen im Flur das Ende der gespannten Warterei ankündigten. Markus nahm Martin mit zu Claudia in die Küche. Dort wurde der inzwischen Sechzehnjährige sofort von seiner Nichte vereinnahmt.

Margot Meininger schaute ihren Mann an, atmete tief durch und öffnete dann entschlossen die Tür zum Wohnzimmer. Jetzt half kein Zaudern mehr. Je eher sie die Angelegenheit am Schopf packten, desto schneller hatten sie sie überstanden.

Beide Eltern wussten nicht, was sie von dieser Neuigkeit halten sollten. Eine solche Überraschung passte nicht zu ihrer Tochter, die sonst stets lange und intensiv über alles nachdachte, bevor sie eine wichtige Entscheidung traf. Selbst ihr damaliger Entschluss, Carl-Uwe in seinen letzten Wochen zu pflegen, hatte lediglich spontan ausgesehen. In Wahrheit hatte sie sich bereits lange mit dem Gedanken getragen, da sie aus ihrer Arbeit wusste, wie eine solche Krankheit endete.

Und nun sollte sie nach all dem Erlebten ihr Herz so schnell wieder verschenkt haben? Besonders die Mutter konnte sich nicht vorstellen, dass Marianne freiwillig der Heirat zugestimmt hatte. Ob sie von dem jungen Mann unter Druck gesetzt worden war?

Eifrig hatte Markus sich bemüht, die Bedenken und Zweifel seiner Eltern zu zerstreuen. Ungewohnt beredsam hatte er den aufrechten Charakter, die Zuverlässigkeit und weiteren Vorzüge des Mannes beschrieben, den er sich längst heimlich als zukünftigen Schwager gewünscht hatte. Besser könne Marianne es gar nicht treffen.

Doch so ganz überzeugen konnte er seine Eltern nicht. Die Nachricht hatte sie einfach zu unerwartet überrumpelt. Angespannt und unsicher folgten sie ihrem Ältesten schließlich ins Nachbarhaus, den noch ahnungslosen Jüngsten im Schlepptau.

Marianne lehnte mit ihrem Kopf an Burkhards Schulter. Sobald sie die Stimmen hörte, richtete sie sich hastig auf. Burkhard strich ihr sachte über den Rücken und erhob sich, als ihre Eltern eintraten. Freundlich lächelnd verbeugte er sich und stellte sich vor. »Frau Meininger! Herr Doktor Meininger! Darf ich Sie um die Hand Ihrer Tochter bitten?«

Der Arzt räusperte sich mehrmals heftig. Innerlich musste er sich eingestehen, dass Markus nicht zu viel versprochen hatte. Der junge Lehrer erweckte Vertrauen und Sympathie. Die hellen Augen blickten besonnen und ehrlich aus dem offenen Gesicht.

»Und wie denkt meine Tochter darüber?« Dr. Meininger sah zu Marianne hinunter. Burkhard wandte den Kopf, lächelte ihr zu und half ihr beim Aufstehen.

Marianne drückte Christian fest an sich, als müsse sie bei ihm Mut tanken oder als habe sie Angst, jemand wolle ihr das Kind entreißen. »Mutti! Vati!«, begann sie mit zitternder Stimme. »Es kommt euch sicher ziemlich unüberlegt und plötzlich vor. Aber – aber – Wir haben uns lieb! Wirklich! Burkhard weiß über Carl-Uwe Bescheid. Er verlangt gar nicht von mir, dass ich ihn vergesse, sondern hat sehr viel Verständnis! Ich fühle mich bei ihm so – so geborgen und beschützt! Und ich hab Christian so lieb! Bitte versteht mich! Bitte, bitte, sagt nicht Nein!« Flehend schaute sie erst auf ihren Vater, dann auf ihre Mutter. Und dann trat sie noch dichter an Burkhard heran, wie um zu zeigen, wem sie sich nun zugehörig fühlte.

»Es kommt tatsächlich reichlich plötzlich und unerwartet!« Dr. Meininger räusperte sich erneut. »Aber wenn du dir sicher bist, dass dies der richtige Mann für dich ist, mein Kind, dann wollen wir dir keine Steine in den Weg legen. Wir möchten nur dein Glück, Marianne; das weißt du! Außerdem bist du ohnehin volljährig und kannst tun, was du willst!«

»Ich bin mir absolut sicher!«, erwiderte das Mädchen leise und sah zu dem jungen Mann auf.

»Dann geben wir gerne unsere Zustimmung!«, entschied Dr. Meininger und reichte seinem zukünftigen Schwiegersohn die Hand. »Sei uns willkommen, Burkhard! Mögest du unsere einzige Tochter so glücklich machen, wie wir es uns stets gewünscht haben und wie sie es auch verdient!«

»Das gebe Gott!« Burkhard drückte die Hand fest und wechselte auch mit seiner zukünftigen Schwiegermutter einen warmen Händedruck. »Vielen Dank, dass ihr mir eure Tochter anvertraut!

Ich werde alles daransetzen, mich dieser Ehre würdig zu erweisen!«

Es klopfte. Markus steckte seinen Kopf zur Tür herein. »Seid ihr fertig? Claudia wartet schon mit dem Abendessen. Die Kinder sind kaum noch zu bändigen!«

»Wir kommen sofort, Markus! Ich möchte bloß noch einen Blick auf meinen neuen Enkel werfen. So schnell wird man nicht alle Tage Großmutter!«

Die Männer lachten herzlich. Marianne strahlte auf. Sie drehte das Kind in ihrem Arm ein wenig, damit es nach vorn schauen konnte. »Guck nur, Christian! Da ist deine neue Omi!«

Aufmerksam, mit großen, kugelrunden Augen, betrachtete der Säugling das fremde Gesicht. »Wie alt ist er?« Frau Meininger, so abrupt und unvermutet von der doppelten zur dreifachen Großmutter aufgestiegen, streichelte über die kleine Wange.

»Ein gutes halbes Jahr!«, antwortete der Vater stolz. »Am 8. Mai wurde er geboren.«

»Lasst uns gehen, bevor Julia noch das Haus abreißt!«, drängte Dr. Meininger. »Man hört sie wieder bis ans andere Dorfende!«

Lachend eilten sie hinüber. Markus stellte Burkhard und Martin, den Claudia inzwischen amüsiert »aufgeklärt« hatte, einander vor. »Gut, dass du in der Realschule und nicht am Gymnasium unterrichtest! Sonst hättest du unsern Frechdachs womöglich als Schüler!« Liebevoll griff er seinem jüngsten Bruder in die etwas lang geratenen Haare. »Schluckst du zur Zeit Wachstumspillen? Noch ein paar Zentimeter, und du hast Marianne auch überholt! Claudia hast du ja schon längst hinter dir gelassen!«

Martin grinste nur. Dann wandte er sich an seinen neuen Schwager. »Welche Fächer unterrichten Sie?«

»Mathematik und Musik! Übrigens kannst du ruhig Du zu mir sagen!«

Claudia verteilte die Plätze. Burkhard und Marianne durften natürlich nebeneinander sitzen. Ihren Schwiegervater dirigierte sie neben Burkhard, die Schwiegermutter neben Marianne.

Wie schon die vorigen Sonntage, behielt das Mädchen Christian auf dem Schoß. Burkhard versorgte sie mit allem Nötigen, so dass sie essen konnte. Sowie er selbst den letzten Brocken hinuntergeschluckt hatte, schob er seinen Stuhl zurück. »Claudia, hast du eine Reibe? Ich müsste für Christian einen Zwieback reiben.«

»Gib nur her! Ich zerstoße ihn dir ganz fein. Das geht schneller!«

Burkhard holte den Zwieback und die Banane. Claudia reichte ihm einen tiefen Teller und eine Gabel. Während sie den Zwieback zerstieß, zerdrückte er die Banane. Dann mischte er im Teller beides untereinander.

Von Claudia lieh er noch einen Babylöffel. Er setzte sich wieder auf seinen Platz und wollte Marianne seinen Sohn abnehmen.

»Darf ich ihn füttern? Bitte! Ich möchte es so gerne mal mit dem Löffel probieren!«

»Natürlich, wenn du gerne möchtest!« Er stellte ihr den Teller zurecht und band seinem Sohn das mitgebrachte Lätzchen um.

Frau Meininger beobachtete ihre Tochter gespannt. Marianne legte den Säugling schräg auf ihren Schoß, so dass er halb saß, halb lag. Das rechte Ärmchen steckte sie hinter ihren Rücken, das linke hielt sie mit ihrer linken Hand fest. Auf diese Weise konnte er ihr nicht auf den Löffel patschen.

Nun nahm sie ein wenig Brei auf den Löffel und berührte damit den kleinen Mund. Sofort sperrte Christian sein Mäulchen auf. Ohne Schwierigkeiten konnte Marianne dem Kind den Obstbrei füttern.

Staunend hatte Frau Meininger zugesehen. »Wo hast du das gelernt? Ich habe dich noch nie ein Baby füttern sehen! Aber es sieht aus, als ob du es jahrelang geübt hättest.«

Marianne lächelte. »Das hab ich heute Mittag bei Burkhard abgeguckt!« Verliebt sah sie zu ihm auf.

»Meine perfekte Mama!« Deutlicher Stolz klang aus seiner Stimme, während er ihren Blick erwiderte.

Nach dem Essen wickelte Marianne den Säugling. Ihre Mutter konnte sich nur noch wundern. Nie hätte sie geglaubt, dass ihre Tochter so gut mit Babys umgehen konnte. Zwar hatte sie kleine Kinder schon immer »süß« gefunden. Aber zum Versorgen gehörte doch einiges mehr als bloßes Entzücken. Um ihre Nichte hatte sie sich damals kaum gekümmert. Auch für Stephan hatte sie sich nicht sonderlich interessiert.

Nachdem sie Christian fertig angezogen hatte, räumte Marianne die Tasche ordentlich wieder ein. Dann nahm sie den Säugling behutsam auf den Arm und setzte sich im Wohnzimmer aufs Sofa, dicht neben Burkhard, der sich angeregt mit Dr. Meininger und seinen beiden Söhnen unterhielt. Als Marianne zu ihm kam, legte er ihr sofort wie selbstverständlich den Arm um den Rücken und zog sie noch etwas näher heran. Verlegen schielte Marianne zu ihrer Mutter. Sie wehrte sich jedoch nicht.

Eine Weile später schaute Burkhard auf die Uhr und erschrak. »Es wird Zeit, dass ich aufbreche, Liebling! Sonst verschlafe ich morgen früh nochmals und komme zu spät in die Schule. Christian gehört auch endlich ins Bett! Ich ruf dich morgen Mittag von Annemarie aus an. Bis dahin kannst du mir sicher sagen, mit welchem Zug du am Mittwoch kommst, nicht wahr?«

Sie nickte und rutschte vor an den Rand der Couch, um mit dem Baby im Arm aufstehen zu können. »Ich geh noch mit ans Auto!« Burkhard verabschiedete sich reihum und folgte Marianne in den Flur. »Warte, ich hänge dir den Mantel um. So darfst du nicht rausgehen. Ich hab noch das Jackett drüber, du nur die leichte Bluse. Das ist zu kalt!«

Am Auto verstaute er zuerst seinen müden Sohn im Kinderwagen auf dem Rücksitz. Dann zog er sein Mädchen in die Arme. »Ade, mein Liebling! Was bin ich froh, dass du schon am Mittwoch kommst und nicht erst Sonntag!«

Es dauerte noch ein bisschen, bis er schließlich einstieg. Marianne blickte dem Wagen nach. Erst als er um die Ecke verschwunden war, bummelte sie gemächlich ins Haus zurück.

24. Neue Aufgaben

»Marianne, geh jetzt lieber!« Dr. Meininger griff nach der Karteikarte des nächsten Patienten. »Wir schaffen den Rest auch ohne dich. Sonst fährt dir noch der Zug vor der Nase weg.«

»Danke, Vati!« Marianne riss den weißen Kittel herunter. Ob ihr Vater ihre wachsende Nervosität bemerkt hatte? Schon etliche Male hatte sie verstohlen auf ihre Armbanduhr geschaut. Aber bisher hatte sie noch nicht zu fragen gewagt. Denn ausgerechnet heute saßen erheblich mehr Patienten im Wartezimmer als sonst. Und sie konnte doch nicht einfach verschwinden und ihre beiden Kolleginnen mit der restlichen Arbeit allein sitzen lassen!

Immer eine Stufe auslassend, jagte sie die Treppe hinauf in ihr Zimmer, schnappte sich ihre Handtasche, rannte wieder hinunter. »Tschüs, Mutti!« Schon im Laufen zur Gartenpforte schlüpfte sie in die Ärmel ihres Mantels, den sie sich im Flur nur rasch übergeworfen hatte, und begann dann, die Knöpfe zu schließen. Schnell, schnell, damit sie den Zug nicht verpasste! Burkhard wartete auf sie!

Wie sie sich in den wenigen Tagen nach ihm gesehnt hatte! Er füllte ihre Gedanken vom Aufwachen bis zum Einschlafen. Selbst wenn sie sich in der Praxis voll auf die Patienten und ihre Behandlung konzentrierte, lebte das Wissen um ihn in ihrem Bewusstsein. Und immer wieder dankte sie Carl-Uwe innerlich für seinen Weitblick. Noch im Sterben hatte er für ihre Zukunft gesorgt.

Drei helle Schläge von der Kirchturmuhr bremsten ihre Hast. Erst viertel vor zwölf! Warum hetzte sie sich eigentlich so unnötig ab?

»Merkwürdig«, dachte sie, als sie ein paar Minuten später auf dem Bahnsteig auf- und abspazierte, »Carl-Uwe ist mir noch genauso wert und teuer wie vorher. Trotzdem kann ich Burkhard herzlich lieb haben. Bisher dachte ich immer, so was sei nicht möglich. Wahrscheinlich geht es nur, weil einer der beiden tot ist.

Wenn plötzlich beide vor mir ständen, wüsste ich nicht, was ich tun sollte!«

Burkhard musste mittwochs nur bis halb eins unterrichten. Deshalb hatte er sich mit Marianne für den Zug um 12.43 Uhr verabredet. Pünktlich auf die Minute schloss er die Stunde ab. Anschließend rannte er so eilig aus dem Klassenzimmer, dass ihm einige Schüler erstaunt nachsahen. Sonst nahm er sich doch stets noch Zeit, falls einer der Schüler Fragen zum Stoff hatte.

Auch Cora Müller, die junge Kollegin, musterte ihn verwundert, als er im Lehrerzimmer nur hastig seine Sachen zusammenpackte und sich seinen Mantel über den Arm warf. Nach einem kurzen Gruß verließ er mit weiten Schritten den Raum. Sie hätte zu gerne gewusst, warum er es so ungewohnt eilig hatte. Schon seit längerem interessierte sie sich für den sympathischen Kollegen. Leider biss er auf keinen ihrer Köder an, so sorgfältig sie sie auch auslegte.

Zwanzig vor eins stand Burkhard atemlos auf dem Bahnsteig. Obwohl der Zug pünktlich einlief, empfand er die drei Minuten als halbe Ewigkeit. »Ich benehme mich wie ein verliebter Primaner!«, schoss es ihm durch den Kopf, und er schmunzelte über sich selbst.

Marianne wusste noch von ihrer Schulzeit, in welchem Waggon sie sitzen musste, um nahe an der Treppe zu landen. Sie war kaum ausgestiegen, als sie schon Burkhards Hände auf ihren Oberarmen spürte. »Mein Liebling!« Er neigte seinen Kopf über ihr Gesicht. Das Licht in ihren Augen spiegelte seine eigene Freude wider. Auf dem Weg zum Auto legte er seinen Arm um ihre Schultern.

Bei Annemarie aßen sie zu Mittag. Die Schwägerin umarmte Marianne herzlich. »Ich freue mich so für euch drei! Was Besseres konnte meinem Bruder nicht passieren!«

An diesem Nachmittag stürzte Marianne sich als Erstes auf die Küche. Sie wischte alle Schränke aus und bemühte sich, das Geschirr wieder so einzuräumen, wie sie es vorgefunden hatte. Wenn sie hier irgendwann den Haushalt übernahm, würde sie einiges praktischer einteilen. Bis dahin musste alles gleich bleiben, damit Burkhard keine Zeit mit unnötiger Sucherei verlor.

Der junge Lehrer saß im Wohnzimmer am Schreibtisch und versuchte, sich auf die Vorbereitung des nächsten Unterrichtstages zu konzentrieren. Zwischendurch brachte Marianne ihm einen Kaffee zum Aufmuntern. Danach musste sie ihn nochmals kurz stören, damit er ihr zeigte, wie er Christians Milch zubereitete.

Später setzte er sich ans Klavier und spielte den Unterrichtsstoff für die nächsten Musikstunden durch. Marianne lauschte erfreut, während sie in der Küche weiterarbeitete. Sie richtete auch das Abendessen für sie beide und fütterte Christian seinen Obstbrei. Danach wickelte sie das Baby, zog ihm seine Nachtsachen an und steckte ihn gleich in seinen Schlafsack. Dadurch brauchte Burkhard den schlafenden Säugling nur noch vom Auto ins Bett zu tragen, nachdem er Marianne heimgefahren hatte.

Am Samstag hatte Marianne bereits das Wohnzimmer geputzt und hantierte am Herd, als Burkhard mit Christian heimkam. Vorsichtshalber hatte sie vorher mit ihrer Mutter ausführlich durchgesprochen, was sie ihrem Zukünftigen vorsetzen wollte. So gab es keine Panne.

»Ich wusste doch, dass du kochen kannst!«, lobte er beim Essen. »Du bist eben ein Naturtalent!«

Warme Freude durchzog sie. Wie schön, anerkannt zu werden – noch dazu von dem Mann, der ihr täglich wichtiger wurde!

Nachmittags nahm sie Schlafzimmer und Bad in Angriff. Sie überzog Burkhards und Christians Betten mit frischer Bettwäsche, füllte die Waschmaschine im Keller und ließ sie laufen, während sie Christians Milch zubereitete, ihn fütterte und wickelte.

Burkhard vertiefte sich zunächst in den Unterrichtsstoff für den Montag. Dann seufzte er zufrieden auf und langte nach dem Heftestapel hinten auf dem Schreibtisch – die Mathematikarbeit, die er am Freitag in der achten Klasse hatte schreiben lassen. So schnell hatte er schon lange nicht mehr mit einer Korrektur beginnen können.

Später hängte Marianne die Wäsche in der Waschküche im Keller auf. Zum Glück waren die Leinen nicht anderweitig besetzt. Sie musste Burkhard unbedingt mal fragen, ob er von einer Liste für die Hausbewohner wusste, wann wer den Trockenraum benutzen durfte. Sonst verursachte sie ihm noch unnötige Schwierigkeiten!

Befriedigt saß sie dann mit ihm beim Abendessen. Das Gröbste hatte sie geschafft, alle Zimmer einmal durchgeputzt. Nur Fenster und Gardinen fehlten noch. Denen wollte sie am folgenden Samstag zu Leibe rücken.

»Ich hab übrigens mit Vati über Babynahrung gesprochen. Er hat mir gesagt, wir sollten Christian abends auf Milchbrei umstellen. Dann schläft er besser durch. Ich hab deswegen mal eine Packung gekauft, die Vati mir empfohlen hat. Vielleicht kann ich heute Abend ein bisschen davon unter den Obstbrei mischen. Was meinst du?«

»Ja, tu das nur! Das ist prima! Du musst mir dann nur zeigen, wie man es kocht, damit ich es an den Tagen machen kann, an denen du leider nicht da bist.«

»Es wird nur mit abgekochtem heißem Wasser angerührt – wie die Milch – und ist daher ganz einfach. Vati will mir einen Plan schreiben, wann Babys was bekommen sollen. Ich hab ja keine Ahnung!«

»Aber du bist lernbereit und begreifst sehr rasch! Dir kann ich unser Kind unbesorgt anvertrauen!« Er nahm ihre Hand in die seine und streichelte sie. »Liebling, wir haben noch gar nicht darüber gesprochen, wann wir uns verloben und wann wir heiraten wollen. Hast du deswegen irgendwelche besonderen Wünsche?«

»Wie Christian wohl darauf reagiert!«, dachte Marianne, als sie den Milchbrei mit Zwieback und einem halben geriebenen Apfel mischte. »Bisher hab ich ja noch nichts Neues bei ihm ausprobieren müssen. Ob er es gar wieder ausspuckt wie Julia immer? Was mach ich dann?«

Doch der Kleine aß die Mischung genauso problemlos wie vorher den reinen Obst-Zwieback-Brei. Im richtigen Moment öffnete er wie ein hungriges Vogelkind sein Schnäbelchen – allerdings ohne das vogelübliche Gekreische –, schob die Löffelladung ein bisschen im Mund herum und schluckte sie dann gehorsam hinunter, um Platz für die nächste zu schaffen, die schon angeschwebt kam.

»Was bist du doch für ein braves Kind!«, lobte Marianne und herzte und küsste ihn. »Ich weiß nicht, was ich gemacht hätte, wenn du so wild und schwierig wärst wie Julia und

Stephan. Wahrscheinlich hätte ich mich gar nicht an dich rangetraut!«

***

Schon früh am nächsten Morgen holte Burkhard Marianne daheim ab und fuhr mit ihr nach Frankfurt. Dort besuchten sie den Gottesdienst in der Emmauskirche. Denn anlässlich des Ewigkeitssonntags wurden alle Namen der Gemeindemitglieder verlesen, die in dem Jahr verstorben waren. Auch Carl-Uwes Name gehörte dazu.

Marianne und Burkhard saßen mit Christian in der letzten Reihe, als Gerold mit Michael eintrat. Der Junge hatte die Masern inzwischen überwunden. Seit drei Tagen ging er wieder zur Schule. Er entdeckte Marianne als Erster. Sie sah, wie er seinem Vater etwas zuflüsterte und in ihre Richtung zeigte. Als Gerold herübersah, winkte sie eifrig.

»Wer ist das?«, forschte Burkhard leise.

»Gerold Neumeister mit Michael! Ich hab dir vor einer Woche von ihnen erzählt. Erinnerst du dich?«

»Ja!« Er stand auf, um die Näherkommenden zu begrüßen. Marianne blieb sitzen, da sie Christian auf dem Schoß hielt. Verlegen stellte sie die Männer einander vor. Die beiden fanden sich auf Anhieb sympathisch.

Da der Gottesdienst bald begann, konnten sie sich nicht unterhalten. Doch danach wandte Gerold sich ihnen sofort zu: »Ihr kommt doch noch mit zu uns, oder? Carmen wäre sicherlich sehr enttäuscht, wenn sie erführe, dass du in Eschersheim warst und nicht hereingeschaut hast, Marianne! Wegen des Babys braucht ihr keine Sorge zu haben. Unsere drei sind alle wieder gesund!«

Damit Gerold Carmen auf die zusätzlichen Esser vorbereiten konnte, beschlossen Burkhard und Marianne, zuerst zum Friedhof zu fahren. Michael nahmen sie mit. Diesmal blieb Burkhard nicht einige Schritte entfernt stehen. Gemeinsam traten sie ans Grab.

Marianne fasste nach Michaels Hand. In der Trauer um den Toten fühlte sie sich mit dem Jungen eins. Beide hatten Carl-Uwe geliebt und waren von ihm geliebt worden.

Nach einer Weile legte Burkhard seinen Arm um Marianne und drückte sie an sich. Dankbar sah sie zu ihm auf. Obwohl ihre

Augen nicht ganz trocken blieben, lächelte sie. Sein liebevolles Verständnis durchwärmte sie wohltuend. Wie viel leichter war der Verlust nun zu ertragen!

»Nanu! Wo hast du denn Michael gelassen!« Carmen schaute aus der Küche, als sie die Haustür klappen hörte, und sah nur ihren Mann.

»Überraschende Neuigkeiten!« Gerold zog ein geheimnisvolles Gesicht, während er seinen Mantel aufhängte und Schuhe wechselte. »Du wirst es vermutlich kaum glauben!«

»Aber wo ist Michael!«

»Nur ruhig Blut! In bester Gesellschaft! Du wirst es sogleich erfahren.«

Halb neugierig, halb besorgt blickte sie ihm entgegen, als er nun zu ihr in die Küche trat. Während er berichtete, wurden ihre Augen immer größer.

»Na, so was! Das muss ein außergewöhnlicher Mann sein, der es geschafft hat, Marianne so schnell zu gewinnen!« Und mit einem Augenzwinkern fügte sie hinzu: »Fast so außergewöhnlich wie du!«

Gerold lachte und zog sie an sich. »Und du bist eine außergewöhnliche Frau!« Spielerisch knabberte er an ihrem Ohrläppchen. »Wie schaffst du es nur, mein Herz so festzuhalten?«

Wie immer genoss Carmen seine Zärtlichkeit. Doch nach einer Weile schob sie ihn sanft zurück. »Wenn zwei Leute mehr mitessen, sollte ich mich schleunigst dranmachen, das Essen zu verlängern! Sonst guckt die Hälfte von uns in die Röhre!«

»Solange es deine Backröhre ist! Da guck ich immer gern rein, wenn so ein guter Duft herauskommt wie gerade jetzt!«

»Du lässt deine Finger von der Backofentür!« Lachend schob sie ihn in Richtung Esszimmer. »Geh und deck den Tisch!«

Zögernd folgte Marianne Michael durch die Gartenpforte. Ihr Herz klopfte schneller, als sie die vier Stufen zur Haustür erklomm. Wie mochten Neumeisters Burkhard begegnen? Immerhin hatte er den Platz des Mannes eingenommen, der hier fast zehn Jahre zur Familie gehört hatte! Würden sie den Neuen als Eindringling ablehnen?

Michael hatte bereits geklingelt. Gerold öffnete und hieß sie lächelnd willkommen. Aus der Küche eilte Carmen herbei, umarmte Marianne zur Begrüßung und reichte Burkhard mit herzlichen Worten die Hand.

»Es tut mir Leid, dass wir dir so unangemeldet hereinplatzen.« Marianne sah schuldbewusst auf Carmen. »Aber ...«

»Kein Problem!« Carmen lachte. »Gerold hat mich ja rechtzeitig vorgewarnt. Eine zusätzliche Vorsuppe, ein paar mehr Nudeln ins Kochwasser, die Soße ein bisschen verlängert, ein weiterer Salat – da wird schon keiner hungern! Die Poularde war ohnehin zu groß für uns. Die Kinder essen nicht viel Fleisch. So, und nun muss ich zurück in die Küche flitzen!«

»Ich komme mit!« Marianne holte Christians Gemüsegläschen aus der Tasche, um es aufzuwärmen, und überließ das hungrige Kind zunächst seinem Vater. Sobald der Karottenbrei mit Butter die richtige Temperatur erreicht hatte, holte sie sich den Kleinen und fütterte ihn am Küchentisch. Nebenher erzählte sie Carmen, wie es zu der Verbindung mit Burkhard gekommen war.

Nachdem die Männer in die Stube getreten waren, blieb dem Gast kaum Zeit, Herrn Sanders zu begrüßen. Sowie Gabriele das Baby entdeckte, stürzte sie auf den Besucher zu. »O wie süß! Darf ich das mal streicheln?«

»Natürlich! Wenn du ein paar Sekunden Geduld hast! Ich möchte erst deinen Großvater kennen lernen!« Burkhard neigte den Kopf, hielt seinen Sohn mit einem Arm fest und schüttelte Herrn Sanders' ausgestreckte Linke, während Gerold die Männer einander vorstellte. Danach wandte Burkhard sich Gabriele zu, ließ sich auf ein Knie nieder und Christian auf dem anderen Bein reiten.

»Vorsichtig!«, mahnte Gerold seine Tochter. Mit zwei Fingern strich das Mädchen dem Säugling über den Arm. Als der Kleine daraufhin quiekte und mit den Händchen wedelte, kicherte Gabriele. Dann schaute sie zu ihrem Vater. »Ich möchte auch so ein Baby haben!«

Die Männer lachten. Burkhard richtete sich auf und setzte sich mit seinem Sohn in den freien Sessel. Als Marianne Christian zum Füttern holte, waren die Erwachsenen bereits in eine angeregte Unterhaltung vertieft. Die warmherzige Art ihres Zukünftigen hatte sogar Herrn Sanders, der von Anfang an Carl-Uwe besonders zugetan gewesen war, im Nu erobert.

Während Marianne in der Küche saß, erkundigte Burkhard sich bei Gerold nach Carl-Uwe. »Marianne hat mir schon einiges erzählt. Bitte versteh meine Frage nicht falsch! Sie liegt nicht an Neugier oder Eifersucht. Aber ich möchte Marianne gerne so weit wie möglich helfen, zumindest den schlimmsten Schmerz zu überwinden. Erst wenn der Stachel aus der Wunde ist, kann sie heilen. Deshalb würde mich interessieren, ob ich auf bestimmte Dinge achten muss, wo sie besonders verletzlich ist.«

Gerold überlegte. »Frage sie möglichst nie nach Carl-Uwes Familie! Das war einer seiner wundesten Punkte!« Und er berichtete kurz von der Enterbung, dem Rauswurf, der jahrelangen Trennung und von seinen Versuchen, wenigstens die Mutter zu erreichen, an der der Tote so gehangen hatte. Auch den Besuch der Kriminalbeamten und Frau Schusters Freitod erwähnte Gerold.

»Ich habe selbst Markus bisher nichts davon erzählt in der Hoffnung, dass er es auf seinem Dorf nicht erfährt. Denn die Kripo hat sich seither nicht wieder gemeldet. Daher vermute ich, die schriftlichen Beweise haben ihnen genügt, um uns von dem hässlichen Verdacht rein zu waschen. Aber vielleicht ist es gut, wenn du darüber Bescheid weißt. Womöglich macht mal jemand eine dumme Bemerkung. Es stand immerhin in allen größeren Zeitungen. Herr Schuster senior ist ja ein bekannter Geschäftsmann. Und Carl-Uwe war durch den Rundfunk außerordentlich beliebt. Wie viele seinen Namen kannten, habe ich bei der Beerdigung gemerkt.«

Burkhard schüttelte betroffen den Kopf. »Ich bin in einer so harmonischen Familie aufgewachsen, dass ich mir früher so etwas nie vorstellen konnte. Erst durch meine erste Frau habe ich erfahren, welch ein Elend es in Familien geben kann. Evi war knapp acht Jahre alt, als ihre Eltern sich scheiden ließen. Beide heirateten bald darauf wieder. Die neuen Partner wollten das Stiefkind nicht. Deshalb sollte Evi zunächst in ein Heim. Doch eine Großtante in Herborn erbarmte sich über sie und zog sie auf.

Die Großtante starb kurz nach unserer Hochzeit. Von den Eltern fehlt jede Spur. Ich konnte sie nicht einmal von Evis Tod benachrichtigen. Und von dem Enkel wissen sie natürlich auch nichts. Jetzt bin ich allerdings froh darüber. Wer weiß, welche Verwicklungen es gegeben hätte, weil ich wieder heirate! Womöglich hätten sie Marianne abgelehnt!«

25. Die Mädchen haben Recht

Schon in der großen Pause packte Burkhard seine Sachen zusammen. Einen Augenblick überlegte er sogar, ob er seinen Mantel mit ins Klassenzimmer nehmen sollte. Doch den Gedanken verwarf er wieder.

»Ich habe es nach der Stunde äußerst eilig!«, teilte er der Zehnten gleich am Anfang der Stunde mit. »Wenn ihr also Fragen zum Stoff habt, stellt sie in Zukunft bitte rechtzeitig. Nachher habe ich keine Zeit mehr!«

Ohne ein weiteres Wort begann er mit dem Unterricht. Pünktlich mit dem Klingeln schloss er die Stunde ab, warf sein Mathematikbuch in seine Aktentasche und verließ das Klassenzimmer mit weit ausgreifenden Schritten.

Seine Schüler sahen ihm verdutzt nach. »Was ist denn in den gefahren!«, wunderte sich eines der Mädchen.

»Ja, komisch, was? Schon letzten Mittwoch ist er so Hals über Kopf abgehauen!«

»Vielleicht wartet seine Liebste auf ihn!«, kicherte eine dritte.

»Blödsinn!«, fauchte einer der Jungen grob. »Was ihr Weiber auch gleich immer denkt! Seine Frau ist doch kaum ein halbes Jahr tot!«

Sabine verzog beleidigt das Gesicht und erwiderte schnippisch: »Wir werden ja sehen, wer Recht hat! Ihr versteht davon ohnehin nichts!«

Bodo zeigte ihr nur die kalte Schulter.

***

Da sie am Samstag nachmittags zu Markus' Geburtstagsfeier eingeladen waren, schaffte Marianne nicht so viel, wie sie gehofft hatte. Doch bis zum Mittagessen war das Wohnzimmer nicht nur geputzt, auch die beiden Fensterscheiben im Erker erstrahlten in neuem Glanz. Und die Gardine strömte den frischen Duft des Waschmittels aus.

Während Marianne kochte, horchte sie immer wieder zur Tür. Endlich hörte sie das Knirschen des Schlüssels im Schloss und eilte in den dämmerigen Flur. An Burkhards zärtlicher Begrüßung merkte sie zunächst keine Veränderung. Sie nahm ihm Christian ab, damit er seinen Mantel ausziehen konnte, und ging zurück in die Küche. Dort legte sie das Kind in die bereitstehende Wippe und kontrollierte rasch die Töpfe auf dem Herd. Als Burkhard eintrat, wandte sie sich zu ihm um. Das Licht vom Fenster fiel auf sein Gesicht. »O Burkhard! Was ist denn los? Hab ich was falsch gemacht, weil du so böse guckst?«

»Nein, du nicht!« Er seufzte tief. Dann zog er sie an sich und rieb mit seiner Wange über ihre Stirn. »Wie froh werde ich sein, wenn ich nach den Weihnachtsferien wieder einen Ring trage! Verwitwete Männer scheinen für einige Frauen Freiwild zu sein! Denk dir, Liebling, heute hat mich doch tatsächlich eine jüngere Kollegin zum Essen zu sich nach Hause eingeladen! Stell dir vor: Eine Frau lädt einen Mann ein!

Ist das denn in Deutschland normal? In Japan wäre so was unvorstellbar! Im ersten Moment war ich so geschockt, dass ich nicht wusste, was ich antworten sollte. Und dann habe ich sehr unhöflich reagiert!« Er lächelte schief. »Gar nicht sehr japanisch, nicht wahr?« Dann zog er seine Augenbrauen zusammen. »Am Montag werde ich mich deswegen entschuldigen müssen! Hoffentlich nimmt sie das nicht als neue Ermutigung!«

»Das Problem habe ich zum Glück nicht!« Marianne umhalste ihn. »Außer dir und Carl-Uwe hat noch nie jemand an mir Interesse gezeigt.«

»Na na, da wäre ich nicht so sicher!« Sein Gesicht entspannte sich zu einem verschmitzten Lächeln. »Ich bin nur froh, dass ich ein bisschen schneller war!«

»Schneller war? Was willst du denn damit sagen!«

»Oh, nicht viel!« Er schmunzelte. »Ich habe nur so gewisse Blicke von einem gewissen jungen Mann in der Gemeinde aufgefangen. Er ist kaum älter als du. Sag bloß, das hast du nicht gemerkt!«

Sie schüttelte den Kopf. »Ich hab nicht die geringste Ahnung, wen du meinen könntest!«

Er lachte. »Dann will ich den armen Kerl lieber nicht verraten! Marianne, du bist einfach süß!«

* * *

»Mensch, Kalle, hast du gesehen, dass heute die sechste Stunde ausfällt? Wenn der Schumann wieder so pünktlich Schluss macht, kriegen wir den Zug um dreizehn vor eins. Das wär doch Spitze, was?«

»Klar, Bodo, wir rennen! Wär doch gelacht, wenn wir das nicht schaffen!«

Gegen Ende der Mathematikstunde bemerkte Burkhard, wie die beiden Jungen schon heimlich ihre Bücher schlossen und in den Ranzen schoben. »Ich wüsste nicht, dass ich schon das Zeichen zum Einpacken gegeben hätte, Bodo und Kalle! Was soll das bedeuten?«

Bodo grinste verlegen. »Heute ist doch Mittwoch!«

»Das ist mir durchaus nicht ganz unbekannt! Was hat das mit eurer Eile zu tun?«

»Bei uns fällt heute die letzte Stunde aus!«, mischte sich Kalle ein. »Und wenn wir gleich losflitzen, erwischen wir den frühen Zug. Sie rennen doch mittwochs neuerdings auch immer so schnell davon!«

Der junge Lehrer mühte sich, das Lachen zu verbeißen. »Meine Eile geht euch gar nichts an!«, erwiderte er in gespieltem Ärger. »Ihr zwei meldet euch unverzüglich nach der Stunde bei mir! Und zwar sofort! Nicht erst zwei Minuten später!«

Die beiden sahen sich an und brummelten etwas vor sich hin. Einige Kameraden grinsten schadenfroh. Wenig später klingelte es.

Missmutig trotteten die beiden Freunde ans Pult. Sie bemühten sich keineswegs, ihren Ärger zu verbergen. Fast wurde Burkhard in seinem Entschluss wankend. Doch er beherrschte sich.

»Ihr kommt zunächst mal mit zum Lehrerzimmer! Nehmt eure Jacken gleich mit!« Ohne zu schauen, ob die beiden seinem Befehl Folge leisteten, schritt er rasch voraus. Die Jungen rissen ihre Jacken vom Haken und rannten ihm nach.

Vor dem Lehrerzimmer drehte Burkhard sich um und erklärte gedämpft: »Ich hole nur meinen Mantel heraus. Dann nehme ich euch im Auto mit. Ich fahr nämlich zum Bahnhof. Vor der Klasse wollte ich nichts sagen; sonst hätten am Ende noch mehr mitfahren wollen. So groß ist aber mein Auto nicht. Ich bin gleich wieder da! Wartet hier auf mich!«

Die halbe Minute, die Burkhard im Lehrerzimmer verbrachte, brauchten die beiden Jungen, um sich von der Überraschung zu erholen. »Mensch, Kalle«, flüsterte Bodo, »das ist verflucht anständig von ihm, was?«

»Find ich auch! Die scharfe Reaktion vorher hat auch gar nicht zu ihm gepasst. Er ist zwar streng! Aber gemein war er noch nie!«

Mit dem Auto schafften sie es in nur gut fünf Minuten bis zum Bahnhof. Die Jungen genossen es, mal ganz privat mit dem beliebten Lehrer zu plaudern. Sie mussten auf denselben Bahnsteig wie Burkhard, da ihr Zug auf dem gegenüberliegenden Gleis abfuhr.

Als der Zeiger auf die 43 rückte und noch kein Zug zu sehen war, wippte Burkhard unruhig mit dem Fuß und schielte alle paar Sekunden zur Uhr hinauf. Zwei endlose Minuten später entdeckte er die Lokomotive in der Ferne. Er verabschiedete sich von den Jungen, die sich verlegen bedankten. Dann wandte er sich dem anderen Gleis zu.

Diesmal stand er genau an der richtigen Stelle. Durch das Türfenster erkannte er Mariannes Gesicht. Mit einem kräftigen Ruck riss er die Waggontür auf und streckte seinem Mädchen eine Hand entgegen.

Freudig lächelnd ließ Marianne sich die Stufen hinunterhelfen und genoss es, als Burkhard sie mit beiden Armen umschloss und betont zärtlich küsste. Dass er so öffentlich seine Liebe zu ihr zeigte, gefiel ihr. Sie fühlte sich dadurch so wertvoll wie noch nie. In den letzten Wochen war ihr Selbstbewusstsein mehrere Stufen emporgeklettert.

Burkhard legte ihr den Arm um den Rücken. An der Treppe wandte er sich kurz um und winkte seinen Schülern einen fröhlichen Gruß zu. Die beiden würden es hoffentlich in der Schule ausplaudern! Vielleicht hatte er dann endlich seine Ruhe!

Kalle und Bodo waren feuerrot angelaufen. Stocksteif, wie versteinert, standen sie da und starrten ihrem Lehrer hinterher. Vor Schreck war ihnen die Kinnlade heruntergefallen. »Menschenskind!«, murmelte Kalle schließlich. Und noch einmal: »Menschenskind!«

»Du, Kalle, von uns erfährt keine Seele was, verstanden? Erstens ist es gemein dem Schumann gegenüber, wo er uns so freundlich mitgenommen hat! Und zweitens überlege mal, was die Mädchen triumphieren! Da haben sie tatsächlich mal Recht gehabt mit ihren ewigen Liebesgeschichten!«

In Burkhards Wohnung angekommen, reichte er Marianne einen dicken Luftpostumschlag. »Von meinen Eltern aus Japan! Ich hab ihnen gleich am 19. November abends noch geschrieben und von dir erzählt. Jetzt haben sie uns gemeinsam geantwortet. Gestern ist der Brief eingetroffen.«

Marianne setzte sich in einen Sessel und las die eng beschriebenen Seiten. Dann sah sie mit leuchtenden Augen auf. »Wie lieb deine Eltern schreiben! Ich freue mich sehr darauf, sie kennen zu lernen! Am 25. April kommen sie auf Heimaturlaub. Das sind ja bloß noch ein paar Monate!«

»Ich hatte eigentlich gehofft, sie kommen schon im März! Nun müssen wir mit der Hochzeit so lange warten, bis die Osterferien schon fast vorbei sind! Dadurch werden wir unsere Flitterwochen bis zum Sommer verschieben müssen. Und ich hatte mich schon so darauf gefreut!

Aber vorher heiraten geht nicht! Das können wir ihnen nicht antun! Weder bei mir und Evi noch bei Annemarie und Siegfried konnten sie dabei sein. Bei der Entfernung war der Flug einfach zu teuer. Nun dürfen wir ihnen unsere Hochzeit nicht auch noch vorenthalten. Das verstehst du doch, nicht wahr, Liebling?«

»Natürlich, Burkhard! Das ist doch selbstverständlich, dass wir die zwei oder drei Wochen noch länger warten! Ich würde mir sonst ganz schlecht vorkommen. Nicht nur deinen Eltern, sondern auch dir gegenüber! Wenn ich meine Eltern dabei habe, sollst du nicht auf deine verzichten müssen!«

Während Burkhard am Schreibtisch saß, stürzte Marianne sich wieder eifrig in ihre Reinigungsarbeiten. Beim Putzen, Waschen und Babyversorgen sprintete der Nachmittag davon wie die Olympiasieger vor wenigen Monaten in München.

»Marianne, ich kann dir gar nicht in Worten ausdrücken, was mir deine Hilfe bedeutet!« Burkhard fasste nach ihrer Hand, als sie gemeinsam zu Abend aßen. »Ich kann wieder ganz anders arbeiten! Vorher habe ich mich ständig unter einem immensen Druck gefühlt. Jetzt bin ich wie von einer Zentnerlast befreit! Und ich kann wieder Luft holen, ohne eine Überdosis Staub einzuatmen! Du bist mein guter Engel, Liebling!«

* * *

Wie zwei Verschwörer blickten Bodo und Kalle sich an, als Lehrer Schumann auch am folgenden Mittwoch in höchster Eile aus dem Klassenzimmer hastete, kaum dass das Klingeln verhallt war. In ihren Gesichtern zuckte jedoch kein Muskel. Es hätte ja eines der Mädchen was merken können und dumme Fragen stellen.

Nein, von ihnen sollte niemand auch nur ein Sterbenswörtchen erfahren. Den Triumph gönnten sie den Mädchen einfach nicht. Und solange nur sie davon wussten, drohte ja keine Gefahr! Zumindest nicht so bald. Denn als Einzige der Klasse mussten sie mit dem Zug fahren. Wer sollte also sonst noch die Szene auf dem Bahnsteig miterleben können? Und normalerweise dösten sie ja auch noch alle in der Englischstunde, während der Schumann sein Mädchen küsste!

26. Der Ring

»Wo hab ich denn bloß das Kästchen mit den Ringen hingelegt!« Hastig wühlte Burkhard die Schublade seines Schreibtisches durch. »Wie sollen wir uns an Neujahr verloben, wenn ich die Ringe nicht finde! – Heh, wo seid ihr bloß! Ich bin doch ohnehin schon spät dran! Diese dumme Weihnachtsfeier hat wesentlich länger gedauert, als ich erwartet hatte. Marianne wird sich womöglich Sorgen machen! Ich hab ihr doch versprochen, zum Mittagessen da zu sein!«

Mit gespreizten Fingern fuhr Burkhard sich durchs Haar. Dann knallte er die Schublade zu. Natürlich klemmte er dabei ein Stück Papier ein. Aber das kümmerte ihn jetzt nicht. Mit einem Ruck zog er die andere auf. Und siehe da: Das Kästchen lag gleich vornean.

Trotz seiner Eile konnte Burkhard es sich nicht verkneifen, das Kästchen nur mal eben schnell zu öffnen und einen raschen Blick auf die Ringe zu werfen. »Wie schön, dass Marianne sich Weißgold gewünscht hat! Evi hat damals auf Gelbgold bestanden. Aber ich finde Weißgold so viel hübscher! Außerdem passt es besser zu Mariannes Ring, den sie von Carl-Uwe bekommen hat!« Unsicher hatte sie gefragt, ob es Burkhard störe, wenn sie den Ring weiter trug. Und er hatte ihr klar und deutlich versichert, er habe gar nichts anderes erwartet und halte es für selbstverständlich. Im Übrigen sei der Ring viel zu hübsch, um in irgendeinem verborgenen Winkel zu schmoren.

Sorgfältig schloss Burkhard das Kästchen und steckte es zu seinem Gepäck. Die gesamten Weihnachtsferien konnte er nun mit Marianne verbringen. Sicherlich hatte sie ihm Markus' ehemaliges Zimmer bereits gerichtet. Wie er sich auf die Zeit freute! Und nach den Ferien konnte er mit Ring in die Schule gehen. Dann ließ diese aufdringliche Cora Müller ihn hoffentlich endlich mal in Ruhe!

Mit dem fertigen Gepäck sprang er die Treppen hinunter und verstaute es im Kofferraum. Fahrgestell und Oberteil des Kinderwagens hatte er vorhin gleich im Auto gelassen. Immer ein paar

Stufen auf einmal nehmend, jagte er die Treppen wieder hinauf. »Komm, mein Schatz! Papa muss dich anziehen!« Atemlos hob er seinen Sohn aus der Wippe. »Und dann fahren wir zu deiner Mama! Und bleiben ganz lange bei ihr!« Voller Freude warf er den Kleinen in die Luft und fing ihn lachend auf. Christian jauchzte.

»So, ich hoffe, ich hab nichts Wichtiges vergessen!« Das warm angezogene Kind auf dem Arm, schloss er die Wohnungstür ab und warf einen prüfenden Blick auf seine Armbanduhr. »O weh, Christian! Schon so spät! Jetzt müssen wir uns aber sputen!« Den Kleinen fest an sich pressend, rannte er die Treppen hinunter.

Fröhlich vor sich hinträllernd, deckte Marianne im Esszimmer den Tisch. Sie trug ihr neues Lieblingskleid, das sie sich selbst gekauft hatte. Der weiche Wollstoff aus graublauem Stichelhaar passte perfekt zu ihrer Augenfarbe. Und der weite Rock verlieh ihrer schmalen Figur mehr Fülle. Doppelte Rüschen an Halsausschnitt und Ärmelbündchen gaben ihm den romantischen Anstrich, den sie liebte. Durch Zufall hatte sie das Kleid kürzlich im Schaufenster eines kleinen Geschäftes entdeckt und nicht widerstehen können. Heute weihte sie es nun ein. Als sie sich nach dem Ankleiden im Spiegel betrachtete, gestand sie sich heimlich ein, dass sie sich darin selbst gut gefiel. Zumindest wesentlich besser als in den Kleidern, die ihre Mutter früher für sie ausgesucht hatte.

Marianne griff nach den Messern und verteilte sie neben den Tellern. Jede Minute konnte Burkhard nun eintreffen. Wie sie sich auf die Ferien mit ihm freute! Immer wieder warf sie sehnsüchtige Blicke aus dem Fenster. Eigentlich hätte er doch inzwischen ankommen müssen!

Plötzlich fiel ihr jener Maifeiertag vor mehr als viereinhalb Jahren ein, als sie hier auch den Tisch fürs Mittagessen gedeckt hatte. Carl-Uwe hatte dort am Fenster gestanden und nach Michael Ausschau gehalten. Nur wenige Tage später hatte er ihr in jenem Gespräch im Wald von seiner unheilbaren Krankheit berichtet, die all ihre Träume und Hoffnungen zerschmettert hatte. Und nun war er bereits über sieben Monate tot!

Einen Augenblick wollte der Schmerz der Erinnerung sie überwältigen. Schon stiegen ihr Tränen in die Augen. Doch dann riss sie sich zusammen. Gewaltsam drängte sie die trüben Gedanken zurück.

Jetzt bremste ein Auto vorm Haus. Ein Blick aus dem Fenster ließ sie Burkhards Toyota erkennen. »Endlich!« Sie flitzte hinaus und rannte den Gartenweg hinunter auf ihn zu. In ihrer Freude fiel ihr nicht auf, wie bleich und verstört er aussah.

Er sah sie kommen und fing sie auf. »Grüezi, Liebling! Wo hast du denn deinen Mantel! Du wirst dich erkälten!« Da entdeckte er die Tränen in ihren Wimpern. »Was hast du, mein Schatz? Warum hast du geweint?«

»Es ist schon wieder gut!«, flüsterte sie und lehnte sich gegen ihn. »Ich bin bloß gerade an was erinnert worden, was weh getan hat! Aber es ist schon vorbei!«

»Dann nimm Christian und geh rasch wieder ins Haus, damit du nicht krank wirst. Ich komme mit dem Gepäck nach!«

Als er ins Haus trat, wartete sie im Flur auf ihn. Jetzt bemerkte sie sein weißes Gesicht. »Was ist los? Ist was Schlimmes passiert?« Ängstlich blickte sie ihn an.

Er nickte ernst. Als er sie in die Arme schloss, spürte sie, dass er zitterte.

»Was ist denn nur geschehen! Sag es mir doch bitte!«

Seine Stirn auf ihr Haar legend, murmelte er: »Beinahe hättest du Christian und mich auch beerdigen können! Oder zumindest im Krankenhaus besuchen!«

»Burkhard!!!« Aus ihren Augen stammelte helles Entsetzen.

»Es tut mir Leid, Marianne!« Fest presste er sie mit dem Kind an sich. »Ich hätte es wissen müssen! Denn daheim hat er es auch schon ein paar Mal gemacht. Aber ich bin eben nur ein dummer, unerfahrener Mann!«

»Bitte, Burkhard! So sag mir doch endlich, was los ist!«

Erst atmete er mehrmals tief durch und seufzte. »Ich kann nicht mehr so wie bisher mit Christian allein Auto fahren. Denk dir, er hat sich nun auch während der Fahrt hochgezogen und wäre beinahe aus seinem Wagen gefallen. Ich konnte ihn gerade noch packen. Doch musste ich mich dazu umdrehen. Und da …«

»Und da?« Mariannes Herz krampfte sich vor Furcht zusammen.

»Ich bin dadurch ein Stück über den Mittelstreifen gekommen. Und ausgerechnet da kam mir ein anderes Auto entgegen. In letzter Sekunde konnte ich das Steuer noch herumreißen. Es war äußerst knapp. Und ich bin ziemlich geschleudert. Mir sitzt jetzt noch der Schreck in den Knochen!«

»O Burkhard!« Marianne drückte schaudernd ihr Gesicht in sein Jackett. »Wenn ich dich auch noch verloren hätte! O nein! Ich glaub, das hätt ich nicht überlebt!«

Dicht aneinander gedrängt standen sie zusammen. Bis Marianne ruckartig den Kopf hob. »Lass mir Christian hier! Vati muss sich ohnehin zum 1. April eine neue Sprechstundenhilfe suchen. Da kann er es auch gleich tun. Und solange ich noch arbeiten muss, wird Mutti sicher Christian hüten. Bis zum Ende der Ferien hat er sich bestimmt an sie gewöhnt!«

Eine Zeit lang blieb es still. Marianne hörte Burkhard heftig atmen. Dann ließ er seine Arme sinken, wandte sich ab und wanderte mit gesenktem Kopf und gekrauster Stirn auf dem Flur auf und ab.

Marianne schaute ihm besorgt zu, während sie das Kind fest an sich drückte. Nach einer Weile drehte er sich ihr wieder zu. Als er sich die Stirn rieb, bemerkte sie, wie stark seine Hand immer noch zitterte.

Schließlich hob er das Gesicht und blickte ihr in die Augen. »Ja, vielleicht hast du Recht! Vielleicht ist das die beste Lösung! Auch wenn ich meinen kleinen Schatz entsetzlich vermissen werde! Zum Glück ist es ja nur ein gutes Vierteljahr. Und – und Annemarie ist dann auch entlastet. Ihr ging es in den letzten Tagen nicht besonders gut! O Marianne, Liebling, was bin ich froh und dankbar, dass ich dich habe!«

* * *

In der ersten Stunde am Montag früh musste Burkhard Musik in der 8b geben. Die Klasse war zwar nicht ganz so schläfrig wie sonst, weil sie noch vor der Stunde eifrig Ferienerlebnisse ausgetauscht hatten. Doch da der Lehrer den Unterricht hauptsächlich vom Flügel aus gestaltete, bemerkte niemand seinen Ring.

Anders in der nächsten Stunde. Da lehrte er Mathematik in der 10b. Interessanterweise waren es zwei Jungen, die den Ring zuerst entdeckten. Kalle stieß Bodo an, zeigte auf seine linke Hand und deutete dann mit dem Kopf zum Lehrerpult. »Ich werd verrückt!«, murmelte Bodo.

Eines der Mädchen hatte Kalles Zeichensprache beobachtet. Sofort fiel ihr die Veränderung an der Hand des Lehrers auf. Bald wisperte es in der ganzen Klasse.

»Was ist eigentlich mit euch heute los?« Burkhard versuchte, möglichst harmlos auszusehen. »Sind euch die Ferien nicht bekommen?« Dennoch konnte er sich ein Schmunzeln nicht verkneifen. Er ahnte wohl den Grund für die allgemeine Unruhe.

Die Klassensprecherin sprang auf. »Herr Schumann, habe ich Recht mit der Vermutung, dass Sie sich verlobt haben?«

Der Lehrer lachte fröhlich. »Wie hast du das nur so schnell herausbekommen, Helga?«

Sie grinste. »Wenn Sie es nicht verraten wollen, sollten Sie lieber ihre linke Hand etwas mehr verstecken! Ich möchte Ihnen im Namen der Klasse herzlich gratulieren!« Sie setzte sich wieder.

»Danke! Ich habe nicht vor, es zu verschweigen. Warum auch?«

»Ha, ihr wisst nicht, was wir wissen!« Sobald der Lehrer nach der Stunde die Klasse verlassen hatte, versuchte Kalle, seinen Triumph auszuspielen, bevor die Mädchen ihm zuvorkamen. »Wir haben seine Braut nämlich schon gesehen! Sie ist sehr hübsch! Groß und schlank! Und ziemlich jung! Vielleicht so achtzehn oder neunzehn!«

»Erzählt! Wo? Wann? Wie sieht sie aus?« Im Nu waren die beiden umringt und wurden mit Fragen bombardiert.

»Diese neugierigen Gänse!«, tat Bodo von oben herab. »Wir können schweigen, was, Kalle?«

Ein Sturm der Entrüstung folgte seinen Worten. Schließlich ließen die beiden sich herab, von der Begegnung an jenem Mittwoch Anfang Dezember zu erzählen. Wie sie allerdings so schnell auf den Bahnsteig gekommen waren, verrieten sie nicht. Auch die »Liebesszene«, wie sie Burkhards zärtliche Begrüßung unter sich nannten, erwähnten sie mit keinem Wort.

Die Mädchen wollten alle Einzelheiten über die Braut des Lehrers wissen. Die Pausenaufsicht schickte die Klasse zwar hinunter auf den Schulhof; doch dort ging das Gefrage weiter. Schließlich hielten sich Kalle und Bodo die Ohren zu. »Wir haben sie bloß ein paar Sekunden gesehen! Was sollen wir denn noch sagen?«

Normalerweise ließ Helga ihren Bruder in der 8a in Ruhe. Rolf liebte es nicht, von seinen Kameraden gesehen zu werden, wenn er mit seiner älteren Schwester sprach. Doch heute hielt sie ihn am Anorak fest, als er an ihr vorbeirennen wollte.

»Ihr habt doch gleich Mathe beim Schumann, stimmt's?«

»Haben wir!«, knurrte er. »Lass mich los!«

»Ich wollte dir nur den guten Tipp geben, mal auf seine linke Hand zu achten! Er hat sich nämlich während der Ferien verlobt!« Mit einem schwesterlichen Schubs gab sie ihn wieder frei.

Zuerst sauste Rolf nur eilig weiter – froh, seiner Schwester entronnen zu sein. Doch plötzlich blieb er abrupt stehen und schlug sich gegen die Stirn. »Der Schumann! Du liebe Zeit! Unser Klassenlehrer!« Er sah auf die Uhr. »Noch sieben Minuten Pause. Das könnte reichen!« Mit Hilfe von zwei Freunden trommelte er in Windeseile die gesamte Klasse in einer Ecke des Schulhofes zusammen.

»Der Schumann hat sich verlobt!«, keuchte er atemlos, nachdem alle versammelt waren. Die Nachricht schlug wie eine Bombe ein. Alles schnatterte durcheinander.

»Ruhe!«, brüllte Rolf. »Wir haben bloß noch zwei Minuten! Was machen wir?«

»Ich schreib ›Herzlichen Glückwunsch!‹ an die Tafel!«, meldete sich ein Mädchen.

»Gut! Weitere Vorschläge!« Rolf führte wie immer das große Wort.

»Ich mal einen Blumenstrauß daneben!«

»Na gut, kannst du machen. Weiß noch jemand was Besseres?«

»Hör mal, Rolf, die Zeit ist doch viel zu knapp! Viel mehr als das schaffen wir jetzt nicht. Morgen haben wir ihn gleich in der ersten Stunde. Da machen wir ihm eine Feier! Einer bringt Kekse mit, ein andrer 'ne Kerze, wieder 'n andrer 'n paar Blumen und so! Bis heute Mittag soll sich jeder was ausdenken. Und dann halten wir Kriegsrat!«

»Klar!« – »Das machen wir!« – »Das ist eine gute Idee!« – »Da geht bestimmt die Stunde bei drauf; haben wir wenigstens kein Mathe!« – »So ist's am besten!«

Beinahe hätten sie bei dem Krach die Klingel überhört. Die beiden Mädchen flitzten los, um wenigstens Schrift und Malerei noch vor Eintreffen des Lehrers an die Tafel zu bringen. Wie gut, dass er sich heute verspätete!

In der Pause unterhielt Burkhard sich mit einem älteren Kollegen über ein mathematisches Problem. Wie üblich benutzte er zum Sprechen auch beide Hände. Dabei war einer Lehrerin der blitzende Ring aufgefallen.

»Sag mal, Irmtrud«, wandte sie sich an die Kollegin, die neben ihr saß, »seit wann trägt Burkhard denn einen Ring an der linken Hand? Ich dachte, er sei Witwer!«

»Ist er auch! Seine Frau ist doch bei der Geburt seines Sohnes gestorben. Es muss inzwischen schon über ein halbes Jahr her sein. Meines Wissens war es noch im vorigen Schuljahr.« Sie sah auf und beobachtete die beiden eifrig diskutierenden Männer.

»Du hast Recht, Anita!«, stimmte sie nach einer Weile zu. »Es sieht tatsächlich wie ein Verlobungsring aus. Doch am Brett hängt keine Anzeige. Ehrlich gesagt weiß ich nicht recht, was ich davon halten soll. Es ist aber wohl ein bisschen komisch, hinzugehen und zu fragen, ob er sich zufällig verlobt hat, meinst du nicht?«

»Doch, das sieht komisch aus! Komm, wir fragen Inge!« Die wusste auch nichts. Also wurde die Vierte zu Rate gezogen. Bald standen alle weiblichen Lehrkräfte beieinander.

»Sind wir eigentlich tuschelnde Teenager oder erwachsene Frauen?« Jutta, die Jüngste von allen, verzog ironisch den Mund. »Ich gehe hin und frage ihn, wenn ihr alle zu feige seid!«

Gespannt beobachteten die anderen die Reaktion des jungen Kollegen. Jutta trat ohne Scheu auf ihn zu und fragte, als sei es das Normalste von der Welt: »Burkhard, uns ist aufgefallen, dass du neuerdings an der linken Hand einen Ring trägst. Hast du dich zufällig verlobt?«

»Allerdings! Das hast du gut beobachtet!« Der Gefragte schmunzelte. Sofort war er umringt und musste Hände schütteln und Glückwünsche entgegennehmen. Das mathematische Problem blieb auf halber Strecke ungelöst in der Luft hängen.

Cora Müller, die Burkhard Anfang Dezember zum Essen eingeladen hatte, kam erst jetzt ins Lehrerzimmer. Sie hatte noch mit einer Schülerin ein längeres Gespräch geführt. »Was ist denn hier für ein Auflauf?«, erkundigte sie sich neugierig.

»Burkhard hat sich verlobt!«, berichtete Irmtrud. »Jetzt will ihm jeder gratulieren. Stell dich nur brav an! Vorgedrängelt wird nicht!« Sie lachte.

Coras Gesicht gefror zu einer Maske. Deshalb war er ihr gegenüber so kühl geblieben! Zwar hatte er sich im Dezember für seine unhöflichen Worte entschuldigt. Sie war fast vom Stuhl gefallen, da sie noch nie einen Mann erlebt hatte, der einen Fehler zugab. Aber die gewünschte Annäherung hatte es nicht bewirkt.

Bis die anderen ihre Glückwünsche angebracht hatten, hatte sie sich einigermaßen in der Gewalt. Kühl reichte sie ihm die Hand und murmelte eine kurze Gratulation. Dann wandte sie sich ab. In der nächsten Zeit mied sie ihn geflissentlich.

»Er kommt! Seid ihr fertig?« Rolf stürzte ins Klassenzimmer. Eilig rannte alles auf die Plätze. Als Burkhard eintrat, kommandierte Rolf: »... drei, vier!«

»Wir gratulieren zur Verlobung, Herr Schumann!«, tönte es im Chor. »Bitte schauen Sie auch an die Tafel!«, fügte eines der Mädchen hinzu.

Schmunzelnd begutachtete Burkhard das Kunstwerk. Dann wandte er sich der Klasse zu. »Vielen Dank! Wer hat es euch denn verraten?«

»Meine Schwester hat mal ausnahmsweise einen lichten Moment gehabt!«, meldete sich Rolf grinsend.

Burkhard lachte herzlich. Inzwischen kannte er die geschwisterliche Liebe zwischen den beiden.

»Können Sie uns nicht ein bisschen über Ihre Braut erzählen? Wie sie aussieht und so?«, bat eines der Mädchen. »Ein Bild wäre natürlich noch besser!«

»Also gut, weil ihr es seid! Sie hat rechts und links je einen Arm, im Gesicht zwei Augen, eine Nase und einen Mund. Ihre Beine reichen bis zum Bo...«

»Das ist unfair!« Die Mädchen protestierten laut. »Das wissen wir sowieso!«

Lachend holte Burkhard seine Brieftasche aus dem Jackett und entnahm ihr Mariannes Foto. Nur einmal hatte er sein Mädchen bitten müssen. Am nächsten Tag war sie extra zum Fotografen gelaufen, damit es ordentlich aussah. Durch das Weihnachtsgeschäft hatte sich die Entwicklung verzögert. Aber seit dem dritten Advent schauten ihn ihre strahlenden Augen täglich an, wenn er am Schreibtisch arbeitete. Und kaum hatte er es sich gewünscht, brachte sie ihm noch einen kleineren Abzug, den er sich in die Brieftasche stecken konnte, um ihr Bild ständig bei sich zu tragen.

»Lasst möglichst eure Finger an der Seite!«, mahnte er, als er das Foto nun durch die Reihen gab. »Ich will keine Fingerabdrücke darauf sehen! Und jetzt gehen wir zum Unterricht über! Sonst schaffen wir den Stoff nicht!«

Überrumpelt blieb Burkhard am nächsten Morgen in der Tür des Klassenzimmers stehen. Vor Verblüffung fehlten ihm die Worte. Seine 8a hatte ganze Arbeit geleistet: die Vorhänge zugezogen, auf dem Pult und auf jedem Platz eine brennende Kerze, Tische und Wandtafel mit Tannengrün, farbigen Papierblüten und Schleifen geschmückt, überall verteilt bunte Pappteller mit Gebäck, an jedem Platz ein dazu passender Pappbecher mit Orangensaft. Und auf dem Pult prangte ein großer Blumenstrauß in einem Einmachglas. Davor lehnte eine Glückwunschkarte zur Verlobung mit sämtlichen Unterschriften der Klasse.

Stumm vor Überraschung schritt Burkhard zum Pult und setzte sich. Der Klassensprecher sprang auf und hielt eine feierliche Rede. Danach erhob sich ein Mädchen und trug ein Gedicht vor. Die Klassensprecherin überreichte anschließend ein kleines Geschenk. Einige andere Beiträge folgten. Der Rest der Stunde verlief in gemütlichem Schmausen.

»Schade, dass meine Braut diese Stunde nicht miterleben konnte«, bedauerte Burkhard in seiner kurzen Dankesrede. »Aber ich werde ihr auf jeden Fall davon erzählen! Ihr seid eine prima Klasse! Ich bin stolz darauf, euer Lehrer zu sein!«

27. Die Anklage

Wie einsam es ohne Christian ist!«, dachte Burkhard wohl zum hundertsten Mal. »Ich hab mich so an ihn gewöhnt gehabt! Aber arbeiten kann ich doch jetzt wesentlich besser! Einen Monat habe ich ja nun schon allein überstanden. Da werde ich die anderen zwei auch noch schaffen. Und heute ist ja glücklicherweise Samstag. Da ist Marianne schon hier, wenn ich heute Mittag heimkomme! Und danach fahren wir wieder zu ihr. Da kann ich meinen kleinen Schatz das ganze Wochenende genießen!« Schwungvoll schnappte er sich seine Aktentasche. Im nächsten Augenblick klappte die Wohnungstür hinter ihm zu.

Während er die Straße hinuntereilte, freute er sich an der frischen, klaren Winterluft. Seit er Christian nicht mehr zu Annemarie bringen und mittags dort abholen musste, lief er die Viertelstunde zu Fuß. Außer mittwochs, wenn er Marianne vom Zug abholte. Da ihr Vater noch keine neue Sprechstundenhilfe gefunden hatte, arbeitete sie noch voll bei ihm mit. Die Großmutter genoss in der Zeit ihren Enkel. Dadurch hatte Marianne auch die gleichen Putztage in Herborn beibehalten.

»Gott hat doch genau gewusst, wann er mir Marianne schenken musste!«, dachte Burkhard. »Nicht nur, dass ich nicht mehr allein mit Christian Auto fahren kann! Aber ich hätte ja nicht gewusst, was ich mit ihm während des Unterrichts hätte machen sollen, nachdem Annemarie ihn nicht mehr nehmen kann. Da ist es Evi ja trotz der morgendlichen Übelkeit noch grandios gut in der Schwangerschaft ergangen. Und Annemarie fängt erst mit dem dritten Monat an! Wenn das nur gut geht!«

Seine Gedanken flogen zurück zu Marianne. »Hoffentlich gibt es bei ihr später keine solchen Schwierigkeiten! So zart und zerbrechlich, wie sie wirkt, wird sie es vermutlich auch nicht einfach haben. Aber es wäre mir gar nicht lieb, wenn sie um meinetwillen leiden müsste! Sie ist so ein wunderbares Mädchen, immer hilfsbereit und stets für andere sorgend. Wie schön war es in den Weihnachtsferien mit ihr! So wie die Tage habe ich noch selten einen Urlaub genossen. Kaum kann ich die Osterferien erwarten! Und am 28. April heiraten wir! Wie ich mich darauf freue! Dann können wir immer beieinander bleiben und sind eine richtige Familie! Ich bin das Alleinsein so satt!«

Der Anblick des Schulgebäudes lenkte Burkhards Gedanken zurück zur Pflicht. Gleich als Erstes musste er Musik in der 9a unterrichten. Burkhard seufzte heimlich. Noch nie hatte er eine Schulstunde als so unangenehm empfunden wie diese 45 Minuten am Samstagmorgen – der Tiefpunkt der ganzen Woche. Nur gut, dass er die Klasse nicht auch noch in Mathematik ertragen musste!

Lärmend verließ die 9a nach der Stunde den Musikraum. Burkhard packte aufatmend das Unterrichtsmaterial zusammen und verstaute es im Eckschrank. Als er sich umwandte, prallte er fast gegen Marion Schmidt, die – von ihm unbemerkt – als Einzige zurückgeblieben war. Offenbar hatte sie den Zeitpunkt bewusst gewählt. Denn durch den Schrank im Rücken und die Zimmerwand zur Seite hatte sie ihren Lehrer eingekeilt. Er konnte nicht an ihr vorbei, ohne sie zu berühren.

»Was willst du?«, fragte er scharf. Angestrengt versuchte er sich zu beherrschen. Mit welch einem Ausdruck sie zu ihm aufsah! Ihre Bluse hatte sie ein beträchtliches Stück von oben an aufgeknöpft und zog nun die Schultern zurück. Dadurch sprang der Ausschnitt auf und gab den Blick auf ihren Brustansatz frei.

»Ich wollte Ihnen bloß mal sagen, wie tief ich Sie verehre, Herr Schumann!« Ihre Augen funkelten, und sie zwang ihre Stimme zu einem rauchigen Klang.

Angeekelt von ihrem aufreizenden Benehmen, stieg Burkhard das Blut ins Gesicht. »Was soll der Unsinn! Lass mich in Ruhe!« Sein Ton und die steigende Lautstärke seiner Worte verrieten seinen wachsenden Ärger. »Verschwinde, damit ich gehen kann!«

»Aber ich liebe Sie!«, rief sie theatralisch aus. Blitzschnell warf sie ihm die Arme um den Hals und versuchte, mit ihren Lippen seinen Mund zu erreichen.

»Was fällt dir ein!« Heftig schleuderte er sie von sich. Marion verlor das Gleichgewicht und fiel gegen den Flügel. Dabei verletzte sie sich am rechten Handgelenk. Vor Schmerz und Enttäuschung schrie sie auf und begann dann hysterisch zu weinen.

»Was ist denn hier los!« Cora Müller stand in der offenen Tür. Sie warf Burkhard einen Blick zu, der gleichzeitig Verachtung und Triumph ausdrückte, eilte dann auf das Mädchen zu, das zusammengekrümmt am Boden lag, und kniete sich neben sie. »Arme Marion! Hast du dir weh getan? Zeig mal her!« Ihren Kollegen beachtete sie nicht mehr.

Burkhard holte seine Aktentasche und verließ mit brennenden Wangen den Raum. »Oh, warum musste ausgerechnet Cora Müller hereinkommen?«, dachte er. »Womöglich nimmt sie es als willkommene Gelegenheit, um sich an mir zu rächen! Denn sie scheint mir nicht verziehen zu haben, dass ich ihre Annäherungsversuche zurückgewiesen und mich stattdessen mit Marianne verlobt habe. Ich habe durchaus gemerkt, wie unfreundlich sie seither zu mir ist. Manchmal geradezu gehässig! Wer weiß, wie viel sie überhaupt mitbekommen hat! Vielleicht zieht sie ganz falsche Schlüsse!«

Seufzend hastete Burkhard zum Lehrerzimmer. Es läutete bereits zur nächsten Stunde. Er musste sich sputen! Mathematik in der 7b wartete auf ihn. Nach der großen Pause schrieb sein Unterrichtsplan Mathe in der 10b vor. Dann folgte nur noch Musik in der 8a. Das empfand er meistens als krönenden Abschluss der Woche. Denn mit seiner eigenen Klasse, die er nunmehr seit Beginn der siebten als Klassenlehrer führte, verstand er sich bestens. Welch wunderschöne Feier hatten sie ihm zur Verlobung mit Marianne bereitet!

Marianne! Der Gedanke an seine Braut hob seine Laune zusehends. Er atmete ein paar Mal tief durch. Bevor er zur nächsten Unterrichtsstunde weitereilte, hielt er noch ein kurzes, stilles Zwiegespräch mit seinem Gott. Auch das eben Erlebte legte er in die allmächtigen Hände. Dann verließ er ruhig den Raum.

Nach der Stunde beantwortete Burkhard noch die Frage eines Schülers. Mit fünf Minuten Verspätung betrat er für die Pause das Lehrerzimmer. Ein älterer Kollege schoss auf ihn zu. »Da bist du ja endlich, Burkhard! Die Sekretärin vom Direx war schon zweimal hier. Du sollst in sein Büro kommen! Sofort!«

»Was ist denn los! Weißt du was?«

»Keine Ahnung!« Der Kollege hob seine Schultern.

Burkhard wurde blass. Sollte er mit seiner Befürchtung von vorhin Recht behalten? Hatte Cora ihn verleumdet? »Herr, hilf mir, ruhig zu bleiben!«, flehte er innerlich, als er auf das Büro des Schuldirektors zuschritt.

Die Sekretärin empfing ihn erleichtert. »Herr Direktor erwartet Sie schon ungeduldig!«, teilte sie ihm leise mit. Dann hielt sie ihm die Tür auf.

»Da sind Sie ja endlich! Wo waren Sie nur so lange?« Die Stimme des Direktors klang gereizt.

»Es tut mir Leid! Ich habe Sie nicht absichtlich warten lassen. Wenn ich gewusst hätte, dass Sie mich sprechen wollen, wäre ich sofort gekommen. Aber ich hatte noch ein Gespräch mit einem Schüler.«

Der Direktor musterte ihn einen Augenblick prüfend. Dann deutete er auf einen Stuhl. »Setzen Sie sich!«

Erst jetzt bemerkte Burkhard den fremden Mann, der hinter ihm auf dem zweiten Stuhl saß. Beim Eintreten hatte die Tür ihn offenbar verdeckt. Burkhard nickte einen Gruß hinüber und setzte sich.

Die Stirn in Falten gelegt, räusperte sich der Direktor heftig, während er mit seinem Stift auf dem Schreibtisch herumklopfte. »Kommen wir am besten gleich zur Sache, nachdem Herr Schumann endlich eingetroffen ist. Herr Schmidt, würden Sie bitte nochmals wiederholen, was Sie mir berichtet haben?«

»Ja, also!« Der Fremde holte tief Luft. Er blickte starr geradeaus vor sich auf die Schreibtischkante, und seine Hände zitterten. »Meine Tochter Marion ist an dieser Schule Schülerin der Klasse 9a. Heute Morgen hatte sie in der ersten Stunde Musik bei Herrn Schumann. Bereits nach dieser Stunde kam sie nach Hause. Ihr rechtes Handgelenk war geschwollen und trug Blutspuren. Auf unsere Fragen berichtete sie, Herr Schumann habe nach der Stunde ein Alleinsein mit ihr ausgenutzt ...« Seine Stimme erstarb in einem heiseren Krächzen.

Im Raum hätte man eine Stecknadel fallen hören können. Burkhard starrte entgeistert auf den Sprechenden. Er glaubte nicht recht zu hören.

Herr Schmidt hüstelte und räusperte sich mehrmals. Dann endlich sprach er weiter: »Ja, also: Herr Schumann habe ein Alleinsein mit ihr ausgenutzt, um sie in die Arme zu nehmen, zu – zu – küssen und ...« – er hüstelte erneut – »... und sexu-sexuell zu belästigen. Marion habe sich gewehrt und um Hilfe gerufen. Da sei

Fräulein Müller hereingekommen. Als Herr Schumann das gesehen habe, habe er Marion so heftig von sich gestoßen, dass sie gegen den Flügel fiel und sich dabei die Verletzung am Handgelenk zuzog. Dann sei er davongerannt. Fräulein Müller hat sich dann um meine Tochter gekümmert und sie heimgeschickt.« Erschöpft hielt Herr Schmidt inne. Er zerrte ein Taschentuch aus seiner Hosentasche, um die Schweißperlen von seiner geröteten Stirn zu wischen.

Alle Farbe war aus Burkhards Gesicht gewichen. Ihm schwindelte. Erst allmählich begriff er, was diese ungeheure Anschuldigung beinhaltete. Das konnte, das durfte doch nicht wahr sein! Dieses Mädchen hatte die ganze unselige Geschichte herumgedreht und bezichtigte ihn eines Verbrechens, das sie selbst begangen hatte!

Der Direktor blickte aufmerksam in das kalkweiße Gesicht seines Lehrers. Er wartete eine Weile. Dann forderte er ihn mit mühsam erzwungener Ruhe auf: »Herr Schumann, würden Sie uns bitte die Angelegenheit aus Ihrer Sicht schildern?«

Vor Burkhards Augen tanzten Nebel. Kaum konnte er seinen Vorgesetzten erkennen. »Ich – ich weiß gar nicht, was – was ich dazu sagen soll! – Ich – ich – Es war doch – genau umgekehrt! Marion hat – hat – sie ist doch auf mich los, nicht ich auf sie. Es ist wahr, dass ich sie zurückgestoßen habe! Aber doch nur, weil – weil sie versucht hat, mich – mich ...« Verwirrt den Kopf schüttelnd, brach er ab.

»Da haben wir nun also zwei völlig entgegengesetzte Fassungen von ein und derselben Angelegenheit!« Der Direktor legte seine Fingerspitzen aneinander. »Herr Schmidt, Sie verstehen hoffentlich, dass ich meinen Mitarbeiter nicht ohne jeglichen Beweis der Lüge bezichtigen kann, obwohl mir der Ernst der Lage durchaus bewusst ist. Ich bin Ihnen dankbar, dass Sie zunächst zu mir gekommen sind. Vielleicht können wir der Sache auch ohne Polizei auf den Grund kommen ...«

»Meine Frau wollte eigentlich sofort zur Polizei laufen!«, krächzte Herr Schmidt. »Aber ich hielt es für besser, erst mit Ihnen zu sprechen!«

»Dafür bin ich Ihnen, wie schon erwähnt, sehr dankbar, Herr Schmidt! Erst kürzlich las ich nämlich von einem ähnlichen Fall, wo der Vater nicht so vernünftig war. Er erstattete sofort Anzeige gegen den Lehrer. Erst in der Gerichtsverhandlung gab das Mädchen zu, gelogen zu haben. Doch da war es bereits zu spät. Durch Presseberichte und bösen Leumund war der Ruf des Lehrers so ruiniert worden, dass er die Stadt verlassen und weit fortziehen musste. Wenn ich mich recht erinnere, zerbrach auch seine Ehe daran, die vorher sehr glücklich gewesen war. Er hatte ein kleines Kind von etwas mehr als einem Jahr. Sie verstehen sicher, dass ich Herrn Schumann so etwas ersparen möchte, solange ihm keine Schuld nachgewiesen werden kann.«

Mit neuem Entsetzen starrte Burkhard auf den Direktor. Presse, Gerichtsverhandlung, zerbrochene Ehe, alles wirbelte in seinem Kopf durcheinander. Wie durch einen Schleier nahm er seine Umgebung wahr. Die paar Worte, die die beiden anderen Männer noch miteinander wechselten, erfasste er nicht mehr.

»Kommen Sie, Herr Schumann! – Herr Schumann, kommen Sie bitte!« Der Direktor musste seine Aufforderung noch zweimal wiederholen, bis Burkhard begriff. Langsam schob er sich vom Stuhl und tappte seinem Vorgesetzten hinterher.

Im Sekretariat legte der Direktor Burkhard eine Hand auf die Schulter. »Fahren Sie für heute heim! Ich werde für Vertretung in Ihren Klassen sorgen. Unter den gegebenen Umständen bin ich leider gezwungen, Sie zunächst vom Dienst zu suspendieren. Ich melde mich bei Ihnen, wenn die Sache geklärt und Ihre Unschuld hoffentlich bewiesen ist!«

Halb betäubt wankte Burkhard zur Tür. Beim Hinausgehen hörte er noch so schwach, als sei er bereits weit entfernt, wie der Direktor seine Sekretärin anwies, Cora Müller sofort zu ihm zu rufen, und wenn sie sie auch mitten aus dem Unterricht herausholen müsse!

»Jetzt ist alles aus!«, dachte Burkhard. »Nach dem, was war, wird sie als Allerletzte zu mir halten! Im Gegenteil! – O Marianne! Liebste! Lass mich nicht im Stich!«

Nur gut, dass sein Auto sicher daheim vorm Haus parkte. So hätte er sich nicht hinters Steuer setzen können. Er fühlte sich halb benebelt, als er langsam ins Lehrerzimmer schlich, seine Tasche packte, den Mantel überzog und ohne Gruß hinaustrottete. Die erstaunten Blicke der wenigen Kollegen, die eine Freistunde zum Arbeiten oder Entspannen nutzten, glitten unbemerkt an ihm vorüber.

Seine Beine erschienen ihm bleischwer, während er sich den Berg zu seiner Wohnung hinaufschleppte. »Marianne wird vielleicht schon da sein! Wie mag sie reagieren? Ob sie mir glauben wird? Ich bin doch unschuldig! Marion hat gelogen, das weiß ich genau! Aber …

Evi war ja schon immer eifersüchtig, ohne dass so etwas passieren musste! Wie oft hat sie entsprechende Bemerkungen fallen lassen. Zuletzt hab ich mich gar nicht mehr getraut, ihr aus der Schule zu erzählen.

Ob Marianne auch so denkt? Ich hab ihr ja vorsichtshalber noch nie was erzählt. Doch, über die Verlobungsfeier meiner Klasse hab ich ihr berichtet. Aber das war eine Ausnahme. Sie hat auch noch nie nach so was gefragt. Nur allgemein, wie es in der Schule gelaufen sei. Ob alles gut ging. Oder ob ich Ärger hatte. Und ich hab immer bloß allgemein geantwortet. Über einzelne Schüler hab ich, soweit ich mich erinnere, nie gesprochen. Ob sie noch gar nicht darüber nachgedacht hat, dass ich täglich mit Mädchen zu tun habe? Wie schlimm wird es sie dann erst treffen! O Marianne! Liebe, liebe Marianne!«

Am Geländer zog er sich die Treppen zu seiner Wohnung hinauf. Schon im ersten Stock hörte er den Staubsauger brummen. Also war sie bereits angekommen und eifrig am Saubermachen. Für ihn! Und nun musste er sie dermaßen schockieren!

Zitternd schloss er die Wohnungstür auf und hängte seinen Mantel an die Garderobe. Die Aktentasche ließ er im Flur stehen und spähte vorsichtig durch die nur angelehnte Tür ins Wohnzimmer.

Offenbar hatte Marianne die leichte Bewegung der Tür bemerkt. Sie hob den Kopf. Als sie ihn im Türrahmen stehen sah, stellte sie den Sauger ab und eilte auf ihn zu. »Burkhard! So früh? Aber wie siehst du aus! Du bist ja kreideweiß! Ist dir nicht gut?«

»Marianne, ich – ich bin – vom Dienst – suspendiert worden!«

»*Was* bist du?«

»Zwangsweise beurlaubt worden. Der Direktor hat mich heimgeschickt!«

»Aber warum denn bloß!«

»Weil ich eine Schülerin – geküsst – und – und …« Er brachte das Wort nicht über die Lippen. Die Anschuldigung war einfach zu ungeheuerlich!

»Das hast du nicht! Nie und nimmer! Das glaube ich nicht!«

»Das Mädchen hat es aber bei ihren Eltern behauptet! Der Vater ist sofort zum Direktor gelaufen!«

»Dann hat das Mädchen gelogen!« Marianne fasste nach seiner Hand. »Komm, setz dich erst mal! Sonst kippst du mir noch um!« Sie zog ihn zur Couch, drückte ihn darauf nieder, setzte sich neben ihn und nahm seine Hand auf ihren Schoß, sie sanft streichelnd. Obwohl ihr Herz inzwischen heftig klopfte, schaffte sie es, ihn mit ruhiger Stimme aufzufordern: »Erzähl mal, was wirklich geschehen ist! Vermutlich schwärmt das Mädchen für dich, wie es viele in dem Alter für junge Lehrer tun. Das weiß ich noch aus meiner Schulzeit. Und dann hat sie sich zu irgendeiner Dummheit hinreißen lassen. Das klärt sich gewiss bald auf. Erzähl erst mal, was tatsächlich passiert ist!«

28. Das Urteil

Stunde um Stunde wälzte Burkhard sich in der folgenden Nacht in Markus' ehemaligem Bett umher. Wie sollte das nur weitergehen? Wenn Marion bei ihrer Lüge blieb, zerstörte sie dadurch seine gesamte Zukunft. Denn in Deutschland würde er danach wohl kaum noch auf eine Anstellung hoffen können. Und ob ein Missionswerk ihn unter diesen Umständen als Lehrer auf irgendeinem Missionsfeld weit weg akzeptierte, bezweifelte er. Dieser Makel würde an ihm hängen bleiben und ihn überallhin begleiten!

Ein einziges Licht leuchtete in diese scheußliche Dunkelheit hinein: Marianne! Wie lieb hatte sie ihn zu trösten und zu ermutigen versucht! Keinen Augenblick hatte sie an ihm gezweifelt! Von seiner Unschuld war sie felsenfest überzeugt. Und er hatte gespürt, wie ernst sie es meinte. Ihre Worte klangen nicht nur dahergeredet.

Wie anders hätte Evi eine solche Anschuldigung aufgenommen! Durch die Erlebnisse aus ihrer Kindheit innerlich verunsichert und misstrauisch, hatte sie sogar eifersüchtig reagiert, wenn er in der Gemeinde nur mal von jüngeren unverheirateten Frauen angesprochen worden war.

Vom Temperament her hatte sie Marianne geähnelt – ebenso scheu und zurückhaltend. Und er hatte auch bei ihr das Bedürfnis empfunden, sie zu schützen. Wie bei Marianne! Doch all seine Liebe und Fürsorge hatten es in den anderthalb Jahren ihrer Ehe nicht geschafft, ihr Misstrauen zu überwinden.

Aber Marianne stammte aus einem harmonischen Elternhaus. Obwohl sie ja auch eine gehörige Portion an Leid hatte durchstehen müssen! Die letzten Jahre bis zu Carl-Uwes Tod – welch eine schwere Last hatte sie da getragen! Aber im Gegensatz zu Evi war Marianne an diesem Leid erstarkt.

Liebe, liebe Marianne! Am liebsten wäre Burkhard jetzt aus dem Bett gesprungen und zu seiner Braut gelaufen, um sie ganz, ganz fest an sich zu pressen! So dankbar war er ihr, weil sie zu ihm hielt! Nicht an ihm zweifelte, obwohl seine Unschuld nicht bewiesen war! Vielleicht nie bewiesen werden konnte! Wenn Cora Müller sich rächen wollte, brauchte sie nur eine Falschaussage zu machen. Wer sollte sie dessen überführen? Marion etwa?

Ein neuer Schrecken platzte in seine Gedanken. Konnte er durch diese dumme Geschichte nicht sogar im Gefängnis landen? Da er sich in den deutschen Gesetzen kaum auskannte, wusste er nicht, welches Strafmaß für sein angebliches Vergehen zutraf. Und wenn Cora und Marion ihre Aussagen aufeinander abstimmten, standen sie zu zweit gegen ihn! »O Gott, nein! Nur das nicht!« Aufstöhnend warf er sich herum und presste sein Gesicht ins Kissen. Welch eine Schande!

Und wen er alles mit hineinziehen würde! Denn es würde ja nicht nur in der Schule herumgehen, sondern auch in der Gemeinde! In der ganzen Stadt! Und darüber hinaus! Die Presse würde es aufgreifen und groß aufbauschen. Im Geiste sah er schon die Schlagzeile: »Missionarssohn versucht Schülerin zu vergewaltigen!«

Alle seine Lieben müssten darunter leiden: Annemarie und Siegfried, seine Eltern, die Geschwister in der Gemeinde! Und am allermeisten natürlich Marianne! Dann wäre sie mit einem Verbrecher verheiratet, der hinter Gittern saß! Falls er sie unter diesen Umständen überhaupt heiraten konnte! Musste er sich nicht stattdessen schnellstens von ihr trennen, damit sie nicht in die schmutzige Geschichte mit hineingezogen wurde? Und Christian? »O mein Gott! Hilf mir! Ich weiß nicht mehr weiter!«

***

»Auf keinen Fall, Burkhard! Kein Wort will ich mehr davon hören! Das kommt überhaupt nicht in Frage!« Unbewusst schob Marianne den Kinderwagen schneller.

Burkhard musste seine Schritte etwas beschleunigen. Mit hängenden Schultern trottete er nebenher. Da er sich nicht in der Lage gefühlt hatte, nach Herborn hinüberzufahren, hatten sie heute ausnahmsweise den Gottesdienst geschwänzt. Stattdessen waren sie zu einem Spaziergang aufgebrochen, um ungestört miteinander sprechen zu können.

Besorgt hatte Marianne gefragt, wie er geschlafen habe. Denn er sah leichenblass und krank aus. Stockend hatte er dann, nachdem sie das Dorf hinter sich gelassen hatten, von seinen Befürchtungen der vergangenen Nacht berichtet. »... Und ich habe überlegt, ob wir – uns nicht lieber – trennen sollen, Marianne. Damit – ich dir – die grässlichen Folgen ersparen kann! Ich will nicht, dass du – darunter leidest! Dazu bist du mir zu ...«

Hier hatte sie ihn unterbrochen. Er bemerkte, wie ihre Hände zitterten, während sie den Kinderwagen über die Unebenheiten des Wiesenweges wuchtete. Bis sie abrupt stehen blieb und zu ihm aufsah. In ihren plötzlich ganz grauen Augen schwammen Tränen. Und ihre Stimme bebte, als sie nun weitersprach: »Du erwartest doch hoffentlich nicht ernsthaft von mir, dich jetzt im Stich zu lassen! Nie und nimmer! Ich glaube an dich und an deine Unschuld! Und selbst, wenn diese – diese eine Kollegin dich mit einer falschen Aussage belastet und du verurteilt wirst, ist das für mich absolut kein Grund, dich sitzen zu lassen. Was wäre das für eine Liebe, die bei der ersten Schwierigkeit kneift und davonläuft! Das Wort ›Trennung‹ will ich nicht wieder hören! Lieber heirate ich dich vom Fleck weg, um allen zu beweisen, dass ich dir vertraue und zu dir stehe!«

»Marianne!!!« Und nun tat er das, wonach er sich in der Nacht schon gesehnt hatte: Er umschlang sie und presste sie so fest an sich, als wolle er sie nie mehr loslassen.

Abends fuhr er erst nach elf Uhr nach Herborn zurück. Ihm graute vor der Einsamkeit seiner Wohnung. Aber er musste während der Woche erreichbar sein, falls jemand ihn wegen der Anschuldigung sprechen wollte. Vielleicht sein Direktor! Aber vielleicht auch die Polizei, um ihn zu verhaften!

Als er gegen halb zwölf müde die Treppe erklomm, öffnete sich die Tür im ersten Stock. Seine Nachbarin, offenbar schon im Schlafanzug, steckte ihren Kopf durch den Spalt. »Da sind Sie ja endlich, Herr Schumann! Ich hab eine Botschaft für Sie!«

»Für mich?« Mit heftig klopfendem Herzen blieb er stehen und krallte sich am Geländer fest.

»Ja, ja! Da war ein Herr hier! Schon gestern Nachmittag! Und heute wieder! Mindestens fünf Mal! Zuletzt hat er vor etwa zwei Stunden bei mir geklingelt. Und ich soll Ihnen ausrichten, Sie möchten sich unbedingt morgen früh vor Beginn der ersten Stunde im Sekretariat melden. Es sei ganz außerordentlich dringend und wichtig!«

»Vielen Dank!« Seine Stimme krächzte. »Das ist nett von Ihnen, dass Sie so lange aufgeblieben sind, um mir Bescheid zu geben!«

»Na, sehr früh sind Sie wahrhaftig nicht dran! Ich fürchtete schon, Sie würden gar nicht mehr kommen. Wo das doch so überaus wichtig sein soll! Hab extra am Fenster aufgepasst, ob ich Ihr Auto kommen seh, um Sie nicht zu verpassen! Aber jetzt will ich schleunigst ins Bett. Gute Nacht!«

»Gute Nacht!« Den neugierig musternden Blick, mit dem sie ihn streifte, bevor sie die Tür schloss, sah er nicht mehr. Langsam schlich er die restlichen Stufen zu seiner Wohnung hinauf. »Was mag das für ein Herr gewesen sein? Ob der Direx sich extra herbemüht hat? Er weiß ja, dass ich kein Telefon besitze. – Oder ob es ein Kriminalbeamter war, der mich zum Verhör holen wollte?

O weh! Wahrscheinlich hätte ich schon übers Wochenende hier bleiben müssen und nicht wegfahren dürfen! Wie mag mir das ausgelegt werden! Als Fluchtversuch? – Aber wieso soll ich mich dann morgen früh im Sekretariat melden! Ob sie mich Cora und Marion gegenüberstellen wollen, um zu sehen, wie ich reagiere?«

Auch diese Nacht schlief er kaum. Übernächtigt, mit dunklen Ringen unter den Augen, trat er am nächsten Morgen in der Schule vor die Sekretärin, die trotz der frühen Stunde bereits hinter ihrem Schreibtisch saß. »Ich sollte mich heute vor der ersten Stunde hier melden!«, brachte er mühsam hervor.

»Ah, Herr Schumann, da sind Sie ja!« Sie lächelte und nickte zur hinteren Tür. »Gehen Sie nur rein! Herr Direktor erwartet Sie schon!«

Zaudernd schlich Burkhard zur bezeichneten Tür und klopfte an. Erst als ein lautes »Herein!« ertönte, öffnete er und zwang sich einzutreten.

Umherzuschauen, ob wieder jemand hinter der Tür saß, schaffte er nicht mehr. Sowie sein Vorgesetzter ihn erblickte, sprang er auf und eilte mit ausgestreckter Hand auf ihn zu. »Guten Morgen, Herr Schumann! Wie gut, dass Sie meine Botschaft offenbar doch noch erreicht hat! Setzen Sie sich!« Er wies auf einen Stuhl, schloss die Tür und schritt zurück zu seinem Schreibtischsessel. »Wie fühlen Sie sich heute?«

»Nicht besonders, Herr Direktor!« Burkhard schielte doch noch zu dem zweiten Stuhl. Vielleicht verbarg sich dort bereits ein

Polizeibeamter, um ihn zu verhaften? Doch ihm gähnte nur ein leerer Sitz entgegen.

»Das kann ich mir denken!« Der Direktor musterte kurz sein bleiches Gegenüber. Dann lächelte er. »Ich habe eine gute Nachricht für Sie, Herr Schumann! Ihre Unschuld wurde bezeugt. Sie sind entlastet und können Ihre Arbeit wieder normal aufnehmen, als wäre nichts geschehen!«

»Als wäre nichts geschehen!«, dachte Burkhard. »Als ob ich das je vergessen könnte!« Doch dann begriff er, was die Aussage des Direktors bedeutete. »Ich bin entlastet, Herr Direktor? Sie glauben mir, dass ich am Samstag die Wahrheit gesagt habe und unschuldig bin?« Er holte tief Luft und blickte seinen Vorgesetzten an, als könne er die Nachricht nicht fassen. Bebend presste er seine Hände aneinander.

»Jawohl, Herr Schumann, ich glaube Ihnen. Eigentlich habe ich schon am Samstag nicht an der Richtigkeit Ihrer Aussage gezweifelt. Aber es war meine Pflicht, dennoch der Sache auf den Grund zu gehen. Das verstehen Sie hoffentlich, nicht wahr?«

»Ja, gewiss, ja, Herr Direktor, das verstehe ich.« Burkhard schluckte und schluckte. »Und – und was ist nun mit Marions Vater? Wie – wie ...«

»Herr Schmidt hat meinem Urteil ohne Einschränkungen zugestimmt und sieht von jeglicher Anklage ab. Er hat sogar zugegeben, selbst die Geschichte seiner Tochter nicht recht geglaubt zu haben. Er sei nicht so blind gegen Marions schwache Seiten wie ihre Mutter. Deshalb sei er auch zuerst zu mir gekommen, statt gleich zur Polizei zu gehen, wie seine Frau verlangt hatte.«

Langsam beruhigte sich Burkhards jagender Puls. Er konnte aufatmen! Das Leben ging weiter! Er musste nicht hinter Gitter! Seine Unschuld war – »Woher wissen Sie denn – ich meine, wer hat – wie hat es sich denn herausgestellt, dass Marion gelogen hat?«

Der Direktor schmunzelte in sich hinein. »Sie werden es kaum für möglich halten, Herr Schumann! Fräulein Müller hat Sie entlastet!«

»Cora???«

»Soso, das überrascht Sie? Hab ich mir's doch gedacht!« Der Direktor schüttelte den Kopf und lachte. »Mir scheint zwar zuweilen, niemand traut mir zu, sehr wohl mitzubekommen, was im Kollegium so abläuft. Aber glauben Sie, ich hätte nicht bemerkt, dass Fräulein Müller eine deutliche Schwäche für Sie hegte? Und ziemlich sauer war über Ihre Verlobung? Sie hat es sogar offen zugegeben!«

»*Was* hat sie??«

»Hier – am Samstag – in diesem Raum – hat sie vor Marions Vater und mir öffentlich erklärt, sie sei in Sie verliebt gewesen, und es habe ihr gewaltig in den Fingern gejuckt, sich durch eine Falschaussage an Ihnen zu rächen. Herr Schmidt solle ja nicht glauben, sie wolle lediglich versuchen, einen Kollegen zu schützen. Sie habe die gesamte Szene miterlebt und könne bezeugen, dass Marion sich Ihnen an den Hals geworfen habe und nicht umgekehrt!«

Burkhard starrte ungläubig auf den Direktor. Nein, damit hatte er nicht gerechnet. Ausgerechnet Cora! Er konnte es nicht recht fassen. Die Frau, der er zugetraut hatte, ihn ins Gefängnis zu bringen, hatte für ihn gesprochen und ihn vor all den Schrecknissen bewahrt, die eine Anzeige nach sich gezogen hätte. »Ich werde mich bei ihr bedanken!«, nahm er sich vor. »Und mich entschuldigen, dass ich ihr so eine Bösartigkeit unterstellt habe. Hoffentlich verzeiht sie mir das!«

»Fräulein Müller war übrigens nicht die einzige Zeugin.«

»Nicht die einzige? Ich habe niemand anders gesehen.«

»Verständlich nach dem Erlebnis! Aber Fräulein Müller hat die beiden bemerkt. Zwei Schülerinnen aus der 9 b. Sie standen offenbar in der Nähe des Musikraums hinter einer Säule. Als Fräulein Müller mit Marion herauskam, hat sie an den Gesichtern der beiden nur zu gut ablesen können, wie viel sie gehört hatten. Da sie die Namen kannte, habe ich beide noch holen lassen. Aber Herr Schmidt war schon vorher überzeugt. Offenbar weiß er ganz gut, was er sich da großgezogen hat!«

»Ob Cora deshalb die Wahrheit gesagt hat?«, überlegte Burkhard. »Weil sie befürchtete, die beiden würden eine Lüge von ihr entlarven? Aber warum hat sie dann erwähnt, in mich verliebt gewesen zu sein! Das hätte sie doch gar nicht nötig gehabt!«

»Sie sind verständlicherweise immer noch ziemlich bleich!«, tönte die mitfühlende Stimme des Direktors in seine Gedanken. »Ich habe jetzt gleich Unterricht. Bleiben Sie deswegen ruhig hier in meinem Zimmer sitzen und erholen sich erst mal. Meine Sekretärin wird Ihnen einen Kaffee bringen.«

»Aber ich habe auch Unterricht! Musik in der 8 b!«

»Heute nicht! Ich hab der Klasse schon am Samstag für diese Stunde freigegeben. Vorsichtshalber! Sonst hätten Sie die armen Schüler womöglich mit einem der zahlreichen Requiems geplagt! Bedenken Sie, wie fatal das wäre! Grabgesänge am Montagmorgen!« Über seinen Scherz lachend, stand er auf und reichte Burkhard die Hand. »Was bin ich froh, dass die dumme Sache sich so schnell aufgeklärt hat, Herr Schumann! Ich hätte Sie sehr ungern hergegeben!«

»Vielen Dank, Herr Direktor! – Ach, Herr Direktor, dürfte ich wohl ausnahmsweise mal Ihr Telefon benutzen? Ich würde gerne meine Braut anrufen!«

»Selbstverständlich! Teilen Sie ihr den guten Ausgang nur gleich mit! Damit sie sich keine Sorgen mehr machen muss! Und grüßen Sie sie herzlich von mir!«

Kaum war die Tür hinter seinem Vorgesetzten ins Schloss gefallen, neigte Burkhard als Erstes den Kopf und dankte seinem Gott für den guten Ausgang. Dann griff er tief durchatmend zum Telefonhörer.

* * *

Die Klassenliste der 9 a war übers Wochenende um einen Namen geschrumpft. Marions Vater hatte die Konsequenzen gezogen und seine Tochter von der Schule genommen. In Windeseile verbreitete sich die Geschichte vom Samstag unter der Schülerschaft. Die beiden jugendlichen Zeuginnen, die heimlich selbst für den jungen Lehrer schwärmten, sonnten sich im Bewusstsein ihrer Wichtigkeit.

Wenn Marion nochmals auf dem Schulgelände aufgetaucht wäre, hätte sie kaum eine ruhige Minute gehabt. Denn Burkhard Schumann gehörte zu den beliebtesten Lehrern. Besonders die 8 a kochte vor Wut über die gemeine Verleumdung ihres Klassenlehrers.

Als Burkhard nach der großen Pause die Klasse für die Mathematikstunde betrat, fand er zu seiner Verblüffung einen Blumenstrauß auf dem Lehrerpult vor. Eine Karte lag dabei, in sauberen Druckbuchstaben beschrieben: »Wir vertrauen Ihnen und sind stolz darauf, dass gerade Sie unser Klassenlehrer sind!« Darunter folgten sämtliche Unterschriften der Klasse.

»Vielen Dank!«, sagte Burkhard leise. »Das ist sehr lieb von euch! Ich bin auch stolz darauf, gerade euch als Klasse zu haben!«

Dann begann er mit dem Unterricht. So brav wie an diesem Vormittag hatten die Schüler noch selten mitgearbeitet! Sogar der wilde Rolf hielt sich im Zaum. Seine Schwester hätte ihre helle Freude an ihm gehabt!

Lehrer Schumann griff streng durch, wenn er es für nötig hielt. Er folgte festen Prinzipien. Das hinderte ihn jedoch nicht daran, den Unterricht fröhlich zu gestalten und auch gern mal einen Spaß mitzumachen, sofern er niemanden verletzte. Er zog keinen vor, sondern behandelte alle gleich. Für die Sorgen und Fragen seiner Schüler, selbst wenn sie privater Natur waren, zeigte er stets Verständnis und ein offenes Ohr. Das begründete gewiss maßgeblich seine Beliebtheit.

Doch in den ersten Wochen nach dem unglückseligen Zwischenfall unterrichtete er ungewöhnlich ernst. Wenn er lächelte, was selten genug vorkam, wirkte es gezwungen. Seine Schüler, die ja um den Grund wussten, bemühten sich um Rücksichtnahme. Doch bald gerieten sie wieder ins normale Geleise, das dieses Alter kennzeichnet. Nach und nach fand auch der Lehrer seinen alten, fröhlichen Ton wieder.

29. Maßarbeit

Bei Carmen hab ich das damals auch gemacht! Du liebe Zeit; wie lange das schon her ist! Fast neun Jahre!« Munter plaudernd steckte Claudia Marianne den Brautschleier auf.

»Du kannst das aber auch so prima! Als wir vor drei Tagen in Frankfurt waren, hat Carmen mir ein Hochzeitsfoto von sich gezeigt. Sie sah wunderschön darauf aus!«

»Vor drei Tagen? – Ach so, da habt ihr deine Schwiegereltern vom Flughafen abgeholt, was?«

»Ja, und da sind wir vorher kurz bei Neumeisters vorbei, um ›Hallo‹ zu sagen, die Hochzeitsanzeige abzuliefern – eingeladen haben wir sie ja schon vor etlichen Wochen – und Christian zu füttern. Danach haben wir uns dann am Flughafen mit Annemarie und Siegfried getroffen, um auf die Eltern zu warten.«

In Gedanken sah Marianne die Begrüßungsszene wieder vor sich. Obwohl sie die zukünftigen Schwiegereltern durch den regen Briefwechsel als liebenswürdige Menschen kennen und schätzen gelernt hatte, war ihr doch ziemlich flau im Magen gewesen. Als die Erwarteten dann durch die Tür des Gepäckausgangs kamen, war Burkhard ihnen in heller Freude um den Hals gefallen. Und gleich im nächsten Moment hatte das Mädchen sich in den Armen von Helene Schumann wieder gefunden. Wie herzlich hatten sie und ihr Mann die neue Tochter begrüßt! Marianne wurde noch jetzt das Herz warm, wenn sie nur daran dachte.

»Wie lange bleiben sie jetzt bei Annemarie?« Claudias Frage war etwas schwierig zu verstehen, da sie gerade eine Haarklemme zwischen den Zähnen fest hielt.

»Nur zwei Wochen insgesamt, bis sie die große Zeitumstellung einigermaßen verkraftet haben. Dann beginnt ihr Reisedienst.«

»Na, womöglich schlafen sie noch bei der Trauung ein, wenn sie erst so kurz hier sind!«

»Hoffentlich nicht! Aber wir konnten die Hochzeit nicht noch weiter verschieben. Dies ist das letzte Wochenende von Burkhards

Ferien. Nächsten Donnerstag muss er wieder in die Schule. Wir können nur froh sein, dass Ostern dieses Jahr so spät lag. Ich kann mich nicht erinnern, je mal bis zum 2. Mai Osterferien gehabt zu haben!«

»Ich auch nicht! Aber ich hab auch nicht sämtliche Feriendaten sämtlicher Schuljahre im Kopf!« Claudia nahm die Haarklemme aus dem Mund und steckte sie fachgerecht in den Schleier. »Viel Flitterwochen habt ihr dadurch ja nicht gerade!«

»Nur eben vier Tage! Aber wir holen es im Sommer nach. Burkhard hat eine Tante in der Schweiz, eine Schwester seiner Mutter. Die besitzt mit ihrem Mann ein Hotel am Vierwaldstätter See. Sie hat uns bereits ein Zimmer für drei Wochen reserviert. Ich freue mich wahnsinnig darauf! In der Schweiz war ich doch noch nie. Und Burkhard sagt, es sei wunderschön dort!«

»Und was macht ihr mit Christian?«

»Den versorgt Mutti in der Zeit, genau wie die nächsten vier Tage. Ich wollte ihn eigentlich mitnehmen. Aber Mutti und auch Burkhard haben mich überredet, ihn hier zu lassen. Sonst könnten wir nicht richtig wandern. Und Burkhard will mir doch die Berge zeigen!«

»Irgendwie verständlich! Wie wollt ihr auch mit dem Kinderwagen über Felsen klettern. Dein Ehegemahl beweist direkt gesunden Menschenverstand! Obwohl er ein Mann ist!« Sie lachte vergnügt über ihren eigenen Scherz.

»Mein Ehemann!«, dachte Marianne stolz. Gestern Vormittag bei der standesamtlichen Trauung hatte sie zum ersten Mal mit Marianne Schumann unterschrieben. Und sie konnte nicht leugnen, dass ihr neuer Name ihr außerordentlich gut gefiel.

Plötzlich musste sie schmunzeln. Was hatte Burkhard gesagt, als sie Christian mit in die Schweiz nehmen wollte? »Wenn du so weitermachst, werde ich noch eifersüchtig! Anscheinend heiratest du mich nur um des Kindes willen!« Als sie ihm deswegen mit dem Finger drohte, hatte er sie lachend in die Arme gezogen. Und am Funkeln in seinen Augen hatte sie erkannt, dass er sie wieder einmal nur geneckt hatte.

In einer neuen dunkelblauen Cordsamthose und einem richtigen weißen Oberhemd mit Rüschen an der Knopfleiste thronte der mittlerweile fast einjährige Christian in der ersten Reihe auf

Tante Annemaries Schoß. Seine großen, runden Augen, die farblich immer mehr denen seines Vaters glichen, schauten aufmerksam umher.

Obwohl der Gottesdienstraum enger bestuhlt war als sonst, blieb kein Platz mehr frei. Neben den zahlreichen Verwandten und Freunden füllte ein Großteil der Gemeindeglieder die Reihen. Fast alle von Burkhards Kolleginnen und Kollegen saßen im linken Block. Die 8 a drängte sich – trotz Ferien vollzählig – in der hinteren rechten Seite. Da sie zum anschließenden Kaffeetrinken im Gemeindehaus eingeladen waren, fehlte kein Einziger. Auch aus den anderen Klassen, in denen Burkhard unterrichtete, waren Abordnungen entsandt worden. Rolf und Helga saßen sogar nicht einmal zu weit auseinander! Besonders die Schülerinnen konnten es kaum erwarten, die Braut zu sehen. Was für ein Kleid sie wohl trug?

In einem bodenlangen Traum aus zarter Spitze wartete Marianne mit Burkhard im Foyer. Ihr Herz klopfte zum Zerspringen. Der Brautstrauß in ihrer rechten Hand bebte leicht. Der Bräutigam hatte eine ungewöhnliche Zusammenstellung gewählt: reinweiße Orchideen, gemischt mit einigen Zweigen der japanischen Zierkirsche, deren zartrosa Blüten sich soeben zu öffnen begannen. Marianne war vor Bewunderung stumm geblieben, als er ihn ihr überreicht hatte. Doch der Glanz in ihren heute ganz blauen Augen bestätigte ihm, dass er das Richtige getroffen hatte.

Der Pastor spähte durch die offene Tür. Dann gab er Bruder Orthmann das Zeichen zum Beginn. Orgeltöne klangen durch den Raum. Kleider rauschten, als die Versammelten sich erhoben. Der Pastor nickte dem Brautpaar zu und setzte sich langsam in Bewegung.

Hatte Marianne eben noch aufgeregt gezittert, so durchdrang sie jetzt eine wohltuende Ruhe. Fest und sicher schritt sie an Burkhards Arm den Gang hinunter, den Blick nach vorn gerichtet.

Als sie die beiden bereitgestellten Stühle vor der Kniebank erreichten, ertönte plötzlich ein helles Kinderstimmchen: »Mama! Mama!« Die Umstehenden schmunzelten. Marianne wandte den Kopf und lächelte freudig zu Christian hinüber. Ab heute durfte sie den kleinen Schatz mit vollem Recht als ihr eigenes Kind bezeichnen!

* * *

Zum Abschluss der kurzen Flitterwochen fuhr Burkhard mit seiner Frau nachmittags nach Frankfurt. Denn an diesem 2. Mai jährte sich Carl-Uwes Todestag zum ersten Mal. Eng beieinander standen sie an dem für Marianne so teuren Grab. Offensichtlich hatte auch Carmen an den Jahrestag gedacht. Die Erde sah frisch gelockert aus. Nicht das kleinste Hälmlein Unkraut ließ sich blicken.

»Wie dankbar bin ich Carl-Uwe, dass er mich ermutigt hat, für einen neuen Partner offen zu bleiben!«, meinte Marianne sinnend. »Vor einem Jahr konnte ich das gar nicht verstehen! Nun bin ich so froh darüber! Du hast meine Einsamkeit und meinen Schmerz überwunden! Damals schien für mich alles zu Ende, die Zukunft trostlos und leer. Heute bin ich geliebt, geborgen, unfassbar glücklich!«

Später klingelten sie noch bei Neumeisters. Denn so bald würden sie die Freunde wohl nicht wieder sehen. Ab jetzt wollte Marianne nicht mehr jeden Monat das Grab besuchen. Einmal im Jahr zu Carl-Uwes Todestag genügte.

Gerold arbeitete im Labor. Doch Carmen, ihr Vater und die Kinder freuten sich sehr über den Besuch.

»Schade, dass ihr nicht bleiben könnt, bis Gerold heimkommt!«, bedauerte Carmen. »Er hätte euch sicher auch gerne begrüßt.«

»Das wird uns zu spät!«, erklärte Burkhard. »Wir müssen noch zu Mariannes Eltern, um unseren Sprössling abzuholen. Länger hält die Mama es ohne ihren kleinen Liebling nicht mehr aus! Zumal sie ab morgen früh allein wäre, weil ich um viertel vor neun in der Schule auftauchen muss! Da darf ich mich nämlich mit der 10b in Mathe vergnügen!«

Die beiden hielten sich nur eine Stunde auf. Zehn nach vier stiegen sie in den kleinen Toyota und tuckerten zur Autobahn.

Kurz nach fünf hörte Carmen die Tür der Garage knallen, die sie kürzlich vorm Schuppen hatten bauen lassen. Sofort lief sie den Flur entlang und öffnete die Haustür. Während Gerold an der Garderobe sein Jackett aufhängte, erzählte sie ihm von dem Besuch. »Marianne ist kaum wieder zu erkennen! Wer hätte vor einem Jahr gedacht, dass aus dem bleichen, schüchternen Mädchen so eine strahlende junge Frau werden könnte!«

»Ja«, stimmte er nachdenklich zu, »sie hat sich gewaltig verändert. Dafür hat sie aber auch genau den richtigen Mann bekommen. Da hat unser Herr mal wieder Maßarbeit geleistet! So wie bei uns, nicht wahr, Liebes?« Zufrieden lächelnd zog er seine Frau in die Arme.

hänssler

Die beliebte Erzählreihe: WAKEFIELD CHRONIK

Verfolgen Sie die packende Geschichte über mehrere Generationen der Adelsfamilie Wakefield und der aus dem Bürgertum kommenden Morgans im England des 16.- 18. Jahrhunderts! Gilbert Morris gelingt es, in seinen spannungsgeladenen Chroniken die englische Geschichte mit der Zeit der Glaubenskämpfe zu verbinden.

Band 1: **Das Schwert der Wahrheit**
Pb., 420 S.
Nr. 392.341, ISBN 3-7751-2341-5

Band 2: **Zwischen Liebe und Haß**
Pb., 380 S.
Nr. 392.435, ISBN 3-7751-2435-7

Band 3: **Der Schlüssel der Weisheit**
Pb., 400 S.
Nr. 392.687, ISBN 3-7751-2687-2

Band 4: **Stärke des Herzens**
Pb., 360 S.
Nr. 392.747, ISBN 3-7751-2747-X

Band 5: **Stürme der Liebe**
Pb., 350 S.
Nr. 392.922, ISBN 3-7751-2922-7

Band 6: **Der Kampf ums Glück**
Pb., 370 S.
Nr. 393.048, ISBN 3-7751-3048-9

Bitte fragen Sie in Ihrer Buchhandlung nach diesen Büchern!
Oder schreiben Sie an den Hänssler Verlag, D-71087 Holzgerlingen.